朱增泉创作杂谈

ZHU ZENG QUAN
CHUANG ZUO ZA TAN

图书在版编目(CIP)数据

朱增泉创作杂谈/朱增泉著.—北京：人民文学出版社,2016
ISBN 978-7-02-012089-5

Ⅰ.①朱… Ⅱ.①朱… Ⅲ.①散文集—中国—当代 Ⅳ.①I267

中国版本图书馆CIP数据核字(2016)第245392号

责任编辑　包兰英
装帧设计　陶　雷
责任印制　王景林

出版发行　人民文学出版社
社　　址　北京市朝内大街166号
邮政编码　100705
网　　址　http://www.rw-cn.com

印　　刷　三河市鑫金马印装有限公司
经　　销　全国新华书店等

字　　数　310千字
开　　本　710毫米×1000毫米　1/16
印　　张　25.75　插页3
印　　数　1—5000
版　　次　2017年6月北京第1版
印　　次　2017年6月第1次印刷

书　　号　978-7-02-012089-5
定　　价　69.00元

如有印装质量问题,请与本社图书销售中心调换。电话:010-65233595

目　录

小序 …………………………………………………………… 001

第一辑　我的诗歌创作

硝烟里思索的歌 ……………………………………………… 003
用生命写诗的战士 …………………………………………… 004
他的情怀在升华 ……………………………………………… 006
战地诗歌创作浅见 …………………………………………… 008
我怎样写起诗来 ……………………………………………… 022
《黑色的辉煌》跋 …………………………………………… 024
在张家港诗歌讨论会上的发言 ……………………………… 026
读"神剑杯"诗歌征文来稿手记 …………………………… 031
《地球是一只泪眼》自序 …………………………………… 041
我为何写诗和怎样写诗 ……………………………………… 043
"中国诗人奖"获奖答词 …………………………………… 047
人生是一首诗 ………………………………………………… 049

记一首诗的修改 ·· 051

朱增泉将军的诗歌与散文 ······································ 055

为《军营文化天地》点评诗稿 ·································· 065

第二届"鲁迅文学奖"(诗歌)获奖评语 ······················ 070

军旅诗"三味" ·· 072

将军情怀本是诗 ·· 074

《享受和平》后记 ·· 079

难以割舍的爱好 ·· 083

致洪芳 ·· 086

《朱增泉诗歌三卷集》后记 ····································· 088

《朱增泉诗书集》自序 ·· 100

《红楼梦诗词全抄》自序和跋 ·································· 102

第二辑 我的散文随笔创作

"河山"注 ··· 111

漫谈散文创作 ·· 113

一次笔会的收获 ··· 126

我的历史散文 ·· 129

《西部随笔》后记 ··· 136

朱增泉访谈录 ·· 139

文学的魅力 ··· 148

研究战争是一个民族的事 ······································· 150

《血色苍茫》后记 ··· 153

《天下兴亡》前言 ··· 156

朱增泉将军的丰富人生 ·· 159

我的十本散文集序跋琐记 ……………………………………… 177

《观战笔记》专栏结束语 ………………………………………… 195
《观战笔记》后记 ………………………………………………… 197
《观战笔记》写作前后 …………………………………………… 199
《观战笔记》创作谈 ……………………………………………… 205

《战争史笔记》初版自序 ………………………………………… 213
《战争史笔记》初版后记 ………………………………………… 216
谈《战争史笔记》的写作 ………………………………………… 221
写作《战争史笔记》的几点感受 ………………………………… 228
再谈《战争史笔记》的写作 ……………………………………… 230
《战争史笔记》修订版自序 ……………………………………… 237
漫谈《战争史笔记》中的四大分合循环和二十八个历史问题 …… 242

第三辑　航天话语与写作

《奔月集》序 ……………………………………………………… 285
《天堂里也有车来人往》序 ……………………………………… 286
《飞天梦圆》跋 …………………………………………………… 288
中国飞船 …………………………………………………………… 292
用诗人情怀抒写航天壮举 ………………………………………… 310
《谁送航天员上天》序 …………………………………………… 317
航天员的妻子们 …………………………………………………… 320
《听杨利伟叔叔讲航天》序 ……………………………………… 336

第四辑　为人作序谈写作

人的成熟与诗的成熟 ·· 341
《血殷泪咸》序 ··· 349
《热血集》序 ··· 351
《永远的罗布泊》序 ··· 353
《有一个神奇的地方》序 ·· 356
《走在西部》序 ··· 361
《金色风洞》序 ··· 363
《尧山壁游记》序 ·· 366
《我的爱在高原》推介语 ·· 370
《军营物语》序 ··· 372
《军校心迹》序 ··· 374
《家在何方》序 ··· 376
《军旅情思》序 ··· 380
《1944：松山战役笔记》序 ··· 382
《生命的语丝》序 ·· 386
《蒋国金书法集》序 ··· 389
致《活着的马克思》作者的信 ·· 393
在《岛屿战争论》出版座谈会上的发言 ·· 397

小　序

对于写作,我只是一名"票友"。

我这本小书,是"正菜"之后端上桌来的一盘"杂碎",有序跋、访谈、讲稿之类,敝帚自珍,"五味杂陈"。序跋中有自序自跋,也有为别人写的序跋。访谈中多数是记者、编辑访谈我的,也有一篇是我访谈中国载人航天工程总设计师王永志的。这些文字的主要内容,是通过不同形式谈到我的诗歌和散文创作,也夹杂着一些我在职时的工作内容。另有一部分为他人写的序跋,谈的是别人的写作。我不是专业作家,谈创作更不专业,只是在这些篇什中零星地、杂驳地谈了我自己的一些写作经历、体会和感受,以及对他人(多数是业余作者)作品的看法。

2015年春夏之交,我大病一场。养病期间,我静心安坐,用小毛笔抄写《红楼梦》中的所有诗词,兴之所至,又为每首《红楼梦》诗词写了一篇解读性的"按文"。二百四十五幅诗词抄件,加上二百四十五篇"按文",合成一本《红楼梦诗词全抄》,交给了人民出版社。抄毕"红诗",我把自己能够找到的全部散文随笔旧稿找出来,整理成四卷散文随笔集(历史卷、人物卷、战争卷、游记卷)。再接下来,又把一些序跋、访谈之类的"杂碎"文字归拢到一起,凑成了这本"创作杂谈"。我自知老之将至,创作激情大减,整理这些零零碎碎的文字,大有"打扫战场,鸣金收兵"的意向。以后是否还能写些什么,要看我的生命活力恢复和保持得如何再说了。

人民文学出版社把我这次整理的四卷散文随笔集和这本创作杂谈一并接纳出版,令我不胜感激。社长管士光大度首肯;责任编辑包兰英冒着酷暑细读精编,一次次与我电话沟通,提出了许多宝贵建议,在此一并致以诚挚谢意!

朱增泉

2016年7月11日于北京航天城

第 一 辑

我的诗歌创作

硝烟里思索的歌

——战地诗报《橄榄风》发刊词

南疆的群山在思索。盘龙江河谷的丛林在思索。猫耳洞人在思索。思索这片笼罩不散的硝烟。在硝烟中思索民族、历史、人生。

有斑斓色彩,有炫目光点,有振聋发聩的爆音。

有迷恋,有向往,有企盼。

也思索这硝烟飘散的流向,期待着挟带苦涩味的橄榄风重新吹绿这片焦土。

战争,是思索的引信;思索,是诗情燃烧的火种。

猫耳洞诗派——当代军旅诗坛上的一支新军。他们曾在南疆红土地上匍匐摸进,在雷场火网间跨步跳跃,在亚热带丛林里穿行搏击,蜷曲在潮湿闷热的猫耳洞里熬过漫长的雨季,在谷地旱季的漫天浓雾里摸索前行。他们占领了这片河谷和群山。他们正力图向新的制高点冲刺,要去领略当今中国诗坛的风韵。

奋力冲击吧,勇士们!

朱增泉

1987年6月2日

用生命写诗的战士

这是一位年轻战士侯天元的诗,他已经牺牲了。

诗稿是他的战友们清理他的遗物时,从他的日记本上发现的。他们将它抄录下来,交给了我。

我在午夜时分认真读着他用鲜血和生命写下的每一句诗。我看到了一个年轻战士崇高而晶莹的心灵。我的心情有些沉重,但又为他的英灵骄傲。

侯天元1965年8月出生于山西介休县,生前是"济南第一团"七连战士,七连是个著名的英雄连。他所坚守的阵地,距敌仅有四五米,环境异常艰苦,极度危险。在战斗间隙,他和他的战友不能高声谈笑,不能走出猫耳洞晒一晒腐烂的肌肤。这样的战士,在这样的环境里写诗,我们是不可将它当作一般的诗来读的。

侯天元是一颗过早陨落的诗星。

如果他继续活着,我相信他一定会写出艺术上更成熟的诗篇,因为他对生活充满了深深的爱,对人生有着明确的追求。

但是为了祖国的尊严,他倒下了。

他用他的生命写下了最后一首壮丽的诗,他的英灵正在血染的土地上继续行走着,昭示着他的同龄人:"从今天／我真的走向人生第一课……"

1987年8月5日夜记,原载战地诗报《橄榄风》1987年8月号

附注:

　　侯天元牺牲后,他的战友整理他的遗物时,从他的日记本上发现了不少诗,抄了一部分直接寄给了我。我读后很感动,从中选择了三首交《橄榄风》发表。事后其他部队的战士来信指出,他们发现其中两首是从《西南军事文学》上抄录的。于是,以我的名义在《橄榄风》9月号上刊登了一则更正和致歉声明。但侯天元烈士和他的战友无过,侯天元烈士壮怀激烈的诗情依在,我对他的怀念长存。

朱增泉

2015年12月27日补记

他的情怀在升华

——读战士沈永忠的诗《我的"墓志铭"》

　　这首题为《我的"墓志铭"》的诗,是35141部队战士沈永忠的第二首诗作。《胜利报》第48期副刊曾刊登了他寄给我的第一首诗《告别》,那首诗我替他作了较多删节;这一首,我只给他改了几个字,将标题"墓志铭"加上了引号。

　　他给我来过几封信,但至今未曾见过面,我只是从他的来信和诗作中认识了他。这是一名很有性格的战士。当他开始思索"人生"这个每个人都会遇到,但不一定每个人都能深思,即或思索亦未必每个人都能找到正确答案的严肃命题时,他曾经苦恼过、彷徨过。是战争生活给了他振聋发聩的启迪,他在炮火硝烟中找到了人生价值的真谛,懂得了个人的命运与民族的命运相存相依,懂得了作为战士对民族应负的责任,他终于向过去的苦恼和彷徨《告别》了。接着,他的思想,他的情感,又勇敢地跨出了一大步:直面生死,内心充满了悲壮和自豪,这在他的这首诗里都充分地展现给读者了。他是敢于解剖自己的战士。应该说,这是他思想上的一个大捷,他登上了理解人生价值的一个制高点。然而这绝不是他的终点,在他面前还有一个高于一个的制高点在迎接他,我相信他会一个接一个去攀登、去征服。

　　这首诗是他临上阵地前寄给我的,他在附给我的信里说:"即将上阵地了,我的内心是一种肃然的沉静。也许……我没有想得过多,我已为自己想好了'墓志铭'。我是自豪的。我的战友们一定也是这样,我想。"

　　是的,我同样深信,我们的英勇战士走进硝烟,每个人内心都会升起如他这样的悲壮和自豪。正是他诗中表达的这种真实情感震慑了我、感动了我。

　　我在此祝愿沈永忠和他的战友们战斗胜利,因为你们在精神上已成长为高高站立的男子汉,你们在战斗中必定是胜利者!

朱增泉
1987年9月1日

战地诗歌创作浅见
——在"老山诗会"上的发言

我们在这里打的是防御战役,有一个稳定的后方,所以才有条件召开一次这样的战地诗会。很高兴,来了这么多诗界的前辈和朋友。云南的,河北的,四川的,北京的,文山《含笑花》的,还有我们部队的那么多诗歌作者。据说,在老山前线召开这样的战地诗会还是第一次。也很抱歉,本来我应该比较认真地准备一个发言,但实在没有时间,是石头缝里挤出来的这么个会。就像我自己写的那几首歪诗一样,是牙缝里挤出来的。要是我闲得百无聊赖,可能反倒写不出什么诗来了。我今天的发言没有稿子,一边听大家发言,一边在纸上写了一些提示。现在我就随口发个言,信口开河,想到哪讲到哪,谈一点参加了这次诗会以后的一些零零碎碎的感想。因为这是一次诗会,就以"诗"字当头吧。

诗 与 军 人

我们在座的诗歌作者都是军人,正在战场上执行军人的使命,为保卫后方人民的安宁而战。可是,战场上又出现了另一个现象:

写诗。这两件事,有一个既对立又统一的问题。我昨天在炮兵旅《神箭》诗社座谈会上说过,过去党内"左"的思潮兴盛的时候,军人大多以"老粗"为荣。似乎军人应该是比较粗笨的,比较没有文化的。经过"十年浩劫",新一代军人补充到我们部队,社会上又流传过"傻大兵"一说,作为有将近三十年军龄的我,听到这样的话也很痛心,军人不应该是没有文化的人。毛主席他老人家讲过的许多话是很对的,他说:"没有文化的军队是愚蠢的军队,而愚蠢的军队是不能战胜敌人的。"说明他是主张军人应该有文化素养的。

我想,军人肩负着民族的重任。军人,应该是民族气质的代表。如果军人没有文化素养,他要肩负起民族赋予他的重任,那他不会是自觉的,他至多是个工具。当然,军人应该是个工具,军队本身就是个工具,党和国家的工具,人民的工具。但我们是人民的军队,我们要自觉地认识到肩负的民族重任,就应该有文化素养。而且在这个文化素养里面,我们军人的民族意识,应该比社会上一些生活得庸庸碌碌的人,层次更高一些。所以来到战场,看到我们有这么多战士拿起笔来,写出那么多抒发为国而战、为人民而战豪情壮志的诗,尽管有些诗还不够成熟,我是很高兴的。

不应该把打仗和写诗对立起来看。我们解放军从过去到现在,培养出了不少诗人。但有的同志觉得你这个战士拿起笔来写诗,你是"不务正业"。特别是像你武耀庭[①]那样,要是在过去,你当个政治处主任,你写什么诗?你想干什么?"名利思想!"这一套就劈头盖脸朝你来了。这是一种糊涂观念。我不懂文学史,但我知道,我们中国是个诗国。中国自古以来许多著名的诗人,都当过兵。古代有些将军、统帅,那更是文胆武略集于一身,诗写得相当

---

① 武耀庭,当时是坚守在最前沿的一个步兵团的政治处主任,也是一位诗歌爱好者,战地诗报《橄榄风》上经常有他的诗作发表。

好,这样的例子有许多。曹操就是一个。岳飞就是一个。就拿我们中国共产党老一代领导人来讲,哪个不写诗?从毛主席开始,他不指挥打仗吗?千军万马,两万五千里长征、抗日战争、解放战争,他指挥作战,那气魄多大啊!哎,他就写出了那么多辉煌的诗篇,这是不能抹杀的。我们的朱老总,还有陈毅元帅,还有叶剑英元帅,还有张爱萍国防部长,他们指挥打的仗比我们少吗?他们带的兵比我们带的少吗?他们为什么照样写出诗来?我们部队刚上来的时候,北京军区的秦基伟司令员、杨白冰政委就给战地诗报《橄榄风》来过一封信,热情支持并号召干部战士在战斗间隙写诗。所以说,把军人、把作战和写诗对立起来的认识是不对的。我当集团军政治部主任,我要尽我的努力,扭正这种模糊观点。因此,我也动起笔来,和你们一块写诗!(热烈鼓掌)

诗与精神文明、政治工作

诗歌创作,我觉得是我们部队精神文明建设的内容之一,也是我们军队政治工作不可缺少的内容之一。通过诗歌,去感染人、教育人,使人的精神、情怀,得到升华,唤起为民族、为人民、为祖国去奋斗牺牲的精神。在一定意义上讲,一首好诗,在战士当中引起的反响、思想上产生的鼓舞力量,不是我一个政治部主任上一堂政治课所能达到的。我们往往把精神文明建设理解得比较肤浅,用一种低层次的眼光去理解、看待和要求精神文明建设。其实精神文明建设更重要的,就是经常讲的那句话:要提高我们民族的文化素质。我们这支人民军队,应当成为我们这个伟大的、历史悠久的民族精神的代表。我曾经在一首诗里写下这样的诗句:"兵／应当代表自己的民族／永恒地站立着。"这个"站立"不是直观地表面地指你站岗,是另有一番含义的。现在,我们的祖国正在奋起,我们的民族要腾飞。我们这个中华民族很光辉,也曾经有过耻辱,有过很大的曲折,现在要振奋起来。现在要塑造一种中华民族的人的形象,中国人要有中华民族的气质,不要拜倒在别人的脚下,要站起来!那么在这其中,也要塑造新一代军人的形象。新一代军人形象是什么呢?简单地说,要有很强的民族意识,当然不是狭隘的民族意识,要为自己的民族感到自豪,为改变自己民族的落后面貌,为民族的腾飞感到一种沉重的历史使命感。同时,也要有新一代军人的文化素养、文化气质。我们本来是人民的子弟兵,不要叫人民群众说我们是"傻大兵",你不能老傻。讲无私奉献,你得傻一点;讲现代文化知识,你得聪明一点,肚子里得有点东西。这才无愧于新一代军人的称号。

再讲写诗与政治工作。这个政治工作也要改革一下,光靠干巴巴的说教,往往缺乏感染力,吃力不讨好。当然,说教不能完全否定。我们中国人好犯一个毛病,往往是从一个极端走到另一个极端,今天全盘否定这个,明天全盘否定那个。必要的说教还是不能少,但不能完全靠说教。这个问题我们一直在探索,就是怎么注意到政治工作中情感的东西,高层次的东西。我觉得让战士们写诗,就是属于政治工作中能够感染人、教育人的层次较高的手段之一。我这个说法可能有点功利主义了。但文化本身就有教育人的作用,这你否定不了。上午好像周良沛讲到了这一点,文学艺术它是个社会现象,整个社会的文化现象时时刻刻在影响人们的思想。什么叫影响?用我们的话讲就是教育人。当然,也有坏的文化现象会给人们带来坏的思想影响。为什么现在要呼唤能够反映出我们民族精神的,能反映出我们民族要振奋、要富强的文学作品呢?就是因为它有感染人、教育人的作用。所以,让战士写诗、支持战士写诗,这在我们基层政治工作中是一种较高层次的教育手段之一。

我是政工干部，我讲话离不开我职业的"毛病"。你们这些写诗的战士，将来你们不一定每个人都能成为诗人，不一定。当然我也衷心希望我们的战士当中，将来能涌现出几个真正的诗人。你们现在写诗的主要价值在于，在我们的战士群当中，有这么多战士通过你自己的诗篇，抒发胸中豪情、深情，它影响了、感染了许许多多不会写诗、但喜欢读诗的战士。你也通过自己的诗篇，抒发了你自己的以及和你有同样胸怀、同样觉悟、同样情操的战友们的崇高而美好的心声。这是另一种形式的政治工作，力量是很大的，意义是很大的。一首好诗，往大里说，有时可以唤起整个民族的觉醒和奋起。我不知道诗史上是不是有过这样的例子。当代恐怕是有的，当然功劳不能说全在它，反正它的作用和力量是很大的。比如，《黄河大合唱》，它的歌词就是诗，是史诗式的音乐作品，唤起了多少人啊！（张永权同志插话：还有《国际歌》。）对了，《国际歌》开始是首诗，后来谱成曲子，全世界无产阶级都唱，它唤起了多少人啊！还有《义勇军进行曲》。当然，你们这些战士不要狂大，你们的诗还没有这么大能量。（笑）但你们终究是在写诗，你们写的每一首好诗，都会起到教育人、鼓舞人的作用。

我这些话，是从战士写诗的意义上来讲的。我并不是叫你们从怎么做政治工作的角度去写诗，要是你那样去写诗就坏了，就写不出好诗来了。我说的是从写出好诗以后它所起的作用来看，说的是这个问题。所以说，在我们军队中提倡战士写诗，支持战士写诗，写出好诗，意义很大。所以，我衷心希望我们战士中诗歌作者队伍越来越大，越写越好。

诗与时代潮流

我这里说的时代潮流，首先是指国家政治生活。这是一个好多人不愿意听的题目,一听就要摇头撇嘴捂耳朵的题目。但我作为政工干部,还是想讲讲这个题目。我想说,你写诗的总的潮流、总体把握,要和我们这个民族,我们这个社会主义国家,我们当前社会发展的大趋势相一致。你不能逆历史潮流而写,也不能离历史潮流而写。艺术风格可以百花齐放,总的趋向你得健康向上。要是你写诗写得我们中国人唉声叹气、低眉下眼的就不符合我们的时代精神。

那么,反潮流的诗有没有?有。要看什么特定的历史条件。四五运动[①]的诗,就是反潮流的,在当时是反潮流的。但是,如果把四五运动的诗放到我们中国历史更长一点的背景上去看,它恰恰是顺潮流的。因为我们中国共产党领导中国革命取得胜利以后,总的历史潮流是要向前发展,要使我们这个古老的、贫穷落后的中国振兴,要强大。就用毛主席在延安写的那句话来说,要自强自立于世界民族之林。可是中间出现了曲折。这个反潮流不是四五诗歌的反潮流,而是当时政治形势出现了"反潮流",是"四人帮"在逆潮流而动,你四五运动的诗歌没有反潮流,你这个诗是顺潮流的(陈寓中同志插话:是反反潮流)。对,是反反潮流,是顺潮流的。

十一届三中全会以来,党中央领导我们搞改革开放,中心意思是我们民族要富强。那就要求我们的民族精神、民族气质要振奋起来。当时有人写"伤痕文学",写别的什么文学,我看有当时的社会客观条件,是当时社会条件决定的,这个我看也不要去全盘否定它,也否定不了。因为当时确实给许多人留下了伤痕。那么现在我们全民族正在奋起,这是大潮流。我们现在写诗就要符合这个大潮流。

[①] 四五运动,又称天安门事件。指"文革"后期于1976年4月5日(清明节)人民群众自发性地集结在天安门广场,以朗诵诗歌为主要形式悼念周恩来总理、反对"四人帮"、否定"文化大革命"的运动,其影响波及全国,各地群众奋起响应。4月6日,当时的中央政治局错误地认定天安门事件是"反革命暴乱"。1978年12月中共十一届三中全会决定撤销中央发出的有关"反击右倾翻案风"和天安门事件的错误文件。四五运动为后来粉碎"四人帮"奠定了广泛的群众基础。

因为我的"诗龄"才十个月,过去从不写诗,所以对诗歌界的理论动态不了解,对现在的新诗也没有看过几首。现在学着写诗,有时躺下后也翻翻诗,我就发现有个别的诗写得不好。比如有的诗歌笼统地反对战争,那么我们前线官兵的流血牺牲岂不是显得"毫无意义"?这些诗歌作者还很年轻,要引导他们走上正路。我作为一名正在前线参战的军人,我要为流血牺牲的军人说话,我要为正义战争说话。我绝不是好战分子,在我的有些诗里面,也写到战争给人们带来痛苦的一面。比如《我案头,站立一尊秦兵俑》,那里面就写到战争确有给人们带来痛苦的一面,但我不是单写这一面,更主要的是写的另外一面,战争与民族生存、独立、发展相关的一面。

军旅诗当中,阳刚之气和悲壮情调应该是它的主调。当然也不排斥军旅诗写柔情的一面,军人也有柔情的一面,看你怎么去写。

所以,我们年轻的诗歌作者应该懂得,写诗,绝不是写政治口号;但写诗,不能没有政治头脑。

诗与社会生活

我还是坚信这一条:诗,来源于生活。生活中蕴藏着最丰富的诗。从这个意义上讲,我认为毛主席讲的,生活是文学创作的唯一源泉,还是真理。刚才好像雪汉青同志讲的,不是生活当中没有美,而是缺少美的发现者(有人插话:那是罗丹说的)。我不认识罗丹,我刚认识雪汉青(笑声)。写诗要有生活。最好的证明,就是你们在座的诗歌作者们,有的当然参战前就在诗坛上小有名气,为什么你们从来没有写过诗的一些同志,包括我自己在内,来到战场,投入这场战争,当战争生活打动了你,感染了你,你的情怀,你的情绪发生一个很大的变化,然后引来了诗的"喷涌"?你这个创作冲动是哪儿来的？是战争生活带给你的。这是眼前的证据。我看了我们《橄榄风》上发表的诗，尽管不是每一首都好，表现手法也不一样，但都是来自这场战争的。

写诗不能脱离生活，诗来源于生活这个大前提必须坚持。我们的一些年轻作者，社会生活经历不是很丰富，知识底子也不见得很扎实，容易受到一些所谓"时髦"的、不太正确的东西诱惑，这个要注意。当然，我也这么看，有一段小说风行，现在是报告文学风靡，理论上杂七杂八的东西也比较多，这个现象，并不奇怪。这是我们当前社会特定条件的一个反映，或者叫"折射"。因为我们的社会封闭了那么多年，突然开放了，搞改革了，什么风都往里刮，好多东西在变，这个特定时期的社会生活在文坛上反映出来的多样性、多变性、不确定性什么的，这个现象本身是正常的。但面对这个现象，你怎么去认识、去鉴别、去选择，怎么去引导，这倒是个很严肃的问题。

回到原来的问题：诗不能脱离生活。你们在座的，每一位诗歌作者，当你们写出每一首、甚至每一句来自生活的好诗，我们都给予热情扶植。但你们不要太陶醉了，不要急于"走出生活"。我看还是要注意几条。一条，要进一步深入生活。比如战士沈永忠，他寄给我的第二首诗《我的"墓志铭"》，就比第一首诗《告别》上了一个台阶。为什么？他第二首诗，是走上前沿哨位时写出来的。他当时附给我一封信，写了他当时的心境，有这么一句话："我心中是肃然的沉静……我的战友们一定也是这样，我想。"在这种心态下，他写出了《我的"墓志铭"》这首诗，我只给他改了一句。上了哨位以后，他又写出了《雨季的哀悼》组诗。其中第二首写的是两位牺牲的战友，我给他改了一句："在你们倒下的地方／我筑起了哨位／为了让你们走得更加放心。"他的诗作有个明显特点，就是有一种悲壮气，不是悲哀，是悲壮。他没有这些生活经历，没有走上哨位时获得的心灵感受，他的情感就不可能升华为这样悲壮气的诗。

所以说，要使我们的思想、我们的情感进一步"走进战争"。只有在生活体验上进一步"走进战争"，写的时候才能更好地"走出战争"。什么叫走进战争？我给《橄榄风》写的发刊词里有这么一段话："思索这片笼罩不散的硝烟。在硝烟中思索民族、历史、人生。"思索中"有斑斓色彩，有炫目光点，有振聋发聩的爆音。有迷恋，有向往，有企盼。"写这段话的用意就是想启发、引导大家一下，你走进这场战争就要去思索这场战争。"也思索这硝烟飘散的流向，期待着夹带苦涩味的橄榄风重新吹绿这片焦土。"我们也向往和平，但和平怎么来，战争与和平之间的交叉，都需要你去思索。"战争，是思索的引信；思索，是诗情燃烧的火种。"就是说，当你走进这场战争，你的情感受到极大的激发，但你不要浮在这种一触即发的激情表面，要进一步沉淀下去，去深入地思考这场战争。然后，你再"走出来"。所以，我说的进一步"走进战争"，是希望你走到战争的"深处"，这当然有多方面的意思。从直观上说，你要多了解一些战场上的真情实景吧，战士的情怀、愿望、喜怒哀乐，你得多了解一点吧。不要局限于自己心中想到的那一点东西。再就是要走进对这场战争的思考中去，而且是比较深沉的思考中去，这也许是更重要的。你要把这场战争同我们民族的命运，我们的历史，过去和未来，它对人生的深远影响和意义，等等，联系起来思考。那样，你的诗就可能写得更深刻些。这样，上面几位老师给大家讲的选角度啊、立意啊、提炼语言啊、概括警句啊，你才有基础，那就是怎么"走出来"的意思。

上面张永权同志、刘滨同志讲的，他们从刊物编辑部收到的来稿中发现一个现象，有不少作者写着写着写到一块去了，出现一些雷同的东西。我想，那就是因为这些作者缺乏自己对生活的深刻思考的缘故，写来写去就写到一个模式上去了。所以现在需要我们思考再深一层，你才有希望像谢玉久写《国魂》似的，从向上攀登的台阶再向上跨一级。不要急于从杂志里面、书本里面，从文字技巧上，或在别的什么花样上，去寻找你现在苦苦思索的新的突破的门路。当然，书本的知识要学习，别人的经验要参考。但当前最要紧的还是要到战争生活中，对战争生活的深刻思考中，去寻找新的突破。

诗 与 自 我

我的理解是，诗写出自我，和诗反映社会生活，不要矛盾起来、对立起来去理解。要把两个概念的区别和联系搞清楚。这同上面讲到的"诗与社会生活"有联系。诗一定要反映社会生活，当然有一些诗反映社会生活不是那么直接，但归根结底它还是特定时代的社会生活、社会意识的反映。你没有聂鲁达的逃亡生活，叫你去写他的《逃亡者》，你能写得出来吗？

诗经里面，唐诗里面，那些古代社会生活内容，那些古代思想内容，那些古人情调，那些所恨所爱的东西，都是当时社会生活、社会意识的反映，只是有的反映得直接一点，有的反映得远离一点、曲折一点、隐晦一点。

现在有的人主张诗要反映自我，这个"自我"看你怎么去理解，我的理解诗写出自我，是指写出自己的个性。任何文学作品，没有个性，也就没有生命力。上面好多同志都讲到了，个人的社会经历、阅历，个人所处的环境，甚至个人的气质，个人的美学追求，这和诗的个性都是有关系的。这些问题就复杂了，我懂的没有那么多，我说不清楚。但是，如果把"写出自我"解释成或理解成不要反映社会生活，那样的"自我"，我认为是不对的。至于说，诗要表现出自己的个性来，这是可以的，而且是应该的。比如，题材的选择，也可以有个人的风格。有些人可以写一些场景比较广阔的、气势宏大的；有的人可以写自己生活中的一些感受，但也必须努力从中发现它的社会意义。有些东西在你"自我"感觉中可能是真实的，但不一定都有积极的社会意义，不值得写到作品中去，不值得拿到社会上去。

我赞成诗要有个性，就像讲话要有个性一样。我也赞成诗歌创作的多样化。我们《橄榄风》作者队伍的诗歌就有好多个性特点。你刘世新的诗和张国明的诗就不一样。他张国明是从大西北来的，带着大西北的风沙来的，刚性比你好一点。你刘世新是北京大都市来的，比较文气一点。谢玉久的诗又是一种风格。你武耀庭是从前沿阵地上下来的，你的诗狂放，是我们老山"猫耳洞诗派"作者队伍中的"狂放派"，这是我给你"命名"的（笑声）。这就是个性、就是"自我"嘛。战士沈永忠的诗，他就是写的自我，他这个自我反映了战斗生活的真实，来自战斗生活，他诗中表达的情怀，在前线战士中有代表性，不是什么冥思苦想的东西。如果一味去表现那种对我们这个改革开放时期沸腾社会生活漠不关心的"自我"，这不好，这在我们战地诗中没有市场。

诗与人民群众

应该说，人民群众都懂诗。诗本身就是人民群众创造的，而且是在劳动中创造的，我记得好像鲁迅就是这么说的，劳动时"吭唷吭唷"嘛。真正的好诗，人民群众应该是懂的。当然人民群众有好多层次，有农民，有工人，有年轻一代，有知识界欣赏层次比较高的。你写诗总要考虑到读者，你要给人一点什么？不能把这一点置之不顾。总是要给人一点健康的东西，至少给人一点美好的东西，美的东西，美的享受，或给人一点值得思考的东西。过去我们

"左",一切文艺作品都要有政治口号。那么,我们现在也可以允许有一些给人以美的享受的东西,它政治内容不是很浓烈,但给人们精神上得到一种满足、得到一种享受,这样的东西也是允许存在的。但是,文艺作品的主流应该是什么?这条大河的主流是什么?我想我们的诗和其他文学作品一样,主流应该还是要反映与广大群众息息相关的东西,与他们的生活靠近的东西。

所以我劝我们的战士诗歌作者,在你们刚刚迈开脚步的时候,就像我们训练"找点",按方位角前进一样,首先要把站立点、方位角定准,然后按方位角前进。允许你作多方面的探索,但不要把大方向找错了。

诗与诗歌理论

我不懂理论,这个问题我不敢多讲。只想打个比方:诗歌理论给予诗歌作者的,不是给你一副镣铐,是给你一盏矿灯、一把铁镐、一双登山鞋。路,靠你去走。

这是指正确的,好的,与人为善的诗歌理论而言。

诗与时代风格

我同意昨天张永权同志在炮兵旅《神箭》诗社座谈会上讲的两句话:不要以一种偏见去反对一种流派,也不要以另一种偏见去反对另一种流派。

诗终究是诗,一首诗写出来,要想用白话把它完全解释清楚,这是很难的事情。如果你这首诗写出来以后,可以用你非诗的语言把它解释得一清二楚,那么你就不用写诗了,你说就得了。这是很难的。刘章同志讲了,诗有"抗译性",诗不大好翻译成白话。当然有的人还是翻译了,外国诗翻译到中国来就是翻译嘛,郭沫若还翻译过一些古典诗嘛。但这些翻译也都是用诗的语言翻译诗的语言。

不过,我总是希望大家把诗写得让别人能懂。上午有人提出"可悟"就行,我觉得"可悟"也算"懂"吧。

刚才几位同志都讲了,一个民族的文化总是有他的"根"的。不要离土,根不能离土。当然我也不赞成完全回复到那个老路上去。都要求大家去写什么七律,那么严格啊,押韵啊,平仄啊,对仗啊,那样去弄,我也弄不出来。一个时代有一个时代的风格。同一面镜子,照爷爷胡子一把,照我是另一种样子,照我女儿又是一种样子,一代人是一代人的样子。诗也是这样,一个时代有一个时代的样子。

我主张诗歌要变,但变也不能乱变、瞎变。对于传统的诗歌,我主张吸取它的营养。你把诗歌的清规戒律搞得太死了,不符合我们这个时代人们的心理素质。我们现在是开放的时代,开放的社会,生活节奏变化比较快的时代。人们的心理素质是这么一种社会背景的反映,你再用严格的框框想去把诗框住它,这个恐怕不行,框不住的,必然要突破。所以这个变化本身不奇怪。但是,不能变得太怪,更不能变坏,不能让诗这孩子变坏了。人嘛,总是要越变越漂亮,不能变得不像人的模样了,怪物似的,谁看哪?把想看诗的人都吓跑了。

朦胧诗我过去没有读过,但是我最近拿到一本朦胧诗选,其中有一首北岛的《触电》,挺出名的。我觉得这首诗并不朦胧,但有人把它划入朦胧诗(张永权插话:其实朦胧诗选中有好多诗并不朦胧)。对,并不朦胧。这首诗把当时的社会现象概括得既尖锐,又比较深沉。但它并不朦胧。这就说明,好的诗应该是能让人看懂的。我们年轻作者千万不要在文字上玩弄怪诞技巧。北岛这首诗的成功,在于他对生活的较深思考,概括得比较成功,而不在于他的文字技巧玩弄得成功。

所以,我昨天讲了一句笑话,当流行歌曲和诗歌的某些流行写法风靡一时的时候,不要忘记,还有一门《流行病学》。

最后还要声明一下,我是军人,不是诗人,用军人的口气谈诗,过于生硬。错误的地方欢迎各位批评指正。

朱增泉

1987年11月13日上午,根据录音整理

我怎样写起诗来
——诗集《国风》代跋

倘若上帝特许我活到一百岁,期限也已过半,诗龄却刚满三岁。是走进南疆那片笼罩不散的硝烟,为我提供了触发诗情和灵感的契机。

在前线,我们办了一张战地诗报《橄榄风》,我被邀为创刊号写了篇短小文字《硝烟里思索的歌》,打了个不甚诗化的比喻:"战争,是思索的引信;思索,是诗情燃烧的火种。"不料,我自己也被这"火种"烧着。忽一日,素昧平生的一位老诗人写信到前线相告:我的一首《猫儿洞人》被他编选入了一本军旅诗选。既然有人承认我的分行文字是"诗",我便"一发而不可收"地胡乱写将起来。

感谢各地报刊不拘一格看诗稿的编辑们,使我得以在三年间拉杂发表的歪诗凑成三本集子。解放军文艺出版社为我出版了第一本诗集《奇想》;第二本诗集《血的传说》由文化艺术出版社出版;作家出版社为我出的这本《国风》是第三本。

我不大懂诗。我的笔也不大遵守诗的规矩。一任感情放纵奔泻,或露真情,或带思考。写长诗求"整体把握",不甚推敲;写短诗则求言简意赅,不善矫饰。

本人简历：1939年月12月18日生于无锡农村。高小毕业后回家上"早稻田大学"。当过农村基层干部。1959年入伍。现任某集团军政治委员，少将。仅此而已。

朱增泉
1990年5月17日校迄赘言

《黑色的辉煌》跋

这本小册子,原计划是我的第二本诗集,名为《血的传说》。由于印刷方面的一再耽搁,现在竟排在《奇想》(解放军文艺出版社)、《国风》(作家出版社)之后,将书名改为《黑色的辉煌》,作为我的第三本集子出版,这使我不得不为它写几句多余的话。

我从未想到这辈子要写诗。鬼使神差,误入诗途,犯下了一个今生难以改正的大错:我根本不是写诗的天才。

人,会遇到一些偶然机会的诱惑。1986年底,部队开赴老山前线。战争将情感引爆,渴望宣泄。极度繁忙,又极度亢奋,经常彻夜不眠,与一群风华正茂的热血官兵厮守在一起,听着前沿隐隐传来的炮声,抽烟、神聊,海阔天空,无边无际,战争、人生、中国、世界、民族、历史、现实、未来……也谈到诗,战士们刻写在猫耳洞壁上、用小石子镶嵌在炮位上的一行行诗,于是呼吁创办战地诗报。《橄榄风》由此诞生,发往阵地,传至后方,引起诗界注意,不断有前线官兵的诗作被各地报刊转载,我也混杂其间。

1987年11月13日,于战地举行老山诗会,初识北京、河北、云南、四川、新疆等地赴前线慰问采访的军内外诸多诗人,均成吾友吾师。

我的第一首诗是《山脉，我的父亲》，写作时间为1987年1月31日深夜。最初引起诗界注意的作品有《钢盔·迷彩服》《猫耳洞人》和组诗《滇边散诗》等。随后是系列长诗《猫耳洞奇想》。前线归来后的主要作品有系列长诗《国风》等。

这里收集的是截止1988年底的初期作品。当我重新校阅这些作品时，既被当时的真情所感动，又为作品的稚拙而汗颜。

朱增泉

1990年12月16日夜

在张家港诗歌讨论会上的发言

  大家称我"将军诗人","将军"和"诗人"当然都不假,但我在军队是位将军,在诗坛却只是普通一兵。军旅诗的领军人物是李瑛,他今天也在座,他的诗几十年来影响过不同年龄段的人。我在老山前线刚开始学写诗的时候,他是总政文化部长,我们参战部队的战地诗歌创作活动得到了他的关心和支持。他现在还在关心我的创作,每当看到我有重要一点的作品发表,都会写几句短话捎来鼓励我。他自己每次出了新的诗集,都要给我寄一本。除了这次到会的几位,我们军队里还有好几位诗写得相当好的人,如周涛,不知为什么他这次没有来。他这几年好像专攻散文,不大写诗了。
  感谢中国作协邀请我来参加这次诗会,给了我一次接触诗歌界新老朋友的机会。我平时公务在身,从未参加过这类活动,所以相当闭塞,对诗坛情况不甚了了。这既有弊,也有利。弊者,孤陋寡闻;利者,不太受舆论的影响和左右。我写我的,能写多少算多少,写什么样算什么样。大家怎么看,我不太关心。
  我曾说过,我写诗是因为"胆大",我写散文是因为"无知"。此话怎讲?"胆大"者,不管诗歌的清规戒律。如果我对各种诗歌理论、主张、技巧之类知道得越多,我的顾虑可能也就越多,我就不敢写了。不懂,反而好办,顾虑少,敢写。"无知"者,本人是小学文化,行伍出身(吕进插话:我刚认识他的时候,问他是那个学校毕业的,他说是"早稻田大学"。我听了一愣,他怎么会是日本早稻田大学毕业?谁知他是跟我开玩笑,他说的"早稻田"是江南的早稻田)。是啊,"早稻田"毕业,没有中等教育,更没有受过高等教育,没有受过文化知识的系统训练,知识太少了。所以,几十年军旅生涯,天南地北到过不少地方,每到一个地方都会接触到一些我不知道的东西,我又一心想去了解它、知道它。当面询问,夜里翻书,略有所知,敷衍成文。我把写作散文的过程,当作是自己获得知识的过程。即使这样,有时一不小心就在文章中弄出些差错。

很惭愧,我至今没有写出什么好诗来,只是写过一些诗而已。

我是很想知道一些诗坛情况的,只是以前没有机会。这次听了许多朋友的发言,闻所未闻,开了眼界。心想:"哦,原来诗人们都是这样说话,说这样的话。"都是诗人意气,或愤世嫉俗,或超然独立,都钟情于诗歌哩。如果说说我对当前诗歌现状的看法,两句话:既不太乐观,也不太悲观。这几年,好诗见得太少,使人难以盲目乐观。根据张同吾的观点,他认为当今诗坛有"四个缺乏":一曰"缺乏表现时代精神的大气磅礴激人奋发的诗篇";二曰"缺乏传达人民心声感人肺腑引人共鸣的诗篇";三曰"缺乏思想深邃感情厚重震撼灵魂给人启悟的诗篇";四曰"缺乏真善美新颖独特情思优美让人心灵得到抚慰的诗篇"。如此这般,谁还能过分乐观?但又感到,若对当今诗坛的一些现象稍作分析,也就觉得用不着过于着急。有些现象、有些问题,好像急也无用,是不以某个人或某些人的意志为转移的。

比如话题之一:诗歌理论、诗歌主张的多样、多变,使诗人们无所适从。开始曾觉得新鲜、提神,渐渐觉得朝三暮四,杂驳零乱,过期作废,没劲。这类现象,想开了也不必太生气。过去,我们习惯了长时期的封闭状态,习惯了长时期的舆论一律、诗论一律。突然开放了,里面的往外拥,外面的往里拥。域内人踮起了脚尖往外看,"外面的世界很精彩",争着拥出国门去,各种各样的理论、流派、观点、名词、动态等等传进来、译过来,难免有些饥不择食、生吞活剥、消化不良。域外人也觉得中国很神秘,各色人等拥进来,各种东西带进来、捎进来。中国既有物质市场,也有精神文化市场,都想进来抢占一定份额。东西文化如此交流激荡,前所未有,诗论一律的局面终于被打破了,一时间新派蜂起,百家争鸣,百花齐放,五花八门,无奇不有,这是奈何不得的。此类现象,简单化地说一声"好",或简单化地说一声"坏",都显得太简单了。

比如话题之二:社会对诗歌的冷漠,使诗人们困惑、尴尬。这里面的原因似乎更复杂些。中国是诗国,诗歌地位历来很高,现在被冷落,不习惯。古代的诗经,是旧时代知识分子的必读教材之一,学而优则仕,乡试殿试,大概都要涉及几句诗经内容,受重视。唐诗三百首,家喻户晓,妇孺皆知。后来中国内忧外患,奋起革命,诗歌能发挥呐喊、鼓动的作用,好诗容易传播,诗歌也一直受宠。艾青的《大堰河——我的保姆》,可能是因为写出了那个时代全社会多数人的生存感受,引起普遍共鸣,产生轰动,出了大名。毛泽东的诗词大气磅礴,反映了毛泽东时代的精神风貌,诗歌的社会地位也达到了高峰。如此看来,社会对诗歌的关注程度,似乎与人们的生存状态密切相关。后来,《天安门诗抄》的轰动,也是因为全社会被压抑得愤怒已极,《诗抄》充当了宣泄社会情绪的载体。改革开放初期,有些诗作引起轰动,其理相通。总而言之,从历史上一路看下来,中国诗歌似乎一直没有离开过社会政治生活的主流,一直处在敏感部位。而眼下,诗歌被冷落如此,不习惯。

在今天的现实生活中,诗歌被暂时地冷落,恐怕同人们当今对物质生活、物质利益的过多关注有关。记得黑格尔曾说过这样的意思,时代的艰苦使人们对于日常生活中的琐事予以太多的重视,为了追求更多的物质利益,使得人们没有"较纯洁的精神活动"。我们中国人贫穷的日子过得太长久了,如今总算有了可以正大光明地谋取物质利益的机会,有了可以千方百计挣钱的机会,有了发财致富的机会,有了冒险的机会,社会心理的重心一下子向物质利益那一边倾斜过去了。至少,年轻一代中出类拔萃的、富有创造精神的优秀分子,多数人汇集到了创造物质文明的领域中去了,全社会的精神能量更多地倾注到物质领域中去了。至于诗歌好不好,先等等再说吧。

再从文化现象本身来看,现今各种各样的读物铺天盖地,为何非要读你的诗?每天晚上,一家老小三代人都坐到电视机前看电视剧去了,为何非要关掉电视来读你的诗?其实电视里也有诗,有彻底世俗化、生活化了的诗,那就是流行歌曲。流行歌曲几乎把年轻一代全都"拉"了过去,把诗歌的地盘差不多全"抢占"了去。现在的许多诗写得让人难以理解,而流行歌曲却明白如话,年轻人觉得流行歌曲的许多歌词更能表达他们的心声,更能使他们产生共鸣(张同吾插话:读者分流了)。是啊,读者分流了,诗人们觉得冷落了。

比如话题之三:现在刊物上的许多诗,那也叫"诗"吗?是有一些"滥"的感觉,似曾相识的东西太多了。这也难怪,过去就那么几本刊物,对稿子的审查、把关又严,能刊登出来的诗作数量有限,一般来说质量也比较高(极"左"时期的东西另当别论)。如今刊物那么多,条件又宽松,有些按过去的标准认为在水平线以下的作品,现在也能发表出来。加上现在的年轻人表演的欲望、发表作品的欲望、成名的欲望很强烈,能找到机会都想出一下名,有的人注重"发表"和"出版"超过了注重作品本身。这样,出来的东西就显得"毛"了、"水"了。于是出现了这样的情况:一方面,社会对诗歌很冷漠;另一方面,涌现的诗人却太多,"写诗的比读诗的还多"。的确是有那么一点儿哭笑不得的味道。但这里面却又包含着聊可自慰的成分,它至少说明诗歌爱好者还大有人在,这是新诗还可继续存在和发展的希望及基本条件。

将来的诗歌发展,恐怕也会形成不同层次,有高雅一点的,有通俗一点的。想用高雅一把尺子去要求所有诗歌,恐怕难以办到;反之亦然。

我对诗歌理论一窍不通,完全是用世俗的眼光看诗坛,用世俗的语言谈诗歌。作为诗坛普通一兵,我的发言于中国诗坛的大局无补,想来也无大碍。

我主张作品第一,归根结底寄希望于有好作品出来。

1998年11月13日上午

附注:

我当时的发言毫无准备,信马由缰,说过就算。诗会尚未开完,我因为有事,提前走了。事隔两个多月,中国作协的高伟同志忽然来电话,索要我的发言稿,说是要汇编成书。没法,只能凭记忆追记如上。

朱增泉
1999年1月30日深夜追记并识

读"神剑杯"诗歌征文来稿手记

一

为迎接建国五十周年,总装备部举办的"神剑杯"诗歌征文活动受到了广大官兵的热烈欢迎,投稿之踊跃,前所未有。主办这次征文活动的《中国军工报》和《神剑》杂志社两个编辑部的同志都说,"诗稿如雪片似的飞来"。这使他们大受鼓舞,对办好这次征文活动信心大增。在总装备部政治部的指导帮助下,这两个编辑部尤其是《中国军工报》的同志,已为组织这次征文活动付出了大量辛勤劳动。

应征文组织者的要求,这几天,我在夜里抽空翻阅他们送来的一些征文稿件,其中有的已经刊出,有的尚未刊出。我一边看,一边随手记下一些零零星星的阅读感受。我愿以一名业余诗歌爱好者的身份,同参加这次诗歌征文活动的广大业余作者们进行一些切磋交流。也不讲什么空泛抽象的理论,主要讲一些创作中经常遇到的实际操作问题。

二

　　总的印象：一是来稿踊跃，形势喜人，开局不错；二是已经涌现了一批好作品，令人鼓舞；三是进一步提高作品质量还大有可为，许多业余作者需要得到及时指点。

　　当前急需解决好两个问题：第一，在征文的宏观指导上，要进一步突出军旅诗，在军旅诗中还需进一步突出科技部队的特点。第二，在微观指导上，具体到每一首诗，要进一步解决好"一首诗抓住一个抒情主题"，"一首诗塑造一个诗歌形象"的问题。

三

　　到目前为止，《中国军工报》已先后刊出了四期诗歌征文专版，共出现诗歌作者二十六位，刊出诗作六十四首，我都认真读了。

　　2月4日刊出的第一期上，给我留下较深印象的有两位作者。刘朝的组诗《绿色回想》，达到了相当水准，很不错。但在那首《枪声过后》里有两个不应有的错别字，将刮胡子的"刮"错成"割"，将一支枪的"支"错成"把"。"好久没割的胡茬长了又长了"，不知道这里的"割"是不是想要有意夸张一下，可是这样的夸张不够贴切。"好久没刮的胡茬长了又长了"，就很好。"拍拍那把老枪"，也不符合习惯说法，读起来别扭，不如"拍拍那支老枪"自然。为什么我一上来就从好诗里挑出两个错别字来发议论，是不是过于吹毛求疵？不是。诗歌是语言艺术，诗歌对语言的要求最高、最苛刻，写诗的人对每一个字都不应马虎。诗歌尤其容不得错别字。至于这两个错别字到底是作者的责任，还是编辑、校对的责任，我难以断定。王晓军的诗歌技巧比许多业余作者熟练，遗憾的是他的诗在题材选择上离军旅诗远了一点,我等待着能读到他比较纯粹的军旅诗。

3月18日刊出的第二期上,杨冰的组诗《倾听春天的声音》、韩水平的那首短诗《军人》,都不错。刘翔的组诗《风洞人》却没有写出他应有的水平,浮在表面。他是位写诗时间较长,已出过诗集,有相当基础的作者。但从这一组《风洞人》看,他目前对空气动力研究单位的生活还不够熟悉。这又一次说明,熟悉生活对于创作是多么重要。看得出,他在风格上有新的追求,明显地受到了流行歌曲的不小影响。追求清新明丽没有错,从流行歌曲中吸取一些有益的营养也没有错,但都切忌表面化。

4月8日刊出的第三期上,流星的《新兵》、郝云山的《冬日絮语》较好。贺建新的《我该说点什么给我的祖国》,如果能够写得再集中一点,是一首很好的诗。这一期上刊登了杨万勇的组诗《红色盆地——罗布泊》,这是一组很重要的诗,但提炼得不够,后面我还将谈到。

5月6日刊出的第四期上,好诗多起来了,读后令人兴奋。桑士金的那首《我从大漠里来》,诗情洋溢,乐观向上,语言活泼,生动流畅,给人以阅读的快感。不妨引录几个片断:"我从大漠里来/映着大漠的野花/嗅着旷野的熏风/我憨纯地向你微笑/告诉你大漠里的故事","我骑马我呐喊/我巡逻我欢歌/在大漠里我从不拘束","与大漠里的兵交友最惬意/大漠里的士兵笑声真爽朗","大漠里的士兵眼睛好明亮呀/大漠里的兵不会撒谎","当月光洒满大漠的时候/我喜欢在沙海里游荡/大漠里的士兵/就在不远处轮流盯梢/怕狼叼去我","从大漠里走来的我从不孤独/因为大漠知道我"。但"憨纯"这个词造得生涩,而且出现了两次。一般第一人称的口气也不宜自夸"憨厚纯朴"。但瑕不掩瑜,这首诗写出了战士在荒漠戈壁中的乐观向上精神。张江红的《海螺》《军礼》、高鹏的《选择》，都写出了新一代军人的阳刚之气。胡和平的《山思》写得含蓄，如能稍作加工，会更好。马育民的《发射塔》也有很好的基础，可惜没有展开。

四

从编辑部准备采用、尚未刊出的一些诗稿中，又读到了几首好诗，令我兴奋。一首是李鹏的《帽徽与星星的对话》，全录如下：

边疆的夜

帽徽对星星说——
在地上，我是艳红的花
即使在夜间，也不会凋谢
我的根，深扎在战士的心的沃壤中
只要我开着，界碑就不会孤独
只要我开着，边疆的夜就不会冷寂
只要我开着，孤独的哨所、飞雪迷漫的边陲
　　将留下无悔的赞歌
只要我开着，洪水中，战旗上
　　都写着我们可歌可泣的壮举
只要我开着，祖国的梦（里）就不会闯进恶魔

星星对帽徽说——
在天上我是夜的眼
祖国，就睡在我的视野里
我与你一样，在为她放哨

有你与我相伴，我感到骄傲幸运
　　既然你在夜里仍不凋谢，我怎能将光辉收敛
　　只要你在（夜里开放），我就不会疲惫
　　只要你在（夜里开放），我就不会畏惧
　　只要你在（夜里开放），我就不会被黑夜吞没

　　这是一首高格调的诗，构思新颖，结构完整。只是"既然你在夜里仍不凋谢，我怎能将光辉收敛"这一句大可斟酌，它同全诗的基调和语气不协调。全诗抒发的是一种昂扬的报国情调，可是这一句却成了被动无奈的语气，很刺眼。也许作者是考虑到要与前面帽徽对星星说的"即使在夜间，（我）也不会凋谢"那一句作呼应，才写成现在这样的句式。但个别句子的前呼后应，与全诗基调和语气的前后一贯相比，前者必须服从后者。一首诗的基调和语气必须前后一致，这是第一位的。写诗要注意推敲，这是一个例子。这一句要改也不难，变消极为积极，把情感流向顺过来就可以了，"只要你在夜里开放，我的眼睛就会在黑暗中闪闪发光"。

　　陈科的一首小诗《单杠》也很精炼：

　　铁写的一横高悬在头顶
　　战士用身躯作笔
　　点、横、勾、弯
　　写男人的力量
　　写军人的勇气
　　写战士的情怀

　　好诗不分大小长短，要看它包含有多大的思想容量。这首小诗，抒发了战士主动经受军旅生涯刻苦磨炼的豪情壮志，思想容量

并不小。"铁写的一横高悬在头顶",写客观环境,写军营,用单杠比喻军营内整齐划一的严峻气氛、说一不二的严格要求、下级服从上级的铁的纪律等,这个意象捕捉得很准确,也很贴切;"战士用身躯作笔",写主观精神,写意志,写决心,准备全身心地投入到军营生活的刻苦磨炼中去;后面的"点、横、勾、弯",暗喻着准备去作多方面的艰苦努力,要把自己锤炼成一名真正的坚强战士。当然,由于它短小,略显单薄。"勾"、"弯"义近,后面的三句稍嫌浅露直白,尚有推敲的余地。

五

有不少业余作者的诗稿,读后常常有"差一步到罗马"的遗憾。具体分析起来,要说的问题很多。但不少业余作者的一个通病是,在一首诗里抓不住一个抒情主题,抓不住中心。什么都想表达,结果什么都不是。

比如有一首《上铺兄弟》,是军校学员写的,诗是这样开头的:

那年你选择了火热的军营
选择了远离家乡饱尝酸甜甘辣的磨砺
选择了得不到爱慕和温柔的孤寂

这几个句子是概念化的"主观叙述",没有捕捉到诗的具体形象。再说,这样开头,从"上铺"当兵的那一天说起,话说远了。应该"一步到位",直接从他成为你"上铺"之后的"现时"切入。这也是诗歌初学者常犯的一个毛病:从事情的"开始"讲起,然后平铺直叙地往下"说"。这是写记叙文的规律,不是写诗的规律。写诗要找到"直达"的切入点,写诗不能平铺直叙。

接下去的四句就很好,具体、形象:

> 我喜欢听你弹吉他
> 吉他里有说不完的心里话
> 我喜欢听你大声歌唱
> 歌声里有打靶归来的豪放

可是,再往下的句子又"散架"了:

> 你说你就爱这身军装
> 你说你就爱摸爬滚打
> 虽然没有上过战场
> 可是我的好兄弟
> 你一样在奉献青春和力量
> 虽然还没有爱你的姑娘
> 可是我的好兄弟
> 驻守大山你心怀坦荡……

首先,这些句子都是"表扬稿式"的评价性语言,不是诗的语言。诗不能这样表达,诗不能由作者直接用概念去表达意思,诗要靠捕捉具体形象,靠营造诗的意境去传达情感。其次,作者到底想说这位"上铺"的哪一点或哪一个方面呢?到底想为这位"上铺"塑造一个什么样的诗的形象呢?看来作者心里并不明确,所以这首诗没有明确的抒情主题,没有一个"中心",是"散装"的。作者只感到"上铺"这个人不错,很想写一写他。但是,他到底不错在哪里?到底要写他哪一点呢?这些都没有想清楚,还没有好好构思成形,就动笔了,结果写出来的作品是个"早产儿",不成熟。再次,在同一首诗里,第一人称和第二人称也不能来回倒换。

薛守堂是出过诗集的一位老同志,写诗的热情非常高,诗也写得不错。他就比较有经验,他懂得诗要捕捉形象。我读到了他的一首诗稿《轨迹》,紧紧围绕火箭升空后在天际划出的那条"轨迹"去抒情,说它像"春雨后的长虹",然后浮想联翩,想到前辈的两万五千里长征,也是在祖国大地上划出的一条通向胜利的轨迹,又由"神剑刺苍穹"联想到改革开放"不可逆转的轨迹／划向新的世纪",形象鲜明,比喻自然贴切,富有诗意。当然,由于是初稿,略显粗糙,还可精雕细琢一番,是一首很好的诗。

六

诗,要靠发现。要善于从司空见惯的事物、现象中去发现新意、发现诗意。罗丹有两句话经常被人引用,他说,并不是生活中缺少美,而是缺少美的发现,缺少发现美的眼光。用更通俗的话说,就是要独具慧眼,善于找到新的视角,发现新的意义,表达时还要善于找到新的切入点。

比如,火箭发射塔,是导弹卫星发射基地的标志,天长日久高高耸立在发射场上,等待诗人们去赞美它、歌颂它。我在来稿中发现好几首写发射塔的,很想从中找到一首写得好的,可是都不太理想。前面提到的马育民的那首《发射塔》算是较好的,也没有展开。另外几位写发射塔的作者,大都只写到它的"高高矗立",写到"火箭的腾飞,还是要靠你擎起","导弹的呼啸,还得由你托起",至此就打住了,诗思展不开去,诗意生发不开去。

这就涉及写诗的另一个问题:想象。诗要想象、联想。没有想象力的人要想成为诗人,那才真正不可想象。

可是,来稿中,许多作品缺少诗意,问题就在于缺乏想象力。

比如,来稿中有好几首写马兰核试验基地和酒泉卫星发射基地的烈士陵园的诗,这是很有分量的题材。这些当年曾为我国搞出"两弹一星"献出毕生精力乃至宝贵生命的先烈,长眠在戈壁大漠,他们的事迹和英灵永远激励着后人。如果驾驭得好,开挖得深,可以写出很有分量的诗。但我们的作者往往只写到墓碑的肃穆,只限于回忆这些烈士生前的艰苦奋斗、音容笑貌。缺少新的视角,缺乏大胆的想象或丰富的联想,写不出超拔的新意。

爱写诗的年轻人,大胆地张开你想象的翅膀,飞上诗的蓝天去翱翔吧!

七

关于诗的话题是谈不完的。

最后谈谈杨万勇的组诗《红色盆地——罗布泊》。我把他的诗放到最后来谈,是因为这里要说的问题,在相同类型的题材中带点普遍性,有点代表性。

读杨万勇的诗稿,给人的感觉是到了一个建筑工地,建筑材料都备好了,钢筋、水泥、原木、砖头、石子、黄沙……给人一种沉甸甸的感觉,但还没有真正盖起漂亮的建筑来,还没有真正成为"诗"。再翻出他的下一首来看,又是另一个备好料的工地。

主题不明,缺乏提炼,缺乏剪裁,是一堆"散装原料"。语言也显得芜杂,不够顺达通畅。

另一些作者,写长城,写大漠,写类似的宏大题材,存在的问题是同样的。主题不明,缺乏提炼,缺乏剪裁,抓不住中心,一堆"散装原料"。

有了好材料,只要肯下苦功夫去钻研琢磨,不信盖不成好建筑。有了题材,应该先把抒情主题或"中心"找到,然后围绕这个抒情主题或"中心"去构思、提炼、剪裁,层层展开,把诗句一段一段地组织好,那么,一首好诗就产生了。

我们的重要国防科研试验基地都在大漠深处,应当产生出这种类型的大诗、好诗。因此,我非常希望杨万勇等作者继续努力,刻苦钻研,力争在原有基础上取得突破,写出有分量的大诗、好诗来。

拉拉杂杂写了那么多,如果说了什么外行话,请专家,也请大家指正。

朱增泉
1999年5月16日

《地球是一只泪眼》自序

我说过,我是军人,不是诗人。写诗,纯粹是我的业余爱好。何为"爱好"？性情所至,爱之好之,欲罢不能,欲弃不忍之谓也,非"附庸风雅"之谓也。我白天有忙不完的事,每一首诗都是熬夜熬出来的。早先是一行一行地写,一遍一遍地抄,后来买了一台电脑,在夜里一字一句地敲。并不是有人想象的那样,有什么人帮助我整理、润色之类。字字句句属于我,一笔一画在心头。这在旁人看来,觉得不可理解。当官就好好当官嘛,写什么诗？此话奇了,毛泽东写诗,朱德写诗,陈毅写诗,我为何就不能写诗？写,继续写。

我还说过,我不大懂诗,我写诗不大遵守诗的规矩。如果我对诗歌理论、诗歌技巧之类懂得太多,我可能会顾虑重重,反倒不敢写了。不懂,反倒顾虑少,胆大,敢写。自二十世纪八十年代后期人们承认我写的这些分行文字是"诗",我便"一发而不可收"地写到现在,只是至今没有写出什么好诗,愧对"将军诗人"的称号。

我觉得写长诗比较自由,可以一任感情奔涌流泻,大开大合,纵横驰骋,痛快淋漓。我写长诗注重总体气势,把握全局,不拘小节,常常置"散乱之笔"于不顾,不甚推敲。北方文艺出版社曾于1992年为我出过一本长诗选《世纪的玫瑰》,收入了《奇想》《国风》

《前夜》等三部长诗。我自认为那是我至今最重要的一本诗集。

我也写过一些被认为很精致的短章，如《滇边散诗》《中秋》《黑孤岩·绿芭蕉》《围棋》《小草们》《月夜》等，获得过不少好评。但总觉得那样的写法太受拘束，偶尔为之可以，一律写成那样不容易做到。所以那种样式的小诗后来写得不多。可是，写长诗又是很累人的事，因而1993年以来再没有写过长诗，写得较多的是一些不长不短中等篇幅的诗。

这是我的第七本诗集。这个本子带有一点自选集的意思，但仍然偏重于"集"，而不是注重于"选"。我以往的习惯做法，每隔一段时间就将发表过的诗稿收集起来结集出版。这几年，由于兴趣有所转移，也写点散文，诗写得少了，1995年以来再没有出过诗集。这次，原本是想按老例，把这几年发表的诗作收集起来印一本。但在整理诗稿的过程中，我的想法有些改变，想出一本"厚"一点的，比较"全"一点的。所以，这本集子中除了这几年第一次结集的部分外，其余是从别的集子中"移植"过来的。

《世纪的玫瑰》是我的长诗选，这本《地球是一只泪眼》算是我的短诗选。将这两个选本放到一起，大致也就可以看出我到目前为止诗歌创作的概貌。在这本短诗选中，也收入了三首长诗的选章，目的是使未曾读到过我另一本长诗选的读者，也能对我的长诗创作有一个大概的了解。

集后，附录了几位诗评家对我诗歌创作的评析文章。在此，我向他们几位，并向其他一直热情关心和支持我的诗歌创作的诗人、诗评家们表示衷心感谢。

竭诚欢迎读者批评指教！

朱增泉
1999年6月10日夜于北京

我为何写诗和怎样写诗

我说过,我是军人,不是诗人。写诗纯粹是我军务之外的业余爱好。白天有忙不完的事,我的每一首诗都是熬夜熬出来的。早先是一行一行地写,一遍一遍地抄,后来买了一台电脑,在夜里一字一句地敲。并不是有人猜想的那样,有什么人帮助我整理、润色之类,字字句句都属于我自己,纯粹的"个体劳动"。何为"爱好"?性情所至,爱之好之,欲罢不能,欲弃不忍之谓也,非"附庸风雅"之谓也。这在有些人看来,觉得不可理解。说:"当官就好好当官嘛,写什么诗?"此话奇了,做"官"就不能写诗?带兵打仗就不能写诗?至少在《新诗十三问》中没有这一问。古代曹操写诗,岳飞写诗,毛泽东写诗,朱德写诗,陈毅写诗,为何我就不能写诗?写,继续写。

我还说过,我不大懂诗,我写诗不太管诗的清规戒律。如果我对诗歌理论、主张、技巧之类懂得太多,我可能会顾虑重重,反倒不敢写了。不懂,反倒顾虑少,胆大,敢写。我"突发性地"写起诗来,有人说是"奇迹""特例",其实非常偶然。完全是因为我投身到一场局部战争之中,生死考验,亢奋激昂,渴望宣泄,于是"突发性"地写起诗来。这是生命在一种特殊状态下的本能喷发,所以那时写的东西,虽然幼稚,却充满激情。承蒙朋友们从一开始就承认我写的那些分行文字是"诗",我便"一发而不可收"地写到现在,只是至今没有写出什么好诗来,愧对了"将军诗人"称号。

我觉得写长诗比较自由,可以一任感情奔涌流泻,大开大合,纵横驰骋,痛快淋漓。我写长诗注重气势,只求总体把握,不拘小节,常常置"散乱之笔"于不顾,不甚推敲。对此,有的评论家恕悤说,与其克服短处,不如发挥长处。此说甚合我意。北方文艺出版社曾于1992年为我出过一本长诗选《世纪的玫瑰》,收入了《奇想》《国风》《前夜》三部长诗,我自认为那是到目前为止我最重要的一本诗集。

我也写过一些被认为很精致的短诗,如《滇边散诗》便是,获得过一些人的好评。但总觉得那样写法太受拘束,偶尔为之可以,刻意追求却不必。若是一律写成那样,怕又会让人厌倦。所以,那样的精致小诗后来写得不多。可是,写长诗又是很累人的事,因而1993年以来,也再没有写过长诗。这几年,写得较多的是一些不长不短的诗,随手随意,率性为之。

我写的诗,是属于"传统"一类的、比较贴近政治的诗,至少大部分作品是这样。对我的诗,刘立云曾做过这样的评论:过去十年间,中国人过得甜酸苦辣,也过得悲喜交加,又过得峰回路转。十年过后的今天,如果读者有兴趣去重读朱增泉在过去十年间发表和出版的诗作,会惊奇地发现,十年来的甜酸苦辣、悲喜交加、峰回路转,都"回响在他的诗中"。无疑的,我的诗更多地关注着社会整体的生存状态,而不是专注于一己的所谓"内宇宙"。

诗歌应当更多地关注什么?眼下意见似乎难以统一,各有各的理论,各有各的主张,各有各的爱好。这一点恐怕也永远达不到"舆论一律"。在我看来,大路小路,前方各有景致。比如,"关注自我"是一种主张,可以以此建构一套理论;"关注人"又是一种主张,它的范围就不止是自我,又可以以此建构一套理论;"关注人类"是一个更大的主张,当然更可以以此建构一套理论。我相信,若按这三套理论主张去苦苦求索,都有可能产生杰作。但是,也应注意到这样一点,这三种理论主张都不应当是平面的、单向的、一维的,它们都应当是立体的、多维的,因而这三者之间必有互相渗透、互相交叉的情况。某位大师可以坚持某种主张,同时也应当宽容相待另外各种主张。假如某人坚持某种主张而竭力排斥其他各种主张,那是"诗霸"作风,是不可取的。至于那些从根本上缺乏生命力的主张,让它去自生自灭好了,用不着什么人过于为此发愁。

就我的体验而言,我的诗歌不可能不去关注社会,不可能不去关注人们的整体生存状态。我们这些"人"都共处在当前这个现实社会中,一个人的"自我"世界,不可能纯粹到可以不同周围社会发生任何关联的程度。至少在目前,我们这个现实社会,尚未进步到可以让你纯净得除了安心写诗,别的可以什么也不用发愁、可以什么也不用理会的程度。鲁迅诗中有"躲进小楼成一统,管它春夏与秋冬"这样的句子,鲁迅何曾真的"躲"过?你写诗不想与旁人发生关联,可是你的诗一旦发表出来,却立即与社会发生了关联。我同意这样的说法:"诗的发表,文章的发表,都是影响人的。"

当今诗坛潮流,更多的诗人在关注着自身的情感世界,更多地在追求着艺术规律本身,更多地在采用现代派手法。对此,我坚信一个时代的诗歌必有一个时代的风貌,潮流所向在一定意义上说是不以哪个人的意志为转移的。而我这些很"土气"的诗,和别人很时髦的诗同处在现时的中国诗坛,相貌不同,穿着有别,气质迥异。好在我平时公务繁忙,与外界联系甚少,十分闭塞,所以尚能心安理得,并不担心我的诗会在一夜间失去立足之地。

诗是什么?诗是感悟。每一句真诗,都蕴藏在生活里,要靠感悟去发现。从别人的书页上可以读到别人的好诗,却永远找不到一句属于我的真诗。谈论外来诗歌理论,我没有优势。驾驭现代派诗歌技巧,我没有优势。但阅历、见闻、感悟,我可能有些优势。我的诗,技巧上不可能达到纯诗人那样圆熟,却自信能写出些纯诗人笔下所缺少的东西。这就是我可以继续写诗的理由,这就是我的诗可以继续存在的理由。

朱增泉
1999年6月27日于北京

"中国诗人奖"获奖答词

朋友们,同志们:

在中国作协的领导下,中国诗歌学会为团结新老诗人,为推动诗歌的繁荣与发展,为给诗人们创造交流和创作的便利条件,做了许多卓有成效的工作,功不可没。

今天荣获首届"厦新杯中国诗人奖——终身成就奖"的两位前辈臧克家和卞之琳,德高望重,当之无愧,我向他们表示崇高的敬意!

评奖委员会将昌耀和我同时列为首届中国诗人奖的年度奖获得者,使我诚惶诚恐,深感受之有愧,因为国内军内的诗人中比我写得好的大有人在。我只能把它看成是中国诗歌学会对军旅诗创作的关怀和支持,是对我本人的莫大鼓励和鞭策。我将努力向前辈诗人们学习,向同辈诗友们学习,也要向众多有才华的青年诗人们学习。我将继续写下去,争取写得更好一点。

我本来想把给我的五千元奖金捐赠给中国诗歌学会,但当我得知昌耀病重的消息后,我改变了想法,决定把这五千元奖金捐赠给昌耀治病。我的想法得到了中国诗歌学会副会长吉狄马加、秘书长张同吾同志的赞同,因而这也是中国诗歌学会对一位有成就的诗人所表示的一点关怀之情。我虽然与昌耀素不相识,但我从他的书中了解到,他也从过军,也曾上过战场。他对诗歌艺术的执着追求和他所取得的成就值得我尊敬。他的坎坷与多难令我同情。我仅能对他表示一点绵薄之力。

我联想到一个问题,我们的诗人和诗歌除了关爱自我,还应当更加深切地关注他人和人类的命运。那样,我们的诗歌定会在新的世纪里获得新的蓬勃生机。

谢谢大家!

朱增泉

2000年1月20日上午于人民大会堂

人生是一首诗
—— 读刘义信的诗《述怀》

刘义信同志是位科学家,研究空气动力的总工程师。他为人很开朗、很热情。不久前,我到他们单位去,交谈中,他动情地说:"我到龄了。回顾一生,我写了一首诗。"接着他就把这首诗念给我听,我被感动了。我向他索要诗稿,我说我给你拿去推荐发表。他笑着说,以后寄给你。

他果真把诗稿寄来了。

我又读了一遍,还是那种感觉:真挚而感人。

朋友们不妨读一读他这首诗,一读就会受感染。它感染你的主要不是艺术,而是他那种豁达的人生态度,坦荡的胸怀,奔放的热情。

做人、写诗,道理是一样的,坦荡使人亲近,真诚才能感人。他这首《述怀》绝对是有感而发之作,抒发的完全是真情实感。你看他写事业:"我的风洞／我的渴望／我的岗位／我的战场",多么专注,多么执着;你看他写内心:"前程往事／荡气回肠／独处静思／也有泪光",多么率真,多么动情。

诗,有真情,不做作,无矫情,乃上品。

人生是丰富的,诗的内涵也应该是丰富的。就像刘义信诗中所表达的那样,坎坷不彷徨,得志不张狂,尝遍酸甜苦辣咸,这才是有滋有味的人生哪。

愿更多的朋友能将人生写成一首诗。

朱增泉

2000年11月7日读后记

记一首诗的修改

去年,我曾给业余作者们讲过,诗句讲究"锤炼",写出诗稿后应反复修改,直到满意为止。古人为我们留下的"推敲"这个著名典故,它说明的道理并未过时,也不会过时。我过去写诗,尤其是写长诗,也疏于修改,大多草草出手,"不甚推敲"。但我"成名"之后,个别作品反倒写得并不十分成功,草草寄出之后甚是后悔。后来,我再不敢过分大意,对自己不满意的诗作不再轻易出手,耐住性子反复修改,力戒浮躁。这里有一个现成的例子,不妨将它如实介绍给爱好诗歌的年轻朋友们。

今晚我刚刚拿到今年8月号的《人民文学》,上面有我迎接新世纪的组诗《没有理由不满怀喜望》,它由两首诗组成:一首是《凝视2000》,作于2000年春节;另一首是《北京好大雪》,作于2001年春节。我第一次以这样的形式发表诗作,居然把上一年春节的作品存放一年之后,才与第二年春节的新作一起拿出去发表。什么原因?因为《凝视2000》这首诗的初稿写得不理想,自己不满意,一直压在抽屉里。后来几经修改,直到今年春节又有了一首新作之后,才将这两首诗联袂推出"亮相"。

《凝视2000》这首诗的第一节,初稿是这样写的:

  早春,我凝视2000
  每一个"0"都是一枚卵
  每一个"0"都是一个胚胎
  每一个"0"都是一粒种子
  我凝视着一个个正在孕育的生命

  稍一分析,"卵""胚胎"同属动物范畴,"种子"属植物,后面又说"一个个正在孕育的生命",重复、凌乱。
  第二稿,改成这样:

  2000,这是孕育新生命的年份
  每一个"0"都是一个胚胎
  每一个"0"都是一粒种子
  每一个"0"都孕育着一个新的思想

  早春,我凝视2000
  凝视着一个个正在孕育的生命
  期待着一个个新思想破壳而出
  我们没有理由不对新世纪满怀希望

  再作分析,仍不理想。虽然"每一个'0'都孕育着一个新的思想","期待着一个个新思想破壳而出","我们没有理由不对新世纪满怀希望",这三句在意境上有了升华,但重复、凌乱的问题仍未解决,而且一节变成了两节,不凝练。
  最后的改定稿,第一节只剩下四句,是这样的:

我凝视2000,饱满,圆润
每一个"0"都已受孕
每一个"0"都将分娩
我们没有理由不对新世纪满怀希望

一读,甚佳。将"卵""胚胎""种子""新的生命""新的思想"等表达"孕育"过程的词语删繁就简,统统归纳为"都已受孕""都将分娩",真乃神来之笔,比原来凝练、贴切,诗歌形象更加生动饱满。"期待一个个新思想破壳而出"一句放在这里累赘,但舍不得丢掉,勾到后面去,放到诗的最后再用。

这首诗的最后,初稿原有两节,是这样的:

2000,这是一个规划新世纪的方案
造福人类的大工程从"0"开始
生活被全新科技装点得琳琅满目
宽带网络将世界微缩在掌心任你翻检、观赏

2000,这是一串关于未来命运的密码
让我们用全新的思想为这串神奇数字编程
将智慧软件注入未来,开始运算
我们没有理由不对新世纪满怀希望

这些句子,读着硌牙,就像刚从乱石堆上捡回的石子一样粗糙,尚未打磨成"诗"。几经琢磨,改成一节:

2000,这是一串破解未来命运的密码
宽带网络将世界微缩在掌心任你翻检、观赏

一个个新思想破壳而出
用全新观念为这串神奇数字编程
将病毒封杀,将生活装点得琳琅满目
我们没有理由不对新世纪满怀新的希望

改毕,一读再读,再想提高,觉得余地已经不大,于是决定出手。这时已是第二年春节过后。这是我修改得最有耐心的一首诗。

朱增泉

2001年8月1日夜记于灯下

朱增泉将军的诗歌与散文*
——解放军艺术学院文学系学员石一龙访谈

石一龙按：朱增泉将军一见到我就说："原来是个小兵嘛。"我那天直接敲开了将军办公室的门，将军说你小子"开后门"了，别人进来都要经过秘书那里的门。将军说话时十分可爱和亲切，声音洪亮，很有穿透力。将军在日常事务特别忙的时候，他愉快地接受这个采访，令我十分快乐。

一个参加过战争的将军，用真正的体验写就了军旅人生的大诗篇。他的情感奔涌流泻，大开大合，纵横驰骋，痛快淋漓，让诗歌成为生命的回响。他用高峻、明澈、广阔、深邃塑造了诗歌的风骨，创造了自己诗的美学，裹挟着青春的绿色情怀，让想象奔腾在汉语的优美里，追逐着诗歌的足迹。

将军的散文更能体现他的学识和素养，他敏锐的洞察力和犀利的目光判断着历史和时代，行文间弥漫着一种具有开拓精神的思情气息，会带给你精神的享受，以及生命的觉悟和清醒。

---

* 这篇访谈录收入石一龙著《军旅作家访谈录》一书。

山脉与战争,有着不解的缘分

石一龙:能不能讲讲您最初写诗是在什么时候?那时处于怎样的一种心态?

朱增泉:我写诗很晚了,过了写诗的年龄才开始学习写诗,所以有人说我是"大器晚成",此话有点吹捧的味道。最初写诗是在老山前线,写出第一首诗的具体时间是1987年1月31日。这里顺便作一点更正,有一次中央人民广播电台做我的专题节目时,也曾问到过这个问题,我随口答成1987年1月1日,不对,应该是1月31日。第一首诗的题目是《山脉,我的父亲》,我在那首诗的题记中说:"山脉与战争,有着不解的缘分……"写的是当我从和平走进战争时的心态。那是我的处女作,但不是成名作。成名作是紧接着写出的《钢盔,迷彩服》。

石一龙:下面谈谈您的近况好吗?您最近有具体的创作计划吗?

朱增泉:我刚编完了一本新的散文集《中国西部》,稿子已交给作家出版社,汇集了我近三年来新发表的二十万字散文作品。这是我的第三本散文集,也是我的第十本书,那七本是诗集。由于刚刚编完这本集子,我想稍稍停顿一下、调整一下。我毕竟还在职,公务繁忙,长期坚持业余写作,熬夜,不瞒你们说,也挺累。下一步,对于诗和散文,我都需要想想再写。

石一龙:和大家一起聊天,谈到您和您的作品时,都觉得您身上有一种传奇色彩,既是将军又是诗人。大家对您的经历有种特殊的好奇心,您能在今天给我们讲讲吗?

朱增泉：你实际上提了两个问题：一、"既是将军又是诗人"，对此怎么看？二、我身上究竟有没有特殊经历，有哪些特殊经历？先回答第一个问题。将军与诗人并不矛盾，虽然我多次说过，"我是军人，不是诗人"，但军人与诗人是可以"同一"的。将军写诗，是中国几千年历史当中的一个文化现象，是中国的一个文化传统。我刚学写诗的时候，已经是集团军的政治部主任，也是不小的"官"了，而且又是在老山前线作战期间。我知道，弄得不好，会遭到非议。所以，我提前为自己找了点"理论根据"。我在"老山诗会"上说，中国是一个诗国，自古就有统帅、将军写诗的传统。曹操是一个例子。岳飞是一个例子。辛弃疾也是一位领军人物，他的词写得多好啊。革命队伍里，毛主席写诗，朱老总写诗，陈毅、叶剑英、张爱萍，都写诗。因此，我觉得理直气壮：我为什么不能写诗？写！就这样写了起来。现在人们都称我"将军诗人"，这当然是大家对我的鼓励。

再回答第二个问题：我有哪些特殊经历？在我身上是有一些特殊性，因为我参军前只有小学文化。参军后，深感自己人生道路还长，文化水平太低，拼命学文化。怎么学呢？抓到什么书就看。看得最多的还是文艺作品，因为它有情节，吸引人，不枯燥，容易看下去。往往每月抓到一本杂志，什么小说、散文、诗歌、评论，从第一页看到最后一页，看完了就等着下一个月。星期六晚上跑图书馆，星期天上街逛书店，买些书回来看。后来觉得文化基本过关了，但发觉自己的知识不系统。于是，我自己订了一个学习计划，上我自己的"大学"。我花了大约四年左右时间，读了三十几本马列的书。接下来又花了四年左右时间，读历史。再下来，又花了四年左右时间，读中国古典文学名著。加起来十二年，这是我比较有计划地学习的阶段。当然这十二年是利用零零星星的业余时间进行自学。后来，全国实行成人自学高考后，我就报了名，我想用自学高考来检验一下自己的学习成果。我们部队驻扎在河北省，在全省参加自学高考的人当中,我年龄最大,"官"也最大。但进了考场谁也不认识谁,一视同仁,非常严格。有一次,我想带一只茶杯进考场,中间要喝水,这可能是当"官"的毛病吧。在考场门口被一位监考的中学老师很严厉地训了几句,让我把茶杯放下,不准带进考场。我忍气吞声把茶杯放下,老老实实走进考场去考试。后来,当我准备考最后两门课的时候,突然接到上级命令,要上老山前线参战。打仗是头等大事,耽误不得,有大量准备工作要做。最后两门课还考不考呢,心里很矛盾。考吧,没有时间复习了;不考吧,前面已经考过的十门课将前功尽弃。犹豫再三,心一横,考!每天只睡一两个小时,白天带领部队作参战准备,晚上硬是挤出点时间来复习,咬紧牙关,坚持把最后两门课考完了。上了前线,后方打电话过去告诉我说,你最后两门考试都通过了。就这样,我花了三年时间,考完了自学高考十二门课程,全部通过。在前线,我突发性地写起诗来,这与我长期坚持自学有关系,有一些积累。如果说我身上有些什么特殊性的话,这一点可能有些特殊。但是,古今中外自学成才的人多得很,同他们相比,我算不了什么。

石一龙:记得看过一篇写您的文章,说您是从猫耳洞里走出来的诗人,并且拥有战争的经历和体验,能具体谈谈您那时的情况以及对您的影响吗?

朱增泉:我是因为参加老山作战才开始学习写诗的,在前线写过一首题为《猫耳洞人》的诗,在一线官兵中产生很大反响,后方有人称我们是"猫洞诗派",这些都是事实。说我是"从猫耳洞里走出来的诗人",也对。上前线之初,我并没有想到要写诗,而是在战争环境中发现了"诗"。我们的干部战士都很年轻,他们从和平走进战争,直接面对着流血牺牲。他们不知道自己在当晚的战斗中将负伤或牺牲,对他们来说,为国捐躯,在所不惜,内心始终处在一种亢奋状态,需要找到一种方式、一种途径来宣泄自己的报国之志、战斗激情。部队刚上去那一阵子,我深入到前沿阵地去看望部队、了解情况,发现堑壕里、猫耳洞墙壁上、炮阵地上,到处都有战士们用小刀刻的、用小石子镶嵌的一些话语,你说它是诗句就是诗句,你说它是战斗口号就是战斗口号。我让上阵地去了解情况的干事们将这些战斗话语收集起来,登在战地小报上。一线官兵看到后非常欢迎,纷纷来稿,要求登他们的稿子。为了满足一线官兵的要求,后来就专门办了一张战地诗报《橄榄风》。战争使我们深深地思索着祖国、民族、历史、人生这样一些严肃的问题,我被这场战争的火种点燃了诗情,和浴血战斗的战士们一起写起诗来。我在前线写出的主要作品是一组"猫耳洞奇想"系列长诗,带有浓郁的丛林战斗的气息,获得了较高的评价,也是我自己比较满意的作品。

我的秘诀是两个字:熬夜

石一龙:您对现在年轻一代诗人怎么看,读他们的诗吗?您认不认为诗歌创作在很大程度上靠的是年轻和热情,如果我们把灵感和文学修养暂时搁在一边的话。

朱增泉:有人一直认为写诗是年轻人的"专利",这也是比较通行的看法。这里主要是指写诗的起始阶段,年轻时能写出来也就写出来了,成名之后可能会写一辈子。如果过了中年再去学习写诗,成功的很少。这是从大量实践中得出的结论,不能说它没有一点道理。因为写诗需要激情,需要很活跃的思维,需要敏锐的感觉,需要丰富的想象、联想思想上、心灵上还不能有太多、太重的世俗心理负担,等等,这些都是和年轻联系在一起的。我能在中年写出诗来,主要是因为当时处在特殊的战争环境中,我和那些浴血战斗的年轻战士们在一起,我心中也充满了战斗的激情。如果我不走进那场战争,生活平平淡淡,心态老气横秋,我肯定写不出诗来。我现在翻阅当时的作品,有时连自己也会觉得惊奇,当时居然能找到那样奇妙的感觉,能涌出那样一些意想不到的诗句,现在肯定写不出那样的东西来了。

你问我对现在的年轻一代诗人怎么看,读不读他们的诗?应该说,我对年轻诗人一直充满着期待,我也支持年轻诗人们对诗歌创作进行大胆探索。我早在"老山诗会"上就说过,诗歌是要"变"的,我是支持"变"的,一个时代的诗歌要有一个时代的风貌。前些年,我参加张家港全国诗歌讨论会时,曾对新诗现状作过充满期待的积极评价。但几年过去了,情况似乎并没有发生明显变化。所以,我最近接受一家报纸采访时,对诗歌现状,尤其是对军旅诗的现状,发表了一个比较消极的看法。我认为目前军旅诗正处在一个低谷。何以见得?我列举了以下几条根据:一是新时期崛起的很有成就的军旅诗人,如周涛,现在不写诗了,写别的文艺作品去了。二是军队著名的老诗人,如李瑛,现在写的诗也不是严格意义上的军旅诗了,已和当前的部队生活拉开了距离,从军旅诗"升华"而去了。三是目前仍在坚持写军旅诗的几位诗人,近几年好像也没有写出很有影响的作品来。四是军队涌现的一批写诗的新人,他们大都缺少自己的特点。每次看他们的东西,语言、手法,都似曾相识,甚至有些用词都是在重复别人、重复自己,这就使人觉得意思不大了。所以,我真诚地希望,年轻诗人们一定要注重形成自己的艺术个性,要有自己的特点。任何艺术,没有个性就没有生命。

石一龙:您认为一个优秀的诗人,最应该具备哪些方面的素质?

朱增泉:没有标准答案。大致地说,文化积累,生活阅历,对诗的悟性,敏锐的艺术感觉,超拔的境界,从容的人生态度。从我接触到的许多诗歌爱好者的情况来看,在别的素质都具备的情况下,对诗有没有悟性,这一点便是决定性的。有的人对诗的喜爱非常执着,写得也很勤奋,但悟性较差,难以成功。

石一龙:读您的《前夜》,明显地感觉到一种沉甸甸的东西压迫着我,这里包含了您作为一个军人、诗人深沉的良知,和对即将走入二十一世纪的动荡不安的世界的种种忧虑与深深的期冀。当然给我最大的冲击还是您那独有的抒情方式。能谈谈创作《前夜》中的一些思考吗?

朱增泉:《前夜》是我的重要作品之一。我为这首长诗的写作付出了很大努力,光是为了把二十世纪中国和世界经历的大事、要事先在自己脑子里过一遍,就花费了大量时间翻阅了几十本书。为了把如此宏阔的题材驾驭住、组织好,也费了许多思索。好在我驾驭大题材有我自己的一套办法,那就是"把握全局,不拘小节"。熬了许多夜,断断续续写了几个月,总算分两段把这首长诗写完了。上半部发表在《人民文学》杂志上,下半部发表在《昆仑》杂志上。发表之后,很快出版了单行本,反响还不错。当年就获得了《人民文学》杂志创刊四十周年优秀作品奖,《昆仑》杂志也给了我一个优秀作品奖。不久,新诗研究所的蒋登科对这首长诗写了一篇评论,他认为这首诗有着与以前的政治抒情诗不同的特色,是新时期政治抒情诗的一个突破,是一首产生在新世纪来临前夜、关注人类命运的大气之作,讲了很多鼓励的话。

新世纪来临的前夜,这是令人思索的历史性时刻,免不了要回顾和瞻望。我首先想到的当然是中国在二十世纪的苦难经历,也思索着中国在二十一世纪的前途命运。但中国是世界的一部分,中国的苦难经历、前途命运,都与这个世界密不可分。所以,必须把中国放在世界全局上、放在世界潮流中去观察和思考。这样,关注中国也就必然要关注世界、关注人类。面对新世纪,也必须具备这样的视野。这就是我构思这首诗的大框架。诗的抒情主体当然是我自己,抒发我对祖国的赤诚、对世界的期冀、对人类命运的关注,这是这首诗的血肉、情感和生命。否则,很可能就事论事地罗列成一大堆干巴巴的二十世纪"大事记",要是那样,这首诗算是彻底失败了。同时,我的年龄,我的阅世经验,我所能达到的思想深度,都告诉我必须力避肤浅,力避概念化。我对世界未来既充满信心,又不可能盲目乐观。所以,这首诗呈现出来的是一种具有思辨力度的冷峻色彩,同时又不乏热切期待和奋斗之志,是冷于外而热于内。当然,也不能说这首诗一定有多么了不起,至多算是我创作中的一个新收获吧。

石一龙:您对诗歌流派和主义及一些理论持怎样一种态度?您认为把诗歌分别界定在一定的流派里,又各持一套创作理论,它们对诗歌创作有帮助吗?

朱增泉:允许"信仰自由"嘛,但我对此基本上持否定态度。我对各种流行的诗歌理论一窍不通,对充斥诗坛的形形色色的"主义"也不去过问。我曾不止一次地说过,假如我对各种各样的诗歌理论、"主义"知道得太多,说不定我会顾虑重重,压根儿就不敢写诗了。恰恰是因为我对这些知之甚少,或置若罔闻,才没有框框,没有顾虑,按照我自己的理解去写,反倒写出了一些自己的特点。把圈子越画越小,无异于搞自我封闭,这也不太符合当今的开放潮流。当今世界,经济正在走向全球一体化,东西方文化空前大交流,各种知识也在互相贯通、融合,这种交流、贯通、融合的过程又充满了冲撞和激荡。这种时代特征,无时无刻都在影响着人们的物质生活和精神生活。时代要求人们的是宽广的视野、博大的包容精神、极强的消化吸收能力。有些人在这种汹涌的时代潮流面前无所适从,于是反其道而求之,走向自我封闭主义、小圈子主义,在一个很小的范围内求得相互认同、相互赞赏,甚至关起门来孤芳自赏，这对诗歌的创作和发展是不利的。当然，在艺术创造中，有时标新立异也是需要的，但任何事情都怕一窝蜂、走极端。据我从旁观察，各种各样的"主义"，都有些"瞎子摸象"的味道，都认为自己摸到的部分最真实，真理只在自己手里。当然，从另一个角度看，当今中国诗坛出现这种"主义"泛滥、旗帜林立的现象，又并不奇怪，它折射出我们的社会正处在一个剧烈变革的过程当中，这种状况还会持续下去，目前还不可能出现河清海晏景象。若说诗歌具有不同风格，那倒自古就有，例如豪放派、婉约派等等，但那都是在创作实践中形成的，并不是先画好了框框才去"定制"的。

石一龙：您认为诗歌、散文、小说有什么异同之处？我在一本杂志上看到这样一段话，戏说了小说、散文和诗歌的区别，说一个人在林中散步，这是散文；说这个人在林中散着步突然掉进了水塘里，这是小说；说这个人散步从林中一下到了月亮上，这是诗歌。现在想起来还觉得有意思。

朱增泉：异，在于它们分别是诗歌、散文、小说；同，在于它们都是文学作品。有些东西本来一眼就能看出它们的区别，但被爱钻牛角尖的人突然一问，反倒被问糊涂了。对于这样的问题，不去回答它，可能要比硬去回答它好。举个例子，我们每个人都有十个手指，谁还不知道手指是什么意思？可是我从一本字典上看到，它把"手指"解释成"手臂前端的五个分支"，费解极了。要是查字典的人正好也是一个爱钻牛角尖的角色，他会问：手臂前端不是手腕吗，哪来"五个分支"啊？其实，作者和读者，双方都知道什么是诗歌，什么是小说，什么是散文。

石一龙：您在1996年出过一本散文集《秦皇驰道》，当时很有影响，足见您在写作方面的天赋和大气，以及历史、文化、军事在内的充足的知识背景,以及与个人生存体验有关的阅世本领。您为什么从诗歌转向散文创作?

朱增泉:谈不上天赋,大气有一点。大家比较喜欢读我写古战场一类的散文作品,这是属于历史题材的东西,但偏重于军事历史。这类题材写的人比较少,题材本身有独特性,再加上我是一名正宗的军人,对军事历史问题有一点自己的独特见解,所以大家读起来可能觉得有点震撼力、有点新鲜感。说我"从诗歌转向散文创作",严格说起来这个话不是很准确,因为我开始写诗的时候,也已开始写散文了。在前线,我曾在战地小报上开了一个"军旅杂谈"专栏,为前线战士们写过一些古今中外的战争常识,篇幅不长,每期写一篇,那就是散文。但由于我写诗"成名"在前,散文的影响出现得稍晚一些,所以给人一个错觉,好像我从诗歌转向了散文创作。实际上,我一直没有放弃过诗歌创作,每年还能写一点。同时,我的诗中铺叙的东西多一点,这也使我觉得写散文可能更适合我,这也是"转向散文"的原因之一吧,所以这几年写散文的数量是多一些,产生的反响也在逐渐大起来。今后,我想我还会时而诗歌、时而散文地写下去,就看我碰到的题材更适合于采用哪一种表达方式了。

石一龙:您在领导岗位上一定很忙,是如何处理工作与写作的关系的?

朱增泉:我可以很骄傲地告诉你,我坚持业余写作这么些年,写了那么多东西,从来没有占用过一天工作时间。我对工作一向严肃认真,否则当不到这么大的"官"。至于写作,我的秘诀是两个字:熬夜。我没有别的爱好,全部业余时间都放在看书写作上了。

由于时间关系,我只能先回答这些了。

2001年8月10日下午

为《军营文化天地》点评诗稿[*]

朱按：《军营文化天地》杂志主编余戈，是我的诗集《地球是一只泪眼》的责任编辑，那本诗集获得了第二届鲁迅文学奖，我很感谢他。最近他在《军营文化天地》杂志上开辟了"新生林"栏目，扶持新人新作，功德无量。他命我点评新人诗稿，不敢怠慢。周末之夜，拔去输液针管，孜孜伏案，至凌晨二时方告读讫。兹将随手记于稿边之琐言妄语，抄录于后。如有谬评错说之词，优劣颠倒之语，望诗歌作者和读者海涵。

1. 诗稿《经典》，作者丁雷

点评：军人永远需要从本民族历史深处吸取英雄主义传统的精神养料，怀古之作在军旅诗中常见。但年轻人写这类题材，极易停留在"泛古典主义"的表层，往往罗列一堆作者自己有所感怀的历史人物、事件、典故。毛病在"泛"与"罗列"。诗中提到成吉思汗、后羿、项羽，"胆肝犹悬"又使人联想到勾践，"经典的军人"是指其中某一位，还是指他们全体？均需斟酌。又，如果将青铜号角、

---

[*] 这组诗稿刊载于《军营文化天地》2001年10月号。

铁甲、战马,作为当代"军人的经典",也太表层化了。诗的第四小节不错,"一匹战马/驮着星光从肃杀的古战场/特特而来/高贵的黑鬃泛着白光",这是一个动态的、有诗美的镜头,但象声词"特特"系生造。第五小节中"撷一根长鬃穿起串串岁月"一句,语气太轻率,将整首诗的凝重气氛破坏了。什么是"经典的军人"和"军人的经典",回答难度太大。横杆架得很高,要跳过这个高度,尚需努力。

2. 诗稿《当风儿吹过哨所》,作者姜玉海

点评:爱情是诗歌创作的永恒主题之一,军旅诗中也永远会有爱情的吟唱。这首军旅爱情诗的情调是健康的,思念之情真挚、热切而不轻浮。缺点是形式过于呆板,完全没有必要每一节都用相同的结构方式去写。不知为什么,我们的年轻军人对爱情总是缺乏自信,一方面是抒情主人对恋人的思念那么深切,另一方面却对恋人充满了疑虑,每一节都要满腹狐疑地问一声"你是否也如我"(在思念),一连用了四个"你是否也如我",一百个不放心,一百个没有底。古典的军旅爱情诗中也有设问语气,但那不是疑问,而是思念到极点的"哭问"。请看一位古代无名氏写的诗:"夫戍边关妾在吴,寒风吹妾妾忧夫;一行书信千行泪,寒到君边衣到无?"她将这封满纸泪痕的书信写到最后一句,哭着问夫君:寒流到达边关、吹到你身上时,我寄给你的冬衣收到了吗?可以比较一下,此问与彼问,是不是有些不同?但千万别误会,我绝不是提倡当代军人也要像这位古人那样去"哭诉"分离之苦。另,"摇醒我对秋的诱惑"一句,主、宾关系须推敲。

3. 诗稿《清早,雷锋墓前》,作者陈吉祥

点评:这是一首很写实的诗,它的优点与缺点都与"写实"有关。优点是感情真实、诚挚,是一位模范人物颂扬一个军人典范的诗,很难得。缺点是过于写实,诗情缺少升华。切记:一切诗情、诗意,都是从实物、实景、实情中升华而来的。因此,诗要升华,诗靠升华。说雷锋做的好事一点一点地攒高,高到"我这个一米八的汉子仰望的程度",这样写雷锋,雷锋精神就"高"了吗?那么,让两米三一的穆铁柱来瞻仰雷锋,雷锋精神还高不高呢?太表面化了嘛。

4. 诗稿《丛林迷彩》,作者徐佶周

点评:这首诗的可贵处,是写现实的、鲜活的、身在其中的训练生活,这一点恰恰是当前军旅诗中最缺乏的。仅此一点,得分也应在怀古诗之上。但这首诗的意象却散乱得真有点像雨季丛林一样,让人难以捉摸。第一节写的是在雨季丛林中潜伏侦察的经历,第二节写的是星期天将换洗下来的迷彩服晾晒在阳台上的情景,第三节写的是对丛林阳光的一种感觉。诗需要跳跃,但跳跃如此,则让人有些莫名其妙。不禁要问,如此东一榔头西一棒,究竟想表达什么呢?我历来主张,一首诗要有一个抒情主题,要塑造一个较为清晰的诗歌形象,不能让人"摸不着头脑"。当然,这只是我的很不"现代"的一家之言。

5. 诗稿《烈士塔》,作者陆陈蔚

点评:这是一首颂扬英雄主义的诗,军旅诗中永远需要这类题材的诗。挑不出太多毛病。但"为战火作结"一句不知所云;诗要创造,但不要生造别人不懂的词句。

6. 诗稿《茧子》,作者鲁学英

点评:这首诗的成功之处在于,他写老班长这个人,不是去铺排过程、罗列事例,而只写他手上的老茧,这是最聪明的办法。说明作者已经悟到了写诗的真谛之一:写到某一个"点"上。如果对句子的锤炼功夫再好一点,诗的想象力再丰富一点,这首诗还有提高的余地。

7. 诗稿《关于枪》,作者文松

点评:通过枪这个军人最熟悉的情感载体,引发对历史、对战争的思索,最后写到一名军人的战斗意志,有阳刚气,有一定深度。但第二小节的前三句铺排得毫无意义,后三句写到据枪瞄准时"我们闭紧一只眼睛／而用另一只眼睛／寻找仇恨的理由",因果关系不对。第三小节中"我们的前辈／是怎样用枪背叛",由于句子没有写完整,很容易使人产生与作者本意完全相反的理解,"背叛"后面的句子成分万不可省略,必须补完整。

8. 诗稿《怀古思剑》,作者韩国宏

点评:又一首怀古之作。从诗的技巧看,这是一首写得比较完整的抒情诗。里面有些句子也不错,例如想用自己的体温去安抚那把长剑,想用手掌去感受英雄留在长剑柄上的掌纹、余温、气息,这些都是诗的语言。但"也让我感受兵器上英雄的掌纹"一句中,"兵器"一词写走神了。明明是在写一把具体的"长剑",怎么忽然转换成"兵器"这样的笼统概念了呢?诗的题目也欠推敲,既然是"思剑",那就应该是写想象中的剑,但实际上是在写直接面对的一把实物之剑。既然这样,还不如将题目改成《看剑》更贴切,辛弃疾不是有"醉里挑灯看剑"的名句吗?问题更大一点的,是对这首诗的基调的把握。前面说,这把长剑"在没有战争和硝烟的年代里／哭泣",这"哭泣"二字,分寸过了、重了,写到后面会找不准平衡点。不信你看,后面写的是"将良心切开／给剑拭去微尘和血迹",

又偏出了另一个极端。这是对一首诗在整体把握上欠思量,往小里说是"分寸感",往大里说是战争观。一方面,长期没有战争,长剑也犯不着难受得"哭泣";另一方面,战争也不是靠"良心"所能避免。

9. 诗稿《核试验场区的士兵》,作者郝雁飞

点评:这首诗有雄浑气。在罗布泊荒漠中,忠诚守卫在核验场区的士兵们,承受着内地人难以承受的艰苦和寂寞。他们长年累月的生活景况,那真是大戈壁、大荒漠、大责任、大艰苦、大寂寞。与之相对应,诗中采用的也都是"大意象":"屹立为树,屹立为山","握着大漠与历史的晴雨表","锻铸为山的骨骼海的魂魄","雷鸣在和平的胸腔寂寞燃烧"。但是,"没有什么信仰／可以替代青春在岁月之河默默流淌",这一句尚需推敲。

朱增泉

2001年8月11日凌晨2时读毕记

第二届"鲁迅文学奖"（诗歌）获奖评语*

  朱增泉是我国当代杰出的军旅诗人，诗集《地球是一只泪眼》便是他的新诗集萃。其思想视野、哲理意蕴和文化内涵，都超越了一般意义上的军旅诗，而是在更深层的诗学本质上体现出时代精神、文化源流与人类意识。

  这部诗集思路开阔、题材多样、内涵丰富、意蕴深邃，他把军人的爱国情怀与当代人对人类命运的思考融为一体；他把军人的献身精神与当代人对社会的参与意识构成崭新的价值尺度；他以深层的历史缅怀与对文化渊薮的追寻构成诗的英雄气质。

  这部诗集的不同凡响之处在于，既有雄关飞渡，又有寸草春晖；既有壮怀激烈，又有侠骨柔肠；既能用世纪眼光辨识历史功罪，又能以诗人的良知谛听万民歌哭。不管是放眼战争与和平，还是思考黑暗与光明，既对未来充满坚定的信念，又蕴含着忧患意识，处处闪烁着感悟与超越的光芒。其中许多作品都旨在开掘中华民族的文化宝藏，以期重塑崭新的人格模式，体现先进文

---

* 我获得"第二届'鲁迅文学奖·诗歌奖'"，事先毫不知情。评委投票结果揭晓后，有朋友打电话告诉我才知道。我当时还在职，工作挺忙，事先安排好的工作日程无法调整，2001年9月22日在鲁迅故乡绍兴颁奖时，我也未能赶去参加，留下一个小小的遗憾。

化，呼唤现代文明。他的诗风朗健，大气磅礴，富有哲理，却在一定程度上遮掩了理大于情的缺憾和意象疏散的不足，倘若能够力求让意象多于叙述，就更能强化诗的意蕴了。

2001 年 9 月 22 日

军旅诗"三昧"*

《解放军文艺》原主编刘立云为我选编了这组诗,新任主编王瑛要我写几句关于诗的话。诗的问题太多,诗歌创作的话题更多,她不出具体题目,我反倒不知从何说起。

这里说的军旅诗"三昧",是我十多年来在军旅诗写作方面的一点感受,其中也包括我对新时期军旅诗究竟怎么写的一些探索。

一曰"兵味"。军旅诗要乐于写兵,善于到士兵中去发现"诗"。士兵的训练、战斗,士兵的精神世界、情感经历,是很丰富的领域。我在老山前线开始写诗,写的都是士兵们的战斗生活,如《钢盔》《迷彩服》《猫耳洞人》《穿绿裙的男兵》,以及长诗系列《猫耳洞奇想》等。那些诗,表达的都是士兵们炽烈的战斗情怀。后来写的《我们在雪里行军》《西部士兵》,以及组诗《老兵》等,则是写的士兵们在和平日子里的生活。无论战时、平时,士兵中都蕴藏着丰富的诗。将"兵味"放大一点,就是写军人、写军队、写军事题材。再放大一点,就是用军人的眼光去观察非军事事物,写出来的依然是充满军人气概的诗。我去看云冈石窟,发现这些石佛"一个都没有

---

* 荣获首届中国诗人奖(1999年度奖)是因出版诗集《地球是一只泪眼》,并非因草原组诗获此奖项。

带枪",他们未能守住北魏创立的江山。

二曰"硝烟味"。眼下,伊拉克战争正打得浓烟烈火、举世瞩目,巴格达已兵临城下,陷落在即。人类战争并没有离我们远去。关注战争是军人的天性,军旅诗应该对战争保持一份独有的敏感。中国经历过的战争,世界上的战争,过去的战争,未来的战争,都能点燃军旅诗作者的情感烈火,或爱或恨,或同情,或思索,或鞭挞,或诅咒,都可成诗。我写的《南方炮台》《和平鸽》《巴尔干的枪声》《未来战争》等,都是这样的作品。

三曰"人情味"。"人情味"是新时期军旅诗的重要特色之一,这与军旅诗应当高扬爱国主义、英雄主义旗帜并不矛盾。我在老山战场上写的《战争和我的两个女儿》《妻子给他邮来一声啼哭》《老山风靡相思豆》《黑孤岩·绿芭蕉》《阵地上的一窝鸡》等,都是表现人情味的。在炮火纷飞的战场上,军中都充满了这样的人情味,何况平时?我去年夏天访问俄罗斯,回来写了一篇散文《朱可夫雕像》,其中写到了朱可夫极重亲情的一面。朱可夫是一位"战神",他经历的战争、打的硬仗恶仗比谁都多,他都如此富有感情,何况普通军人?军旅诗若不深入军人的情感世界,也是写不出好作品来的。

写完以上几段话,再看电视转播,今日美英联军先头部队已抵达巴格达城郊,城中伊军将如何动作,仍是谜团……

朱增泉
2003年4月4日夜记

将军情怀本是诗
——中央人民广播电台《子夜星河》专题节目

[开始曲,背景音乐]

晚上好,听众朋友,欢迎您收听中央人民广播电台的文学节目《子夜星河》。我是雅坤。今天我和节目编辑小雪、红伟为您准备的内容是《将军情怀本是诗》——介绍军旅诗人朱增泉的作品。

[音乐另起]

在中国人民解放军这支骁勇善战的队伍里,从来不乏能文能武的领袖、将军。从工农红军的缔造者毛泽东、朱德,到陈毅、萧华等等,枪林弹雨淬炼了他们马背上的诗情。今天,在这支人民军队的序列里,仍然有这样一位老兵,将军们叫他"诗人",而诗人们尊称他"将军"。他就是中国人民解放军总装备部副政委,中将,人称"将军诗人"的朱增泉。

[朗诵:《冬季,我思念天下士兵》片断]

听众朋友,刚才您听到的是朱增泉的诗歌《冬季,我思念天下士兵》的片断。就历史而言,战争有起有落,而对战争中的士兵来说,战争却顽固地延伸到他们和平的日子里。对士兵的思念是一位职业军人的辽阔胸怀。

朱增泉曾经说过:我不是诗人,我是军人。缪斯女神是驾着一双硝烟的翅膀降临的。二十世纪七十年代末到八十年代中期,西南边境的局部战争显出格外的残酷。繁华和寂寞相距不过百里,生死只有一肩之隔,一双双拿枪的手不约而同拿起了笔,"老山诗歌"成为中国当代诗坛一个值得关注和研究的现象。朱增泉就是在这个时期,在鼓动他的战士们写诗的同时,身先士卒,开始诗歌写作。

让我们一起来欣赏他写于这个时期的作品《我案头,站立一尊秦兵俑》。

[朗诵:《我案头,站立一尊秦兵俑》]

炮火硝烟催生了朱增泉的诗歌作品。他从起手就显示出不同凡响的雄健气势。文学评论家周政保对此有极为精到的评述:

[周政保讲话录音:气势是诗人感觉质量的表现——是读者感觉到而不是看到的]

朱增泉的诗歌对象首先是士兵,即使是面对历史,他也更多地把目光投入到军旅将士身上。

我非常喜欢他写的《阵地上的一窝鸡》,这是在朱增泉的作品中比较少见的富有喜剧色彩的诗作。这首小叙事诗写得很有情趣,哨所发现了一窝鸡,战士们就养了这窝鸡,保护了这窝鸡。这不再是普通的鸡,它折射出在生死前沿,我们的战士是如何善待生命。

[朗诵:《阵地上的一窝鸡》]

听众朋友们,您现在收听到的是中央人民广播电台的文学节目《子夜星河》。我是雅坤。在今天的诗歌版中我向您介绍的是军旅诗人朱增泉的诗歌作品。

朱增泉在初学写诗之后,很快爱上了长诗创作,也受到了较高的评价。朱增泉自己认为:"写长诗比较自由,可以一任感情奔涌流泻,大开大合,纵横驰骋,痛快淋漓。"《奇想》《国风》《前夜》是他长诗的代表作。因为时间的关系,今天我们主要介绍他的抒情短章。

朱增泉的诗作以气势见长,但也不乏凝练精致的抒情短章,如组诗《滇边散诗》等。诗人对语言的锤炼,对古典诗词意境的开掘都曾受到诗界同仁的称赞。现在让我们来欣赏其中的一首《一匹白马》。

[朗诵:《一匹白马》]

仿佛是一组蒙太奇的镜头,暗示,联想,使它产生了1+1大于2的艺术效果,也让我们想起马致远的小令《天净沙》那"枯藤老树昏鸦,西风古道瘦马"的意象组接。但是艺术手法的接近并不代表感情方式的一致。这一匹白马,瘦硬,瘦中见骨。它是诗人精神境界的物化。将军的情怀就是这么高远,独立天地间,借这匹白马奔跑起来,飞翔起来。

[音乐]

枪声远去,硝烟散尽。步入人生秋季的朱增泉在和平的岁月中感受着历史的沧桑。二十世纪九十年代,朱增泉因工作需要走访了内蒙古草原,写下了一组浑厚苍劲的诗歌作品。将军的情怀就是这么深邃,在这静谧如沉睡的草原上,诗人分明还听见战马的嘶鸣,远去的呐喊。这也许就是一个军人的本色,永远的将军情怀。

请听《感受岁月》

[朗诵:《感受岁月》]

我曾经以为朱增泉的诗歌风格变化是随着年龄的变化自然产生的,生命的秋季和自然的秋季相和谐,辽阔的草原和寥廓的思绪相吻合,草原组诗充满人生的况味,甚至具有一丝在朱增泉诗歌中少见的伤感的调子。但是文学评论家周政保认为:

[周政保讲话录音:朱增泉对历史充满兴趣,历史是秋天]

草原好像对诗人有种神奇的魔力,来到草原使诗人的心灵舒展,思绪飞动。他的诗集《地球是一只泪眼》获得了第一届中国诗歌学会颁发的年度中国诗人奖。在颁奖会上,朱增泉把自己的奖金转赠给了一同获奖,却因重病在身不能前来领奖的诗人昌耀,让所有在场的人为之心动。

一个月后,在青海西宁市一张简陋的病床前,曾经是中国人民解放军三十八军的普通一兵,曾经在抗美援朝战场上身负重伤,曾经九死而不悔的诗人昌耀,被来自诗人和将军的知己之情感动得让他热泪纵横。将军的情怀温暖了一个老兵的心。

[朗诵:《忧郁的科尔沁草原》,朱增泉讲话]

阅读朱增泉的诗歌,你会发现,将军情怀就是诗歌。对战争与和平的思索就是哲学的思索,对士兵的关怀就是对人性的关怀。历史原本是现实的积淀,诗歌是将军的另一座沙盘。

[音乐结束]

[结束曲]

听众朋友们,刚才您听到的是文学节目《将军情怀本是诗》,作品朗诵:方明、姚科。复制合成:江凯。主持人:雅坤。节目编辑:小雪、红伟。感谢您的收听。愿文学带给您一个新的世界、新的明天。

2004年秋

《享受和平》后记

　　自从上一本诗集《地球是一只泪眼》出版并获得鲁迅文学奖以来，我已有七年多没有出诗集了。对于一位尚在写作年龄的诗人，尤其是同我诗歌创作旺盛时期每年出版一本诗集相比，这是一个不短的停顿和间隔。这几年，我的主要兴趣转向了散文随笔写作，但没有完全离开诗，每年还断断续续写一点。

　　这本诗集的整理出版，首先要感谢喜欢读我诗的读者们。这几年，他们在阅读我的历史散文和军事随笔的同时，并没有忘记我首先是一位诗人，没有忘记我的诗。有些读者在网上贴帖子说，我的历史散文和军事随笔比诗写得更好。但有些读者的跟帖则坚持说，他们还是更喜欢读我的诗。其次要感谢诗歌界的朋友们，几家主要刊物每年都要向我约一些稿子。说心里话，写约稿就像学生在课堂上写命题作文似的，往往写不好。但我每次还是很认真地写，按时寄给编辑部。一般地说，自己有感而发写的诗，通常会比费尽心力写的约稿诗好一些。当然也有少数作品的情况刚好相反，这属于例外。第三要感谢评论界、学术界这几年开始重新注意研究我的诗。在当前新诗写作不太景气的情况下，这对我无疑是个不小的鼓励。这也从一个侧面证实了我的一个观点：少争论，多把功夫放在创作上。任何一位诗人,归根结底还是要靠诗歌本身来证明自己。

我这本新诗集的形成过程是这样的,西南大学新诗研究所所长蒋登科先生带的一位研究生,要写研究我诗歌创作的毕业论文,来信来电话索要有关资料,其中包括最近几年尚未结集的诗歌作品。我和这位研究生至今尚未见面,但觉得对年轻人的热情应该积极支持,何况人家是不要任何报酬地"吹捧"我呢。于是开始翻杂志、翻报纸,尽可能把这几年所发表的诗歌都收集起来,将剪贴本复印一份,寄给了他。事后翻阅自己留下的这本剪贴本,又东涂西抹地改了一遍,忽生一念,何不借机出它一本?但这几年出版社似乎都对出版我的散文随笔更感兴趣,诗集几乎出一本赔一本,出版社不能不考虑经济效益。我在河北省驻军工作多年,河北教育出版社表示愿意出版我这本诗集。

诗评家、研究者认为,我这几年的诗风有了一些变化。张同吾先生是我多年的老朋友了,他过去曾为我的诗歌写过不少热情洋溢的评论,对我诗歌创作的来龙去脉十分熟悉。他为我这本诗集写的序言,除了一如既往对我的诗歌创作给予热情鼓励之外,对我这几年诗歌风格的某些变化也有中肯的评论。就我自己这几年的创作心态和创作感受而言:第一,长诗我是肯定不再写了。要想真正写好一部长诗很不容易,很累,写不动了。第二,诗随人老,随着我老之将至,我的诗风也由激情澎湃开始转向平实祥和,这是我的诗歌跟随我的年龄一起走向"老龄化"的心理反应。第三,我对诗歌痴情不改,仍在研究和探索之中。我今年静下心来读了一遍《诗经》,又选读了几位唐、宋大家的诗词。唐诗我喜欢李白和白居易,李白豪放,白居易通俗。宋词喜欢辛弃疾和李清照,辛弃疾雄武豪放中含悲愤,李清照清丽婉约中多忧伤,但两人有一个共同点,个人情怀的点点滴滴,全都浸泡在南宋羸弱王朝令人忧国忧民的大悲伤中。

　　当今诗歌之河泛滥，水面上漂浮物较多，泡沫较多，我想到上游和源头去寻找一点清水、活水。但我从一开始写诗就发表过一个观点，一个时代必然会有一个时代的诗风。如果诗歌世世代代总是同一副老面孔，没人看。新诗要继承中国诗歌的优秀传统是肯定无疑的，但新诗走到今天"山重水复疑无路"的境地，要想从"复古"中找到根本出路那是不可能的，尽管时下旧体诗词的写作队伍正在日益庞大起来。毛泽东的旧体诗词写得超拔豪迈，当今中国无人能比，但他也不主张年轻人写旧体诗词，因为毕竟时代不同了。我自己也不写旧体诗，喜欢读，不会写。我喜欢读的是古人写的古典诗词，却不喜欢读今人写的旧体诗，新酒毕竟不是陈酿，总觉得不是那种"味道"。我只想从古典诗词中吸取一些写新诗的养料，却不主张"复古"。所以，我在阅读古典诗词的同时，也进行了一些自我探索和尝试。比如追求平白如话、质朴无华；又比如把情节引入诗，把对话引入诗。这些，我是从唐诗中得到的一些启发，白居易的《长恨歌》和《琵琶行》就是很好的例子。我有时也从宋词中借鉴一点句子结构方法。但由于我这几年写作散文随笔花去了太多的时间和精力，对于诗歌的这些探索和尝试，未能深入下去。当我把平白如话、质朴无华当作自己的诗歌审美追求时，正如张同吾先生所指出的那样，有些诗写得过于口语化了，说明我的探索并不成功。

　　最近，有一位记者在采访中问我："你自己最满意的诗歌和散文作品是哪些？"我说："我自己最满意的诗歌和散文作品还没有写出来，到目前为止，我只有自己比较满意的作品。"我自己比较满意的诗，是在老山前线写的"猫耳洞奇想系列"，诗情激越澎湃，意象新鲜奇特，没有任何模式，不带任何框框，我自认为那是本真的诗情燃烧，是有些独创性的诗。后来的另外几首长诗，理性思考多了一点。但我无愧地说,我在诗歌中对祖国、对民族、对人类前途命运和对人生的深入思考,是严肃的、认真的,甚至是痛苦的。

  我的短诗中也有一些自己比较满意的作品。去年,应屠岸先生约稿,由他担任主编、香港银河出版社出版的一套人文丛书中,有我一本《朱增泉世纪诗选》,书名起得有点吓人,是出版社起的,其实它只是一本只有六十几个页码的小册子,选了四十首短诗,旧世纪选了二十首,新世纪选了二十首。由于出版社对丛书有统一的页码限制,最后印出来的是三十九首。这些算是我自己比较满意的短诗。

  前天接到吕进先生电话,他告诉我说,他带的一位博士生又在撰写研究我的诗歌创作的博士论文,我等待着研究者的批评。

  对于我这本名为《享受和平》的诗集,读者不要寄予太高的期望,我自己也并不满意,切望得到你们的批评指正。

朱增泉
2006年9月23日凌晨记

难以割舍的爱好

　　坚持业余写作,是我唯一的也是难以割舍的爱好。支撑着我的写作、并贯穿在我作品里的,大致有三个基本要素:平民心态、历史情结和现实情怀。经常有人问我,作为一名领导干部,是什么心态在支撑着你的业余写作？我直言相告:"平民心态。"如果我时时刻刻想着自己是多么大的一个"官",心里总是放不下自己是个多么大的一个"官",我就不必再写了,不会再写了。即使写,也只能做出些"官样文章"来,真性情往往就没有了。我对士兵,对老百姓,对朋友,从来不摆什么"官架子"。自从我在连队当基层干部,一直当到将军,我与士兵们的心一直是相通的。我过去在作战部队工作的时候,每次到连队去,无论在操场或演习场往士兵堆里盘腿一坐,士兵们什么话都对我说。我是在老山前线开始学习写诗的。我那时写的都是反映前线官兵战斗生活的诗,不做作,有真情,所以年轻官兵们都喜欢我的诗。诗歌无论怎么发展变化,真正能够打动人的,还是真情。诗中最怕没有"自己"。最近这几年,我主要写散文。我写散文,水平高下且不说,我总是先将自己的心态放平,努力写出些真情来。如果用居高临下的心态去写,可能会是另一种模样。普天之下,一切文学作品,贵在"情真意切",否则不会有多少读者,不会有长久的生命力。

所谓历史情怀,主要是说,在我的散文作品里,写历史题材的东西比较多。我对历史题材感兴趣,并不是因为我精通历史的缘故。恰恰相反,正因为我的历史知识太少,历史对我才有那么大的吸引力。我每到一个地方,只要碰到与某段历史有关的事物,我就会被深深吸引住,有一种强烈的好奇心要去了解它,了解之后就想说点什么,有感而发。我写西部的许多历史散文,都是这样写出来的。我现在也在尝试,想逐渐把目光转移到现实生活中来。

眼下有一种说法,认为写"事"与写"知识"是散文之"大敌"。毫无疑问,论者看出了当下散文创作中的一个弊端。同样毫无疑问,散文作品当以写"情"者为上品。但我同时也认为,任何一种道理都不宜把它说得过于绝对化。写"事"能写出新见地,写"知识"能写出新意来,也是新时期散文的题中应有之义,不宜绝对排斥的。经验已经告诉人们,纯粹写"情"的散文,若是走到极端,写成"滥情",也是令人厌倦的。两者都不宜走极端。何况,抒情有各法。在散文创作实践中,"寄情山水","一草一木总关情",写"情"与写"事"、写"知识"(尤其是许多"历史知识"),其实也是极难分割清楚的。新时期"大散文"的最大功绩在于,一是突破了僵化模式,二是在内容上包容并蓄。包容乃大,这一条尤其不能"反"掉。散文创作有必要讨论、改进、提高,但不能走回头路。

所谓现实情怀,主要是由于我的身份和经历,决定了我不可能去走纯粹"个人化写作"的时髦路子。对于国家、民族、民生、时政等问题,我常常会觉得有话要说。我有时会大声疾呼,有时又会疾恶如仇。这在我早期的诗歌作品中表现得最为明显和强烈。改革开放头十年,熟悉我诗歌创作的刘立云曾说:"十年来,中国社会的艰难变革和中国人的酸甜苦辣、悲喜交加、峰回路转,都回响在他的诗中。"在我的散文作品中,这一点也是显而易见的。现在,随着年龄增长,心态已经趋向平和,虽然有时仍会觉得不吐不快,但我的诗歌和散文总体上都已趋向平实。

我坚持业余写作,受到的制约因素较多,诸如身份的制约、时间的制约、知识的制约,等等。由于我军职在身,职责在肩,可供我业余写作的时间毕竟有限。所以,我每次写东西都在赶时间,只想赶快把它写完,出手的东西往往比较粗糙。回过头去看,自己比较满意的作品有那么几篇,但不少作品我自己也并不满意。我有一个习惯,每次拿到一本刊登我作品的杂志,往往不等看完,就会拿起笔来修改。为此经常后悔,当初为何将稿子那么草率地寄走呢?诗歌界、散文界的朋友们经常热情邀请我参加一些活动,我作为一名部队的在职领导干部,公务在身,都不便参加,因而很少有机会能在写作上与别人作些交流。知识的欠缺,更不是一朝一夕可以弥补的。有了这些制约,我在写作上难有大的突破。对我来说,坚持业余写作本身是最为重要的。

现在好了,我已从工作岗位上退了下来,除了还要参加全国政协常委的一些会议,自己可以掌握的读书、写作的时间是比过去充裕了。但我需要有一段时间来调整自己。在这个调整期内,估计不会写得太多。

朱增泉

2006年10月15日

致 洪 芳[*]

洪芳：

您好！论文拜读过了，写得很好。看得出，你下了一番大功夫、苦功夫。你是第一位这样系统地、深入地研究我的军旅诗创作的博士研究生，我今生有幸。由于我是将军、是领导，写了许多政治题材的诗歌，有些前卫诗评家，对我的诗是不屑置评的。我要感谢你，更要感谢吕进老友，他一再调遣他的麾下"拔刀相助"，"提枪拍马评朱诗"。你作为他的关门弟子，以如此饱满的热情来研究和评论我的军旅诗创作，尤其难能可贵，令我感动。

你的研究是很充分、很深入的。我自己对诗歌理论完全是外行，写诗全凭"感觉"。对于你论文的命题和观点，我没有任何异议，只是感觉你把我的诗歌抬得太高了。所以，我在电脑上先读了几遍，然后谨慎地"顺"了一遍，如果你阅后同意，准备荐给《神剑》刊发。我的修改主要有以下几点：

一、根据论文内容，把题目改了一下，使之更加切题。

---

[*] 洪芳在四川西南大学中国新诗研究所读博士研究生时，她的导师是著名诗歌理论家吕进先生。洪芳的博士论文，以三分之一的篇幅写了《朱增泉诗歌论》，对我的军旅诗创作进行了比较深入的研究和评论。这是我读过她论文初稿后写给她的复信。

二、把"体系""丰碑"这样的提法都删掉了，这类词删掉为好。这是保护我自己，也是保护你，以免惹得别人生气，反过来惹得自己比别人更生气。这样的情况，我从别人身上见到过。

三、把你原稿中说新诗"一病不起"这句话也删掉了。我知道你可能很喜欢这句话，因为它很生动、传神。我武断地将它删掉，你是要"忍痛"的。可是，这句话在圈内随便说说无妨，一旦变成文字拿出去公诸于世，是会得罪很多人的。须知现在有多少人在靠"一病不起"的新诗吃饭啊！另外，新诗"转型"是不可避免的，也有它的合理性一面。这似乎是中国新诗绕不过去的一个必然过程，慢慢地也会有一些好作品出来，也会成就一些新人，这是我的看法。我把这个意思以我的口气加进了你的文章中，不知你是否同意？我建议你在讲新诗的问题时，尽可能辩证地说，大家比较容易接受。

四、在有些段落中，我加进了几句诠释性的话，目的是让读者对我某些重要诗篇的具体创作过程了解得更清楚些。

以上几点，都没有提前跟你商量，我这个人军人作风，主观得很。但我是尊重人的，一切都要以你的意见为准，都要得到你的认可后才算数。凡是我改动的地方，你看了觉得不舒服的都可以改回去，我毫不介意，我是真诚的。

最重要的，应该听从你导师吕进同志的指导性意见，他才是真正的权威，我也完全听从他的评判。

顺颂新春快乐！

朱增泉
2008年1月28日于北京

《朱增泉诗歌三卷集》后记

我的业余写作是从诗歌开始的,先被冠以"将军诗人"之名,后来改写散文,渐渐疏远了诗歌。写完了五卷本《战争史笔记》,有了空闲,想把诗歌整理一下。当我重新面对自己的诗歌,好像见到久别的昔日知己,觉得挺对不住诗歌的。好在我还有念旧之心,终于又想起了诗歌。今年上半年,四川文艺出版社将推出我的诗歌三卷集,一卷军旅诗《生命穿越死亡》,一卷抒情诗《忧郁的科尔沁草原》,一卷政治抒情诗《中国船》。这三种诗歌样式,其实是互有贯通的,我只是大致区分了一下。编完三卷诗集,我想对我久别的诗歌知己说几句真心话,读者也不妨听听。

一、三篇序文

感谢诗坛两位前辈李瑛和谢冕先生,以及我的同龄好友吕进,三位名家,为我这套诗集写了三篇序文。我深知,为人作序难,尤其名家,求序者众,应接不暇,而又众口难调,不胜其烦,避之不及。因而,求序也难,求名人作序尤难。为了避免"落空",我同时向他们三人表达了求序之意,内心盘算着"三人得其一",足矣。

不料三人同时应诺,使我这套诗集大为增色。

　　李瑛是中国诗坛的常青树。我在前线参战期间开始学习写诗,那时我是集团军政治部主任,他是总政文化部长,是我的上级。我曾向他汇报过战地文化工作情况,尤其是前线官兵群体性的诗歌创作热情,得到过他的关心和支持。后来我调来北京工作,和他的接触机会增多。他对我这位业余诗歌作者的扶持方式很独特,他每次出版新的诗集,必定签名赠我一本,每次都会在书中夹一短笺,派司机送到我办公室。诗歌应该怎么写,他从不说教,只是送给我诗集,让我自己阅读领会,"真经"尽在不言中,使我受益匪浅。我退下工作岗位后,虽然秘书仍留在机关办公室上班,处理我的来往信件及军内外联系杂务,我本人已经不去。总装门卫制度严,有几次李瑛先生派来送书的司机报不出联系电话,只得携书而归。李瑛不厌其烦,让司机再送,有时往返者三,我知道后很是过意不去。李瑛的诗歌创作量巨大,著作等身,他的诗影响了几代人。记得"文革"刚过,如雨过天晴,我上街买到一本他的《枣林村集》,当晚依枕一口气读完,一股清新之气沁人心肺,难以忘怀。他的诗始终秉持堂堂正气,不媚不傲,诗歌语言温文儒雅,形成他的独有风格,被称为"李瑛模式"。这一称谓,有人认为是贬义,我认为首先是褒义,要看到在形成"李瑛模式"的漫长过程中,李瑛对中国新诗做出了突出贡献。若说褒中有"贬",那是期望后来者要在学习前辈创作经验的基础上去创新突破。其实李瑛本人也一直在孜孜不倦地追求突破自我。二十世纪九十年代,他不顾年事已高,走新疆,去青海,上西藏,感受祖国山河的辽阔壮美,使他的诗风为之一新,难能可贵。有一次,《人民文学》杂志的诗歌编辑陈永春和我谈起李瑛的诗,他由衷地说:"李瑛进入晚年以来的诗越写越好。"获得这一评价,谈何容易。李瑛晚年的诗,诗意、诗句、诗美,都已炉火纯青,令我敬重。现在他听力不好,一般不接电话,我通过他女儿李小雨向他求序。小雨在电话里说,自从母亲去世后,老父亲心情一直欠佳,而且他十年前就已声明不再为人作序,回去说说看吧。第二天,小雨回电话了:"爸爸说了,写。"李瑛同志办事向来认真,他先是戴上老花镜把厚厚三本诗稿看完,发现错字、衍字、用得不恰当的字,或是他认为某一句诗值得一提,都用铅笔逐一做上记号。由于他手抖得厉害,写的字只有小雨能识,但小雨不会用电脑打字,她念,让她女儿打字,祖孙三代齐上阵,为我完成了这篇序言,这是十分动人的一幕。打印稿送来时,附有李瑛写给我的一封三页纸的亲笔信,每一个笔画都因手抖而成波浪。信中谈了他与诗歌为伴的欢乐与艰辛,也谈了对诗歌现状的忧虑和期待。他对诗歌的深情和对人的诚恳,令我深受感动。

　　谢冕先生是中国新诗评论权威,久闻大名。他是北大中文系资深教授、博导,担任着北大中国语言文学研究所所长、北大中国新诗研究所所长等多种职务,教务、事务繁忙。我们互相认识,但平时并无交往。我知道他也当过兵,是抗美援朝时期参军的。但他后来亲口对我说,他参军后并未去朝鲜战场,而是驻守在福建沿海的一个岛上。由于双方都当过兵,交谈起来就有一种亲近感。我虽然是一位业余诗人,但也想知道他对我诗歌的基本看法。我通过他的福建老乡、著名文学评论家何镇邦先生向他转告求序之意。几天后,何镇邦回电话说,谢冕先生八十高龄了,国内外文学活动很多,一般不再为人作序。但他说了,朱增泉这篇序还得写。又是一个好消息。序文转来时,附有谢冕先生短信一封,"烦镇邦兄面交朱增泉将军"。信写得十分客气,说是"镇邦兄受先生之托,屈驾来会面,诚可感也","先生之托岂敢有违,长夏苦暑,匆匆之中若有不妥之处,望不吝删正"。短短数语,透出大家风范。我展读序文,他对我何时开始写诗,何时是我的诗歌创作高峰期,何时转向散文写作,如今仍偶然有诗作问世,讲得一清二楚。这说明,我的诗歌创作情况一直在他的视线之内。我的诗歌孰优孰劣,当然更逃不过他的法眼。他对我这位业余诗人的总体评价恰如其分,评论我诗歌的优点高屋建瓴,指陈我诗歌的不足客观中肯。读罢谢序,使我鼓舞与鞭策兼得。

吕进先生是诗歌理论家,西南大学新诗研究所第一任所长,现在是西南大学诗学研究中心主任。我们相识的过程,他在序文中写得生动具体。吕进比我大几个月,快人快语,我和他每次见面都会畅怀交谈,开怀大笑。但吕进自有诗歌理论家的矜持,我们虽然已是二十多年的相知好友,他也在多篇散文中讲到我们之间的友谊,甚至称我是"铁哥儿们",却从未为我写过诗评。他站在更高的层面看问题,发现中国诗坛对当代军旅诗的研究比较薄弱,亟待加强。为此,他指导他的历届研究生注意研究当代军旅诗,其中包括我的诗。他的大弟子、当年接替他担任新诗研究所所长的蒋登科,曾为我的长诗《前夜》写过长篇评论。蒋登科的硕士研究生任毅,以研究我的诗歌为题撰写了硕士毕业论文。任毅毕业后分配到漳州师院中文系教了几年书,现在又离职到武汉大学读博去了。吕进的关门弟子洪芳,又把我的诗歌作为她撰写博士论文的主要研究对象之一,我将她论文中写我的这一章摘出,附在我的诗集中了。这些文章的背后,都深藏着吕进扶持我诗歌创作的良苦用心。这次,我用手机短信向他求序。他回短信说,眼下正忙一个会议,"会后就动工"。他的序写得热情洋溢,第一个传来。他在序言中从宏观角度着眼,对我的诗歌创作有独到评价。他这篇序言最打动我的地方,是对我诗歌创作中的主要问题写得切中要害,令我茅塞顿开。

二、自我定位

我过去说过,我是军人,不是诗人。现在要说,我首先是一位军人，然后才是一位业余诗人，因为我毕竟写了这么多诗，而且靠诗集《地球是一只泪眼》获得了鲁迅文学奖。但从严格意义上说，我的诗歌也只能算业余水平。当然，并不是说我的诗一无是处，我的诗也有一些不同于别人的特点。比如"大气""宏大背景""重大题材"；比如"思辨色彩""忧患意识"；比如"平民情怀""生活气息"等。

但我的诗歌比较粗糙（雷抒雁先生说应该叫粗粝，军旅诗需要粗粝一些，这当然是他的客气说法），有些句子缺乏推敲，这有多方面原因。首先是由于我诗歌理论和诗歌技巧的欠缺。吕进在序中说"善医者不识药，善将者不言兵"，但我并不想用这两句话来掩饰我在诗歌创作上的先天不足。其次，我在退休前一直处在业余写作状态，没有时间去慢斟细酌。白天有忙不完的事，所有作品都是熬夜写出，匆忙寄出。每次拿到发表作品的杂志，重新一读就后悔，拿起笔来就修改。多数作品都是在这种状态下完成的，实际上都是一些初级产品，缺了几道打磨工序。这只是客观原因，内在原因是功力不够。谢冕先生在序中指出我"有的诗句略显平白些，有的诗句由于锤炼不够略显粗糙些"，这都与我遣字炼句的功力不够直接有关。

我自认是一位性情中人。李瑛先生在序中说，"他是把自己整个心灵都放进诗句中写作的人"。他这句话令我心动，可谓一语中的。我的这种写作状态，也为我的诗歌带来了正负两方面的效应。从正面讲，李瑛说，"因此（他）写出的诗有血肉、有骨骼、有痛感、有生命，有极大的情感冲击力和震撼心灵的力量"。从负面讲，我自知我诗中也有一些情绪化的东西，我的喜怒哀乐全在诗中，倾倒而出，一览无余，这使得部分作品虽是生活原料，却未能升华为真正的诗歌艺术。比如《记忆》这首诗，这是《诗刊》纪念新中国成立六十周年的约稿。写什么呢？我很自然地回想起自己六十年来的亲身经历，列了一个提纲放在一边。当时我正全身心地沉浸在《战争史笔记》的写作中，没有时间去琢磨这首诗。交稿时限到了，我粗粗顺了一下就寄走了。这次编集，本来不打算收入这首诗，但找出来重新一读，尽管是纪事式的"提纲"，却桩桩件件都是我亲身经历之事，它勾起了我无尽的回忆，点点滴滴涌上心头。为了保持我诗歌创作的本真面貌，我宁愿在艺术上失分，也不忍将真情丢弃，仍然将它收进集子中了。类似这种情况的诗作，不止这一首。我曾经说过，我要把一些水平线以下的作品当成垃圾扔掉，但真要扔时却又犯了敝帚自珍的毛病。吕进说我懂得"藏拙"，我编这套诗集完全没有"藏拙"，只是想把我的诗歌本真面貌呈现给读者。从中筛选出一些值得留下的诗篇，那是今后的事。

　　我的诗中"叙述"和"议论"的成分太多，这是长期困扰我的问题。想改，但改不过来。此前，诗评家对我诗歌创作中的这类问题要么一笔带过，要么笼而统之，隔靴搔痒，让我摸不着头脑。这一次，吕进在序文中讲得最为透彻，一针见血，一步到位。我心悦诚服地给他发了一个短信："知我诗之病者，吕进也！"也正是由于这个原因，迫使我后来改写散文。我自感诗歌水平也就这样了，写散文可能更适合我。这些年改写散文的结果，似乎也证实了这一点。

　　吕进为我开出的"药方"是：在挥洒激情时要懂得"节制"，要把诗中的"叙述"和"议论"成分尽量"清洗"掉，这样才能提高诗的纯度。他这个观点我现在已能欣然接受。但在过去，我曾固执地反对"清洗"，我的理由是一经"清洗"就把生活的原汁原味"洗"没了。我是农家子弟出身，老百姓大清早到地里去拔一棵萝卜或青菜，都是"拖泥带水"的，根上有土，叶尖上有露珠，多新鲜啊，这才是生活。我反对"洗"掉生活的原汁原味，也许有对的一面。所以李瑛在序中说，我的某些诗句能"把最生动感人的生活和细节呈现给读者"。谢冕先生序中也说，虽然我的有些诗句略显平白和粗糙，"但它们仍然诗味十足，让人读起来着了迷"。这次经过吕进"点化"，我知道我的问题是没有把保留生活的原汁原味同"清洗"

掉诗中的"叙述"和"议论"区分开来。说到底,还是功力不够。

三、我的军旅诗

　　我是军人,当然看重军旅诗。我即使写军旅之外的题材,也带着一种军人的眼光,调动的是军人的感觉系统。这一点,李瑛、谢冕和吕进的序中都提到了。吕进在序中说,"他是有自己的艺术套路的",这谈不上。如果硬要说我有些"套路",也只是对新时期的军旅诗该怎么写,有我自己的一些见解和实践。我曾为《解放军文艺》写过一篇短文《军旅诗"三味"》,照录如下:

　　一曰"兵味"。军旅诗要乐于写兵,善于到士兵中去发现"诗"。士兵的训练、战斗,士兵的精神世界、感情经历,都是很丰富的领域。我在老山前线开始写诗,写的都是士兵们的战斗生活,如《钢盔》《迷彩服》《猫耳洞人》《穿绿裙的男兵》,以及长诗系列《猫耳洞奇想》等。那些诗,表达的都是士兵们炽烈的战斗情怀。后来写的《我们在雪里行军》《西部士兵》,以及组诗《老兵》等,则是写的士兵们在和平日子里的生活。无论战时、平时,士兵中都蕴藏着丰富的诗。将"兵味"放大一点,就是写军人、写军队、写军事题材。再放大一点,就是用军人的眼光去观察非军事事物,写出来的依然是充满军人气概的诗。我去看云冈石窟,发现这些石佛"一个都没有带枪",他们未能守住北魏的江山。

　　二曰"硝烟味"。眼下,伊拉克战争正打得浓烟烈火、举世瞩目,巴格达已兵临城下,陷落在即。人类战争并没有离我们远去。关注战争是军人的天性,军旅诗应该对战争保持一分独有的敏感。中国经历过的战争,世界上的战争,过去的战争,未来的战争,都能点燃军旅诗作者的情感烈火,或爱或恨,或同情,或思索,或鞭挞,或诅咒,都可成诗。我写的《南方炮台》《和平鸽》《巴尔干的枪声》和《未来战争》等，都是这样的作品。

三曰"人情味"。人情味是新时期军旅诗的重要特色之一，这与军旅诗应当高扬爱国主义、英雄主义旗帜并不矛盾。我在老山战场上写的《战争和我的两个女儿》《妻子给他邮来一声啼哭》《老山风靡相思豆》《黑孤岩·绿芭蕉》和《阵地上的一窝鸡》等，都是表现人情味的。在炮火纷飞的战场上，军中都充满了这样的人情味，何况平时？我2002年夏天访问俄罗斯，回来写了篇散文《朱可夫雕像》，其中写到了朱可夫极重亲情的一面。朱可夫是一位"战神"，他经历的战争、打的硬仗恶仗比谁都多，他都如此富有感情，何况普通军人？军旅诗若不深入军人的情感世界，也是写不出好作品来的。

四、我的长诗

谢冕先生在序中谈到我的长诗时，对我的《猫耳洞奇想》讲了不少赞扬的话，而对我的《国风》和《前夜》则说，它们虽然也是"抒写革命历史并展示诗人革命胸怀的，其胸襟之博大，思想之深邃，也是相当引人注目的。但不及组诗《猫耳洞奇想》给我留下印象之深刻"。他轻点巧拨，正中要害，其中甘苦，唯我心知。

李瑛先生序中说："诗歌创作是属于感情领域里的形象思维活动。"我理解他这句话的意思，虽然诗歌创作并不完全排斥理性思考，但从本质上说，诗歌创作是以情感活动为先导，辅之以理性思考，这个主从关系是不能颠倒的。一旦颠倒过来，以理性思考为主导，即使勉强铺陈成"诗"，也写不出上乘之作来。歌德所说"思想在行动之前，就像闪电在雷声之前一样"，我想那一定有一个前提，即诗人已充分掌握了来自现实或历史的创作素材，就像天空出现闪电和雷鸣之前一定先聚合了雨云，这些创作素材在诗人心中已经充分"发酵"，激发了他的创作冲动，到这时才进入"思想在行动之前"的创作阶段。诗人通过理性思考,"用思想照亮诗行",伴随电闪雷鸣,下一场酣畅淋漓的好雨。如果手里先有一只思想"盘子",再到自助餐厅去"配菜",把盘子填满,这样的操作程序绝对写不出好诗。

诗情的涌流源于情感活动,而不是发端于理性思考,这是我后来才悟出的道理。《猫耳洞奇想》这组诗,从总体氛围到一人一事,甚至每一个具体细节,都来自我身在其中的战场环境和战斗生活。我身处战争环境,情感活动异常活跃,思想海阔天空地翻腾,那些诗句自然而然喷涌而出。读者和诗评家都说这组诗好,那是因为这组作品的产生符合诗歌创作规律。

从前线回来,面对改革开放初期的复杂形势,我如岩浆般翻滚的战斗激情开始冷却,转而陷入了冷峻的思考之中。在这样的背景下,我写出了长诗《国风》《前夜》和《毛泽东·邓小平·中国人》,下的功夫远远超过《猫耳洞奇想》,但由于它们总体上是理性思考的产物,效果反而不如《猫耳洞奇想》。《前夜》这首长诗,写的是新世纪到来的前夜,我对二十一世纪中国前途命运的思考。前半部分发表在《人民文学》杂志,后半部分发表在《昆仑》杂志。前半部分虽然获得了《人民文学》杂志创刊四十五周年优秀作品奖,那是因为当时没有其他人以诗歌形式去写这样的重大题材,它虽然有一定思想深度,但在诗歌艺术上并没有超过《猫耳洞奇想》。故曰:诗非顿悟不知门,勉为其难无好诗。

五、我的政治抒情诗

现在有些人回避政治抒情诗,其实大可不必,任何时代都有政治抒情诗。唐诗中,李白一向被称为是浪漫诗人,其实他写的政治题材诗歌并不少,比如他的《古风》五十九首,其中不少是政治题材的诗。杜甫的《三吏》《三别》更不待说。依我看,白居易的《长恨歌》也可归入政治抒情诗（有的研究者认为《长恨歌》后半部分是爱情诗）。宋朝，苏东坡的词《赤壁怀古》、诗《荔枝叹》同样可归入政治抒情诗一类，等等。当然，这只是我个人的看法，专家们怎样分类，我没有去逐一查对。

家国精神，是中国诗歌传统的脊梁；忧国忧民，是中国历代诗人的精神担当。

五四以来的新诗史，伴随着中国革命的斗争历程，政治抒情诗曾发展成一个大类。极"左"时期的政治抒情诗不好，让人倒了胃口；但郭小川的政治抒情诗独领风骚，历久弥新。《天安门诗抄》作为那个特定时期产生于民间的政治抒情诗，成为新时期诗歌的报晓钟声。

二十世纪下半叶以来，世界局势经历了苏联解体、东欧剧变、冷战终结、9·11事件、伊拉克战争、阿富汗战争，以及目前仍在动荡之中的北非和中东乱局等等。中国结束了十年"文革"灾难，经历了破除极"左"思潮、冲破改革开放思想阻力的艰难曲折，以及随之而来的经济起飞和社会生活翻天覆地的变化。我作为一名当代诗人，亲身经历了这一切，曾经有过长夜难眠的深深忧虑和苦苦思索，也有过欢庆和喜悦，以及面对快速发展过程中出现诸多新问题的再度思考，等等。这些，常常促使我有感而发，写了不少政治抒情诗。虽然这些作品有的过于直白，诗意甚少，但它们毕竟真实地记录了我在经历世界局势和中国社会剧烈变动时期的所思所想，反映了我的创作倾向。

我并不主张现在的年轻诗人都去写政治抒情诗。但是，一个时代的诗歌与同时代的政治生活完全隔绝，这也不是正常现象。现实生活中永远存在着矛盾，诗歌永远要为国家的独立、统一和强盛歌唱，要为社会生活的公正与公平呼号，要为人民生活的安定、宁静和幸福吟唱。有颂歌、有赞歌，也必然会有揭露、有批判。诗歌可以有多种流派、各种风格，但就一个时代的诗歌总体面貌而言，对社会现实生活中的矛盾不能回避，回避只能使诗歌自身走向衰落，离社会现实生活越来越远，离绝大多数人民群众的诉求和向往越来越远。诗歌当然要追求人类和人性的"终极关怀"，这本身没有错，但不能把它当作规避社会现实生活的"盾牌"。

六、我的诗友

我编这套诗集，最早是受了挚友周涛的鼓动。2005年，解放军出版社为周涛出版了一本由他自己编定的《周涛诗年编》，洋洋大观，异常精美。周涛鼓动我说："你也编一本。"我说，我的诗不能和你比。周涛比我年轻七岁，但他写诗成名比我早十年，并且是新边塞诗的标志性诗人，他的诗在读者中的广泛影响，我难以企及。我当时没有"盲目跟进"去编我的诗。去年完成了《战争史笔记》的写作，今年有了一点空闲。虽然七八年过去了，我忽又想起周涛鼓动我编诗集的事，觉得是该把自己的诗"归拢"一下了。但我写的诗质量参差不齐，篇幅长短不一，搞年编效果不一定好，于是决定搞类编，分三卷，成为现在读者看到的样子。

我贸然闯进诗坛，能够有所收获，要感谢众多诗友的热情支持和帮助。我在南疆前线写诗的起步阶段，最先得到了周政保、刘方炜、刘立云等人的帮助和鼓励。刘立云和简宁、蔡椿芳到前线去采风，最早把我的《钢盔》和《迷彩服》用电话传回北京发表在《解放军文艺》杂志上。为我第一本诗集《奇想》作序、写评的是周政保，责编是刘方炜，他们两位也是到前线去采风时与我相识的。当时在前线负责创办战地诗报《橄榄风》的是刘世新和张国明，两位年轻人对诗歌的满腔热情感染了我。刘世新英年早逝，令我扼腕。

从前线归来，回防石家庄，我和当时的河北省作协主席尧山壁、诗人刘章、刘小放等都交上了朋友。尧山壁为我的诗歌和散文写过好几篇评论,对我的业余创作给予过具体扶持和帮助。

我那时每次到北京来开会,只要晚上能抽出一点时间,都会到韩作荣家里去同他聊天。他抽烟很厉害,书房内满屋子都是烟,他不停地用茶壶喝着浓茶润嗓子。他在《人民文学》杂志担任副主编、主编那些年,每年都要签发我一两组诗。韩作荣对诗歌的要求比较严,也很直率,我送去的稿子好就是好,不好就是不好,当面直说,我喜欢他这样。他的严格要求,迫使我每次给《人民文学》杂志诗稿都要掂量一下是不是拿得出手。

叶延滨在成都担任《星星》杂志主编时就发了我不少战地诗歌,后来他当了《诗刊》杂志主编,我也到了北京,他一如既往,发了我不少诗,有些稿子都发头条。《诗刊》社的王燕生等也都曾是和我交往较多的诗友。

在军内,对发表和出版我的诗歌、散文作品支持最大的,是当时的解放军文艺出版社社长程步涛。我获得第二届鲁迅文学奖的诗集《地球是一只泪眼》,就是他担任社长期间为我出版的,责编是现任《军营文化天地》杂志主编余戈。那本诗集参评和获奖的过程我全然不知,公布后有人给我打电话才知道。我当时还在位,工作走不开,颁奖会也未能出席,委托张同吾代表我领的奖。军内和我写诗交流最多的是刘立云。

张同吾也是我的同龄好友,他跟踪评论我的诗歌创作二十年,对我的创作情况了解较多。张同吾是热心人,担任中国诗歌学会秘书长许多年,正值文化转型期,他为繁荣诗歌创作、团结新老诗人到处奔忙,做了大量工作,真可谓呕心沥血,终于积劳成疾。我在此祝他早日康复,来日重叙友情。

朱增泉
2012年7月6日于北京

《朱增泉诗书集》自序

我这本诗、书集,用毛笔抄写自己写的诗,这是我吃的第一只"螃蟹"。

这些年,诗歌界提倡"用书法写新诗",动员诗人用书法书写自己创作的新诗,也希望书法家除了书写唐诗宋词之外,能够书写一些当代优秀诗人创作的新诗。同样,书法界也在提倡"我书写我诗",号召书法家书写自己创作的诗词,而且一期又一期为书法爱好者举办诗词创作培训班,但他们学习的都是旧体诗词。

千百年来,用书法书写唐诗宋词,包括历代诗词名篇名句,成为中国文化传承的一种独特景观。书法,一直是唐诗宋词和历代诗词名篇名句在民间传播的重要载体。两者的结合,可谓中国传统文化中的"天合之作"。因为无论哪种形式的古典诗词,句数、字数和排列形式,都有一定之规。每首古典诗词都构成一个独立的艺术本体,无论豪放或婉约,也无论抒发家国情怀、描摹自然美景或倾诉内心喜怒哀乐,语言都很优美,都能打动读者。书法的形式美与古典诗词的内容美,组合成一种高雅的艺术形式,上得殿堂,下得陋室,怡性悦情,长盛不衰。

但是,用书法书写自由体新诗,历来是个难题。因为新诗句子长短不一，形式也无一定之规，书法很难与新诗结合得"天衣无缝"。但时代在前进，任何一种新的艺术形式总要找到自己的位置，所以要提倡，要探索。

前几年，我写作五卷本《战争史笔记》，写得挺累。从2013年开始，我放下写作，开始练习书法，调节一下心力和体力。练了一段时间，突发奇想，何不尝试书写一些我自己创作的诗歌？但我的大部分诗歌篇幅较长，一张四尺斗方，或一张四尺条屏，甚至一张四尺整纸，有时也难以完整地容纳下一首诗歌。为此，我对诗歌进行了二度创作，强制性地把诗歌"缩写"。我过去写诗，语言不够凝练，通过这次强制性"缩写"，不少诗篇居然收到"提纯"的奇效，篇幅缩短了，诗意并未流失，心中大喜。

我用自己尚不成熟的书法，有选择地"抄写"了自己创作的一百六十首诗，原来设想把书法图片缩小，作为每首诗的插图印在书中，形式也很别致。但文化艺术出版社的丁晖和顾紫看过书稿后，决定赋予我的诗、书同等地位，左页诗歌，右页书法，诗书对称。他们的大度，使我心生感激。

我练习书法，曾经得到过当代书法大家沈鹏先生"仙人指路"式的指点。从去年八月开始，我和青年书法家李霈先后在北京、石家庄、无锡举办书法联展，沈鹏先生在病中为我们题写了展标。这次，我出版此书，沈鹏先生又为我题写了书名。沈鹏先生对我练习书法的热心扶持，令我感动，我在此向他致以衷心感谢！

朱增泉
2014年5月16日校毕记

《红楼梦诗词全抄》自序和跋

自 序

　　我这本《红楼梦诗词全抄》,抄录了《红楼梦》一百二十回通行本中所有的诗、词、曲、赋、联、令、谜、偈、歌,共二百四十五首(篇)。诗、词、曲、赋的概念是明晰的,不用解释。"联",指对联;"额联",指匾额与对联配套者。"令",不是词牌中的"小令",专指酒令。《红楼梦》中的酒令名目繁多,尤其由贾母领衔、鸳鸯当令官、刘姥姥参加的那次牙牌令,对答妙趣横生,精彩纷呈。"谜",指元宵节灯谜。贾母常会在年前布置孙辈们准备新年元宵节灯谜,这些灯谜均以诗的形式出现。《红楼梦》中的半数灯谜诗,至今仍未猜得能获世人共识的谜底,魅力永存。"偈",指佛经中的唱词,形式同诗。"歌",有的是《红楼梦》作者标明为"歌"的,如《好了歌》《警幻仙姑歌》等;还有像贾宝玉所作的《芙蓉女儿诔》,诔文是赋体,核心部分是一首歌行体诗,书中标明"乃歌而招之曰",这些均归入"歌"一类。以上统称红楼梦诗词。

　　世传《红楼梦》版本很多,不同版本中的诗词也有异同。我只抄录《红楼梦》一百二十回通行本中的诗词,这是经过许多专家学者研究、校订过的。用了不同出版社的两套本子作为底本互为参照，一套是人民文学出版社1959年版《红楼梦》（书中简称人文版），另一套是北方文艺出版社1994年版《红楼梦》（书中简称北方版）。后者比前者出版发行晚了三十五年，吸收了不少红学研究新成果。但后者有错字，故凡遇疑问处，皆从人文版。校对过程中，有些文字又根据2000年人文版《红楼梦》进行了校改。

我在手抄的每一首诗词后面均写有一篇长短不一的"按"文，也是二百四十五篇。

红楼梦诗词怎么定位？《红楼梦》是中国古典小说的巅峰之作，也是中华文化的集大成之作。《红楼梦》小说中的大量诗词，使这部小说融进了中国古典文学诗词门类的丰富养分，极大地提升了这部小说的艺术品位，丰富了这部小说的精神意蕴。这些诗词是《红楼梦》小说的有机组成部分，只有当它们附着于《红楼梦》小说"母体"时，才使它们与这部伟大小说一起闪耀出夺目光彩。一旦把这些诗词从《红楼梦》小说"母体"中剥离出来，作为一个独立的"艺术实体"，放到具有极高艺术成就的中国古典诗词中去比较，它们将立刻被高峰耸立的群山所淹没，不显其峰峦，尤其无法与唐诗宋词相比肩。因此，我写"按"文的首要目的，是把每一首红楼梦诗词放到小说原著的特定语境中去解读。

具体而言，我写"按"文的着眼点有四：

其一，着力还原每一首诗词出现在《红楼梦》小说中的特定情节、氛围和相关人物的情感活动。凡诗词，单靠一些抽象枯燥的词语去解释，是很难传达出每一首诗词的全部内在意蕴的。为了保持"原汁原味"，我有时甚至不惜大段抄录小说原文，使读者能够结合小说的特定情节与氛围去理解每一首红楼梦诗词。考虑到当今读者的理解习惯，我在抄录小说原文时，把女性的"他"均改用了"她"字。

其二，发表我的一些独立见解。诸如"三春去后诸芳尽"中的"三春"，"秀玉初成实"中的"秀玉"等，它们究竟是什么含义？我都谈了一些自己的见解。

其三，围绕宝、黛、钗三人的爱情纠葛，由此牵动贾母以下芸芸众人对"木石前盟"与"金玉良缘"错综复杂的明争暗斗，以及与宁、荣两府败落密切相关的重大事件，我也透过小说"隐真示假"的迷雾，做了必要梳理。但是，我只依据《红楼梦》一百二十回通行本的"文本事实"去解读这一切，不去做旁枝斜逸的所谓"考证"与"解惑"。实在解不通的地方，我干脆不解。如《红楼梦》中的大量灯谜诗，与其瞎解，还不如不解。陶渊明教了我们一个不求甚解的办法，用在这里也是允许的。我辈"求其解"尚不能完全做到，何谈"甚解"？

其四，对每首诗词中引用的历史典故、涉及的历史人物，以及引用的某些唐宋诗词等，也顺便作些简要注释和介绍。

我认为，对于《红楼梦》诗词，无论思想性、艺术性，都不宜作过度解读。尤其不宜贴太多"思想性"标签，因为曹雪芹的思想观念尚未达到今人的水平——这绝不是贬低曹雪芹，而是历史地看问题。以往有些红学书籍及文章，尤其是"文革"期间的这类书籍文章，对《红楼梦》的解读就过于"当代化"、"政治化"了。

我是一名普通的《红楼梦》读者。红学常红，深不见底。我写作此书，参阅了部分红学家及《红楼梦》研究者的书籍和文章，凡有所引用者，均写明了作者及出处。

老来抄诗不知倦，只为打发闲工夫。本书错谬难免，切盼指正。

是为序。

朱增泉

2015年9月20日于北京航天城

跋

  我刚拿到《红楼梦诗词全钞》初版样书时，第一感觉是装帧设计和印刷效果都很好。封面端庄，内文版式设计和四色套印尤为精美。有位朋友收到我的赠书后也发来短信说，这本书的装帧设计"大气，精致，典雅，赏心悦目"。我十分感谢出版社的文字编辑和美术设计人员付出的辛勤劳动。书稿最初是投给北京联合出版公司的，编辑成书后，因故转往人民出版社。人民出版社领导大力支持，欣然接纳，并由该社编辑人员对封面和版式设计进行了再度加工。两家出版单位先后参与本书编辑设计的都是几位女将，她们用女性的庄重感和心灵美打扮了这本书。

  然而，当我将自己所写的二百四十五则"按文"重读一遍之后，内心却涌起了不小的遗憾。一是有一处"硬伤"。薛宝琴写的十首怀古灯谜诗，最后一首《梅花观怀古》，我把它解读成浙江湖州城南东盖山麓的"梅花观"，其实薛宝琴诗中写的是《牡丹亭》戏文中的"梅花观"，这类差错很对不起读者。二是有一处文字脱漏，可能是出版社在传输书稿时造成的。三是有几则"按文"该说的话没有说到位，另几则"按文"有些话说得不够准确。四是在解读《红楼梦》中某一位人物的不同诗篇，或同一场景中不同人物的同题诗篇时，有些句子前后重复，显得啰唆。五是有的"按文"专注于还原小说特定情景，忽略了对相关诗词的必要解读，顾此失彼。六是还有一些错别字。

  现在，借本书第二次印刷的机会，我除了对上述差错进行修改，又对全书文字重新打磨了一遍。

  这里顺便说说书中的诗词抄件。有的朋友见到本书后，打电话给我说，有些遗憾的是书中每一首诗词抄件印得太小，再印大一点就好了。这里要说明,把抄件缩小,这是我对出版社提出的要求,我觉得印成现在这样是最佳效果。如果把这些抄件放大,这本书要么印大开本,要么分成上下两册。但是,我不喜欢大开本,也不同意分成上下两册。此前我曾出版过一本《朱增泉诗书集》,用毛笔抄录我自己写的诗,大开本,左页是印刷体诗歌原文,右页是书法抄件,效果并不好。两相比较,我对现在这本书的印刷效果很满意。我的主要目的是希望读者阅读书中的文字。把这些诗词抄件缩小了印在书中,主要是为了证明我这本《红楼梦诗词全钞》确实是将"红诗"全部抄写了一遍,而且是用小毛笔抄的,写的是小行草。

我觉得,用毛笔抄写一遍"红诗"是有意义的,因为我此前没有见过《红楼梦诗词全钞》这样的本子,所以敢于握笔进行一次尝试。

但我的书法水平不高,"字不好,印来补"。我到琉璃厂去专门为这本书刻了一套印章。计有:我的署名章十枚,有朱文有白文,生肖章一枚;"诗、词、曲、赋、联、令、谜、偈、歌"圆形"一字章"九枚;"红楼""红楼诗钞"引首章三枚;贾母、贾政、王夫人、薛姨妈、刘姥姥、秦可卿、凤姐、李纨,以及元、迎、探、惜、宝、钗、黛、湘云、巧姐、鸳鸯、晴雯、袭人、妙玉、香菱等《红楼梦》人物的"人名章"二十二枚;全套共四十五枚。方章和圆章都不足一厘米大小;《红楼梦》人物的"人名章"都是长一点五厘米左右、宽零点五厘米左右的随形章。每幅抄件都盖上了相应的诗词体裁章和人名章,这些朱砂小印章点缀其间,增添了不少文化气息。每幅抄件扫描成图片前,为了解决黑白两色过于单调的问题,又对抄件宣纸加上了不同底色,由一位青年书法家和一位摄影师帮助我完成了这道工序。出版社为了反映这些抄件的丰富色彩和一枚枚小印章的朱砂印泥原色,以高成本为这本书做了四色套印,印刷效果很好。我把这些书法抄件当作插图来看,它们起到了美化页面的作用。

  最后,我还要再次声明,书中错谬之处仍然难免,望广大读者宽容、指正。

朱增泉

2016年9月21日于北京航天城

第 二 辑

我的散文随笔创作

"河山"注

大平兄：

　　拙作《中国西部》一文中，"河山以东强国六"一句，"河"为黄河，"山"为秦岭，而非"太行山"。

　　《史记·秦本纪》："（秦）孝公元年，河山以东强国六，与齐威、楚宣、魏惠、燕悼、韩哀、赵成侯并（立）。"此处"河山"一词无注解。

　　《资治通鉴·周纪二》："（秦）孝公生二十一年矣，是时河山以东强国六"，此处有如下注解："河自龙门上口，南抵华阴而东流，秦国在河之西。山自鸟鼠同穴连延为长安南山，至于泰华，秦国在山之西。韩、魏、赵、齐、楚、燕六国皆在河、山以东。"可见，"河山"之"河"为黄河，"山"系秦岭无疑矣。

　　　即颂
暑安！

朱增泉

2000年7月17日夜灯下

附注：

　　《"河山"注》是写给《美文》杂志社原社长王大平先生的一封短札。当时，我在《美文》杂志发表了《中国西部》这篇散文，文内引用了《史记·秦本纪》中关于战国七雄战略态势的一句话"河山以东强国六"。我在文中说，"河"指黄河，"山"指秦岭。不久，我因公去新疆，在天山深处见到荒漠草原上鸟鼠相争的场景。有人告知，因草原上鸟类无树筑巢，每年开春，鸟鼠同穴而居，一起在土洞中产子繁衍后代。于是，我把史书中读到的"鸟鼠同穴"之山和草原上鸟鼠同穴而居的真实见闻捏到一起，写成了另一篇散文《鸟鼠同穴》，也寄给《美文》杂志发表了。

　　其后，我因公去西安，晚间与《美文》几位朋友聚餐，王大平先生在座，他向以细心闻于友。他盛赞《鸟鼠同穴》一文是一篇美文，说："这篇文章让人看了还想看，这就是好文章。"但他认为"河山"二字，"河"指黄河，"山"指太行山。我手头无书，无以相争，一笑了之。回到北京，夜里查书，找到出处，喜不自胜，致信大平先生告之。大平先生在电话中哈哈一笑："额（我）错了。"大平先生真诚坦荡，令人难以忘怀。

漫谈散文创作

我今天来和大家漫谈散文创作,先要明确一个前提:我在什么层次上来和大家谈散文?我是以一个业余作者的身份来和大家谈一点散文创作的感受,讲不出更多新东西来。

我们总装备部组织的迎接建党八十周年的征文活动已经开展几个月了,为了能使大家写出更好的作品,现在迫切需要请一些名师来为大家指点一下。这次为大家请来讲课的几位老师,都是当今中国文坛的名家。他们以专业作家、评论家的眼光,站在当前散文创作现状的高度来给大家讲散文,视野开阔,一定会给大家很大启发。

我是一名业余作者,你们也都是业余作者,我们之间也许更容易找到一些共同语言。我手头有一大沓你们参加建党八十周年征文的稿子,我一边翻一边想,发现了一些问题,想到了一些问题,今天就来和大家漫谈一下这些问题。

立意、素材和语言

散文创作,要说问题也很多,比如当今散文的发展方向啊,风格流派啊,散文的创新啊,等等。我今天不谈这些问题。现在有人倡导新概念散文,那天韩作荣在这里讲了一句话:"万变不离其宗。"我同意他的看法,散文应该创新,但万变不会离宗。

根据我的体会,散文写作的基本问题有两个:一是立意问题,二是素材问题。解决好了这两个基本问题之后,结构啊,语言啊,等等,相对好办一些。

先讲立意。所谓立意,这个"意"也是多种多样的,可以是一种思想,也可以是一种情愫。你可以在一篇文章里表明一种观点,阐明一种事理;可以赞美一件事物,抒发一种情怀;可以描摹一种意境,袒露一种心迹;也可以写一个人、记一件事、讲一段经历、写一个场面,等等,等等。但不能"三心二意",不能在同一篇文章里既想表现这个主题,又想表现那个主题。要是那样,文章写出来就没有一个中心,没有一个"魂",别人看了不知道你究竟想表达什么。你们有些稿子的立意就有些"三心二意",把握不定。动笔写一篇文章,先得有个"意图":主旨是什么?我把它叫作"拿定主意"。然后,围绕这个"主意"去组织素材。最怕拿不定主意,心不专一,写着写着就跑题了。有一篇题为《鸟语》的稿子,我读过以后弄不清作者到底想写哪一点?如果想写听到鸟语后的一种好心境,写一种情感性的东西,将行文始终"笼罩"住这一点去写,也可以写出一篇很好的散文。可是,写着写着又写到环境保护上去了,两个主题混到一起,这就"三心二意"了。初学写作的人,经常会出现这样的问题。要说写作有"坎",这就是一道"坎"。这里有一层窗户纸,捅破它,这道"坎"也就迈过去了。

散文的最大特点是"散",但一篇散文总得有一个核心的东西,就像长长的哈雷彗星也有个"彗核"一样。当然,有时很难用一句话将这个核心的东西说明白,这也是事实。每次读完一篇文章都想用一句话概括出它的主题,有时也挺难。大家都觉得这篇文章好,它的主题是什么,不同的人会有不同的答案。但作者在写作它的时候，蕴含在这篇文章中的"主旨"是清晰地浮现在他脑子里的。穆涛送给我一本《散文研究》，那里面铁凝有篇文章叫《散文河里没规矩》，讲的就是这个道理，散文可以写得很散、很自由，像一条潺潺流淌的小河，但两岸有河堤在规范着它的流向。"散文就是一条河"，写作时情感可以慢慢流淌，淌成一条小河，但如果两边没有河岸就不成河了，泛滥了，污染环境了，弄得满地是水，不美了。因此，散文可以写得很散、很随意，但总得遵循散文写作的一些基本规律，行文总得有个"关栏"，有个"指向"。河水有急有缓，有漩涡，有浪花，但始终朝一个方向流去。今天周涛在座，我就拿他一篇《巩乃斯的马》当范文来讲。他写的是巩乃斯草原上的各种马，冬夜雪原驰骋在土崖顶上的马，草原上大暴雨袭来时狂奔得惊天动地的马，牧民们大规模转场时的马，宁静伫立的马，火焰般长鬃泻地的马，马的眼神，马的肌腱，马的鼻息，马的追逐、撕咬、拼斗，又联想到臧克家诗中的马，托尔斯泰笔下的马，《静静的顿河》中的马，朱德总司令骑过的马……洋洋洒洒，天马行空，但他始终是在写马，在写马身上的一种精神，通过写马在抒发他自己内心的一种激越情怀。在这篇文章中，他情感的"河水"始终是朝着同一个方向流淌的，他笔下桀骜不驯的马群始终是朝着同一个方向奔驰的。

　　再讲素材。同立意密切相关的另一个问题，就是素材的运用。素材的运用，有一条基本原则，就是要服从表达主题的需要，相关者取之，无关者弃之。下笔写一篇文章的时候，确定了主题，就要来组织你掌握的素材，让这些素材统统为表达你确定的那个主题服务。素材有宏观的，有微观的，有全局性的东西，也有很细微的东西。如何调动好、组织好这些素材，这是写作时经常会遇到的问题。散文允许"散"，但运用素材却是有一定限度的，不能把无关的材料也往里堆砌；即使是都同主题相关的素材，也不能不分主次，不作取舍，不作剪裁。散得漫无边际，那就"溃不成军"了。

立意与素材,究竟哪个在前,哪个在后?是先有了立意再去找素材,还是先有了素材再去思考立意?从总体上说,一般是先拥有了丰富的素材,才能孕育出新颖的立意。写作要有丰富的生活积累,就是这个道理。这也叫存在决定意识吧,客观材料第一性,主观思维第二性。从这个意义上说,是"素材先行",而不是"主题先行"。但在具体写作时,这个前后关系又不是机械的、固定的、绝对不变的。有时受到一件什么事情的触动,萌发出一个念头,产生一种看法,形成一种见解,很想写篇文章表达出来,然后就围绕这个想法去寻找相关的素材,进行构思创作,这种情况也是常有的。但是,不管由哪种具体情况激发了创作冲动,都不能违背一条基本规律:素材必须为表达主题服务。

我看你们的稿子,有的素材游离主题,思想是硬贴上去的,显得生硬。应该自始至终用文章的思想去统领所有的素材,不能"魂不附体"。我过去对公文写作有些研究,工作报告、调查报告、典型经验、理论文章,等等,有一条最基本的共同要求,就是"观点与材料相统一"。观点立起来以后,引用的所有材料,阐发的所有议论,都要为说明观点服务,不能"文"不对"题"。散文写作也同样,素材要为主题服务。文章是为思想而存在的,一切素材都要为说明你想表达的那个思想服务。

从好几篇稿子中发现一个共性的问题:对素材掌握得不深不透,半生不熟。该展开的地方展不开,该细的地方细不了,该精雕细刻的地方却一笔带过,语焉不详。什么原因?观察不细。我们不妨仍以周涛的《巩乃斯的马》为例,你看他对马的观察多细啊,公马、牝马、长腿短身子的小马驹,马的眼神、姿态,马鬃的颜色,马的奔驰、起伏、跳跃和喘息,写得活灵活现,这是长期用心观察的结果。上面提到有位业余作者的《鸟语》这篇稿子,在驾驭素材上存在两个明显的问题:一是与主题无关的东西太多,拉拉杂杂,什么都往里写，过程拉得很长。而过程拉得太长，也是初学写作者的一个通病。应当开门见山，一步到位，赶快切入主题嘛。二是写"鸟语"却不知道是什么鸟在鸣叫，光说"这个树林子里有几千只鸟"，什么鸟？连一种鸟都说不上名字来。叫不出鸟的名字也是允许的，你可以描绘一下各种鸟的模样嘛，也没有。如果因为树林太密，看不见鸟的模样，那就描绘一下它们的各种叫声嘛，也没有。洋洋洒洒，鸟语三千，却不知何鸟在鸣。这就是观察不细。你再看周涛写马，他先写大场面，写马群在大雨中奔跑的那种宏大气势，然后再写宏观场景中的一个个细节：有的马一往直前，是马群中的尖兵；有的马是马群的统治者，它跑到前头又折回来看一看，管理着这个杂乱的群体；平时顽皮的小马驹这时特老实，跟着母马跑，认真地、轻快地贴着母马的肚子跑，这时候它不敢调皮了。一一道来，写得非常传神。他观察得多细啊，公马是什么神态，母马是什么神态，小马驹是什么神态。这就是功夫，缺少这种留心观察的功夫，文章就写不生动。我们有的业余作者，文章中半生不熟的东西太多了，主要是观察不细，平时不留心。要学会仔细观察，学会写透一件事、写好一个场景、写像一个景物，锻炼这个基本功。如果说，一篇文章的思想要写得"集中"，有些细节却必须写得"具体"。当然，也不是不分主次地把什么都写得琐细不堪。文章总是要有开有合，有粗有细，疏密相间。但在必要的地方，必须集中写它一下，展开它一下，细致地描摹它一下，要有这个功力。

能把文章写得大开大合，也要以细密功夫为功底。凡是想用来做文章的东西，都要尽量细抠、抠细，不肯下这个功夫不行。粗枝大叶往往搞错，这是我的一条深切体会。文章拿到手里一看，作者的"底气"如何，是能看得出来的。我们的业余作者，运用每一个材料，往纸上写每一句话，都不能太草率。要把每一句话都表述得清楚完整，引用每一条材料都要非常准确，不能含糊其辞写到纸上去。先把每一句话写完整,再把每一段意思写清楚,这样逐段组织起来,写出一篇好文章。我建议你们把自己的稿子和成名作家的作品比较一下。他们写的每一句话都很完整,写的每一件事情、每一个场景、每一段议论,都表述得一清二楚,不会哩哩啦啦、拖泥带水。就像木工师傅做一件家具,一定把它做得很称手,打磨得很光滑,收拾得很精致,不会这里出来个毛刺,那里裂开一条缝。我读穆涛的文章就有这种感觉,他写的事情都不大,但文字很干净,像一件精致的工艺品,拿在手里没有一点粗糙的感觉,很细腻。

有一篇远望号战士写出海的稿子,有很好的基础,可惜几个精彩的场景都没能写完整。初次出海,感受肯定很强烈,见闻一定很多,但真要写散文的时候,必须对这些见闻、感受进行选择、取舍。他如果能把次要的内容都舍掉,集中把以下三个场景写透了,肯定是一篇非常精彩的好散文:一是在海上遇到狂风恶浪的场景;二是风平浪静之后战士们在甲板上进行拔河比赛的场景;三是次日清晨在甲板上观看海上日出的场景。把这三个场景写好了,每一个场景都会很精彩。可惜啊,每一个场景都是一带而过,却把笔墨花在平铺直叙写过程上,从当海员的父亲一直写到自己。这里有三个原因:一是观察不细,海上的狂风是什么样的风,深海处的恶浪是什么样的浪,人们在狂风恶浪中是什么样的神态、心态,等等,没有细致观察,回来要写的时候无法写具体,只能一带而过。二是不知道应该如何选择、取舍素材。三是没有处理好"叙"与"议"的关系,只会就事论事地叙述,不善于借景抒情地议论,缺少联想,不善开掘。

回到刚才讲的,一个是立意,一个是素材。立意要积极一点、清晰一点、集中一点。素材呢,要吃得透一点,不能稀里哗啦往上堆。我写《中国西部》的时候,就是想回答一个问题:为什么要搞西部大开发?答案只有一个:西部对于中国太重要了。找到了这篇文章的"魂",我就用已知的历史知识作为素材,从几个不同侧面来议论开发西部对于中国的重要性。这样夹叙夹议,顺着思路一口气就下来了,写出来一看还比较自然、比较大气。我过去写诗、写散文,有时往往被材料牵着鼻子走。这次写《中国西部》,素材都是过去曾经用过了的,这次经过再消化,从新的角度来用它们,用活泼的议论来带动这些材料,所以文章就显得活了。这篇文章只有两千七百多字,但反响较大,有好几个地方转载了,后来又被选入山东省高中语文课本和教育部编的普通高校语文课本。我从中得到一点启示:掌握了大量素材以后,要经过认真消化、发酵,才能做出好文章来。对素材生吞活剥,写不出思想,写不出独到见解、独特感受,材料堆砌得再多也成不了好文章。

文章的高下,在于境界的高下。文章要有思想、要有境界。议论出思想,写东西要学会发议论。夹叙夹议,"叙"的时候要叙述得条理清晰,"议"的时候要议得恰到好处、议得精彩。有些稿子"叙"之不清,"议"则不足。常言道"摆事实,讲道理",这也是写文章的一种基本方法。摆了事实,就要讲道理,或者边摆边议,在某个地方议论它一下,发挥一点联想,作一点分析、解剖,发表一点独到见解。这样,文章就显得活了,有神了,出彩了。写散文要学会议论。散文里面没有议论,平铺直叙,文章就没有神,不出彩。但"议"也不能漫无边际,长篇大论。"议"和"叙"要融合好,要把"事"、"理"、"情"三者糅合在一起,不能互相游离。

再讲语言。文学作品都要注意语言,文章写得好的人语言都是很讲究的,看起来很顺。语言有各种不同风格,平实一点的,华丽一点的。我的语言都是大白话,不花哨。如果语言的基本功尚且不够,却要去追求语言的华丽,那样反而不好。我看《散文研究》里也讲到,散文最讨厌有意做作的东西。语言要尽可能地生动,这和朴实并不矛盾。我经常表扬周涛,他的语言有个性、有特点。他文章中的"议"是很精彩的,你看着看着,他会突然蹦出几句天才式的思想火花。他"叙"的语言也挺生动,描绘一样东西可以把它写得活灵活现。他写他家养的一头猪,把那头猪写活了。他们弟兄俩去抓泥鳅喂猪,猪吃食的时候,吃着吃着发现食槽底下有活物,把猪吓了一跳。但猪尝到了活泥鳅的鲜味,发现泥鳅比糠好吃。从此,这头猪每次吃食时专门拱泥鳅吃,把嘴伸到食槽底下,慢慢地、慢慢地往前拱,发现泥鳅"啪"一口咬住,吃得摇头摆尾地开心。又说,别人家的猪都是卧着的,他们周家的猪却是像狗一样在门口坐着的。他这样一位豪放的人,观察事物却很细致,叙事状物,绘声绘色。他写一匹马过河时上渡船,胆小,不敢跨,用鼻子伸下去探虚实,"像个近视眼看不清脚下的路"。叙述一件事情,找到一句精彩语言,立刻会把读者的阅读兴趣调动起来。他写一群马上了渡船以后,在船板上不安地来回走动着,"像一群穿了高跟鞋的高贵女人走来走去"。如果只写"一群马上了船",那就平淡了。我有一次遇到山西的潞潞,那时他在《人民文学》杂志临时帮忙,他对我说:"周涛的本事就是善于把很普通的事物艺术化。"他举了个例子,西北很荒凉,春天来得很晚。萧杀了一冬天的荒寒墙角里突然有一枝桃花开了,给人带来一丝惊喜,但妖艳得和周围环境有些不协调,周涛形容那枝桃花"像一位过早暴露的女特务",春天还没有真正到来呢,它倒先开了。当然,把早开的桃花比作过早暴露的女特务这样的比喻,周涛一辈子也只能用一次。在他一生的文章里,这句话只能出现一次,再出现第二次就不行了,别人更不能模仿。

　　语言的生动,要以准确为基础。朴实也好,华丽也好,都要准确。举个例子,有篇题为《向日葵》的稿子,思想性很好,它里面有两处写到"吃瓜子",但"瓜子"一词在这里就不准确。如果吃的是"瓜子",这个细节同他要写的向日葵就没有联系,可以去掉。但我从上下文分析看,吃的不是瓜子,是葵花子。西瓜、南瓜都是瓜,它们的籽实叫瓜子,西瓜子、南瓜子。向日葵不是瓜,葵花子不是瓜子。当然,老百姓有时也可能把吃葵花子笼统地说成"嗑瓜子",但你是在写向日葵,就不能大而化之地把葵花子说成"瓜子",抠得不细啊。

以上拉拉杂杂谈了三个问题,第一把握好主题,第二运用好素材,第三注意一下语言。前两个是基本问题。

回 答 提 问

交给我的条子上还提了一些问题,要我回答。有的问题本来是清楚的,被你们猛一问反倒不清楚了。有位作家写过一件事,他父亲有一副大白胡子,人称美髯公。有一天他孙子突然问他:"爷爷,你睡觉的时候,胡子是在被子里头,还是在被子外头?"老头儿从来没有注意过这个问题,被小孙子这么一问,那天晚上他就认真研究自己的胡子究竟是在被子里头还是在被子外头,弄得他一晚上没有睡好觉。什么叫散文,本来很清楚,被你们一问反倒不太清楚了。《美文》杂志提出"大散文"概念,已被广泛接受。我认为现在散文的创作环境很好,散文作者有很大的创造空间,不拘题材,不拘形式。散文是一种包容性、大众性最强的文体。

有人问,写诗和写散文有什么不同?本来这两者的区别很清楚,这么一问,反倒不大好回答清楚了。我写过诗,现在写散文,两者形式不一样,抒情方式不一样。诗歌拒绝叙述,散文更自由一点。我为什么从写诗转到写散文,具体原因之一,就是因为我写诗"叙述"的成分多了一些,而诗歌是排斥叙述的,所以我觉得写散文对我可能更适合一点。但是,我又觉得写诗和写散文又有某些相通的地方。写散文,基本规律是主题和素材的统一。一首诗也得有一个抒情主题,每一个诗句都围绕这个抒情主题去展开,这和一篇散文要选择好一个主题,组织好素材是一样的。写诗和写散文,对事物观察得细,理解得深,生活积累丰富厚实,两样都能写好,否则两样都写不好。大家都认为我写战士题材的诗写得好,那是因为我是从战士堆里爬出来的,有几十年军旅生活积累。我写战士训练跨越障碍的那首《障碍线》,是把跨越障碍线比作如何走好人生道路去写的。整首诗贯穿一个抒情主题:人生路遥,障碍一道道,要去面对,要去跨越。矮墙,沙坑,高台,水塘,独木桥,板墙,"几分钟跑完一生／喉咙里跑出血腥"。里面有这样一小节:"稚子出世,初试手／跃过矮墙,猝然扑倒／跌煞少年狂／爬!人生学步匍匐始／四肢并用／快速爬过低桩铁丝网／忍受胯裆之辱而终成大将者／韩信也!"周涛说,他第一次读到这首诗,被这些句子感动得"热泪盈眶"。可能是触动了他心灵深处的某些切身感受了。

  有人问,诗歌和散文的本质区别在哪里?我想反过来回答:写诗和写散文的共同要求是什么?写诗,写散文,在写作之前都要把"中心点"找到,然后去组织素材、铺排诗句。写诗,写散文,都要有生活积累,都要具备观察事物的眼光和识见。我特别想反复提醒大家,写诗,写散文,都要肯下苦功夫、细功夫。不能粗枝大叶,粗枝大叶当不了作家。各行各业的道理是一样的,科学家,画家,音乐家,医生,凡是成为大家、名家的人,都对细枝末节一点不放过,没有这种精神成不了名家、大家。初学写作,不能"一人敌"的本事还没有学到手呢,就想学"万人敌"了,大而化之,不求甚解,不屑于细枝末节。这使我想起一件事,我过去对机关干部的要求是比较严格的,谁错一个标点符号我就严肃批评。有人就向我提意见,说你当了那么大的"官",抠什么标点符号,不抓大事抓小事,一时倒把我弄得无话可说。后来,我到西柏坡参观,看到展柜里有毛泽东指挥三大战役起草的电报手稿。他亲自起草,反复修改,然后在上方写一道批示:请认真校对,注意标点符号。抄清后给谁一份、给谁一份,几点钟务必发出,真是一丝不苟啊。特别是他的批示里面居然还有一句"注意标点符号",我看了以后如获至宝,这一下有了尚方宝剑了。回到机关,开会,今天就讲标点符号。你们说我"官"当大了,不应该再抠标点符号了。请问,毛主席的"官"大不大?他领导全国人民打天下,他管的事多不多?可是,毛主席就管标点符号,你们知道不知道?不知道,都去看!我把机关干部都赶到西柏坡去看。从此以后,谁都不说我抠标点符号不对了。

有人问,你对风格如何理解?我感觉风格是自然形成的。风格的形成和一个人的内在素质、美学追求等有关。就我的散文而言,我是一名领导干部,又是干政治工作的,文章的政治色彩浓一点,思想性强一点,分析问题比别人深刻一点。在领导岗位上那么多年,写文章从宏观上思考一些问题多一点。所以经常能听到来自各方面的一句评语,认为我的诗歌、散文比较大气。这算不算就是我的风格呢?我是百分之百的业余作者,写东西只能走到哪里,看到哪里,写到哪里,遇到什么写什么,东一榔头西一棒子。我没有创作计划,没有固定的题材范围,没有固定的写作模式。但人们好像对我写的诗歌、散文都还认可,诗歌、散文都在全军、全国得了奖。也许,我退休以后会有更多时间用在写作上,到那时会不会去留意一下写作风格之类的问题,现在还是一种原生态写作状态。

有人问,基层的业余作者都有自己的本职工作,都很忙,怎样才能处理好写作与工作的关系?你们也真好意思问,你们忙,我忙不忙啊?我都能写,你们为什么不能写?第一,首先要把本职工作干好,写作是业余的,这两者位置不能颠倒。第二,时间哪里来,这个你不要问我,靠你自己去找。我刚参军的时候没有文化,拼命学文化。没有课本怎么办,抓到什么书就看什么书。看文艺书籍比较多,因为它有故事情节,吸引人,容易看下去。每月拿到一本

《解放军文艺》,什么小说、评论、散文、诗歌,从第一页看到最后一页,把每个字都看完,看完了就等着下个月。那时候又穷,买不起手表,夜里经常躺在床头看着看着就听到鸡叫了,回头一看窗户发白了,天亮了。这叫什么?这叫刻苦嘛。我就是这么学文化,看书,对文学产生了一点兴趣。后来上前线,遇到一个触发因素,开始写起诗来,现在又写散文。我的时间都是自己找来的,没有请过一天假。你们只要先把工作干好,业余时间写点东西,大可不必担心别人在背后说什么,我会为你们撑腰。但是,如果你工作干不好,写作影响了工作,这就是你自己的不对了。我坚持业余写作好些年了,正课时间没有写过一个字,一天也没有耽误工作嘛,在哪个岗位上都干得不错嘛,有公论嘛。

问:怎样才能写出有深度的作品来?

答:作品的深度取决于思想的深度。学习、观察、思考、积累、实践。不用丰富的知识武装自己,哪来的深刻作品啊?思想没有深度,写生动也许尚能做到,写深刻绝对做不到。

问:如何评价总装业余作者队伍的现状?

答:水平不高,条件很好,潜力很大。

问:怎样才能使总装业余作者的创作水平有所提高?

答:就用现在这些办法,我为你们摇旗呐喊,请名师来为你们讲课指点,其他的事情要靠你们自己干了。

问:为什么有时心里想好的内容写出来却走样了?

答:你是不是真的想清楚了?主题是什么,要用哪些素材,从哪几个侧面去讲,每一层意思是什么,真的都想清楚了吗?恐怕思路还没有完全"通",就急于动笔了,胸无成竹,下笔走样。

问:为什么有时心里想得很明白,真到动笔时却写不出来?

答:往纸上写的时候,不要为找一个形容词、找一句漂亮话,停在那里冥思苦想,被它"卡"住了过不去。可以按照构思好的意图、思路,用平时说话的口语一句接一句往下写,先把轮廓写出来。好比早晨跑步,你先把这段距离跑完嘛。然后再回过头来,不慌不忙,便步走,进行调整、修改、润饰。

2001年4月16日下午,根据录音整理

一次笔会的收获

《美文》杂志2001年8月上半月号"长城内外"栏目中,发表了我们总装备部十二位业余作者的散文作品,这是我们组织一次笔会的收获。我是这次文学活动的组织者,这一组文章的产生和我多少有点关系,我有责任介绍一点背景材料。

总装备部所属部队,是一支以知识分子为主体的高科技部队。我们的国防科研试验基地都在荒漠戈壁深处,环境恶劣,条件艰苦。广大科技干部在完成繁重的国防科研试验任务之余,有很旺盛的精神文化生活需求,领导们必须千方百计地创造条件去满足他们的这种精神文化需求。这方面的具体内容当然是丰富多彩的。而提倡、扶持业余写作便是其中之一。前年,我们曾举办过一期诗歌创作笔会,请了一批名家为大家讲课辅导,扶持了一批诗歌作者,出了一批作品,汇编了一本集子。作者们自然高兴,部队官兵也欢迎。诗歌作者尝到了甜头,散文作者也跃跃欲试了,纷纷要求再办一期散文创作笔会。这样,从2000年下半年起,就发动迎接新世纪、迎接建党八十周年征文活动,先让大家写起来,形成一定氛围。到了今年4月份,从中挑选了一批有一定基础的业余作者,举办了一期散文创作笔会,邀请了好几位著名散文作家、评论家来讲课辅导，其中有《人民文学》杂志、《诗刊》杂志、《美文》杂志三位当家副主编韩作荣、叶延滨、穆涛，两位评论家张同吾、周政保，当今散文名家周涛，解放军文艺出版社的王颖等，直听得业余作者们醍醐灌顶，如醉如痴，茅塞顿开，大受其益。尤其穆涛是位热心人，白天讲课，夜里看稿、选稿，当场带走了一些人的"试卷"，说是8月份编一期军旅散文，就用这些了。被选中稿子的人就这样被《美文》"录取"了、"中榜"了。这对初学写作者来说，无异于接到高考录取通知书般激动，受宠若惊，大受鼓舞。

作家是"文"，军人是"武"，文武之道，一张一弛，相得益彰。"没有文化的军队是愚蠢的军队，而愚蠢的军队是不能战胜敌人的。"这是毛泽东的名言，深谙治军之道者，都能深刻理解这句话的含义。在文学创作上，自古军中出大家，诗词如此，散文也不乏其人。军旅生活走南闯北、见多识广、颠沛艰辛、生死考验，军事活动又历来与时政、民生息息相关，这些都是造就诗人作家的重要条件。当今活跃在文坛的作家、评论家中，军人或曾经有过军旅经历的不在少数。故带兵之人，支持、扶持官兵中的文学爱好者业余写作，此乃善举，功莫大焉。

或认为，猛将不屑为文，错了！国防科技战线的元老级人物张爱萍老将军，身经百战，诗词、书法自成一家，早已闻名遐迩。核武器试验基地的老司令员张蕴玉同志，当年指挥举世闻名的上甘岭战役的是一代名将、十五军军长秦基伟，张蕴玉是十五军参谋长。张蕴玉老将军的古典诗词就写得相当有水平，出过好几本诗集。他如今已老态龙钟，满脸老人斑，我每年春节去看望他，只要一提起诗词，他脸上马上会粲然一笑。

或认为，新一代科学家不屑作诗为文这一套，又错了！酒泉卫星发射中心新提拔了一位优秀年轻干部崔吉俊，国防科技大学毕业的高才生，航天发射专家，担负的科研试验任务极其繁重，工作干得十分出色。可是,不久前我到他们基地,他悄悄交给我一大袋文稿,要出诗集,出版社已找好了,请我作序。我这才知道,他坚持业余诗歌创作已经好多年了,工作再忙也不肯放弃。面对这样的部队,这样的官兵,怎能不为他们的业余写作创造点条件、搞点服务、作点鼓励呢。

  我今天通篇讲的是"业余创作",上述十二位业余作者的作品自然都是业余水平。但《美文》是首倡"大散文"的刊物,当然这个"大"是指作品需要具备大视野、大境界、大气魄,他们的这些作品还达不到如此境界。但我想,《美文》之"大",也还有另一层面的含义,即包容不同水平作者、不同层次作品的大气量,高贵者入内有雅座、有包厢,普通人入内也能找到一个座位。这些业余作者的视野还不够开阔,思想还不够深邃,文笔也还稚拙。他们写的东西虽然"小",也不"深",但有一点极可贵:真。事真,人真,情真。真善美,真是排在第一位的。只要真,就有阅读的价值。善,也没有问题,篇篇抒发的都是真情善意。美,质朴美也是有的。

  穆涛在给我的信中,对这些业余作者给予了很多鼓励,兹照录如下:"这一辑朴实、具体,有些文章角度也好,生活的气息,生存的气息及军人的气息却相映生辉着,有述人的,有纪事的,有壮怀的,有抒情的,面貌与心得共融,有几个文章真是感人,如《军营纪事》《点号·喜讯》《永远的班长》《英雄》,让人读了就多想,我一直以为,读后还能想的就是好文章。"穆涛对这几位作者的表扬很给力啊!

朱增泉

2001年6月8日夜草于灯下

我的历史散文
——关于《边地散记》与穆涛的通信

朱增泉先生：

去年我读《边地散记》时有一个疑问，常想见面时问您，后来觉得不妥，就罢了嘴。前几天再读时，这念头又涌了出来，不吐不快，说出来吧，因为这是我的由衷想法。其实很简单，就是书名为什么选了《边地散记》？

这部书思考的范围不在"边地"，多数在"核心"，有几个还是学术思想界的焦点处。我乐于读，并乐于编发您的文章，恰是由这本书内的几个文章引发的，如《振长策而御宇内》《长平之战》《凭吊一处古战场》《从范蠡说到吕不韦》《秦皇驰道》，多处观点及见识是落地有嘹亮声的，是对散文容量有开拓之功的，有史，有识，有知，有情，一些细处还有趣，如"夷"字的引思，如商鞅之于公叔痤的拈来之笔，抛弃了正襟端坐及线装书的墨渍味，笔用中锋，不偏不倚，意气风发，迫人却不逼人，虽不令人感动，却令人感叹和感怀。我觉得书名包不住这些。就《边地散记》这篇文章而言，在这部书中也不是最突出的。

不过，《边地散记》这个文章内有一个观点是大见识。即"草原之子"一章中，讲到中国历史的两次南北对流。一是由北向南，再是由南向北。元代由北部、由大漠内陆腹地向南，波及沿海，一扫宋朝以来再次热起的独尊儒术、羽扇纶巾的弱不禁风的秀才书生气，之后才逐渐有明代的"资产阶级"萌芽。第二次由南向北，是由海上、由海外向北，向内陆深处，十九世纪中晚期始，二十世纪初，您文中提到的孙中山、毛泽东，及至世纪末沿海开放、海南建省、西部开发，历史这么一回味，真是有了"规律"。再想想，酷烈的北风、刺骨的北风，仅是吹皱了历史的神经，而晚唱的海风，怀柔的海风，吹绿的是精神的两岸。这等见识是当红的"文化散文"中真正缺乏的，是骨头里的钙。

可惜，您用笔稍少。即使独立成文，也是大构架。

对《边》文的这一点，是我前几天才读出来的。开头时，您用翦伯赞老人的那句话点题，"中国历史的后院"，后面简洁地用两句话一收，我只是觉得收得稍有些简洁。

《振长策而御宇内》，弥散的是从容气，说的是"长线"与"大鱼"的关系。多少年来，我们习惯了"定时"思维，"几年超英美"，"几年大变样"，"本世纪内如何如何"。还好，后来邓小平提出了"五十年不变"这个概念（邓小平说"五十年不变"，是指香港回归后可保留资本主义制度五十年不变，后来他又提出了"基本路线一百年不动摇"的观点）。前几天江泽民"七一"讲话中也提出了"要走相当长时间的初级阶段"。浮躁心理，从根上说还是文化心理，我们等不及，或说不愿等。常说"前人栽树，后人乘凉"，做起来却不是这么回事。好比人们进庙拜佛，有事了，有难了，有灾了，才去求，佛是讲大因果的，这在理论上是被广泛认识的，可在具体生活中，佛被肢解了，"有求必应"，消灾的、解难的、保平安的，连"送子观音"都有了（总之是"应急"思维，以能满足"急需"为满足）。再如我们的国画，理论上的境界非常高，大画家也是卓领天年，可是，我们国人，百姓家中挂国画的有几人呢？年画、农民画的市场多么广泛，老百姓寻求的是"年年有余"、"莲子登科"。画家的心态呢，似乎更急于出名……文化的进步，或突破文化的障碍，还要靠文化本身。

《从范蠡说到吕不韦》，娓娓道来，两个人，两面镜子，又像是一只手的手心手背，不知是谁，又是搬了谁的石头，可砸的是自己的脚。真是好。这样的文章，若让有些热的文人写，就会"越位"，我第一次读到这个文章就为行文的控制力而暗喜。

《长平之战》，我最爱读这个文章。是战场？是战争？是风卷的残云？是一场山洪过后惨烈又干涸的河床？读罢，怎么想都行。

和一些作家闲聊时，常听到"不知再写什么"的叹气。您这部书展示了一大片空间，那么开阔。您打下了一片"根据地"，这片"根据地"仅有您一个人，是好事，也不是好事，至少对散文发展可以这么说。这部书，如果当初去掉几个文章，就会更有力。

有的文章读了让人动情，有的让人动心，有的让人动脑，有的读后让人在屋里来回地走，坐不住，您是后者。

您要是不爱听我说的这些，就权当奉承吧。

建议您想几个题目，选一两家杂志开个专栏，不一定非要一年，可半年，可三期，肯定有大力量。

到时不能忘了《美文》。

祝丰撰！

匆匆急就，有不妥请您谅解。

穆 涛

2001年7月12日夜

穆涛：

你好！大札已拜读。我的几篇小文没有你说的那么高，你真是过奖了,你的赞誉之词令我诚惶诚恐。

你问我,这本散文集子当时为什么选了《边地散记》作书名?最简单的回答,是因为集子中有一篇文章的题目就叫《边地散记》,顺手拿来作了书名,未作多想,无甚深意。这部书稿,原是解放军文艺出版社组织的一套军旅散文丛书"看剑文丛"中的一本,入选作家中有周涛、朱苏进等人。在军内,这个阵容是不错的。恰在我准备交稿的时候,文化艺术出版社的老编辑陈寓中先生找到我,他是我多年的一位老朋友,他说他快要退休了,退休前无论如何要给我出一本书,斩钉截铁,不由分说。我是重友情的人,虽然解放军文艺出版社的程步涛社长也是我的老朋友,而且约稿在先,一再催稿,但我想程步涛正值盛年,我与他的友情来日方长,所以还是把书稿交给了陈寓中。出手前临时选定了《边地散记》这篇文章的题目作了书名。可能是由于军人以戍边为业、以戍边为荣的缘故吧,我对这个题目情有独钟,一眼相中。陈寓中一切随我自己,未提任何异议。当时他请人为我设计了一个封面,设计者是位青年女子,她选了一幅满树繁花的照片,花团锦簇,我一看立即否了,选了我自己在帕米尔高原拍的一幅照片做了封面,我要的就是边疆情调。另外,我是一名真正的业余作者,写作在我的生活中也处在边缘的位置;我的文章也只能在文坛边缘地带出没,到不了"核心"地带。如此这般,从各个角度看,当时都觉得取《边地散记》作书名是合适的。

以上是关于《边地散记》书名的来历。

不错,我喜读史。偶有一得,径采入文。有史以来,中国历史经历了两次历史大潮汛,先是由北向南,后又由南向北,这是我的读史心得之一。这不是我的杜撰,有几千年苍茫史实在。第一次历史大潮汛,流向由北向南,汹涌激荡,延续了千年。最早是匈奴人,之后是鲜卑人、突厥人、回纥人,再后是契丹人、女真人,这些剽悍的骑马民族顽强地要参与缔造中国历史,南进意向永不衰竭,他们此起彼伏,潮水般一阵阵向南扑来。中原人垒起一道万里长城,企图用这道堤坝挡住北方扑来的历史大潮。可是,这道长堤一次次"决口",十六国时期,南北朝时期,五代十国时期,辽、金时期,北人纷纷南下,在关内建立他们的政权。直至蒙、满入主中原,主宰了中国三百五十余年。中国经历了如此漫长的"北风劲吹"的历史过程,这个漫长的历史过程被固化成了一道万里长城。因此,我曾在另一篇散文《边墙》中说过,长城是中国历史的一根装订线,中国版图是靠它将两边的土地缝合在一起的。如果将长城从中国历史中抽掉,这部线装书将立刻散落一地,凌乱得无法收拾。第二次历史大潮汛,流向变为由南向北,它借助海上来风,汹涌潮头一阵阵扑向北方。那是因为鸦片战争一声炮响,给长期闭关锁国的中国送来了西方消息。从此,中国的历史风向为之一变。太平天国起自南方,辛亥革命起自南方,中国共产党领导的革命同样起自南方,而且借助的都是海外来风。相继站在这股历史潮头的代表人物,我列举了洪秀全、孙中山、毛泽东。你说,我这篇文章的结尾"收得稍有些简洁",你说得对。是的,站在这股历史大潮汛的最新潮头的,是另一位最重要的代表人物邓小平。我们谁都记得,推动中国改革开放的"邓旋风"是怎样从南方沿海一阵阵猛烈刮向北方,吹绿了神州大地。但这不是历史,是现实。

你还谈到《振长策而御宇内》这篇文章,它的确也是我的另一篇读史心得。秦国自商鞅变法,逐步积聚起雄厚国力,到秦始皇统一中国,前后经历了一百四十余年艰难奋斗。这篇文章的主旨就是讲"百年大计",道是"兴衰成败百年看",看近了、看短了都看不清。我们静心看看亲身经历的这五十年,不是刚能看出个成败得失的大致轮廓吗?故,"凡立国大计,深谋远虑,得于一策,百年后能看出巨大的远期效应。相反,若失于一策,百年后也会看出严重的远期后果"。秦始皇统一中国的伟业,要到秦国百年前的变革图强中去寻找成功秘诀;同理,中国在1840年鸦片战争中的惨败,也要上溯到百年前的清朝前期、甚至明朝中晚期的治国失策中去寻找败因。可是,真如你所说,今天的中国人往往急不可耐、急功近利,又往往满足于一得之功,陶醉于一得之喜,而将"远虑"掩掖起来,着力粉刷眼前。用鲁迅的话说,这正是需要"疗救"的病症之一。其实,我上述观点只是讲了从"纵向"上看问题的一面,还需从"横向"上作如下重要补充:看中国的变革走向,必须先看世界全局,先看世界潮流,否则也不容易看清、看对。只有横看、竖看都看明白了,才能"纵横捭阖",振长策,求大得,避免铸成历史大错。

你提到的那几篇较为可读的文章,别人也有同感。解放军出版社的李鸣生同志,他是我第一本散文集《秦皇驰道》的责任编辑,他当时编完书就对我说:"你写古战场的几篇文章最有特点,别人没有。"他建议我专写这类题材的文章,打造自己的风格。我觉得他的看法有道理,但他的建议我没有采纳。因为我习惯于"走到哪里,写到哪里","想到些什么,就写些什么",不太愿意用一个什么框框把自己的思路框住。前些日子,百花文艺出版社的谢大光同志给我来信,也说:"我尤其喜欢您写古战场的几篇文字,文思和气势均佳。"现在你来信又这么看、这么说,说明朋友们的看法比较一致,值得引起我重视。

不过,我暂时尚无开专栏的计划。一是我毕竟还在职,公务缠身,写作上没有充裕的时间保证,不具备"按计划写作"的条件;二是我的一本新的散文集《中国西部》刚刚将稿子交给出版社,其中汇集了三年来新发表的二十万字散文作品,交稿后我想暂停一段时间,调整一下。下一步,我对诗和散文,都需要想一想再写。

我会把朋友们的关注当作动力,不会封笔,不会忘记《美文》对我的期待,虽然坚持业余写作挺累人。

　　顺颂

　　夏祺!

朱增泉
2001年8月1日于北京

《西部随笔》后记

这是我写中国西部的一本集子,汇集了我近三年来发表的散文新作。

我最初把这本书稿交给作家出版社的时候,自己取名为《中国西部》。因为书稿中绝大部分篇目的内容都是写西部的,其中有一篇获奖作品的题目就叫《中国西部》,觉得用它作书名比较贴切。不久,我在接受访谈、与友人通信时,就把这个书名透露了出去。

但责任编辑杨德华审读书稿后,给我来电话说,《中国西部》这个书名缺少点文学味儿,考虑到发行方面的因素,建议改用《西部随笔》为好,与我前一本散文集《边地散记》也配套。他还建议,将书稿中几篇写出国访问的文字去掉,再从《边地散记》中挑几篇写西部的篇目,将这部分字数补足。这样,可以使这本散文集在内容上更统一、更纯粹些。这与我的初衷又有一点不同。我动手整理这本书稿时曾下过一个决心,凡是已经收过集子的文章这次一概不收,避免重复。如果按照杨德华的意见办,又将出现重复了。但我知道杨德华是有经验的编辑,他的建议有见地。我只是从形式上考虑问题,他是从全书的内容上考虑问题。另外,书稿中有两篇写清东陵的稿子,虽然写的不是西部,但清朝历史与西部密切相关,他认为这两篇可以保留,但要作些区别。作家出版社副主编石湾出了个主意:将前面那一篇《中国西部》单独编为"卷首",可以起到"前言"的作用;将后面写清东陵的这两篇编为"卷外",作为正编的补充。这不失为一个绝妙的点子。这个过程说明,他俩对编好我这本集子很认真、很尽心,他们的建议我都同意了。

这几年,我写西部较多,最直接的原因是我这些年去西部的机会较多。我还记得,几年前我第一篇写西域的文字《西域之旅》是这样开头的:"西域,对我是一个极大的谜,我对它了解得太少太少了;西域对我是一个强大的诱惑,我太想了解西域了。"的确是这样,"太不了解"而又"太想了解",既是我写西部的动力所在,也是我写西部的困难所在。虽然去西部的机会不少,但对那里的一人一事一物,去做深入了解的机会并不多,每次都是去也匆匆,回也匆匆,走马观花,浮光掠影。我又偏爱写历史题材的东西,写作中常常如饥似渴地去寻觅某些生疏史料,有时却因"生吞活剥"而"消化不良"。虽然也有像《遥远的牧歌》那样自己比较满意的作品,但有些作品却冗于铺叙而缺少新鲜见解。虽然我主观上对写作一向严肃认真,常会不惜花费大量时间、精力去查证某个问题,但自知学力、知识有限,书中错讹乃至"硬伤"仍然在所难免。当然,若是属于观点、见解不同,理当别论。

这是我的第十本书。十本书中七本是诗集,三本是散文。这些数量概念,对于我的写作质量并不说明任何问题,但具有另外两层含义:一、我的作品数量并不大,没有多少"资本"可炫耀;二、我作为一名纯粹的业余作者,这些年能写出这十本小书,倒也凝聚了一些甘苦在里面。别的且不去说它,单说长期坚持熬夜,也就觉得有些累人。根据惯常思维,"一"是事情的开端,"十"可以作为一个段落。至此,我想稍作停顿。下一步,对于诗和散文,如何继续往下写,我都需要静下心来想一想。

在我整理这本书稿的过程中,同时有几家出版社向我约稿,有的来信,有的来电话。但我事先已找过石湾,不可食言。石湾为我出版的第一本书是诗集《国风》,那已是十年前的事了。十年过去,我与石湾的友情也到了该有"续集"的时候了,所以我决定把稿子交给作家出版社。石湾作为出版社的副总编,他指定三编室主任杨德华担任我这本书的责任编辑,这使我有幸又结交了一位新朋友,我与杨德华合作得很愉快。对于另外几家出版社的盛情和友谊,只有留待来日回报了。

朱增泉
2001年11月25日夜记于北京

朱增泉访谈录
——接受自由撰稿人徐林正*访谈

徐林正：您是军人，是什么原因使你走上创作这条路的？是您的创作时间长，还是军龄长？

朱增泉：创作不需要理由。我的军旅生涯已四十余年，创作经历才十多年。我开始写作有点偶然因素，最早是在老山前线开始写诗。那时我经常深入到阵地上去看望战士，发现战士们在他们的战斗环境中写了许多话语，表达他们的情怀，有的像诗，有的像战斗口号。小刀刻的，小石子镶嵌的，堑壕壁上、猫耳洞里、炮阵地上，到处都有。在战争环境中，官兵们直接面对生死考验、流血牺牲，精神状态和平时大不一样，处在一种亢奋状态中。他们不知道下一次战斗中自己会不会牺牲，会不会负伤。为了捍卫每一寸国土，他们时刻准备着死亡或负伤轮到自己头上，也时刻想把心中的战斗激情、所思所想表达出来、宣泄出来。我当时是集团军政治部

---

* 徐林正，作家、旅行家。1971年3月20日生于浙江省兰溪市马涧镇下社村。毕业于浙江师范大学中文系。曾担任过家乡乡村教师，《金华晚报》文化编辑、记者。后长期客居北京当自由撰稿人兼旅行家，出版过十多部著作。2013年5月2日病逝于北京寓所。这篇访谈刊登于《美文》杂志。

主任,对一线官兵们的战斗情绪负有引导责任。我就组织几位写诗的年轻人办了一张战地诗报《橄榄风》,并为它写了一篇发刊词,题目是《硝烟里思索的歌》,收集战士们的这些战地话语刊登出来,发往一线阵地,起到互相激励的作用。这张诗报在前线大受欢迎,战士们从前沿阵地上寄来大量诗稿。被这种氛围所感染,我也和战士们一起写起诗来。从后方到前线去采访的记者啦、编辑啦、作家啦,把我们那张诗报带往后方,有的诗被拿到正式刊物上去发表,我的诗就从那时开始引起人们的注意。

问:请谈谈您创作的几个阶段,越详细越好。

答:我还从未对自己的创作作过分阶段的表述。但我理解评论家、研究者的需要,今天可以大致分一下。大的阶段就是两个:第一阶段写诗(始于1987年),第二阶段写散文(始于1994年)。两个阶段内,还可以分出一些小段落。这些阶段和段落都只是相对的。

写诗,可以分为三个段落:第一段,在老山前线,进行新军旅诗创作(1987年至1988年)。虽然在战场的时间较短,但我的诗歌创作呈"爆发"状态,激情喷涌,一发而不可收。成名作是《钢盔·迷彩服》《猫耳洞人》。这个时期最重要的作品是《猫耳洞奇想》系列,一口气写了五首长诗。这一组长诗的成功之处,是把我对人类前途命运的思考,同亚热带丛林的战场氛围糅合到一起,作"奇想"式的诗情表达。这就突破了猫耳洞的局限,也突破了局部战场的局限,浮想联翩,作品有些冲击力,产生了较大的影响。这个时期的作品大部分收集在《奇想》《黑色的辉煌》这两本诗集中。第二段,回到后方以后,思想经历震荡,以主要精力投入政治抒情诗创作(1989年至1993年)。当时的国际国内局势真是瞬息万变,国内发生了1989年那场政治风波,国外是接二连三,东欧剧变,苏联解体,两德统一,思想受到极大震荡。战场上焕发出来的激情尚未冷却,时事风云又为我注入了另一股强大的"思考动力"。改革中的困惑,世界的走向,人类的命运,都促使我去思考。我无力改变世界,却无法无动于衷。我又一连写了五首长诗,命名为《国风》系列,由作家出版社印行了单行本。接下来,又写了两首比较重要的长诗,一首是《想念毛泽东》,实际是写了毛泽东和邓小平两个人,写了中国从毛泽东时代到邓小平时代的坎坷经历,为中国的艰难命运当歌长啸。另一首是《前夜》,新世纪到来的前夜,热血男儿不可能没有深沉的回忆和热烈的企盼。这首长诗分别获得了《人民文学》杂志创刊四十周年优秀作品奖(上半部)、《昆仑》杂志优秀作品奖(下半部)。有的评论家认为它是新时期政治抒情诗创作的新收获。第三段,心情趋于平静以后,写一些较为松散的抒情诗(1994年至今)。这个时期诗歌作品数量少了,诗歌风格也有变化,不再写长诗,不再写激情喷涌的政治抒情诗。写一些像《冬季,我思念天下士兵》《老兵》等比较纯粹的军旅诗,也有像《对手之间》《地球是一只泪眼》这样的抒情诗。人们比较感兴趣的是我写于战场的诗,以及后面这一类抒情诗。

　　写散文,可以分为两个段落。第一段,以写古战场为主要标志(1994年至1997年)。我过去在石家庄驻军工作,石家庄西去不远有座古城井陉,那里有韩信背水之战的古战场。井陉还有秦始皇东巡经过的驰道遗址,石板路上磨下去一尺多深的车辙印儿,我第一次看到时心灵为之震动。河北省南部的邯郸是赵国的国都,赵武灵王的胡服骑射,曾是古代一场重要的军事革命。我在工作之余一处处寻访了这些古迹,写出了《凭吊一处古战场》《秦皇驰道》和《寻访赵王城》等一组散文,发表后立刻产生了一些反响。从此,我对散文产生了浓厚的兴趣。第二段,以写西部为主要标志(1998年到现在)。以《遥远的牧歌》和《罗布泊随笔》等作品为代表,比较集中地写西部,直接原因是这些年我到西部去的机会比较多。因为我们总装备部所属的核试验基地、发射导弹卫星和宇宙飞船的基地都在西部。我国的西部实在太大了,历史沉积实在太丰厚了,我过去对西部的了解实在太少了。只要有机会去西部,我都会千方百计抽出时间,如饥似渴地去看一些地方,了解一些历史,回到北京后在夜里写下一些感想。

问:您的诗歌很好,曾经获得鲁迅文学奖,大家称您为"将军诗人""边塞诗人"。您的诗是否继承了中国古代边塞诗的传统?

答:我的诗歌可能有点特点吧。获得第二届鲁迅文学奖之前,还获得过另一个比较重要的奖项,即中国诗歌学会颁发的1999年度中国诗人奖。那次得奖的有四个人,臧克家、卞之琳两位前辈得的是中国新诗终身成就奖,昌耀和我得的是1999年度中国诗人奖。我的诗引起诗歌界重视,有一点"物以稀为贵"的因素在里面。因为像我这样职务、地位的人,业余时间如此痴迷于写作的人不多,所以格外高看一眼。从我主观方面来说,毕竟有了一定阅历,写诗和做人、做事一样,把握不定的情况少了,作品质量一般都能稳定在一定水平线上,所以得到朋友们的鼓励多,得奖也较多。

我的诗介于传统和新潮之间。朋友们比较一致的看法是,我的诗比较大气,视野比较开阔,思索也比较深沉。我不是专注于小情小景,关注历史、关注人类、关注民族命运较多,所以有的诗作也有"理大于情"的缺点。我的诗,在技巧上不是太讲究,我也不太懂得诗歌技巧。正因为如此,条条框框比较少,写起来比较放得开,这样反倒写出了我自己的一些特点。看来,凡是艺术创作,个性就是生命,没有艺术个性的作品就不会有生命力。

我是崇拜中国古诗的。唐诗喜欢李白、白居易,他们的诗自然流畅。李白的诗更是激越跳跃,他在形式上也因表达内容的需要有许多创新。唐代边塞诗人中我比较喜欢岑参,他的边塞诗冷峻、超拔、雄健粗犷,每次阅读都有很强的艺术感染力。王昌龄也不错。宋词喜欢辛弃疾、李清照。我一直主张学习中国古诗词传统，主张从中吸取营养。我们现在的许多诗歌作品，远远没有达到古代诗人将表现对象"熔铸成诗"的水平，这方面的功力差得太远了。我每次阅读古诗词，就像照镜子似的，经常会从古诗词的字里行间发现我自己写诗的幼稚、粗糙、未入境界，常常为之汗颜。我也注意吸收一点西方的诗歌经验。当然，我更主张诗歌要创新。我一直认为，一个时代应当有一个时代的诗歌风貌。只可惜，目前的新诗创作难尽如人意。

问：您写西部，除了写寻访古迹的感受、读史的心得，还把历史上的军事斗争融入其中，我从您的散文里读出了军人的血性。这是否可以说，军人的血液既是您生命不可分割的一部分，也是您文学创作不可分割的一部分？

答：我昨天刚到中央人民广播电台去接受了一次采访录音，谈的也是《西部随笔》这本散文集，他们问的也是同样的问题。毫无疑问，军人的血液滋养着我的生命，也滋养着我的创作。你说得很对，军人的血性，是我散文作品的命脉所在、价值所在。我是以一个军人的名义在写作，写出的是一个军人对历史、对战争、对民族、对热血男儿使命感的认知和体验。历史与战争，是同一个问题的两种说法。我们中国的一部古代史，就是一部战争史。走进西部，就是走进历史、走进古代战争。我是一个已有四十多年军旅生涯的人，我身上有一种军人的本能。每当我走进与古代战争相关的地域环境，我就会激动起来。我深深热爱着我们这片辽阔的疆域，我崇拜为开拓这片辽阔疆域纵横驰骋的先辈英雄。每当看到先人在荒漠戈壁地带留下的粗粝、简陋而绚丽的文明遗存，我就会感动不已。所谓民族精神，我想我每次走进西部强烈感受到的，就是一种实实在在的民族精神，它有一种阳刚大美。我全身心去感受这种民族精神，是以我的生命为载体，使这种民族精神在我身上得以延续。我通过我的散文将它传达给别人,也是企求这种民族精神在更多华夏子孙身上得以延续,得到弘扬。所以,我的西部散文,都是将历史、地域、主观感悟这三方面的内容糅合起来写的,如果人们在阅读时多多少少能够感受到一点文章所传达的内在精神,我的写作也算基本成功了。我不写书斋散文。以古战场和古代战争为题材的散文,坐在书斋里翻翻书也是能写出来的,但那样的文章是"死"文章。我写的西部散文,每一篇都是用脚走出来的,都是到山野间呼吸过新鲜空气的。

问:请谈谈您边疆生活的经历,这些经历对您的创作有什么影响?

答:军旅生涯的特点之一是漂泊不定,很难固定在一个地点长期驻扎下去,军旅生涯始终是在一种流动状态中度过。我在野战军中生活了几十年,从战士到将军,跟随我所在的部队走南闯北,到过许多地方。这些年,我调来北京工作后,管辖的工作范围却遍布全国各地,主要的大基地都在大西北,所以我因工作关系又走了许多地方。军旅生涯,军事行动,大多和边疆有关。我国边疆的东南西北各个方向,我都到达过。我曾在《边地散记》中记述过这方面的经历。我的大部分诗歌都和边疆有关。目前就剩西藏还没有去,也想去。这些经历对我的写作有决定性影响。"读万卷书,行万里路",这是写作的祖传秘诀。

问:您的散文创作成就是否会被诗歌创作的成就光芒所掩盖,或者反之?散文和诗歌创作过程有什么不同的感受?

答:我的诗和散文,犹如我的双翼,差不多是在同一个水平面上,否则我在飞翔中就保持不了平衡。都是我同一个大脑的产物,是从同一个泉源流出的矿泉水,属于同一个品牌,内在质量基本一致,包装不同。诗歌算是已有"定评",也只是眼前而言,还要让时间去严格淘洗。散文会获得怎样评价,我自己没有估计太高,也不作什么刻意企求。目前我的散文作品数量还不够大,刚出了三本散文集《秦皇驰道》《边地散记》《西部随笔》,有些篇目还是重复的。还需要再多写一些,但公务缠身,苦于时间有限。有好几位朋友提醒我,写作题材应扬长避短,多写我擅长的古战场和古代战争。穆涛几次劝我开专栏,目前还不具备条件,但我会记住,也会努力。

我从诗歌转向散文,其中有一个因素,是由于我的诗歌中有时铺叙的句子多了一点。我写作时往往受不了"拘束",一任感情奔涌流泻,总想酣畅淋漓地表达出我想要表达的情绪。而"叙述"笔法是与诗歌要求相冲突的,我由此想到自己可能更适合写散文。另外,有时手头有了创作素材,也会遇到用哪一种方式表达更合适的问题。这些因素,促使我从诗歌转向了散文。但这种"转"也不是与诗歌彻底决裂,只是诗写得少了,但还在写,两栖状态。对我来说,诗和散文不存在不可逾越的界限。写作上有相通的地方,当然也会遇到不同的技术性问题。诗的表达要抽象一点、飘忽一点,写"感觉"的东西多一点,直接抒发情感多一点。散文的表达需要更具体一点,写有根有据的事实多一点,作理性的剖析、议论多一点。我写诗和写散文在时间上是相对隔开的。如果这一段有了诗的感觉,准备写诗,就努力使自己进入诗的状态,认真写诗。如果这一段有了几篇散文的素材,我就努力进入散文创作状态,集中精力写散文。

问:您目前是怎么样的生活、工作和创作状态?有没有打算写一部军事题材的小说?

答:目前我还在职工作,公务繁忙。我把我的全部业余时间,统统奉献给了我的业余写作,自得其乐。有时写得也很苦,自讨苦吃,但乐在其中。至今没有写小说的打算和准备。

问:目前,余秋雨的散文争议很大,您对此怎么看?

答：首先声明,我不参与这类争论,讲几句个人见解可以。余秋雨对新时期散文是有贡献的。对余秋雨散文创作的争论,无论有没有结论,已经并将继续对中国当今的散文创作产生较大影响。其中,包括作品文本的影响,以及争论中涉及的散文创作理论所产生的影响。余秋雨是位学者,他一旦把做学问获得的丰富知识,连同他做学问的一套研究方法、思辨方法一并运用到散文创作中来,立刻成为一种明显的优势,使他的散文作品很快产生了广泛的社会影响。余秋雨其实是胜在充分的创作准备、充足的创作储备(包括知识和方法)。这一点,对于散文写作具有先进性。当今时代,知识的"复合"是一种趋势,一个作家要获得成功,尤其是散文创作,知识底子太单薄、知识储备太单一,获取知识、调制作品的手法太单调,作品的生命力、影响力都会受到局限。余秋雨散文有它的优长,也有它的缺点,不妨把他的东西看成是散文创作中的一个流派。此外,还有别的流派,别的代表人物,他们的作品靠别的因素取胜,具有另一种优长、另一种魅力。余秋雨先生走出书斋,奋不顾身地投身到散文圈子里来,在获得一片掌声和喝彩的同时,也给他带来了问题的另一面:有人以做学问的眼光挑剔他,觉得他少了几分学者应有的庄重和严密,多了几分大众文化的"卖弄和煽情";有人则从另一个角度打量他,认为他至多是以熟练手法在洗一副知识性的"牌"。在我看来,对这类争论,采取直线式、单线式的思维方式不可取,下一个非此即彼的结论更不可取,提着垃圾袋挤进这样的场合凑热闹尤其不可取。

问：您对当代中国文坛有什么看法？您最喜欢哪几位中国古代和当代的散文家？

答：文坛景象,繁花似锦,人来人往。江山代有人才出,各领风骚三几年。中国古代散文大家,推崇司马迁。也常读《古文观止》。当今几位比较活跃的散文家的作品,我都是看的。古往今来，太刻板、太刻意的文章我都不太喜欢。太刻板是指写作方法，太刻意是指思想内容。

问：西安是《美文》所在地，而且也是您的视野范围，您有没有打算写写西安或者已经写了？

答：我是《美文》杂志的最早读者之一，《美文》也与我保持经常联系。西安是十几朝古都，历史文化积淀极为丰厚。我在诗歌和散文中曾多次提到过西安和关中，但我没有专门写过西安。

2002年6月30日于北京

文学的魅力

——祝贺"远望"副刊创刊200期

《中国军工报》"远望"副刊创刊200期了,我眼看着她从一粒种子开始发芽,然后枝枝叶叶地茁壮成长,如今终于郁郁葱葱,撑起一片绿荫;那么多作者、读者走近她,使她成为一个多姿多彩的文学百花园。

在"远望"副刊这片文学园地内,见到的全是我们熟悉的人、熟悉的事。刊登在这里的作品,没有矫揉造作,没有装腔作势,没有无病呻吟,全都充满阳刚之气,都是真情之作。这是我对"远望"副刊的整体印象。她越办越好,在总装广大官兵中越来越受欢迎。

一张报纸能够办得引人入胜,文学副刊发挥着很大作用,因为文学的魅力永存。人的一生都离不开阅读,而文学类书籍、文章,又往往是相伴终生的主要读物。每天报纸到手,看过时事要闻、政经动态、国计民生等长篇宏论之后,翻到文艺副刊,往往会像跑步之后的漫步一样,使精神得到调节,因为这里有风物景致,有曲径通幽,有诗情画意。如果说,头版的重大新闻和大块文章以正确的舆论引导人,那么,文学副刊则以健康的文学作品感染人。办好文学副刊,是满足广大官兵精神文化需求的重要渠道之一,其作用不可小视。

对于总装部队的业余作者来说,"远望"副刊是大家的一片"福地"。我自己就是一位文学爱好者,同时也是一位业余作者。我知道最初萌发的文学创作火花是多么珍贵,但如果缺少良好的外在条件,它也可能自生自灭。我欣喜地看到,"远望"副刊一直把"扶植业余创作,培育文学新人"作为自己的宗旨,几乎每一期都有新人亮相,这是难能可贵的。不要小看副刊的投稿者。翻开中国当代文学史,鲁迅、郭沫若、茅盾、巴金,都曾在文学副刊上发表过大量作品,其中有的作品已成为不朽经典。当代武侠小说大家金庸,也是以副刊为阵地"搏杀"出来的。我衷心希望,"远望"副刊能够出作品、炼人才,成为总装部队培植文学新人的一方沃土。

最近两三年,总装部队经常有业余作者给我寄书稿,有的是诗集,有的是散文集,要我写序言。他们中间,既有军、师、团各级领导干部,也有初生牛犊不怕虎的战士。他们都是"远望"副刊的作者,都得到过"远望"副刊的扶植。"远望"副刊,是他们出发初航的港湾,我祝愿他们像"远望号"一样乘风破浪,驶向更加广阔的海域,去领略更壮阔的远航。

文学,对社会是一种底蕴,对个人是一种素养。一个民族,千百年积累的文学精神无时无刻不对其历史进程发生影响;一个人,必要的文学修养无疑是构成他良好气质的要素之一,成为他搏击人生风浪的一种内在力量。

200期,对"远望"副刊来说,是一个新的起点;对总装官兵来说,是一个新的期待。

朱增泉

2004年1月13日

研究战争是一个民族的事
——答上海《新民晚报》记者问

《新民晚报》按：从战士到将军，朱增泉在军中足足效力了四十五年。严格说来，他只有小学文化。可是，只读过小学的朱增泉却获得过八一文艺奖、中国诗人奖、郭沫若散文随笔奖以及鲁迅文学奖这些在文坛上掷地有声的大奖。他亲历过战争，担任过中国载人航天新闻宣传领导小组组长——解密过中国太空第一人杨利伟，踏过"魔鬼之域"罗布泊……原中国人民解放军总装备部副政委朱增泉身上充满传奇色彩。朱增泉曾出版过七本诗集和五本散文集。其最近一本新书《观战笔记》6月份由长江文艺出版社推出后，引起广泛关注。从一个将军的视角观察伊拉克战争，立意自不同凡响。这本书的全部章节都曾在《人民文学》杂志与《美文》杂志上以专栏的形式连载过，一时洛阳纸贵。本报记者昨日对朱增泉中将进行了独家专访。

在前线产生创作热情

朱增泉很坦率地告诉记者："我从小参军，文化不高。但是我一直坚持自学,在自学过程中对文学发生了爱好。很多人说我大器晚成,因为我是从1987年才开始诗歌创作的。我工作很忙,所有的诗歌和散文都靠晚上熬夜创作。但从那时起,我的创作一直坚持了下来。因为我所写的,都是我的生活积累,我的真情实感,所以一发表就引起了广泛注意。"

朱增泉动情地回忆起当年开始文学创作的原因:"那是当年在老山前线,我担任集团军政治部主任。上了战场之后,战士们随时都面临流血牺牲,每个人都不知道明天是否还能活着。那时战争动员做得很充分,战士们的精神也很亢奋。我经常到阵地上去,看到战士们有的拿小石子在炮阵地上镶嵌战斗口号,有的拿小刀在战壕壁上刻下战斗誓言。那些口号都是战士们自己写的,他们面对流血牺牲,一心报效祖国,那些口号都凝聚了战士们强烈的真情实感,我觉得非常感动,就有意识地开始收集这些口号,刊登在前线的战地快报上。一登出来,就在部队引起了很大反响。从那时起,我就开始写诗。基本上是以一年一本诗集的创作量进行写作,写了五六年,在文坛上也算站住了。"

谈到刚以一本《历史的天空》获得茅盾文学奖的皖籍军旅作家徐贵祥,朱增泉说,我和他有过书信往来,但没见过面。他曾向我约过稿,把我的诗翻译成外文,通过他们的杂志介绍到外国去。朱增泉认为,自己与许多军旅作家的创作道路是不同的:"他们很多人都不是当兵出身,或者在基层连队待的时间不长。我却是一直在军队里,从士兵到将军一步一个脚印走过来的。我不写小说,但我的诗歌和散文,都是亲身经历过的、最朴实的情感。"

战争眼光要跟上时代

写了多年诗歌和散文,这还是朱增泉第一次将老本行与文字结合起来,写了这本军事随笔《观战笔记》。朱增泉表示:"之所以想写《观战笔记》这么一系列文章,是因为伊战爆发后,很多电视台都有评论家出来分析。可是,有些评论讲得不对,他们的许多战争理念还停留在传统战争的层面上。可以说,伊战爆发后,全世界都在关注这场战争。我们必须去研究它,要看懂新一代战争。这不仅仅是一个军事问题,这是一个民族、一个国家的事情。战争眼光如果落后于时代,那就会遭遇失败。"

"举一个历史上的例子,鸦片战争中国为什么会惨败?原因很多,其中有一条就是清朝官员的战争观念大大落后于时代,他们不仅看不懂洋人的新式战法,连洋人的队列训练也看不懂。英国军舰到了中国,他们的士兵进行队列训练,两腿绷得笔直。清朝官员远远一看,向朝廷写了一道奏折说:洋人没有膝盖,腿不能弯,这样的军队好对付!可是一交手,清军一败涂地。清军中有一个著名将领杨芳,认为洋人有妖术。他的应对之策就是从民间收集了很多马桶放在木排上,去同英国军舰开战,叫作'以邪驱邪',结果可想而知。"

"伊拉克战争是发生在信息化时代的新一代战争,许多专家学者还沿用传统战争的惯性思维去看它,观察误差很大,和实际不一样。因为我毕竟是一名真正的军人,比学者观察战争要内行一些,所以我这本不算纯文学的作品,能引起大家关注。"

朱增泉
2004 年 7 月 2 日

《血色苍茫》后记

这几年,我的散文承蒙各方关注,每年都有一些篇目入选各种选本,原想把这几年的新作收集起来出一本。但编辑看过稿子后认为,还是从我的新旧作品中选编一本为好。我尊重编辑的意见,他们有眼光、有经验,了解读者的阅读兴趣,也熟悉书市行情。作者写文章当然希望有人看,出版社出新书更需要考虑有人愿意掏钱买。至于一本书的文化含量、思想价值之类,则要由读者读过之后才会最终得到评判与承认。

由于写作只是我几十年来的一项业余爱好,写什么,不写什么,从未像专业作家那样去经营谋划,往往是碰上什么题材就写什么。所以,我的散文涉及面比较广,题材比较杂,有些作品水平也不尽一致,这就决定了出选本显然要比将某一时期的文章结集出版为好。这也算是我还有一点自知之明吧,所以欣然同意出选本。

这个本子选编的,主要是以写人物为主的篇目。书中涉及的人物,古今中外都有。由于我是军人,我写的这些人物,当然都同古今中外的军事斗争有着直接或间接的关系。虽然都是写人物,各篇的写法又有所不同。有些篇目是写个体人物的,如《统帅》《彭大将军》《朱可夫雕像》《一代枭雄萨达姆》《新闻部长萨哈夫》

等，对每个人写的比较集中。有些篇目是写两个以上群体人物形象的，如《从范蠡说到吕不韦》《汉初三杰悲情录》《战争中的巨头们》等，主要是他们的相互关系和相互比较上去做文章。有些篇目是写重大历史事件的，如《秦皇驰道》《渥巴锡东归》《彼得堡，沧桑三百年》等，但任何历史事件都离不开相关的历史人物，虽是以叙事为主，其实也在以事说人，读完这些文章，留下深刻印象的往往还是其中的这些历史人物。

我在写这些古今中外人物的过程中，虽也常常想到"英雄造时势，时势造英雄"这个老话题，但更多的是经常想到"人生"与"命运"这两个词。这些人物，有的可谓人生壮丽，事业辉煌；有的则虽然功勋卓著，却命运多舛，结局悲怆。有的人物一生所作所为对历史发展产生了重大历史影响，却在精神道义方面落下千古骂名；有的人物虽然对历史发展产生的影响微不足道，却在精神道义方面光照后人，令人思索。

历史是由人创造的，历史却又无时无刻不在用它的民族传统、文化习俗、思想观念、是非爱憎等等塑造着后人。无论伟人、凡人，全都活在前人为我们创造的历史中，无一例外都要接受特定历史文化传统的塑造。但历史又是需要经常维修和翻新的，因而后人又是可以为创造历史不断有所作为的，这就有了"国家兴亡，匹夫有责"之说。即便芸芸众生，其实也以各自不同的方式延续历史、创造历史。历史是一条汹涌奔腾的河，河中流淌的是滚滚人流。正如苏东坡在《赤壁怀古》中的千古浩叹："浪淘尽，千古风流人物。"浪起浪灭，转瞬即逝，壮丽辉煌，悲愤苍凉，全在其中。历史、人生、命运，这是三个说不完的话题，令人道不尽的感慨。

尊重历史，顺应时势，珍惜人生，把握命运，这是我对每一位读者的真诚赠言。

由于本书的编选着眼于人物，责任编辑在征得我的同意后，对某些篇目做了部分删节，个别篇目则改了题目，有必要在此向读者作一说明。

本书的出版，得到了人民出版社黄书元社长、任超副社长和张小平副总编等领导的大力支持，责编孙涵同志于事务繁忙之际为本书审编书稿，在此向他们一并致以真诚谢意。

朱增泉

2006年6月26日校毕记

《天下兴亡》前言

我写文章有点"笨",用的是"搬石头垒墙"式的方法,非把它垒得结结实实不可,恨不得把每一条缝隙都填得满满的,干活不偷懒,却不够灵巧。有一个词叫"笨重",人们觉得我的散文比较大气、厚重,大概与我的写作方法比较"笨"有点关系。

我有时也曾想过,我的文章为何也能打动一些读者?我自己找到的答案是,别人是用旺火爆炒三鲜,我用老铁锅慢火炖肉,各有各的味道,各有顾客喜爱。

我的散文随笔是属于"大散文"这一派的。大,就有一些"大"的标志。例如,我喜欢写一些重大题材,思考一些重大问题,习惯于从大处着眼看世界,从大处切入写文章,评说历史人物的功过是非,也喜欢讨论他们的大得与大失,如此等等。

我热爱祖国,热爱祖国的历史,岁月沧桑,聚散分合,光辉屈辱,成败得失,全在其中,悠久,丰富,深厚。在祖国大地上到处走吧,无论走到哪里,常常会在不经意间被某个重大历史题目触动,非写不可,欲罢不能。

我喜欢立体地而不是平面地析事论人。写了这一面,再写另一面;剥开这一层,再剥下一层;写一个人,既写他的功,也写他的过、他的哀、他的悲，如此等等。

我写秦始皇，以《秦皇驰道》为线索，写秦始皇的大得与大失，写秦朝的速亡教训。但我又想到了另一个问题：春秋五霸、战国七雄，最后为何由秦国统一了中国？秦国何以能够取得如此巨大的成功？于是我往前追溯一步，又写了《长平之战》《振长策而御宇内》二文，说明秦国强大得足以统一中国，其奥秘在于早在秦嬴政当政之前，他的列祖列宗，自商鞅变法之后的历代秦王，已经走过了百余年强国奋斗之路。我这样来写秦国的巨大成功与秦朝的速亡，前后关照，着眼点全在一个国家兴衰存亡的"长策与大计"。我觉得探讨一下这类重大历史问题，是有某种现实意义的。

我写长城，发现长城是中国古代历史的一根装订线。正是依靠长城这根装订线，才把长城南北两边缝合到了一起，组成了一部完整的中国历史。假如把长城这根装订线从中国历史中抽调，这部古老的线装书将立刻散落一地，难以收拾，理不出头绪。因此，用今天的目光去审视我们一贯以长城为界思考历史问题的思维方法，某些传统观念是值得商榷的，是应作些转变的。泱泱大国，对待本国的历史，应该具有一种历史大度。

我在写作历史题材时发现，古往今来，是南来北征的历史大潮在一波接一波地推动着中国的历史进程。古代的历史大潮主要来自北方，一浪又一浪地拍击着长城这道"长堤"，冲击着中原大地。中国历代封建帝王，从秦皇汉武一直到明皇清帝，几乎无一例外的都是在围绕着长城防线的安危，日夜思考着他们的帝业兴衰、生死存亡。进入近代以来，中国的历史风向为之一转，挟带着海风潮汛的历史大潮主要来自南方，太平天国农民革命起自南方，辛亥革命起自南方，中国共产党领导的人民革命武装起义也起自南方。中国的千年封闭，是被来自南方的海风打破的。历史要离远了看，才能看到一些大尺度的历史规律。

苏联搞了七十年社会主义,竟在一夜之间土崩瓦解。对于发生在二十世纪之末的这一重大历史事件,怎能不令我痛苦地深深思索？为此,访俄期间,我带着强烈的疑问,一路走,一路看,一路问,苦苦寻找答案,生发种种感慨,写下了一组文章。这本书的《彼得堡,沧桑三百年》《朱可夫雕像》即是其中的两篇。

伊拉克战争令我投去格外关注的目光,不仅因为它是一场发生在信息化时代的新一代战争,调动了我作为一名中国将军的职业敏感；同时,着眼于新世纪伊始的国际政治动向,剖析一下伊拉克这个国家、萨达姆这位人物,也都具有某种典型意义。所幸,我跟踪观察伊拉克战争所写的《观战笔记》一书,虽是政论性、时间性很强的随笔性作品,但我在书中所做的一系列分析和某些预见性判断,都经受住了时间的检验,并且正在被事态的发展继续印证。

朱增泉
2006年11月23日校毕记

朱增泉将军的丰富人生[*]

——北京人民广播电台记者刘慧访谈录

记者手记：这是一位从士兵成长为我军高级将领的人，他一直强调自己的主业是军人，副业才是创作。我不太能够想象在那些精湛作品的背后他付出了怎样的心力，我只是很惊讶于一个能够把副业也做得如此的成就的人，主业该是怎样辉煌的地步，惊叹于他关于军旅人生，关于英雄梦想的信念与坚持。见面之后给我最深的印象莫过于他更像是一位儒雅的学者，金丝边的眼镜，谦和的笑容，怎么也不像是一位从野战部队出来、亲历过战争的我军高级将领，只是对话中的缜密思维，对于战争的独特感悟和观照，不时流露出的坚毅目光，让我确信这位将军一直在用真心、以真情投入到属于他自己的那片军旅试验田里，耕种着喜欢的作物，并不断喜获丰收。

对话他的时候，他刚刚完成了付出多年心血的五卷本《战争史笔记》。他告诉我说，其实最初的创作动力是源于多年来自己的读书体会。博览群书的他，苦于找不到一部通俗易懂，深入浅出的战

---

[*] 这篇访谈录收入刘慧著《光荣序列——著名军旅作家访谈录》一书。

争史读物,于是干脆自己动手了,以一位将军的宏阔视野和诗人兼散文家的语言功力,夹叙夹议地对中国五千年战争史上的那些搏杀和胜负、王朝的兴衰、将帅的成败等等,做了系统的扫描,既具有战略高度的纵横分析,又用细微之处因人因事的随处点评,不拘形式,不落俗套,真知灼见,精彩迭出。

谢谢朱将军以自己的现代意识和人文情怀为当下的人们提供了一种解读历史的方式,为当代散文园地平添了某种铁血气质和睿智风采,相信始终钟情于绿色天地的他,一定会为我们调和出更多的军旅迷彩。

朱增泉,1939年12月18日出生。江苏无锡人。1959年1月加入中国共产党,同月入伍。历任战士、班长、排长、连副指导员、干事、营教导员、科长、处长、军政治部副主任、集团军政治部主任、集团军政治委员、国防科工委政治部主任、总装备部副政治委员。

将军作家的《战争史笔记》

从一定意义上说,中国的历史就是一部战争史,世界历史也同样,我是这样认为的。《战争史笔记》一共五卷,从上古写到清末,平装本已出齐,很快就会出一套精装本。这部书耗掉了我五年时间和精力。我写这部书有两个目的,一个是了却我自己的心愿。我在后记中写了这么一段话:我从士兵到将军,平生有两个心愿,一是经历一场战争,二是把中国的历史捋一遍,这两个心愿都实现了。第一个心愿得以实现,就是参加了南疆那场局部战争。当时我正值中年,在集团军当政治部主任,我和我的部队一块上前线。战争中,我看到了年轻官兵们被战斗激情点燃以后的那种精神状态,我的心和他们一起燃烧,把我燃烧成了所谓的"将军诗人",

我就是从那时候开始写诗的。写这部《战争史笔记》,想法早就有了,但真正动手却是在我退出现役之后。尽管我退役以后还到全国政协去当了五年常委,但是毕竟事不多了,我就开始准备战争史的写作。从2007年着手,那时候一篇一篇地写,第一卷中的文章曾在《美文》杂志上连载了一年。从第二卷开始,我就只顾闷头写了,对外不再发表。2008年人民文学出版社同意给我出版这套书,我写完一卷出版一卷,从2009年到2011年五卷全部出齐。

这五卷书,以朝代史为主轴,用战争史贯穿起来,两个糅在一起来写。我主要是通过战争历史来写各个朝代的兴衰更替,侧重于总结这方面的历史经验教训。至于各个历史时期的军事思想、装备发展等等,这些我都割舍了,否则过于冗长。因为我是写诗、写散文出身,所以和传统的历史著作不太一样,我用散文的笔调来写这部战争史,主要目的是增加它的可读性。因为历史这个东西读起来是很枯燥、很沉闷的,我自己看书有感觉,哪本书好看,哪本书不好看;哪本书我很想看,可是几次拿起,又几次丢下,就是看不下去,太枯燥、太沉闷。有的是太艰涩,不通俗。所以我明白,历史如果写得太枯燥就没人看了,我就是根据自己的阅读经验来写,这个太重要了。我年轻的时候一直想找这么一本书来了解中国的古代战争,找不着。我在写这部书的过程中,努力把历史脉络交代得清楚一点,文字则显得轻松一点。我周围的朋友们、战友们,看了以后反映都还不错。我在集团军当政委时的一位副政委,我的老战友,他说看着看着,他夫人叫他吃饭他都放不下。

上面讲到我写这部书有两个目的,第二个目的就是想告诉大家,尤其是年轻人,和平时期不要忘记战争。你看看这世界哪一天没战争?世界上哪个角落没有战争?哪一个国家、哪一支军队不在研究战争、准备战争?如果中国要忘记战争的话,那就说明我们中国这个民族犯了幼稚病、健忘症。我这个思想是很强烈的。中国这些年改革开放发展比较快,世界上就响起一片所谓"中国威胁论"。我说过,西方世界就是用"中国军事威胁论"来威胁中国,千万不要上这个当!我们有些人被他们"吓"的,连句硬朗的话都不敢讲。我们这么大一个国家,对世界要真诚,但不能太天真;我们永远不要称霸;但永远要挺直了腰杆对世界说话。我在"后记"中写了一句话:如果你们上了西方喧嚷"中国军事威胁论"这个当,请你们再重读一遍晚清战争史!那真是让人越读越气愤,越读越坐不住,真正叫"拍案而起"啊!真是强烈地感到对腐败无能的清朝是再不能抱任何希望了,再不革命是不行了!就是这种感觉。我相信读者们读完晚清战争史,也会有这种感觉。我们国家经济在发展,国际地位在提升,但是不要忘记战争,对此要有清醒的认识。同时我也讲了,我们不要去侵略别人,也用不着去侵略别人。我们国家的地盘已经够大,把老祖宗传下的疆域看好、收复、守住,就行了,用不着去侵占别国的一寸土地。我国要发展,必须保持一个和平环境,应当力求避免战争。但战争一旦轮到头上,你不想打也得打啊,而且必须打赢!

说到这里,我想起来不久前写了篇散文《皇冠只有一顶》,发表在《人民日报》上。因为我发现有那么一股风,吹捧宋朝。最早是从西方传进来的,英国著名历史学家汤因比,他说"如果能够选择,我愿意生活在中国的宋朝"。汤因比这句话本身并没有什么问题。中国有些人把这句话搬来吹捧宋朝,毫无历史原则。美国人罗兹·墨菲在他所写的《亚洲史》一书中说,宋朝是"中国的黄金时代",是中国"一个前所未见的发展、创新和文化繁盛期"。他们这些话,诱发了国内不少人的民族虚荣心,跟着热捧宋朝。但墨菲的要害是要由此推断出如下结论:"中国在宋朝的惊人兴旺,与它放弃建立较大帝国的野心有很大关系","宋王朝明智地专心于长城以南汉族人居留的高生产力核心地域,甚至用礼物签订一项停战协定,承认异族对今北京地区的控制(指辽国),用类似协定让另一个异族控制西北干旱的甘肃(指西夏)。这些协定并不造成实质损失"。在他看来,中国不统一反而比统一更好,中国根本用不着统一。这就来了问题,中国自古以来就是一个多民族国家,维护国家统一,历来都是头等大事。墨菲说什么"承认异族"对某些地区的"控制",对中国"并不造成实质损失"。墨菲的这一观点,足以挑拨汉族与少数民族的关系,助长民族分裂主义。

顺便说一下,最近我读到余秋雨先生的一篇文章,他说汤因比的原话是如果让他选择,他宁愿生活在中国的西域。"西域"和"宋朝",这两词的含义相差十万八千里。汤因比这两句话是在两个不同情景下说的。读者们千万别用这一句否定另一句。我不懂外语,无法查对我引用的那句话出自汤因比的哪一本书,我是从一位研究比较文学的学者写的文章中引来的。余秋雨先生说他"也是刚刚知道"他所引用的汤因比那句话,但余先生也没有说是在汤因比的哪一本书里有这句话。懂英语的读者如有兴趣,不妨查一查。

历史研究在不断深入,肯定会不断有新的发现、新的观点。但是,谈论中国历史,不能离开维护国家统一和领土完整这条最基本的底线,这是必须坚守的原则。当代文人的精神品格,不能跌落到宋朝文人之下。如果宋朝在军事上一败再败、二帝被俘、南渡偏安不是宋人的伤心事,陆游就不会在临终前用诗句嘱咐子孙"王师北定中原日,家祭毋忘告乃翁";辛弃疾就不会"醉里挑灯看剑",排遣不去欲战不能的内心苦闷;婉约派女词人李清照更不会因此写出满腔悲愤的诗句:"生当作人杰,死亦为鬼雄;至今思项羽,不肯过江东!"

"我是军人,不是诗人"

军人肩负的是国家的使命,所以军人的生命是国家的,军人应该有这种自觉。军人一上战场,就得随时准备"血沃青山,骨埋疆场",要有这样的情怀,要有这种骨气。另外,军人关注战争是天性,我基本上养成了这样的习惯,一直关注着战争。尽管我写诗、写散文,但是关注战争是我的中心点。美国发动伊拉克战争时,我通过跟踪观察那场战争,写了一本《观战笔记》。因为当时世界军事领域兴起了"新一代战争"(信息化战争),那么伊拉克战争到底有什么新的特点,我们军人应该从这次战争中学到一些什么?开始我从电视上看,许多电视台都在评论和解读这场战争,有的说得对,有的说得不对。报纸杂志上这方面的文章也很多,有的说得牛头不对马嘴。我忍不住就自己拿起笔来写了,那些文章开始是在《人民文学》杂志开了一个专栏,写了半年,第二年转移战场,把专栏转到《美文》杂志,又写了一年,后来就结集成一本书,当时销了几万册。

我是1959年参军,1962年遇到一次"紧急战备",那是因为大跃进带来大困难,蒋介石要反攻大陆,我们的部队就开到东南沿海前线,准备打了。那是一次现实的战备行动,很紧张的,从那时候我就开始关注战争了。后来蒋介石没有来,东南沿海战备情况解除了。第二次经历紧急战备行动,是中苏关系紧张后,发生了珍宝岛事件。我们部队从南方紧急调来北方,部署在张家口一带。那时候我在连队当排长,我们的干部战士大多是南方人,来到北方气候太寒冷了,饮食不习惯。但是在战备的紧张关头,大家都能忍住,再大的苦都能吃,再大的困难也能克服。后来战备情况一解除,都想回南方,那时候的思想工作真难做啊。由于我们这支部队打仗是很出名的,是军委的战略预备队,要留在北方担负保卫首都北京,回不去了。我就是这样留在了北方。

我从战士到将军,是一步一步上来的。我当战士就经历了五个台阶:列兵、上等兵、下士、中士、上士,一步也没有少。当兵岁月中，印象最深刻的当然是经历生死考验。当兵，一上战场，想到的第一个问题就是"我可能要牺牲"；想到死就想到活，年轻轻的，这一生还没有活够啊！但是军人一上战场就得准备为国牺牲，这是军人的天职，没有话讲的。所以对军人最大的考验是生死考验，我经历了三回。当然，我比起那些打天下的老前辈们差远了。怎样过好生死关？一方面，从入伍第一天起，就反复接受使命感、生死观教育；另一方面，就是接受光荣传统教育。我们这个军，我们这个团，我们这个连，前辈们在战争年代是怎样英勇战斗的，涌现了哪些战斗英雄，我们应该怎样继承前辈的光荣传统。这种教育比较具体感人，说服力很强，不空洞。我当兵的时候，我们的领导都是战争年代过来的，他们讲自己的战斗经历就够了。

激励我本人确立献身精神的，还是集体荣誉感多于崇拜某一位英雄，当然这两方面的激励都有。我在二十七军从战士一直当到集团军政委，工作了三十六年。从抗日战争到解放战争初期，二十七集团军的前身是胶东九纵，是赫赫有名的一支英雄部队，许世友担任胶东军区司令兼九纵司令。许世友是名将，毛主席晚年还表扬他："还是许世友的炸药包厉害啊！"当年在许世友直接指挥下，九纵作为胶东主力，先后参加了孟良崮战役、济南战役等著名战役。济南战役是解放战争第一个攻城战役，连毛主席都很重视，亲自部署，影响很大。原计划打两个月，讨论作战方案时，采纳了副司令员兼参谋长聂凤智的建议，半个月就打下来了。二十七集团军有个"济南第一团"，就是第一个攻进济南城的部队，是中央军委命名的英雄单位。还有一个"济南第二团"，是三十一军的，现在在福建。解放战争开始前夕，九纵整编为二十七军，聂凤智当军长。聂凤智也是名将，他指挥了淮海战役、渡江战役、解放上海等著名战役。二十七军很能打，是解放战争中歼敌最多的军级单位。一支部队在战场上打出威风以后，这支部队的官兵都有一种自豪感,越打越猛、越打越顺,胜仗连着胜仗。我能在这样的英雄部队成长和工作,的确时刻都有一种自豪感。我把这种亲身感受也融入了《战争史笔记》一书中,我特别欣赏历史上那些英勇善战的名将,那些打出威名的军队。

将军的从戎之路

我上学很少,原始文化小学毕业。实际上我小学还没有读完,六年级下半学期基本上没去上学。当时家里缺乏劳动力,正好赶上农忙,插秧。秧刚插完,马上要耘田,一个农忙季节下来,半学期就过去了,暑假快到了,马上毕业考试了。毕业考试我没参加,但学校给我发了毕业证书,把我排在全班第十六名,当时我很不高兴。本来我的成绩一直保持在前三名,每次考试基本不用复习。我有一个"奥秘",我也传授给我的孩子们,就是上课时一定要专心听,不要留下难点,哪个地方不明白就问老师,今天不问明天也得问。只要课堂上把这一课内容听明白了,消化了,理解了,一般考试不会差。

家里没有劳动力,就耽误我上学了。还有一个原因是我们镇上当时没中学,上中学要到另外一个镇上去读寄宿学校,费用高,家里花不起这个钱。第三个原因,当时正好全国农业合作化运动高潮来了,需要一些初具文化知识的年轻人投入到这个运动中去,适应农业合作化运动高潮的需要,当个记工员、会计、文书之类的。于是,全国开展了一个"向徐建春学习"的活动,号召应届初中、高小毕业生回乡参加农业生产。我就被选为无锡县的代表,戴上大红花到县里去开会,回来就辍学参加农业生产了,后来就当上了农村小干部。我参加了农业合作化运动的全过程,互助组、初级社、高级社、人民公社、大跃进,都经历过。人民公社的时候,我是生产队队长。这个生产队很大,人民公社提倡"一大二公"嘛,一个生产队是两个合作社合并起来的,大大小小十一个自然村。那时我才十七岁,还不到参军的年龄,有点"魄力"吧?

后来就当兵了。南方人都不太愿意当兵,当时我刚入党,要发挥带头作用,第一个报名参军。当兵以后,感到自己文化太低了,人生道路还长着呢,怎么办?学吧,自己学。说起自学,又要说到我的母校无锡县后宅中心小学。我母校的历任小学校长中,有一位是后来大名鼎鼎的国学大师钱穆,他晚年在海外写过一篇回忆文章《后小四年》,很长。他留下了一句话,他说学问在一字、一词、一句之中,要一点一滴积累,他这句话深深地影响了我。所以我当兵以后是见缝插针,只要有一点时间就看书。星期天上街就去书店翻书、买书。当时钱也不多,津贴费就几块钱,买了牙刷、牙膏、肥皂,再就是买两本书看看。我爱看文学、历史这两类书。团里有个图书馆,我办了一个借书证,一个星期借一本书,看完就去还,还了再借。那时候连部有几本杂志,《解放军文艺》《解放军生活》之类,我拿到一本杂志,从第一页看到最后一页,不管是小说、诗歌、散文、评论我都看。我看了许多文学作品,从此有了一定的积累。但我当时并没有想到自己能成为作家,只是对文学有点爱好。当时的主要想法是在部队好好干,一步一步往上走。那时从农村出来,在部队好好发展也是一条出路。过去回避"找出路"这个说法,我现在不回避。农村出来的兵,在部队好好干,能找到一条出路是很大的一个动力。那时候在部队能评上"五好战士"、入党、提干,这是很光荣的,说明你干得成功。

将军诗人的成名之路

我是属于那种工作很认真、很积极、很刻苦的人。学习也是一样,那时我看诗歌、散文、小说,分不太清它们之间的具体界限。我写诗是当了集团政治部主任以后,到南疆前线去参战时才开始的。到了前线,上了战场,干部战士们都想宣泄自己内心的战斗激情。我到过许多前沿阵地,发现战士们用小石子一句一句镶嵌在炮阵地上,或用小刀刻写在步兵阵地堑壕壁上的一句句战斗口号,内容大多是"报效祖国、不怕牺牲","后方在致富,前方要献身"之类。我觉得内容不错,就布置政治部的干事们上阵地时把这些口号都搜集起来,在我们办的战地小报上专门开辟一个副刊登载这些战斗口号。报纸发下去之后,大受前线干部战士欢迎。一线阵地的干部战士们大量来稿,都想在报纸上见见自己的名字,但那张战地小报容纳不下了。后来采纳下面同志的建议,另外办了一张战地诗报《橄榄风》,满足干部战士们的要求。

我身为集团军政治部主任,战场上的工作量是很大的,每天都特别累。有一天,我带了警卫员和一名干事,开了车出去转转,爬爬山,放松放松。沙石公路沿着一条河谷前进,一边是河,一边是山。车子开到一个比较开阔的地方,我说停车,上去看看。顺着山坡爬上去一看,我大吃一惊。云南那个地方都是喀斯特地貌,常年风化,山头都是圆顶,由于每年有几个月是雨季,各种植物特别茂盛,山峰都是绿山。乍一看,眼前就像集合了一大片戴上钢盔的部队,随时准备出发,阵势非常壮观。看得我很激动,当晚就写出了第一首诗《山脉,我的父亲》,前面有个小序:"山脉与战争有着不解的缘分。人说,大地是母亲;我说,山脉是父亲。我踏着山脊,去约会死神。"我抒发的是战斗激情,是军人的阳刚之气。我当时的工作习惯,每晚十二点以前处理战场工作事务和大量文电;十二点以后走下山坡去宣传处办公地点处理战地报社的编务,因为我挂名兼主编。那晚我下去对大家宣布,我说我今天写了一首诗,念给你们听听,这是不是诗?我念完,他们都说很好很好,这就是诗!他们承认我写的是诗,那我就继续写吧,就这么写开了,一发不可收。也就说,我当时写诗的时候,还不知道自己写出来的分行文字算不算诗。

后来因为有慰问团去慰问,记者、作家去前线采风,听说我写诗,他们看到以后就传到后方,引起反响,都说我写的诗和别人不一样。可能因为我身处战场吧,战场上的氛围没有感受是决然写不出来的。第二就是我的思考,同样是写诗,我写的诗包含的思考成分要比别人多一些、深一些。第三是我处的位置,我毕竟身处领导岗位,看问题比较宏观一些,从宏观上思考问题多一些。当时我写的诗是属于"原生态"的诗,但比较有震撼力。

我的成名是因为写了老山前线。第一本诗集叫《奇想》,我写了一组长诗系列,叫"猫耳洞奇想"系列,那里面就有一些哲学思考。比如,有一首诗我就围绕着"圆"和"方"来进行构思,我们中国人不是讲"天圆地方"吗?太阳是圆的,月亮是圆的,钢盔是圆的,枪口是圆的,头颅是圆的,可是为什么我们头颅里装进了"方"的思想?什么东西都想把它搞"方"。我就围绕这个来写,别人觉得读起来很特别。

我获得第二届鲁迅文学奖的那本诗集是《地球是一只泪眼》。这本诗集获奖的时候,连我自己都不知道。他们投完票,我的朋友打电话告诉我,说你那本诗集获奖了,鲁迅文学奖。其中有一个评委是西南大学诗学研究中心的主任吕进教授,是国内很有名的一位诗歌理论家。有位记者采访他:"是不是因为朱增泉是部队的领导,所以你们给他评奖?"吕进一听很恼火,回答说:"你也太小看我们了嘛!"他为此写了一篇文章,把这件事写了进去。那次颁奖是在鲁迅故乡绍兴,我工作走不开,没有亲自去领奖,是诗歌学会秘书长张同吾代替我领的。

既然得了奖,我就得研究一下诗了,诗到底应该怎么写?似乎每一位诗人好像都在追求自己的风格。我的诗风是这样形成的，因为我不太懂诗，所以不太遵守诗的"规矩"，按照我自己的感觉来写，这恰恰形成了我的特点。我有我的思想，我有我的表现手法，我毕竟在生活阅历上要比一些人多一点，把握一些问题相对准确一点、成熟一点。按理说写诗是年轻人的事，所以有人说我是"大器晚成"。一般写诗都是三十岁以前，成了就成了，成不了就别写了。现在我对别人也是这样把握的，他们都要求我帮助他们看看诗稿。我看过之后，凭我的感觉，我觉得有希望的就鼓励他继续写，提醒他应该注意点什么；有的一看显然不行，我就对他直说：你别写了，再瞎费劲，会把你憋死在死胡同里。"会"与"不会"就隔一层纸，有的人一点拨就明白了，有的人就是捅不破这层纸，这也没有办法，这可能就是"悟性"的差别，写东西没有悟性不行。

我对自己当将军完全没有设计，就是认准一条：好好干。有人说我"鱼与熊掌兼得"，又当将军，又当诗人。他们哪里知道，我为此有太多的付出。我工作从来不马虎，自学从来没停止，几十年如一日，这不是自夸，认识我的人都知道。我没有别的什么业余爱好，把全部业余时间都用在了自学和写作上。我觉得会"设计人生"的人，无非就是认准一个目标，然后踏踏实实做好每天的工作，做好每一件具体事，这是成功的希望。天才与勤奋，我相信勤奋。我天分有一点，比较爱问问题，理解东西比较快。但我确实是靠勤奋征服了许多人，我的部下、我的战友，大家都佩服我这一点，我的领导也都欣赏我这一点。我从老山前线回来当了集团军政委，那时我被外界称为"将军诗人"，已小有名气。当时我就想，既然当了"诗人"，就不要弄个半吊子，多少要像那么回事。所以我坚持写，再忙再累也坚持写，创作不断线，别人说些闲话我也不去管它，患得患失就什么也别干了。我就在那几年发起了一波冲刺，用一定的创作量，像一条河流一样去冲击一下诗坛，产生了一点影响。我在集团军当了六年政委,出了六本诗集。但我写诗绝对不影响工作,都是熬夜熬出来的,工作时间绝对不写诗。我当政委天天要讲话,但从来不用一句诗。一贯讲实实在在的话,以理服人,不去哗众取宠,那样一点意思都没有。

感受西部

有一个时期,由于工作关系,我经常去西部,河西走廊、新疆、内蒙古西部等。我觉得应该去了解西部的历史。古代西域三十六国,后来都灭亡了,都成了废墟。我工作的时候抓得很紧,有时通宵达旦。忙过一段以后,我要放松一下,带着干粮和矿泉水,由人带着,开了车围着塔克拉玛干大沙漠转了一圈,在南疆找到了十一座废墟。是访古,谈不上"考古"。我就是对这些东西感兴趣,可以废寝忘食。我一见到这些废墟,似乎马上进入了历史一样。

在我们国防科技战线,工作在西部沙漠深处的那些前辈,以及现在工作在那里的年轻一代科技工作者,都很了不起。老一辈从事核试验和导弹试验的科技工作者流传着这样的几句话:"献了青春献终身,献了终身献子孙。"当时他们的后代考上大学的很少,因为沙漠深处教育条件太差,他们的下一代在学习上都被耽误了。但是那一代人真是忠诚,对国家、对科研、对国防事业无私奉献,无怨无悔。所以,我调到国防科工委来当政治部主任后,就开始大抓教育。我每到一个基地都要去检查幼儿园、子弟小学、子弟中学,千方百计督促各单位把教学质量抓上去。这几年开始见效了,考上大学的越来越多,有不少孩子考上了北大、清华。

我有一本散文集《西部随笔》,其中有一篇《罗布泊随笔》是专门写我们核试验基地老一辈科技工作者们那段难忘经历的。全面核禁试之前,每次有核试验任务我都去,每次都是"地动山摇"。后来我又专门到以前搞大气层核试验留下的每一个原子弹爆炸的"爆心"去看过,去实地感受那段难忘的奋斗历史。西部的历史和现实,极大地激发了我的散文创作热情,在内地不会有这样的激情。我上了海拔五千多米的帕米尔高原,在中国和巴基斯坦的边防线上,看到那里的战士一个个都晒得乌黑乌黑的,由于缺氧,嘴唇都是乌紫的。他们列队请我讲话,我刚喊了一声"同志们",就觉得接不上气了,我举手向他们敬礼。国家离不开这样的人,历朝历代都是这样啊。我们祖国的万里边疆,从南到北,从东到西,最高的地方、最冷的地方、最孤独的地方(小岛),都有我们的子弟兵,为国奉献。什么叫爱国?这就是最具体的爱国。对于军人而言,国家这个字眼的分量最重,它对激发每一个军人确立正确的价值观、激发他们的使命感最有感召力。

关注海内外的军事巨头

我崇拜英雄人物,军人如果不崇拜英雄人物,那个军人是没有骨气的军人。我特别崇拜那些指挥过无数大战役的名将。我写过朱可夫,二战大战中打得最好的、最厉害的将军就是朱可夫。而且朱可夫也够性格,敢于顶撞斯大林。那一年我带团去访问俄罗斯,使馆安排日程的时候征求我的意见,问我有什么要求。我说别的一切听从你们安排,就有一条,想看一些有关朱可夫的遗迹。使馆的同志说,由于苏联搞过许多次涉及朱可夫的政治运动,他的遗迹可能保留不多了,不过我们尽量安排。那一次,我在俄罗斯千方百计看了能够找到的每一处朱可夫遗迹。比如红场外的朱可夫雕像,二战纪念馆中的朱可夫雕像,朱可夫落难时在叶卡捷琳堡担任乌拉尔军区司令时的雕像和故居等等。回国后我写了一篇《朱可夫雕像》,成为我的散文代表作之一。

朱可夫是鞋匠的儿子，家在农村，家里很贫穷。我自己也是农民出身，所以很容易找到同感。朱可夫也是从士兵开始一步一步成长起来的，苏联卫国战争爆发的时候他已经当上了苏军总参谋长。当时德军已经有大批坦克、装甲车向莫斯科外围逼近。根据朱可夫的分析判断，希特勒的下一步进攻目标是要攻克莫斯科。为此，他向斯大林建议放弃乌克兰首都基辅，把兵力调过来加强莫斯科方向的防御力量。斯大林一听就火了："真是胡说八道，把基辅让给敌人，亏你说得出来。"朱可夫就说："如果你认为总参谋长只会胡说八道，那么还要他干什么？我请求免除我的职务并把我派到前线去。"半个小时后，斯大林找朱可夫谈话，告诉他已被免去总参谋长职务，让他去担任预备方面军司令员，到他自己建议的耶尔尼亚突出部去指挥反突击作战，问他什么时候能够动身？朱可夫回答："一小时以后。"他在一小时内交代完工作，立刻动身去了耶尔尼亚前线，经过紧张准备，一举夺取了耶尔尼亚突出部反突击作战的胜利。

这里面还有一个小插曲，斯大林批评朱可夫的时候，旁边有位名叫麦赫利斯的人，大概是监察部门的，插话问道："你是从哪里知道德军将如何行动的？"他问得很阴险，意思是朱可夫有"通敌"之嫌。朱可夫被他问得哭笑不得，不过斯大林还是懂战争的，他正在认真听，便说："继续讲下去吧。"朱可夫接着说："我不知道德军的行动计划，但是根据对情况的分析，他们只能这样，而不会有别的做法。"后来朱可夫写回忆录的时候又讲起这件事，他一语道破了"料敌如神"的奥秘。他说，根据机械化部队作战的特点，从德军大规模调动坦克、装甲部队的动向就可以判明其下一步的主攻方向，绝不会发生根本性的判断错误。朱可夫是真正的军事家，而麦赫利斯这样的小人只会在领袖面前给别人下蛆，对作战规律连门都没有摸到。后来的作战进程完全证实了朱可夫的判断。斯大林又把朱可夫召回莫斯科,把他请到自己家里去同他谈话。谈话中,斯大林对朱可夫讲了两句关键性的话,一句是:"你在耶尔尼亚地区搞得还不错。"另一句是:"您那时是对的。"斯大林说的是,朱可夫上一次对德军进攻企图的分析判断是对的。斯大林又问:"现在想上哪儿?"朱可夫回答:"回前线。"斯大林又问:"回哪个前线?"朱可夫答:"你认为需要的那个前线。"斯大林就说:"去列宁格勒吧,列宁格勒很困难。"斯大林当时说的列宁格勒,就是现在俄罗斯的圣彼得堡,二战中曾被德军围困长达三年。朱可夫到达列宁格勒后,很快就稳定了那里的防御。后来在整个卫国战争期间,只要哪个方向危险,斯大林就会说:"让朱可夫去吧。"因此,在苏联卫国战争期间,朱可夫先后当过八个主要作战方向的方面军司令员,并先后十五次担任最高统帅部代表,在关键时刻前往关键作战方向去指挥作战。可见,在苏联卫国战争中,朱可夫成了斯大林手中的一张王牌,依靠朱可夫在许多次关键时刻的正确指挥,苏军最终打败了德国法西斯军队的进攻。

我的《观战笔记》一书出版后,有位记者采访时问我,在我军老一辈军事家中,最佩服的是哪一位?我毫不犹豫地回答:彭德怀!当然林彪打仗也不错,但他搞阴谋,陷害了许多人,最后叛国外逃,不齿于国人。我佩服彭德怀,理由有四条:第一,他经历了从我军开创时期一直到和平时期的全过程。平江起义、井冈山斗争、万里长征、抗日战争、解放战争、抗美援朝战争,他真正称得上是叱咤风云,征战一生。第二,他一生打了许多决定我军生死存亡的险仗、恶仗、关键之仗。保卫井冈山、突破湘江、勇夺娄山关、重夺遵义城、断敌吴起镇、保卫延安、解放大西北、抗美援朝战争。第三,他指挥作战是以少胜多、以劣胜强的能手。保卫延安一战,他仅以两万多兵力,把胡宗南的二十五万国民党军一口一口地全部吃掉。第四,我军十大元帅中,他是唯一一位同世界上两大强敌日军和美军正面交过手的前线最高指挥员。彭德怀被打倒后,毛主席后来把他叫到中南海去谈过一次话,毛主席在谈话中回忆了几件事。一件是在江西时,毛主席对彭德怀说头几次反围剿咱们配合得不错。一件是长征途中夺取娄山关,那是遵义会议后第一个大胜仗。一件是保卫延安,毛主席说当时你手中就那么一点军队,把国民党二十几万军队都消灭了。你看,彭德怀建立的这些赫赫战功,连毛主席都无法否定。另外,彭德怀和平时期敢于为广大老百姓说话。所以,我崇拜彭大将军。当然,彭德怀也有他的缺点和局限性,其实这一条谁都有啊,表现不同而已。

我写这样的军事人物就是要给当代军人看的。我想告诉大家,当代军人到底应该具备什么样的人格和军事素质,敢作敢为,以战胜敌人为最高职责,以忠诚于国家为最高品质。现在有些年轻人开口闭口巴顿将军,巴顿当然也是世界名将之一,但巴顿身上有许多华而不实的东西。尤其是他那句所谓"不想当将军的士兵不是好兵"的名言,被许多年轻人奉为圭臬,这要小心。我是走过从士兵到将军漫漫长路的人,我想给年轻朋友们赠言:"只想当将军的士兵不一定是好兵。"想当将军的士兵,先得把兵当好,这是基础。将军好当,路在何方?路在脚下,一步一步踏踏实实地走吧!

这个时代还需要诗人吗?

需要诗人,肯定还需要诗人。现在不是不要诗,而是要呼唤诗,呼唤好诗。中国是诗的国度,诗经、楚辞、唐诗、宋词、元曲,一路传承下来,没有中断过。可是现在,实际生活中的功利主义太多、诗意太少。功利主义已经给我们的生活带来了太多的问题,有许多事情本来是好事,结果在急功近利驱使下变成了坏事,方方面面都可以找出许多这样的例子。现在诗歌界也很浮躁,真正的好作品太少。我主张把唤醒人性之美作为诗歌的最高境界。

这几年由于我埋头写作五卷本《战争史笔记》，写诗少了，对诗歌现状关注也少了。偶尔也翻看一下诗歌杂志，许多作品都似曾相识，看几行就不想看了。现在的诗歌现状大家不满意，一方面有诗歌本身的问题，另一方面也和现实生活这个大背景有关，经济大潮冲决一切，泥沙俱下。诗歌需要沉静，就像大潮过后需要沉淀一样，可能会沉淀下一些金子。如果诗人们谁都沉静不下来，诗坛总是热衷于搞各种各样的"活动"，总是把诗坛搞得"急流滚滚"，即使真有金子也被急流冲走了。当然沉淀一阵之后可能又会来下一次大潮，又得重新沉淀。

诗歌要真诚。诗歌是层次很高的一种文学样式，表现形式和手法可以多样化，但本质上诗人都应该有一颗真诚之心。诗歌中要有"自我"，一看这个诗就知道是你的，有你的生存信息、生命信息在里头，有你的与众不同的语言基因在里头。诗人应该有自己对世界、对人类命运的思考。但现在有些诗歌玩"高深"，故弄玄虚，以读者"看不懂"为时髦，这样的诗不会有长久的生命力。我也多多少少看过一些获得诺贝尔文学奖的大师们的诗歌作品，有些诗作由于文化背景不同，或者由于翻译水平高下不同，有些费解；但大多数大师的诗歌作品其实是很朴实的。要相信朴实的力量，朴实最有生命力。

朱增泉

2011年11月15日

我的十本散文集序跋琐记

我的散文写作与《美文》杂志关系很大。我先在《美文》练了几年笔，然后策划了一个"大战役"，以《美文》为出发阵地，开始写作五卷本《战争史笔记》，一百四十万字，写了五年方告完成。初版很快售罄，去年下半年修订再版。穆涛向我索要序跋，我把最近的一篇《战争史笔记》修订版自序交给了他，他意犹未尽，问我："还有吗？"我翻箱倒柜，把另外九本散文集，逐一翻检，两本有序（一篇自序，一篇他序），两本有后记，其余五本均无序跋。最近又新出了一本，共十本。翻看这些旧书新书，真有不少细故可说。于是决定，有"序"则序，有"记"则记，无序无跋，则补之以"叙"，说说这十本散文集的经历。

1.《秦皇驰道》，解放军文艺出版社，1996年12月出版

《秦皇驰道》是我的第一本散文集。作为书名的《秦皇驰道》一文，算是我的散文成名作，一炮打响，壮了胆子，接着"一发而不可收"地写将起来。从发表《秦皇驰道》，到结集出版第一本散文集，这一时期对我的业余写作支持最大的是解放军文艺出版社原社长程步涛。他当时手里握有《解放军文艺》和《昆仑》两本杂志，我的

长诗和早期的散文,大多是在他那里发表的。

这本《秦皇驰道》是周政保为我写的序。周政保的文学评论以严谨著称,只看文章,不看情面,对谁都不卑不亢,自有风骨。他说,从我这些数量有限的"公余爱好"的零星散文中,看出了我"隐含的精神追求",由此让他对我的散文"刮目相看"。他认为散文考验的是一个人的综合素养。他对我早期散文作品的总体评价是,"就整体而言,朱增泉的散文是大气而富有见地的,而且在那种细致有序的抒写中,时常弥漫起一种让人心领神会的意蕴,一种富有历史文化品位及进取精神的思情气息"。

周政保的目光是锐利的。当时,我的散文作品数量有限,这本集子东拼西凑,把我除了诗歌之外的所有文字都放了进去,显得芜杂。他于是写了一段意味深长的话:"若一个作家能做到扬长避短,或能有效而吻合自身实际地经略自己的创作(包括题材选择与传达方式),那可能踏上的,虽不是'驰道',但也绝非裹足不前的难行之道,因为创作上的自析自励,与琢磨自己的精品佳作,具有殊途同归的功效。"

那时,我从未想到如何"经略"自己的作品,一直是遇到什么写什么,走到哪里写哪里。有时还结合我所从事的实际工作需要,赶写一些实用文。例如,航天员杨利伟首飞时,我赶写了一批宣传航天员和他们的妻子的文章,不计工拙,应时发表。这种无序写作状态,可能是业余作者的通病。我对周政保的"暗示"迟迟没有领会,直到写作《战争史笔记》,才算认真"经略"了一回。

不幸,周政保后来患了脑血管肿瘤,他夫人如天塌了一般,我出面帮助联系,请301医院最好的脑外科医生为他做了手术,命是保住了,但思维能力受到了严重损伤,已经无法从事他执着的文学评论事业了。现在我们通电话,最多能聊上三分钟,追思一言,何可复得,令我痛惜不已。周涛曾不无惋惜地对我说:"周政保几乎读遍了新时期以来有影响的所有重要作家的作品,他原本是有能力写一本新时期文学史的,现在不行了。"

我自己的遗憾是,这本集子中差错较多。特别是《洛阳印象》一文中有一处硬伤,我把宋代汴京写成了洛阳,白纸黑字,使我在网上中了一枪。那位投枪者,看口气也是一位文化人,他的刻薄语言,刺得我心里流血。这使我恍然大悟,写作是这么好玩的吗?也得有不怕流血牺牲的勇气啊!于是,我迎着"枪尖"挺身而上,在网上写了一篇《读帖回话》,接受批评,公开认错。这使我想起京剧大师、著名武生盖叫天。有一次,他演武松打虎,穿了高底靴从高台跳下,小腿骨折,白骨穿靴而出,他忍住剧痛,不动声色,把戏唱完,因为他对观众要有担当。但有一次,他在台上做错了一个动作,台下的老戏迷喝倒彩,他懊丧得三年不出门,三年不上台,他不能原谅自己不应有的失误。我的名气没有盖叫天大,我的脸皮却比盖叫天厚,所以我没有"停笔三年",一路写到今天。我只是时刻提醒自己,写东西务必小心,力避出错。但我至今仍不敢说,我的所有文章再不会出现差错,此话不敢说啊!

2.《边地散记》,文化艺术出版社,1999年1月出版

《边地散记》这本书,使我想起了另一位朋友,文化艺术出版社的资深编辑陈寓中。我们初次见面相识的具体细节,一时回想不起来了。我们相识之后,十分投缘,常来常往。他几次到石家庄去看我,我到北京来开会,有时也顺路去看他。有一次,夏天,我来北京开完会,返回石家庄,看看太阳还在天上,顺路到他家去看他。不想一进门,他们家已在吃晚饭,把他们全家惊动得非同小可。我顺坡下山,说:"到你们家吃晚饭来了!"老陈和他夫人一迭声说:"好啊好啊,坐坐坐……"他夫人连忙拿碗拿筷,我和司机真的坐下就吃。我坐在他家的小桌前喝了一碗小米粥,吃了一小块饼,说一

阵话,告别而退,我们的交往就这样自然而随意。

有一阵,老陈和某位社领导有些不愉快,他几次向我倾诉苦恼,我只能劝劝他,无法为他出面断是非。后来证明那位领导有问题,调走了。

一次,陈寓中郑重向我约稿,他说:"趁我退休之前,一定要为你出一本书。"我说新稿凑不够一本书,等我写一阵再说吧。他说:"不,现在就出,这是我的心愿。"

《边地散记》就是这样产生的。封面和封底用的是海蓝色,再印上我在帕米尔高原用傻瓜相机拍的一张照片,高山大海,深沉,悠远,效果很好。

那时,我在二十七集团军当政委,工作也是很忙的,大概有一年多未见老陈了。忽一日,值班参谋打电话到我办公室,说大门口有位北京来的客人要见我。一问,陈寓中,哎哟,快快请进。这时也到了下班时间,我直接领他到招待所安排住下,陪他一起吃晚饭,边吃边聊。他第一句话就说:"嘻,朱政委,我差一点再也见不着你了!"我问:"为什么?"他说:"大病一场,胃癌,动了大手术,刚从阎王爷那儿逃回来。"他挎了一个挎包,从北京南下,先到保定,再到石家庄,一站一站看几位好朋友,说是无论如何要和大家再见一面。我看着他消瘦憔悴的面容,听着他诚挚的话语,心里有说不出的滋味,真正是生死之交啊!

2001年12月25日,陈寓中病故。我到他府上去向他夫人表示哀悼,到八宝山去出席了他的遗体告别仪式,送走了这位老友。

这本集子中,有一篇《关注海》的短文,最近我在《战争史笔记》修订版自序的结尾处提到了它。新世纪到来的前夜,我在这篇文章中写下了一段预测性的话。我说,有人认为二十一世纪将是争夺太空的世纪,依我看,新世纪首先将是争夺和分割海洋的世纪。不信,等着瞧好了。关注国家未来命运的人,是不能忘记大海的。

我的预测没有讲错。感谢陈寓中,在新世纪到来的前夜,他为我出了这本书,留住了我这段话。

3.《西部随笔》,作家出版社,2002年1月出版

《西部随笔》有篇《后记》,照录如下:

这是我写中国西部的一本集子,汇集了我近三年来发表的散文新作。

最初把这本书稿交给作家出版社的时候,我自己取名为《中国西部》。因为书稿中绝大部分篇目的内容都是写西部的,其中有一篇获奖作品的题目就叫《中国西部》,觉得用它作书名比较贴切。不久,我在接受访谈、与友人通信时,就把这个书名透露了出去。

但责任编辑杨德华审读书稿后,给我来电话说,《中国西部》这个书名缺少点文学味儿,考虑到发行方面的因素,建议改用《西部随笔》为好,与我前一本散文集《边地散记》也配套。他还建议,将书稿中几篇写出国访问的文字去掉,再从《边地散记》中挑几篇写西部的篇目,将这部分字数补足。这样,可以使这本散文集在内容上更统一、更纯粹些。这与我的初衷又有一点不同。我动手整理这本书稿时曾下过一个决心,凡是已经收过集子的文章这次一概不收,避免重复。如果按照杨德华的意见办,又将出现重复了。但我知道杨德华是有经验的编辑,他的建议有见地。我只是从形式上考虑问题,他是从全书的内容上考虑问题。另外,书稿中有两篇写清东陵的稿子,虽然写的不是西部,但清朝历史与西部密切相关,他认为这两篇可以保留,但要作些区别。作家出版社副总编石湾出了个主意:将前面那一篇《中国西部》单独编为"卷首",可以起到"前言"的作用;将后面写清东陵的这两篇编为"卷外",作为正编的补充。这不失为一个绝妙的点子。这个过程说明,他俩对编好我这本散文集很认真、很尽心,他们的建议我都同意了。

这几年,我写西部较多,最直接的原因是我这些年去西部的机会较多。我还记得,几年前我第一篇写西部的文字《西域之旅》是这样开头的:"西域,对我是一个极大的谜,我对它了解得太少太少了;西域对我是一个强大的诱惑,我太想了解西域了。"的确是这样,"太不了解"而又"太想了解",既是我写西部的动力所在,也是我写西部的困难所在。虽然去西部的机会不少,但对那里的一人一事一物,去做深入了解的机会并不多,每次都是去也匆匆,回也匆匆,走马观花,浮光掠影。我又偏爱写历史题材的东西,写作中常常如饥似渴地去寻觅某些生疏史料,有时却因"生吞活剥"而"消化不良"。虽然也有像《遥远的牧歌》那样自己比较满意的作品,但有些作品却冗于铺叙而缺少新鲜见解。虽然我主观上对写作一向严肃认真,常会不惜花费大量时间、精力去查证某个问题,但自知学力、知识有限,书中错讹乃至"硬伤"仍然在所难免。当然,若是属于观点、见解不同,理当别论。

这是我的第十本书。十本书中七本是诗集,三本是散文。这些数量概念,对于我的写作质量并不说明任何问题,但具有另外两层含义:一、我的作品数量并不大,没有多少"资本"可炫耀;二、我作为一名纯粹的业余作者,这些年能写出这十本小书,倒也凝聚了一些甘苦在里面。别的且不去说它,单说长期坚持熬夜,也就觉得有些累人。根据惯常思维,"一"是事情的开端,"十"可以作为一个段落。至此,我想稍作停顿。下一步,对于诗和散文,如何继续往下写,我都需要静下心来想一想。

我在整理这本书稿的过程中,同时有几家出版社向我约稿,有的来信,有的来电话。但我事先已找过石湾,不可食言。石湾为我出版的第一本书是诗集《国风》,那已是十年前的事了。十年过去,我与石湾的友情也到了该有"续集"的时候了,所以我决定把稿子交给作家出版社。石湾作为出版社的副总编,他指定三编室主任杨德华担任我这本书的责任编辑,这使我有幸又结交了一位新朋友,我与杨德华合作得很愉快。对于另外几家出版社的盛情和友谊,只有留待来日回报了。

《西部随笔》的责编杨德华,工作非常认真、负责、细致。在我出版的书籍责编中,他是和我沟通最勤、最多的一位,因而书印出来差错、遗憾也最少。当时,杨德华年富力强,很快进入了作家出版社领导层,大有前途。万万没有想到,他不久就因患肝癌去世。他去世几个月后,我才得到这个消息,令我惋惜不已。

4.《边墙·雪峰·飞天》,百花文艺出版社,2003年1月出版

天津百花文艺出版社,向以出版散文精品名世。开始,我未存奢望要到百花去出书。然而,百花文艺出版社有几位熟悉的朋友在关注着我的散文,如谢大光、张雪杉、甘以雯等。我经过尧山壁的介绍结识了张雪杉。张雪杉和尧山壁都是河北大学中文系出身,后来两人都成了诗人,又分别当上了文学界和出版界的领导。尧山壁当了河北省作协主席,张雪杉当了百花文艺出版社副总编。

张雪杉温文尔雅,我和他一见如故。互相混熟了,我就向张雪杉表示,想在百花出一本散文集。张雪杉毫不迟疑:"快把稿子拿来,交给我。"他亲自指定责编和封面设计,精心选稿,精心制作。我大部分散文作品写的都是西部地域风情,以及涉及西部的历史事件和历史人物。张雪杉和责编鲍伯霞商量后,为我这本散文集取了一个很别致的书名,《边墙·雪峰·飞天》。封面设计是张振洪,他用我写给责编鲍伯霞的一封信做底衬,点缀以西部山川地貌的三组速写,宁静素雅,不张狂,很好。

在这本书的封面勒口上,印了这么一段话:"本书精选军旅诗人、散文家朱增泉将军近年来的散文力作36篇。作品视野宏阔,思接古今,体现了作者对中华文明的博大精深的独到见解和超拔峻

毅的军人风骨。"百花文艺出版社是第一家称我为"散文家"的出版社,令我受宠若惊。

有一次,张雪杉忽然给我打来一个电话,说是有一位台湾书商,看上了这本书,想买断版权,拿到台湾去出版。并提出要和我见一面,说是书中有两篇文章在台湾印行有障碍,需拿掉,想向我当面说明,征得我同意。我听完一笑,对张雪杉说:"感谢你的热心,我军职在身,这事比较敏感。两岸交流的事,交给对台办去办吧,我不便介入。我的版权不卖,人也不见,请代我谢谢那位书商。"老张哈哈一笑说:"这本来是件好事嘛,你军职在身,我理解,那就只能留下遗憾了。"这本书经历了这么一个小小插曲,未能为两岸文化交流增加一点具体素材,只能遗憾了。

逢年过节,张雪杉都要来个电话,我们互致问候。2007年,张雪杉罹患胃癌,医治无效,乘鹤而去。此前我和他通电话时,他说近来胃里不舒服。我说,你赶快到医院去认真检查一下。他说,好的,是得认真查查。不想这次通话竟成永诀。他的家人处理完他的丧事,用他生前使用的手机,给我发来一条迟到的讣告。这么一位温文尔雅的诗人、好友,就这么说走就走了。他的去世,令我又一次扼腕长叹:"文化人的生命,为何一个个都这样脆弱啊!"污染!污染!当今之世的严重污染,害人啊!谁来拯救这世界,谁来拯救这些脆弱的文人?我只能独自感叹:"茫然四顾无援手,逝者已去救不回!"

5.《观战笔记》,长江文艺出版社,2005年5月出版

《观战笔记》这本书,是我跟踪观察伊拉克战争的随感录,可以归入政论性读物。书中第一篇文章《看懂新一代战争》,是"拔剑而起"的心血来潮之作。当时,伊拉克战争爆发,全世界新闻媒体都在"直播"这场战争——这正是美国所需要的"战争效果"——换言之,这正是新一代战争的一种手段——充分利用新闻媒体发挥枪炮所起不到的作用。我们的中央电视台,每天晚上的黄金时段,都请特邀评论员侃侃而谈,评论这场战争。报纸上也有连篇累牍的文章在谈论这场战争。关注战争是军人的天性,我每天晚上收看伊拉克战争的电视节目,翻看当天的报纸。看着看着,觉得有些不对劲,许多观点讲错了,有不少分析牛头不对马嘴。于是,我连夜"奋笔疾书"(在电脑上打字),写出了《看懂新一代战争》这篇"急就章",寄给了《人民文学》。当时我自己心里没有把握,因为这不是纯文学作品,但《人民文学》副主编韩作荣却说,现在大家都在关注这场战争,《人民文学》也需要发一些这样的稿子。而且破例为我开辟一个专栏,从七月号到十二月号,持续了半年。2004年,我转移阵地,将后面的稿子寄给了西安的《美文》杂志。这一下,不好了,我引火烧身,《美文》执行主编穆涛逼着我接着写、接着写,逼得我上气不接下气,一篇一篇往下写。我到杭州去疗养,疗养什么呀,穆涛逼得紧,我把电脑带到疗养院,还得熬夜写。写到第十三篇,实在想不出什么题目了,恰巧遇上2004年6月6日法国主办诺曼底登陆六十周年纪念活动,西方各国首脑都去了。我把伊拉克战争和诺曼底登陆扯到一起,对罗斯福、丘吉尔、斯大林"三巨头"在二战中的历史贡献,同小布什、布莱尔在伊拉克战争中的表现进行了一番比较。真是"有心栽花花不开,无心插柳柳成荫",人们对"三巨头"的描写特别感兴趣,到处转载这一篇。对萨达姆、萨哈夫这两位悲剧人物,也普遍认为"写活了",入选了各种散文选本。

后来这本《观战笔记》结集出版时,交给了长江文艺出版社的金牌策划金丽红,她交给读稿编辑读毕,那位编辑脱口而出:"首印六万。"由于我当时还在位,我的职务等级出书有严格限制,又加上我评论的话题都涉及国际政治和外交关系,需要通过种种审阅、把关,延宕了许多时日,使这本时政性很强的读物"过气"了,只印了四万册,但它还是在广大读者中产生了影响。

这本书中的最后一篇文章,我写的是《伊拉克战争后的亚洲命运》。二十世纪末的伊拉克战争、阿富汗战争,都发生在亚洲。那么,伊拉克战争后的亚洲局势将会怎样发展?我在这篇文章中说,二十一世纪将是亚洲崛起的世纪,但是,当今世界几大热点问题,都集中在亚洲——局部战争的热点在亚洲;恐怖主义的热点在亚洲;地区冲突的热点在亚洲;核扩散风波的热点在亚洲。总之,亚洲的新世纪早晨不宁静!我的这些基本判断,正在得到形势发展的一步步印证。因此,去年年底《神剑》杂志向我约稿时,我把这篇文章交给了他们,希望他们在今年第一期再重发一遍。我在文章前加了一段话,全文如下:

作者按:这篇文章是我当年跟踪写作伊拉克战争《观战笔记》的最后一篇,写于2004年10月。最近重读,不胜感慨。快十年过去了,亚洲和世界形势的发展,正在一步步印证我当时的分析和预测。2011年,美国先在北非、中东放了一把火,扫倒一片主权国家。2012年,美国立刻实施战略重心转移,宣布"重返亚太"。它在背后怂恿,让本地小卒出头,闹得中国南海、东海风生水起。新世纪到来前夕,我曾在长诗《前夜》中发问:新世纪到来之后,"人类／能否更换一个柔软的枕头／谁在为我们准备／谁肯为我们准备?"

6.《血色苍茫》,人民出版社,2006年8月出版

《血色苍茫》是人民出版社为我出的一本以写人物为主的散文选本,该书有一篇《后记》,略去出书过程的叙述,把主要部分摘录如下:

我在写这些古今中外人物的过程中,虽也常常想到"英雄造时势,时势造英雄"这个老话题,但更多的是经常想到"人生"与"命运"这两个词。这些人物,有的可谓人生壮丽,事业辉煌;有的则虽然功勋卓著,却命运多舛,结局悲怆。有的人物一生所作所为对历史发展产生了重大影响,却在精神道义方面落下千古骂名;有的人物虽然对历史发展产生的影响微不足道,却在精神道义方面光照后人,令人思索。

历史是由人创造的,历史却又无时无刻不在用它的民族传统、文化习俗、思想观念、是非爱憎等等塑造着后人。无论伟人、凡人,全都活在前人为我们创造的历史中,无一例外都要接受特定历史文化传统的塑造。但历史又是需要经常维修和翻新的,因而后人又是可以为创造历史不断有所作为的,这就有了"国家兴亡,匹夫有责"之说。即便芸芸众生,其实也在以各自不同的方式延续历史、创造历史。历史是一条汹涌奔腾的河,河中流淌的是滚滚人流。正如苏东坡在《赤壁怀古》中的千古浩叹:"浪淘尽,千古风流人物。"浪起浪灭,转瞬即逝,壮丽辉煌,悲愤苍凉,全在其中。历史、人生、命运,这是三个说不完的话题,令人道不尽的感慨。

尊重历史,顺应时势,珍惜人生,把握命运,这是我对每一位读者的真诚赠言。

7.《天下兴亡》,解放军文艺出版社,2007年1月出版

《天下兴亡》是一本比较厚重的散文选本。该书有我一篇前言(原题"写在前面"),全文如下:

我写文章有点"笨",用的是"搬石头垒墙"式的方法,非把它垒得结结实实不可,恨不得把每一条缝隙都填得满满的,干活不偷懒,却不够灵巧。有一个词叫"笨重",人们觉得我的散文比较大气、厚重,大概与我的写作方法比较"笨"有点关系。

我有时也曾想过,我的文章为何也能打动一些读者?我自己找到的答案是,别人是用旺火爆炒三鲜,我是用老铁锅慢火炖肉,各有各的味道,各有顾客喜爱。

我的散文随笔是属于"大散文"这一派的。大,就有一些"大"

的标志。例如，我喜欢写一些重大题材，思考一些重大问题，习惯于从大处着眼看世界，从大处切入写文章，评说历史人物的功过是非，也喜欢讨论他们的大得与大失，如此等等。

我热爱祖国，热爱祖国的历史，岁月沧桑，聚散分合，光辉屈辱，成败得失，全在其中，悠久，丰富，深厚。在祖国大地上到处走走吧，无论走到哪里，常常会在不经意间被某个重大历史题目触动，非写不可，欲罢不能。

我喜欢立体地、而不是平面地析事论人。写了这一面，再写另一面；剥开这一层，再剥下一层；写一个人，既写他的功，也写他的过、他的哀、他的悲，如此等等。

我写秦始皇，以《秦皇驰道》为线索，写秦始皇的大得与大失，写秦朝的速亡教训。但我又想到了另一个问题：春秋五霸、战国七雄，最后为何由秦国统一了中国？秦国何以能够取得如此巨大的成功？于是我往前追溯一步，又写了《长平之战》和《振长策而御宇内》二文，说明秦国强大得足以统一中国，其奥秘在于早在秦嬴政当政之前，他的列祖列宗，自商鞅变法之后的历代秦王，已经走过了百余年强国奋斗之路。我这样来写秦国的巨大成功与秦朝的速亡，前后关照，着眼点全在一个国家兴衰存亡的"长策与大计"。我觉得探讨一下这类重大历史问题，是有某种现实意义的。

我写长城，发现长城是中国古代历史的一根装订线。正是依靠长城这根装订线，才把长城南北两边缝合到了一起，组成了一部完整的中国历史。假如把长城这根装订线从中国历史中抽掉，中国这部古老的线装书将立刻散落一地，凌乱得难以收拾，理不出头绪。因此，用今天的目光去审视我们一贯以长城为界思考历史问题的思维方法，某些传统观念是值得商榷的（例如对宋、辽、金相互关系的认识；对宋朝民族英雄的评价定位，等等），而且应该作些转变的。泱泱大国，对待本国历史，应该具备一种历史大度。

我在写作历史题材时发现，古往今来，是南来北往的历史大潮，在一波接一波地推动着中国的历史进程。古代的历史大潮主要来自北方，一浪又一浪地拍击着长城，冲击着中原大地。中国历代封建帝王，从秦皇汉武一直到明皇清帝，无一例外都是在围绕着长城防线的安危，日夜思考着他们的帝业兴衰、生死存亡。进入近代以来，中国的历史风向为之一转，挟带着海风潮汛的历史大潮主要来自南方，太平天国起自南方，辛亥革命起自南方，中国共产党领导的人民革命武装起义也起自南方。中国的千年封闭，是被来自南方的海风打破的。历史要离远了看，才能看到一些大尺度的历史规律。

　　苏联搞了七十年社会主义，竟在一夜之间土崩瓦解。对于发生在二十世纪之末的这一重大历史事件，怎能不令我痛苦地深深思索？为此，访俄期间，我带着强烈的疑问，一路走，一路看，一路问，苦苦寻找答案，生发种种感慨，写下了一组文章。这本书中的《彼得堡，沧桑三百年》和《朱可夫雕像》，就是其中的两篇。

　　伊拉克战争令我投去格外关注的目光，不仅因为它是一场发生在信息化时代的新型战争，调动了我作为一名中国将军的职业敏感；同时，着眼于新世纪伊始的国际政治动向，剖析一下伊拉克这个国家、萨达姆这位人物，也都具有某种典型意义。所幸，我跟踪观察伊拉克战争所写的《观战笔记》一书，虽是时政性很强的政论随笔类作品，但我在书中所做的一系列分析和某些预见性判断，都经受住了时间的检验，并且正在被事态的发展继续印证。

8.《遥远的牧歌》，漓江出版社，2012年1月出版

　　《遥远的牧歌》这本书，是漓江出版社主动向我约稿得以出版的。该社副总编庞俭克，也是一位知名散文作家，但我以前不认识他。忽一日接到他的约稿函，说要为我出一本历史题材的散文选，

是他们编辑出版的一套历史散文丛书之一。我选了一些自己比较满意的历史散文，字数不太够，又从《战争史笔记》中选了几章，独立成篇，放入其中，让司机把稿子送到他们在北京的办事处，庞俭克二话没说，照单全收。去年三月，书出来了，封面设计简洁、漂亮，我很满意。封面勒口上有两段导语，将第二段引述如下：

"本书上自秦汉，下至明清，有秦始皇、汉武帝、项羽、刘邦、曹操、严嵩等历史人物，有秦行大统、楚汉之争、安史之乱等历史事件，无论钩沉史料、臧否人物，讲述王朝的兴衰存亡，勾勒以史鉴今之道，无不立意深远，取材精到，夹叙夹议，文字洗练，尤其战争题材，纵横捭阖，酣畅淋漓。"

这本集子中的《遥远的牧歌》一文，四万字，写了渥巴锡率领西蒙古土尔扈特部落从俄罗斯伏尔加河流域悲壮东归这一重大历史事件。这篇长文，无论是发掘深度，还是表现手法，都可称是我的历史散文代表作之一。它比较有感染力，耐得住一读再读。如果说我是王婆卖瓜，那我就夸一声我的散文筐内这个"瓜"最大。

9.《朱增泉现代战争散文》，人民文学出版社，2012年1月出版

这本书，是我在《战争史笔记》杀青之后，邀请人民文学出版社原社长潘凯雄等几位朋友聚餐，放松一下。席间，潘凯雄向我布置说，你先别忙休息，再赶一本"现代战争散文"，你这方面的文章有读者。但他几近苛刻地给我划了两条界线：第一，写二战以前的战争散文不要，必须是写二战以后的；第二，写中国的战争散文不要，必须是写国外战争的。

这就难了。我从《观战笔记》中选了几篇，又从访俄那一组文章中选了几篇，数量不够啊！于是连夜突击：赶写北非、中东乱局的文章。2010年底，突尼斯有一位找不到工作的青年，摆了个地摊卖菜谋生，菜摊却被城管警察捣毁，断了他的生计，青年自焚而死。这件事立刻成为一粒"网络火星",迅速点燃了突尼斯民众的怒火,而且引起连锁反应。2011年年初,一场熊熊烈火席卷北非、中东,转瞬之间,被扫倒一批主权国家。这是一场全新样式的"低烈度战争",或可称之为"软战争"——网络成为这类战争的主要推手,背后都有美国的影子。写完突尼斯、利比亚、埃及、叙利亚事变,又补写了伊朗核危机、美军追杀本·拉登两篇。整整突击了一个月,数量差不多了,交稿。但这本书的稿件系仓促而成,总体质量一般。

10.《远方与故乡》,人民文学出版社,2014年出版

这是刚补入的最新出版的一本散文集,取名《远方与故乡》,是根据书中内容确定的。共三辑,第一辑是国外游记,第二辑是国内游记,第三辑是写故乡的几篇文章。我军旅生涯五十余年,走南闯北,国内国外,也走了不少地方。但人哪,老之将至,乡愁萦怀,走遍天涯思故乡,写遍天下写乡情,人性之常,在下亦然,奈何奈何!

朱增泉

2013年1月15日初记

2016年3月11日又记

《观战笔记》专栏结束语

感谢《美文》杂志给了我这么多版面,也承蒙读者不弃,才使我坚持将这组文章一直写到了今年第12期。我写的这组关于伊拉克战争的"观战笔记",是比随笔更随便的文体,海阔天空,东拉西扯,真有点"随心所欲"了。像我早年写诗一样,不大遵守文体规矩。自己回头看看,也不是都很满意。随笔倒是不怕随意的,但怕拘泥和沉闷。

我为了将散文随笔写作"从历史回到现实",近三年来,连续写了三组文章。第一组是访俄随笔,包括《今天的俄罗斯人》《彼得堡,沧桑三百年》和《朱可夫雕像》等,共六篇。第二组是关于我国首次载人航天的特写、访谈,包括《中国飞船》《一飞惊世界》和《着陆场纪事》等,也是六篇。再就是这一组"观战笔记",包括《看懂新一代战争》《巴格达的陷落》《萨达姆》《新闻部长萨哈夫》《伊拉克游击战九问》和《诺曼底的回声》等,共十五篇(前六篇发表在《人民文学》)。不管怎样,这些直面现实的文章,是我的一种尝试,甘苦自知,莫论高下。

本来还有一组文章想写,去年夏天到欧洲去转了一些国家,回来只写了一篇访问马克思故居的短文。到了秋天,首次载人航天任务一上来,觉得结合我自己分管的实际工作写写载人航天更现实,只得将访欧那一组文章的写作计划放弃了。

虽然有些刊物和报纸频频向我约稿,我还欠着不少人情,但由于我今年一月刚从工作岗位上退下来,此前都是业余时间熬夜写作,倒也写得挺忙乎,的确有点累。故今年年初,我曾在一篇文章中说过,我需要作些调整,今年不会写得太多。但穆涛还是不肯将我放过,每期一篇,生怕"断供",不断鼓励、督促,竟使我又写了一年,我自食其言了。

明年,我真的有个计划:读书、旅行、休息、少写,或不写。

朱增泉
2004年10月16日夜记

《观战笔记》后记

这本《观战笔记》,是我先后为《人民文学》杂志和《美文》杂志写的有关伊拉克战争的随笔专栏,现结集出版。

首先,我要感谢广大读者对我的鼓励和支持。我曾经说过,我写的这些军事评述性文字,是比随笔更随意的文体,非驴非马,既像散文又不像散文。但在连载过程中,我从各种渠道得到的读者反映都是正面的、鼓励的,甚至是热烈的,这无疑为我增添了继续写下去的动力。有的评论家称我这些文章是"大散文的代表作",此乃过誉之言,实不敢当。

其次,我要感谢文学界、出版界朋友们对我的鼓励和支持。《人民文学》杂志主编韩作荣为我这样的军事随笔开辟专栏,不能不说是一个大胆决定,此前似乎尚无先例。我写过一阵之后,对是否继续写下去曾有些犹豫。《美文》杂志主编贾平凹对我说,我这种写法有"原创性",鼓励我"再写嘛"。《美文》杂志执行副主编穆涛更是一次又一次地鼓励、催稿,督促我坚持写到了去年年底。

最后,此书得以出版发行,要感谢长江文艺出版社北京图书中心的金丽红和黎波。他们对本书的审稿、编辑和出版、发行事宜都亲自过问、精心安排,做得非常地道。他们是出版界做畅销书的大腕,能为这本小书如此尽力,也让我感动。

  我写这些文章,从国内外媒体上搜集、研究了大量报道伊拉克战争的资料,摞到一起有几尺高。另外,也看过几本国内作者写海湾战争的书,在此谨表谢意。

朱增泉
2005年5月8日校毕记

《观战笔记》写作前后
——答《科学时报》记者问

《科学时报》记者：作为一名将军，是否是职业敏感使然，关注现代战争，进行经常性的思考，进而做这样一个选题的呢？

朱增泉：我说过，关注战争是军人的天性。但我写这本《观战笔记》事先并无计划。伊拉克战争活生生地摆在我们眼前，全世界的人都在关注这场战争，电视里天天有评论节目，有些观点讲得对，有些观点讲得不对。我作为一名带过兵、打过仗的军人，对这场战争不可能没有自己的看法。我本来就有业余写作的爱好，于是就用军事随笔的形式写下了一些见解。从2003年下半年开始，我在《人民文学》杂志上开了一个专栏，每月一篇，连载了半年。我很感谢《人民文学》杂志主编韩作荣，他看了最初几篇稿子，决定为我开辟军事随笔专栏，这在过去没有先例。许多朋友看了都说好，鼓励我接着写。2004年我把这个专栏转移到贾平凹主编的《美文》杂志上，接着写，也是每月一篇，又写了一年。西安有位朋友告诉我说，许多人为了看我这个专栏，《美文》杂志的订阅数直线上升。因为我既懂一点军事，又懂一点文学，搞了一点跨领域"结合"，许多读者觉得有点特殊的味道。

记者：这本书应该是您长期思考的杰作，那么从动笔到书稿完成，用了多长时间？写作过程中遇到了哪些困难？有没有一些有趣的故事？

朱：千万不要说什么"杰作"，它只是一本普通的军事随笔。也谈不上"长期思考"的成果，它只是我四十多年军旅生涯积累的军事知识，被一场伊拉克战争引发了话题，得到了自然流露的机遇。有一句话是可以说的，这是我国第一本由一位现役将军撰写的评说现代战争的军事随笔。写作时，我并没有想到要单独成书。我是个业余作者，过去从未写过专栏，一写起来，不好了，编辑部像"逼债"似的每月向我催稿，我必须限时限刻把稿子寄出去。尤其是给《美文》杂志写稿的那一阵子，执行副主编穆涛对我鼓励带催促，逼得紧。那时，我工作很忙，全靠熬夜写作，搞得挺累，一度有些犹豫，不想写了。穆涛把贾平凹搬出来激我，说，老贾在一次散文会议上说了，朱增泉的一篇《萨达姆》写得好，另一篇《新闻部长萨哈夫》更好，弄得许多人都去找来看。有一次我见到贾平凹，我说，我写的这些东西也不太像散文。他说："原创嘛。"我对他说，我不太想写下去了。他却说："再写嘛。"就这样，我坚持写到了2004年年底，坚决不写了。

记者：您认为这本书的亮点在哪里？您最想告诉读者的是什么道理？

朱：我自己最看重的，是我在这本书中阐述的某些军事学术见解。这是我观察和研究新一代战争的心得，它对探讨未来战争是有学术意义的。例如：信息化战争的作战理念、作战原则、基本战法、兵力运用、目标选择、火力打击、战役进程、战役目标等等，都已经和我们熟悉的传统战争有了根本性变化。对此，我们必须认真对待，必须更新观念，跟上变化，适应变化，否则将来要吃大亏。这一点，得到了我的一位老首长的肯定，他担任过大军区司令员。也得到了军事科学院老专家的肯定。好几位现役上将、中将和很多年轻军人,见了我也都说写得好。打电话来向我要书的人很多。我写的不是专门的军事学术著作,不是军事教科书,而是一本用文学笔调写成的军事随笔,我的这些学术见解是"随意"地融进文章中去的,所以具备一定军事素养的读者更能从中读出"味道"来。对此,《解放军报》有评论文章专门作过介绍。我最想告诉读者的,不仅是"落后就要挨打"的道理,更想告诉大家什么是真正的落后、最可怕的落后?观念落后最可怕!我在书中讲了鸦片战争时的一个例子,清朝官员不仅看不懂西洋军队的新式战法,甚至西洋军队的队列训练都看不懂。英军士兵走队列,两腿绷得笔直,清朝官员竟向朝廷写奏折说"洋人没有膝盖,腿不能弯",妄言这样的军队"好对付"。清军昏庸、糊涂到如此地步,怎能不败?大败、惨败、完败!另外,我还对"9·11"事件和伊拉克战争对世界和亚洲局势带来的影响,从战略层面分析了一些问题。

记者:这本书的读者定位是哪个群体,究竟有哪些人关注战争,主要是写给谁看的?

朱:我写作时没有考虑特殊的读者定位,是写给大众看的。这是一本关于现代战争的军事科普型读本,长江文艺出版社的著名出版策划人金丽红对这本书就是这样定位的。凡是看过伊拉克战争电视热播的人,都可以看懂。据我所知,各个年龄段的人群中都有关心战争的人,也都有我的读者。在校的年轻大学生中也有不少军事爱好者,有些人偏重于对军事装备感兴趣,钻得还很深。有些军事院校的研究生,把我这本书当作论文的重要参考书目在读。我这本书更多的是从最新的战争理念和战略层面上作分析,同时也涉及战争与政治、战争与文化等问题。

中国历来不是热衷于战争的国度,但千百年来战争一直纠缠着中国。中国要发展,力保和平、力避战争是我们的基本国策。

我们热爱和平,但不能不研究战争。有些人一辈子同战争"无关",但每一场同中国相关的战争,实际上都同每一个中国人有关。一个泱泱大国的国民,尤其年轻一代,哪有不关心战争的道理?世界上有哪一个国家的青年可以丝毫不关心战争?

记者:您在书中提到,新一代战争正成为一种文化。那么这种文化对现代人会产生怎样的影响?

朱:新一代战争正在成为一种"文化",这是一个重大的现实,我们不能视而不见。它对现代人的影响非同小可。当代传媒太发达了,影响了整个人类的生活节奏和生存状态。战争成为"文化",同传媒的高度发达相关。战争文化对现代人的影响是多方面的,几乎到了无孔不入的地步。最先影响现代人生活的是最新军事科技,我们生活中的电子用品,如手机、网络、监视探头、数码影像传输技术等等,都是从最新军事科技移植到民用领域里来的。另一个层次,是把军事学运用到商业活动中来,如博弈论就有浓厚的军事学意味。日本人、韩国人用"商战"的眼光研究中国的《孙子兵法》《三国演义》。许多现代大企业内部都在运用军事管理学,只是口头上不这么说罢了。再一个层次,是直接用文化手段传播军事理念,美国的战争大片、日本的卡通片,广泛地影响了年轻一代和千百万儿童。还有,现在许多年轻人用军人的训练方法进行强身活动,练意志、练体魄,这就直接影响到了日常生活方式。这些都已司空见惯了。

记者:您是诗人,这本书是议论文体,还可以看到您诗样的语言,甚至能读出节奏来,这是不是您这些文章的特色?

朱:我最早是以写诗成名的,在语言上有过诗的训练。但这本书的价值主要在于内容,而不在于它的语言。我是用文学笔法在写军事随笔,语言上自然有些文学色彩,否则,谈论军事问题有时读起来会很枯燥。

记者：你这本书的副标题是"一个将军眼中的未来战争"，从目前看，美国方面已经公开承认误读情报，引发伊拉克战争，随着这场战争一系列的背景被披露，您认为您书中对这场战争的解读有哪些仍然是对的，有哪些是有误的？

朱：美国把虚假情报作为发动伊拉克战争的"理由"，曾在美国国内和全世界引起轩然大波，遭到过世界舆论的一致谴责，我书中《美英"情报门"》一章是专门谈这个问题的。在《一场胜败参半的战争》一章中，我也谈到了美军的一系列情报误判。美国为什么到现在才"公开承认"这一点？因为伊拉克战争已经打完了，现在"公开承认"一下，是向美国国内和世界舆论交差。在发动伊战之初，它为了找到战争借口，甚至不惜故意"误判情报"，这就叫战争。如果真的认为"一条错误情报引发了一场错误战争"，那就太天真了。

我在这本书中对伊拉克战争的解读、对新一代战争特点的分析、对这场战争给世界和亚洲局势带来影响的分析、对伊拉克国内战后局势的分析，到目前为止都经受住了伊拉克战争局势发展的检验，尚未发现根本性误判。如有读者发现我在书中有根本性误判，欢迎指正，不胜感谢。

记者：长江文艺出版社，特别是金丽红，一直以出版畅销书闻名，他们怎么会选择这样一本书？

朱：双方信任吧。我和金丽红、黎波此前有过一次合作。那是在"神舟"5号发射成功之前，我提前一年组织六名专家编写了一本《飞天梦圆》科普读物，系统介绍我国载人航天工程的来龙去脉，介绍一些载人航天科普知识。那本书稿就是由金丽红和黎波两人接手经办的，上市后成为当年的畅销书。同时，我这些年的散文也有一定影响，长江文艺出版社每年出版的散文年选中都有我的作品，他们对我的"写作实力"有所了解。我把《观战笔记》书稿交给他们后，金丽红和黎波都进行了认真审读，金丽红对我说："写得好，有内容。"黎波本人是位军事迷,对军事内容很熟悉。他们两人看了书稿后都很有信心。不过,由于我担任较高职务,书中某些内容比较敏感,对我的这本书不宜"炒作",销售上只能顺其自然。

2005年8月1日

《观战笔记》创作谈
——答武汉《晨报》记者问

孙勇（武汉《晨报》记者）：普及性的军事书籍，在中国好像不多，请问外国情况如何？

朱增泉（《观战笔记》作者）：我去国外没有逛过书店，对外国普及性军事书籍的出版情况不了解。但军事书籍各国都出，这是肯定无疑的，这本身就是一种普及军事知识的渠道。我国颁布的《国防动员法》《国防教育法》，都有向国民普及必要军事知识的要求。据我所知，北京的图书大厦、王府井新华书店，都有很大的军事书籍专柜，出售的中外军事书籍种类繁多，到这个专柜前去浏览、购书的人每天都很多。不过，像我这样用随笔的形式直接评说最新发生的信息化战争，这样的书籍可能还不多。

孙：您的创作，一向是以诗歌和散文为主，怎么想到要写一本军事随笔呢？

朱：是的，我过去写诗，得过鲁迅文学奖；这几年写散文，也得了首届郭沫若散文随笔奖。这本《观战笔记》是军事随笔，也可算作大散文范畴吧。我的诗是以军旅诗为主，散文也是以军旅题材为主。我以往的散文大多是写军事历史题材，这次写伊拉克战争是现实的军事题材,是"从历史回到现实",这种转变是我有意为之,但"变"中仍有不变的东西。军事随笔这种形式比较适合我。

孙:《观战笔记》看起来像一本讲课资料即讲义的汇总,它是这样成书的吗?

朱:我写的是军事随笔,不是军事教科书。这一系列文章,是随着伊拉克战争的进程一篇一篇写下来的,事先没有任何写作计划。2003年下半年,我在《人民文学》杂志上开了一个专栏,每月一篇,写了半年。2004年,我把这个专栏转移到《美文》杂志上,也是每月一篇,又写了一年。现在是把在这两家刊物上发表过的文章汇总成了这本书。

孙:您为什么特别关注伊拉克战争?

朱:关注战争是军人的天性,研究战争是军人的天职。研究战争,既要研究以往的战争经验,更要研究新一代战争的特点。信息化战争是当今高科技时代的最新战争形态,伊拉克战争是迄今体现信息化战争特点最为明显的一场战争,当然成为关注的热点、研究的重点。世界各国军队都在研究这场战争。发达国家的军队对新一代战争的研究比我们更活跃、更深入,我们不研究不行啊。我当兵、带兵几十年,也参加过实战,对战争保持着一份敏感,尤其关注最新发生的这场伊拉克战争,这太正常了。

孙:您还会写其他战争吗?

朱:目前尚无计划。不过,我今后还会断断续续写一些历史的、现实的军事随笔。

孙:一提到战争哲学,就会联想到《孙子兵法》。请问,《孙子兵法》中的战争思想,在今天有没有被颠覆或超越的可能?

朱:《孙子兵法》博大精深,它是中华文化的经典之一。就像古典哲学家经典著作中的哲学思想只能被发展、不能被"颠覆"一样,《孙子兵法》中的军事思想也不可能被"颠覆",因为它从哲学高度总结和概括了人类战争现象中的许多战争哲理,只要人类社会继续存在战争,这些战争哲理就依然存在。更何况,《孙子兵法》中有许多寓于战争又超越战争的深刻思想,对今天人类文化的发展仍有价值。当今世界上重新研究《孙子兵法》的热潮方兴未艾。日本人、韩国人从"商战"的角度研究它,美国人则注重从军事上研究它。美国的"商战"文化肯定超过中国,但美军目前仍然无法从战争哲学的高度超越《孙子兵法》,他们在伊拉克战争中所犯的一个又一个很"蠢"的错误,就能证明这一点。当然,《孙子兵法》也和世界上一切高深理论一样,会随着军事实践的发展而不断得到发掘、发挥和发展。

孙:当下的战争文化最大的特点是什么?

朱:知识化、科技化、信息化、大众化。

孙:您最佩服的军事家是谁?您最看好今天的哪一位军事家?请说出您的理由。

朱:我最佩服的当代军事家是彭德怀、朱可夫。彭德怀的军事实践活动贯穿了我军对内对外战争的全过程,从井冈山反围剿到两万五千里长征,从抗日战争、解放战争到抗美援朝战争。他打过各种硬仗、恶仗、关键之仗,创造过中外军事史上少有的以劣胜优、以少胜多的经典战例。他具有敢与世界强敌较量的气质和胆魄,是我军唯一一位在抗日战争、抗美援朝战争中都担任过前线最高指挥员的军事统帅。朱可夫参加过两次世界大战,是世界反法西斯战争中最杰出的军事统帅之一。朱可夫是唯一敢对斯大林说"不"的人,斯大林曾一怒之下贬斥了他,但又很快发现了他超群的军事指挥才能,复而更重用他,多次委派他去指挥过一系列关键性的重大战役,直至攻克柏林,彻底打败希特勒。前年我写过一篇《朱可夫雕像》,被选入了多种散文选本。还有像美国的艾森豪威尔,他当年指挥诺曼底登陆战役所显示的缜密的组织计划能力、宏观协调能力和宏大战场的指挥控制能力也是杰出的。当然,我佩服的中外军事家不止这几位,恕不一一罗列。当今出类拔萃的军事家我还没有看出来。军事家都是打出来的,不是吹出来的,更不是自封的,有待战争实践检验。

孙:您认为今天的中国人应该对战争持有什么样的态度?对中国人现有的战争观念,您是如何概括和评价的?

朱:我认为,今天中国人对待战争应持的态度是:和平发展是第一要务,有备无患是天下公理。目前,一部分人有些忘忧,还有一部分人有些浮躁。忘忧可怕,浮躁也不足取。轻敌者必败,只知己、不知彼者必败,只想吃老本肯定吃大亏,这些都是兵家大忌。不过,中国是有深厚军事文化传统和丰富反侵略战争经验的国度,看不到差距不大大加强军事实力不行,太看轻自己也大可不必。

孙:未来的战争将会怎样演变?

朱:就世界军事变革的主流而言,向信息化战争发展的总趋势是毋庸置疑的。但同时,世界上又将是多种战争形态同时存在,这是由于世界发展极不平衡造成的。国与国、军队与军队之间,经济实力、科技实力、装备水平,差距都很悬殊。在未来相当长的时期内,世界上的大小战争,不可能都按同一张棋谱来下棋。

孙:有没有发生第三次世界大战的可能?

朱:现在的态势是:世界大战打不起来,局部战争连绵不断,恐怖袭击困扰世界。

孙:您认为中国未来面临的主要战争危险来自何方?我们应该如何对付?

朱:中国要发展,力保和平、力避战争是我们总的方针。至于说到"可能的战争危险",无非来自国内、国外两个方面。国内台湾问题中的"台独"势力无疑是一种战争危险,我们的方针是坚决遏制"台独",以最大的诚意和努力争取和平统一。国外的战争威胁来自海上。现在,世界上确实有一些人不断用"中国威胁论"威胁中国,唯恐天下不乱、唯恐中国不乱,我们切不要浮躁,不要上当。欧洲有个弹丸小国卢森堡,我路过时曾停车看过该国一个景点,是一个防御工事,从古代一直沿用到第二次世界大战,已被联合国列入世界文化遗产名录。由此可见,军队保持常备不懈是天下公理,国民要有国防意识也是天下公理。

2005年8月5日

《战争史笔记》初版自序

  这是我的一部散文化的战争史笔记，或曰一部笔记体的战争史。我为什么要采取这种写法？答：为了增强可读性。凡历史，读起来都是比较枯燥和沉闷的，战争史也不例外。这是我的一种尝试，力求把战争史写得通俗易懂，引人入胜。
  首先，我着力最大的地方，是把中国古代战争的"史路"打通。主观愿望是想给人以一个贯通上下五千年的整体感，读起来比较流畅、清晰。为此，我以朝代史为主轴，叙述各个时期的战争，围绕各个朝代的兴替来进行，用朝代史把战争史"串起来"。这样，可以让人具体感受到，一部中国古代史，就是一部战争史。广而言之，一部世界史，何尝不是如此！我们热爱和平，反对战争。但以史为鉴，结论只有一个：忘战必危。一个国家，无论衰败或兴盛，都不能忘记战争——至少现在这个世界、现在这个时代，还不能忘记战争。换言之，只有研究战争、了解战争、熟悉战争，才能知道应当怎样去避免战争、制止战争。鸦片战争、八国联军侵华战争、抗日战争、解放战争、抗美援朝战争，这些战争虽已成为历史，但我们都还记忆犹新。我国三十多年来经济繁荣，老百姓生活总体上安定并且日益改善，生活水平大有提高，一片太平盛世景象。怕就怕，在这样的时代背景下,年轻人再没有人关注战争,再没有人钻研军事。要是那样,说明我们这个民族得了健忘症、幼稚病。但我知道,现在许多年轻朋友对军事很感兴趣,在军事网上"玩"得很深。他们对当今世界军事高科技领域的进展情况相当了解,对各种高性能的先进武器装备相当熟悉,对当代军事思想的发展动向也相当关注。这是一种好现象。然而,任何事物都是有继承性的——人类不是正在从黑猩猩身上寻找遗传基因的来龙去脉吗?研究当代信息化战争,也要具备传统军事知识的深厚底蕴。我在几年前曾写过一本《观战笔记》,通过跟踪观察伊拉克战争来研究信息化战争,获得不少心得。我深感对信息化战争的理解和判断,离不开传统的军事知识。

其次,在"史"与"论"的关系上,我的写作原则是以"史"带"论"。努力做到战争史的史实准确、丰满。准确,就是着力把中国古代战争史的脉络理清,对每次重要战争的起因、过程、地点、时间、人物,凡是能从史籍中查到根据的,都逐一查对。对有些问题有不同学术见解的,在比较中选择一种。而我自己有独立见解的,就写我自己的看法。丰满,就是在叙述中尽量保持每次重要战争、战役、战斗过程的完整,并尽量保留某些战斗(战场)细节,以增加故事性、可读性。在此基础上,采用夹叙夹议的办法,发表一些点评式的议论。在某些地方,提出一些我发现的新问题,发表一些我的新见解——当然是一己之见。在某些段落,做一些阶段性的评述。为了避免写法呆板,我在书中不搞固定的议论模式。因事而议,因人而议;有感而议,有悟而议。议论的内容也不固定。有时是纵论某个大时代同战争相关的某个大问题;有时是评说某个大朝代兴衰存亡的经验与教训;有时是评述某位重要历史人物在战争中的得与失;有时是点评某场战争中的某件事、某个人、某个环节;有时是单议某次战斗中的某个细节——特定条件下,一个细节也可能决定一场战役战斗的胜负。总之，我在这本书中对战争的议论，是分散的、放松的、不拘形式的。从已经发表的一些篇章来看，读者对这种不拘形式的议论饶有兴味。为了避免冗长和沉闷，我把各个历史时期的军事思想演变、兵器的发展变化等内容都割舍了。

再次，我对整部书的规划，大致上是写了四个大循环：一、从史前期遍地部落、部族、诸侯，到夏、商、周（西周）形成统一国家。二、从东周（春秋战国）五百五十年大混战、大分裂，到秦、汉实现大一统。三、从三国、两晋十六国、南北朝近四百年大混战、大分裂，到隋、唐实现大一统。四、从五代十国、宋、辽、金三百七十多年大混战、大分裂，到元、明、清实现大一统。

上述内容，计划分三本书写完①。第一本写第一、第二两个大循环；第二本写第三个大循环；第三本写第四个大循环。这样划分，主要是为了使每本书的字数大体平衡。

这是第一本。

由于水平有限，书中差错和谬误在所难免，恳请读者、专家批评指正。

朱增泉

2009年2月25日于北京航天城

---

① 原计划用三本书的篇幅写完，最后是写了五卷才写完。第一卷从上古至秦汉，第二卷从三国至隋唐，第三卷从五代至宋辽金夏，第四卷从元至明，第五卷单独写清。

《战争史笔记》初版后记

一

我从士兵到将军,经历了五十余年军旅生涯,平生有两个心愿:一是经历一场战争,二是把中国古代战争史"捋"一遍,否则对不起这身军装。谢天谢地,这两个心愿都实现了。

第一个心愿,是在我盛年时实现的。我当时是集团军政治部主任,我和我所在的部队参加了老山轮战。我听到了枪声炮声,闻到了呛人的硝烟。我走遍了前沿阵地,经历了许多次生死危险,我做好了血沃青山、骨埋疆场的心理准备。我见到了官兵们被战斗激情燃烧起来以后是一种什么样的精神状态,我的心和年轻官兵们一起燃烧,于是把我燃烧成了"将军诗人"。

第二个心愿,想法早就有了,真正着手却是在我退出现役之后。我从2007年开始,花了五年时间,每天工作十小时,推掉了一切应酬,避开了各种热闹场合,在中国古代战争史中穿行,一路跋涉,写完了这部五卷本的《战争史笔记》。我写作这部书的过程,真有点像是投入一场"战争"的味道。当我极度疲倦的时候,曾担心会不会被突发心脏病之类将我击倒,于是暗下决心:"我无论如何要抢在太阳下山以前把它完工!"万幸,最后完工时看电脑上的时钟显示:2010年12月31日凌晨2时。这是一个新的黎明,一轮新的太阳即将从海平面上跃起,我的精神为之一振,我居然还活着,我又迎来了一个阳光灿烂的早晨。

二

历史是浩瀚的大海,是十万大山,是无边的莽莽丛林。我是军人,我不是历史学家,我只能凭着军人的本能和直觉,一边摸索,一边前行。我动笔之前的大致规划是用三本书的篇幅写完,但越写到后面史料就越来越丰富。就像打仗一样,突破阶段过后,纵深战斗遇到了出乎我预料的情况,敌人的后续梯队一波接一波地汹涌而至。但我绝不能退却,我必须坚决顶住,继续投入大量后备力量,无论如何要把山头拿下,于是写了五本才"结束战斗"。

现在这五本书的内容分布是:第一本,上古至秦汉;第二本,三国至隋唐;第三本,五代至宋辽金夏;第四本,元至明;第五本,清。其中,清朝的战争分属古代和近代两个范畴,1840年鸦片战争以前属于古代战争,鸦片战争以后至清朝灭亡属于近代战争。为了使读者对清朝战争有一个完整和连贯的了解,本书没有拘泥于"古代"与"近代"的分界,写到清王朝被辛亥革命推翻前夕为止。

三

我为什么要写这部书,以及为什么要采用这种写法,已在第一本的《自序》中说过。我最初定下的首要目标,是把中国古代战争史的"史路"打通,这个目标基本实现了。过去不熟悉、不清晰的一些段落,这次下功夫理了一遍,理出了一个粗线条的基本脉络,但愿能为年轻读者了解中国古代战争史当个"向导"。我写作的重点在史不在论。书中的议论部分，或宏观或微观，都是随感而发，或深或浅，不成体系，没有模式，纯属一己之见。

　　写完这部书，久久萦绕在我脑际的是中国历史上几种不同类型的战争。第一类，为统一中国固有疆域的战争。中国几千年的战争史显示，分裂时间无论多久，最终都以一场气势恢宏的统一战争结束了分裂局面。中国历史上的每一段统一、稳定的历史时期，都是中国取得重大发展和进步的重要阶段。因此，我崇敬中国历史上每一位开创大一统局面的历史英雄。第二类，中国内部的民族战争。中原汉族同匈奴、突厥、回鹘、鲜卑、契丹、女真、党项、藏、蒙古、西南夷等不同民族的战争，都属于这类战争。我在书中对这类战争持有如下看法：这些民族都是中华民族的组成部分，这类战争都属于中国统一战争的范畴，它们是中国各民族共同缔造中国历史的战争。因此，我在书中对长城赋予了新的含义：中国的万里长城，其实是为北方游牧民族建立的一座伟大纪念碑，纪念他们顽强不息地参与缔造中国历史的伟大精神。中国自古就是一个多民族国家，维护民族团结，就是维护中国统一。第三类，底层老百姓被逼上绝路之后揭竿而起的战争，这类战争不绝于史。治国当政，惜民者兴，践民者亡，千古一理。第四类，封建统治阶级改朝换代的战争。每一个称得上辉煌的朝代，都是在鼎盛时期就开始积累矛盾，以至积重难返，不得不通过一场战争来更换另一个新的朝代。以战争来解决社会危机，毕竟代价太大。因此，方兴未艾之时常存忧患意识，天下太平之际常兴除弊之策，不要使矛盾堆积成山。天天打扫卫生的环保工人，其实比移山的愚公更加伟大。第五类，封建王朝内部为争夺皇位的无休无止的战争。这类战争都使历史倒退、人民遭殃；似乎只有李世民、朱棣两人例外。这是中国封建社会皇位传承制度的根本性弊端所造成的，这类战争的根源已经一去不复返了。第六类，外部入侵者肆意侵略中国的战争。这是中国自鸦片战争以后一再重演的惨痛经历。阅读晚清战争史，中国受辱之深，任人宰割之惨，真可谓惨不忍睹，怒从心生，忍无可忍。中国有过如此惨痛的教训，我们永远不要去欺负别人，中国的地盘已经够大，把自己的家园看好，已经足够。但中国必须要有一支能够捍卫国家主权和领土完整的强大军队。对此，千万不要被世界上一些别有用心者以蛊惑人心的种种说法所迷惑、所欺骗、所吓倒。不明此理者，请重读一遍晚清战争史！

我写这部笔记体战争史的目的，是为中国的长治久安、进步发展、人民福祉祷告和平，而不是鼓吹战争。但战争一旦不可避免地来了，中国必须具备战而胜之的强大实力和顽强意志。

四

这部半"文"半"史"的笔记体战争史得以出版，我要真诚地感谢人民文学出版社社长潘凯雄同志的大力扶持。他以包容大度的精神接纳了这本书的出版，并在看过第一本书稿后给了我重要的指点和启示。真诚感谢责任编辑包兰英同志的辛勤工作，她从文字编辑到装帧设计，乃至几本书的封面设计如何统筹考虑等，都做得精心细致。她对我的写作进度不催不逼，使我在紧迫中得到了一份从容。我还要感谢我尚未谋面的责任校对刘晓强同志，他除了认真负责地校对，直率地指出书稿中的差错，还向我提出了一些有益的建议。

我这部书的第一本书稿，2008年曾在《美文》杂志上连载了一年，这要感谢《美文》执行主编穆涛同志。他对我的散文写作给予过很多鼓励，对这部书的写作也有"首肯"之功。

我还要感谢何振邦先生，是他出面向人民文学出版社热情推荐了这部书稿。

五

  我的写作态度是认真的。虽然我无法做到像历史学家那样从历史档案中去查对每一条史料的源头,但我都力求做到"事事有据",时间、地点、人名、地名、事件过程等,都从先秦古籍、二十四史、《资治通鉴》《清史稿》等世传史书和比较可靠的史学著作中去查找依据。我没有助手,全靠自己"独立操作"。

  然而,史学领域,对我这样一位贸然闯入的外行人,犹如闯进了一片"地雷阵"。虽然我步步小心,仔细查对,但稍一不慎,脚下就会踩响一个:"错了!"有时是由于查对不细,有时是由于理解有误,有时是由于记忆不准。多数能在校对时发现,有的校对时也未必能发现。

  在此,请允许我借用胡绳老先生在《从鸦片战争到五四运动》(简本)序言中的几句话,向读者、专家诚恳致意:"校书如扫落叶,难免还有应改正而没有发现的。读者如果发现,务请赐教。"

朱增泉
2011年1月27日于北京航天城

谈《战争史笔记》的写作
——答《解放军报》记者问

一、关于《战争史笔记》的整体框架

答：本书的总体框架是写了中国历史的四次大分裂到大一统的循环过程：第一个大循环是从史前遍地部落到夏、商、周形成统一国家；第二个大循环是以东周（即春秋战国）五霸七雄遍地诸侯五百余年大混战大分裂到秦、汉实现大一统；第三个大循环是从三国、两晋五胡十六国、南北朝近四百年大混战大分裂到隋、唐实现大一统；第四个大循环是从五代十国、宋、辽、金、西夏三百七十多年大混战大分裂到元、明、清实现大一统。

本书的总体目标是把古代战争史的"史路"打通，以便看清中国如何从古代一路走到今天？历史上，越是战争频繁的时期，越难说清头绪。例如，东周从东迁到灭亡，春秋五霸混战了三百零三年、战国七雄混战了二百五十五年，这五百余年大混战是一团乱麻。这次我下功夫理了一下，发现主宰春秋三百零三年大混战的主线是南北争霸，先是齐楚争霸，后是晋楚争霸。再进一步分析，春秋时期南北争霸的内在本质，是北方黄河流域和南方长江流域孕育出的两大文明洪流,在交汇融合过程中发生的摩擦和碰撞。正是通过这种摩擦和碰撞,才使两大文明洪流会合成了一个华夏文明共同体。战国七雄的混战,其主线则是由分裂走向统一。战国时期是"六对一"的战略格局,六国在河山(河指黄河,山指秦岭)以东,秦国在河山以西。河山以东六国都看不起秦国,中原会盟都不让它参加。但秦国把"偏于一隅"的地利劣势转变为优势,先避开东部战争旋涡,秦孝公重用商鞅实行变法,埋头苦干,"续六世之余烈,振长策而御宇内",前后经历了六代秦王、一百多年的艰难奋斗,终于由秦始皇"挥剑决浮云,东向扫六合",实现了统一中国的战略目标。

中国历史上还有许多大混战时期,如三国时期、五胡十六国时期、南北朝时期、五代十国时期、宋辽金夏时期等等。这些大混战时期,都对中国历史发展走向产生过深远而重大的影响。鉴古而知今,下功夫去打通一下这些大混战时期的"史路"是很有必要的。

中国古代,战争主宰着不同朝代的兴替。因此,我以中国古代战争史的"史路"为经线,以朝代史为纬线来结构本书。打个比方,战争史内容是"流",不同朝代是不同地段的"河岸",约束着这条"河流"在不同时期的走向。这样的结构方法,使这部《战争史笔记》读起来比较通畅自然,避免了蔓芜杂乱。现在的五卷内容分布是:第一卷:上古至秦汉;第二卷:三国至隋唐;第三卷:五代至宋辽金夏;第四卷:元至明;第五卷:清(清代战争在鸦片战争之前和之后分属"古代"和"近代"两个历史范畴,内外战争内容较多,所以单独写了一卷)。

二、关于写作前的准备

答:写作前的准备,包括许多方面。一是我对中国古代战争史的长期阅读积累；二是我写过不少历史散文，对中国历史上一些重大历史事件都有过"个案分析"；三是伊拉克战争期间我曾写过一本《观战笔记》，提前练了练手。四是我家中几十年间积累了比较丰富的古代史藏书。所有这些，都为写作本书准备了条件。

三、关于正史和野史的选择

答：我的写作态度是严肃认真的。我写作《战争史笔记》只采正史，不采野史。所用史料都采自先秦古籍、二十四史、清史稿、《资治通鉴》等权威史书，以及比较可靠的史学著作，并标明出处。这部书的书名是《战争史笔记》，蕴含着我"边读历史，边做笔记"的意思。我写的是历史，不能误传子弟。当然，我毕竟不是历史学家，书中难免会有某些错讹。

至于说到书中的一些"奇闻趣事"，这有三种情况。一是正史中本身就记载有某些"奇闻趣事"，我引用而已。二是正史有时会以"考异"方式附录某些野史资料，辨其真伪，以正视听。这在《资治通鉴》《明通鉴》等史书中大量存在。我有时也会从中摘引某些片断，注明野史所载。三是某些段落我引用的是正史史料，但叙述语言采用了讥讽、揶揄笔调。例如，我在《盛唐背后的荒唐》一节中，叙述唐朝酿成安史之乱的起因，从正史《新唐书》中引用了一条史料：安禄山为了讨得唐玄宗欢心，认杨贵妃为"干妈"。我是这样叙述的："安禄山比杨贵妃年长十六岁，按照唐朝的结婚年龄，安禄山完全可以当杨贵妃她爸。安禄山野心大、脸皮厚，双腿一跪，亲亲热热叫了杨贵妃一声'妈'。杨贵妃当时脸红不脸红，史书中查不到；唐玄宗却在一旁开心地笑了。怎么知道的？史书中有记载：安禄山每次进宫，先拜杨贵妃，后拜唐玄宗。唐玄宗'怪而问之'，安禄山回答道：'我是蕃人，蕃人先母而后父。'唐玄宗一听，非但不再生气,反而'大悦'。什么叫'大悦'?'大悦'就是开心得不得了。这种心情,不笑怎么表达?"采用这样的笔调来写,主要是为了减少阅读历史书籍的枯燥和沉闷。

四、关于"跨文体"写作

答:有的评论家说我是"跨文体写作的典范",这个评价太过了。我写的东西的确有些超越"规范写法"。究其原因,因为我不是专业作家,我写作以"文无定法"为信条,从来不带框框,写诗是这样,写散文是这样,写《战争史笔记》也是这样。这反倒形成了我的写作"个性",区别于其他人写的东西。我只奉行一条不变的写作原则:真实。我书中对战争史史实的时序安排、史料引用等,都比较严谨;章节结构既不照搬史学著作的"模式",又尽量做到不杂不乱,简洁明了,避免烦琐;行文采用散文化的语言,避免枯燥呆板,并尽量简洁,不啰唆。其中也包含有我自己的阅读经验,我知道什么样的文章能够吸引我一口气读下去,什么样的文章我虽然很想读,但几次拿起,又几次丢下,硬是读不下去。

五、关于《战争史笔记》的写作重点

答:我这部书中的写作重点是在史不在论。虽然书中也有一些评论性文字,或宏观或微观,其中也有一些读者认为不乏"精彩"之处,但都属一己之见。我的写作重点是以中国几千年来的战争史实反复说明一个问题:将国家、帝君、将帅、士兵等等各种因素叠加到一起,怎样的军队才能打胜仗、怎样的军队只会打败仗,全部用历史事实说话。一个朝代接着一个朝代往下看,胜败、盛衰、兴亡,越看越明白。历史是一面镜子,盛世要读史,读了历史才能心明如镜,始终保持清醒。

六、关于《战争史笔记》的当下意义

答:关注战争是军人的天性。当今世界,打开电视一看,世界上哪一天没有战争,哪一个角落没有战争,哪一天没有同中国有关的军事信息?我在本书的《后记》中发自内心地写了如下一段话:"阅读晚清战争史,中国受辱之深,任人宰割之惨,真可谓惨不忍睹,怒从心生,忍无可忍。中国有过如此惨痛的教训,我们永远不要去欺负别人,祖先为我们开辟的疆域已经够大,我们把自己的家园看好,已经足够。但是,中国必须要有一支能够捍卫国家领土主权、保卫人民安康的强大军队。对此,千万不要被世界上一些别有用心者以蛊惑人心的种种说法所迷惑、所欺骗、所吓倒。不明此理者,请重读一遍晚清战争史!"

研究新一代战争,也要有传统军事理论作底蕴。战争手段千变万化,某些战争基本规律仍在起作用。作为一名合格的当代军人,尤其是走上领导岗位以后,既要对当今新军事理论有精深研究,也要对中国古代战争史乃至世界战争史有所了解,这就是所谓"综合素质"的重要内容之一。

七、关于写作过程的"障碍"和"遗憾"

答:写作中的最大困难是对史料的查核。我写作不用助手,全靠自己"独立操作"。虽然对一般史事都有所了解,但要落实到自己的文章中,时间、地点、人物、事件、过程、细节,都得逐一查对。尤其是对每一次历史事件和战役战斗发生的具体时间和地点的查对,耗费了我大量精力。历史都存在于特定的时间和空间之内,同一地点,不同时代使用不同地名;有的地点在同一朝代也不断变更地名。因此,同一地名此时照搬到彼时,很容易出错,必须再查。有时单凭记忆,更容易出错。例如,古代战争史上有个很著名的地名"瓜步",就在江苏镇江对岸。第三卷中写到隋朝渡江灭陈之战渡江攻建康(今南京),杨广(后来的隋炀帝)担任前线统帅,东路主将贺若弼从瓜步渡江,西路主将韩擒虎从采石矶渡江,中路杨广本部从六合西南的桃叶山渡江。《中国历代战争史》说桃叶山即"瓜步",我没有仔细再查"桃叶山"与"瓜步"两者的关系,不知桃叶山亦称"瓜步山",桃叶山下有瓜埠镇(也称"瓜步"),故在注译中断定其"大谬",结果是我自己错了(精装本中已改正)。

范文澜曾说过,"读史必须辅以详细的地理沿革图"。我这部《战争史笔记》的最大遗憾,是全书没有战例插图。在我有生之年,倘若此书有再版机会,一定补上。

八、关于写作诗歌、散文和《战争史笔记》的不同感受

答:我长期坚持业余写作,最初是"以诗名世",曾获得过鲁迅文学奖。但后来诗写得越来越少了,写起了散文随笔。随后,我又放下单篇散文随笔写作,全身心地投入了这部《战争史笔记》的写作。这个过程,是我不断重新认识自己、不断扬长避短的过程。我写诗"成名"是在老山前线。写诗需要激情,下了战场,激情渐渐被平静取代,诗中思考、议论的成分越来越多,这就渐渐背离了诗歌创作的基本规律。于是改写散文随笔,散文随笔可以"大发议论",议论是我的长处,所以我的散文随笔也很快"走红",获得首届郭沫若散文随笔奖。但由于我是业余作者,没有写作规划,往往是走到哪里写到哪里,看见什么写什么,东一榔头西一棒子,不成系统。退休后,有了整块时间,彻底静下心来,撰写这部酝酿已久的

五卷本《战争史笔记》，做点更有价值的事。

九、关于《战争史笔记》的价值

答：你问我这套《战争史笔记》是不是我军旅价值、创作价值和生命价值的集合体？我从士兵到将军，经历了五十余年军旅生涯，平生有两大心愿，一是经历一场战争，二是把中国的战争史"捋"一遍。这套五卷本《战争史笔记》，耗去了我五年心血。五年间，我推掉了各种应酬，避开了各种热闹场合。它无疑是我多年业余创作的重要作品之一，但我只指望能为年轻读者阅读战争史当个向导，不至于把"路径"领错。这套书的价值究竟如何，要由读者和专家学者去评判，我愿聆听各方赐教。

十、关于后续写作打算

答：目前我需要休整一段时间，暂时没有新的写作计划，先歇一歇再说。

朱增泉

2011年9月28日

写作《战争史笔记》的几点感受

感谢各位领导、军事史家、著名作家和文学评论家对我这部《战争史笔记》的肯定。我谈几点写作感受。

感受之一,世界并不太平,千万不要忘记战争。忘战必危,千古真理。中国要发展,应当力避战争,努力维持一个和平环境。但是,有备才能无患,这同样是千古真理。当今世界,四处动荡,战乱频仍。尤其要看到,中国越发展,同中国相关的军事信息越来越多,天天都有。世界上鼓吹中国"军事威胁论"的喧嚣之声一天也没有停止过,也不可能停止。他们用中国"军事威胁论"威胁中国,想用这句话把中国的手脚捆住,然后肆无忌惮地抢占自古以来属于中国的地盘,抢夺中国海底油气资源。中国的瓦良格号还没有试水,有些周边国家和地区就向美国疯狂抢购对付航母的导弹。这叫周边起哄,美国发财,中国要想跨出每一步都很难。中国对世界要真诚,努力用高度的政治智慧化解矛盾,但又不能过于天真。中国永远不要称霸,但中国永远要挺直了腰杆对世界说话。如果该说的话不敢说,该做的事不敢做,早晚要吃亏,吃大亏。中国必须把我们的军队搞好、搞强,就不要怕难。读一读晚清战争史,中国应该把世界风云变幻看个透。世界从来不会同情失败者,世界永远都是站在胜利者一边的。

感受之二,盛世要修史,盛世更要读史。现实是花朵,历史是根脉。花花世界令人眼花缭乱,容易使人浅薄浮躁;历史因其深沉久远,使人不敢轻狂。在历史长廊中走没走过一趟,感觉大不一样。我写完这部《战争史笔记》,对于包含在祖国这个大概念中的疆域、民族、战乱、成败、兴衰、屈辱、复兴等等词汇,都有了更深一层的理解。不读史,不知道中国从哪里来,往哪里去,怎样才能走好、走稳。当代中国,飞速发展,千载难逢。盛世读史,就会知道每一个称得上辉煌的朝代,都是从鼎盛时期就开始积累矛盾,直至积重难返,走向衰败。因此,我在《后记》中写了如下一段话:"方兴未艾之时常存忧患意识,天下太平之际常兴除弊之策,不要使矛盾堆积如山。天天打扫卫生的环卫工人,其实比移山的愚公更加伟大。"我为何常存杞人忧天之心,好发盛世危言之辞?因为我深深感到,我国能够走到今天这一步,实在太不容易,希望我们的祖国好好发展。

感受之三,一部中国古代战争史,是一座有待深入发掘研究的文化宝库。战争是牵动全部社会神经的人类活动,它涉及一个国家的政治、经济、文化、民生、人事、谋略、哲理、远见和军事实力等等,方方面面的经验和教训都沉积其中。中国古代的战争智慧和战争经验都是世界一流的,否则《孙子兵法》不会至今仍然风靡世界。美国把《孙子兵法》列为西点军校的教材之一,我们自己应该倍加珍惜包括《孙子兵法》在内的中国古代军事文化遗产。不能因为现在要研究信息化战争了,就不重视对古代战争经验的研究。任何事物都有继承性,军事也同样。无论哪一种文化,底蕴越深厚,越有生命力。我这部《战争史笔记》,是研究古代军事文化遗产的抛砖引玉之作,真正的扛鼎之作有待来者。

朱增泉

2011 年 10 月 20 日

再谈《战争史笔记》的写作
——答《军营文化天地》记者问

《军营文化天地》记者问：您说过,"研究当代信息化战争,也要具备传统军事知识的深厚底蕴","我深感对信息化战争的理解和判断,离不开传统的军事知识",能否展开来具体谈谈?

朱增泉答：世界上任何事物都有继承性,军事科学也同样。按照钱学森的观点,人类社会有史以来的战争形态可以分为五代：第一代是冷兵器作战时代(刀枪剑戟);第二代是热兵器作战时代(火药的使用);第三代是机械化作战时代(装甲坦克);第四代是核武器作战时代(核武器的出现和使用);第五代是核威慑下的信息化作战时代(电脑网络)。这条发展脉络,是根据科技和兵器的发展来划分的。恩格斯也说过,兵器的发展决定战术的变化。这是研究人类战争史必须坚持的唯物史观。没有第一代战争积累的经验,就不会有第二代战争的发展变化。此外,还要懂得一点军事领域"变"与"不变"的辩证法。例如,自古至今,交战双方进攻与防御的对抗形式是"不变"的,所"变"的只是如何进攻与如何防御。再如,战场上"消灭敌人,保存自己"这条最基本的军事原则也是"不变"的,所"变"的是如何才能消灭敌人、保存自己。这些都要根据不同历史时期科技和兵器的发展变化而变化。如果作战思想、作战手段和作战方法跟不上时代发展,就要挨揍、丧命、失败。

问:您说,您在书中着力最大的地方,是把中国古代战争的"史路"打通。我认为,您总结的"四个大循环",正是"打通"的关节所在。不知这样的理解是否正确?

答:可以这样理解。不过这仅仅是打通了中国古代战争史的宏观"史路";还有另一半是指理清那些大混战、大混乱大分裂时期的微观"史路",例如春秋战国时期、五胡十六国时期、南北朝时期、五代十国时期等等,都是一团乱麻,需要用心去梳理,把头绪理清楚。这样,从宏观到微观,都给人以一个比较清晰的"史路",不至于读完书依旧云里雾里。

问:以史为鉴,忘战必危。"太平斯久,人不知战"的状况并非杞人忧天。可否把中国古代历史进程(纵向的)和当代世界局势(横向的)联系起来谈谈您的看法?

答:忘战必危,盛世尤其如此。"太平斯久,人不知战",这是唐朝名将封常清对唐玄宗所说的一句警世之言。唐玄宗即位之初,励精图治,为大唐迎来中兴,史称"开元盛世"。但自从唐玄宗迷上了杨贵妃,开始贪图享乐奢靡,听信谗言,重用奸臣,朝政日非,不久就爆发了安史之乱。封常清前往华清宫朝见唐玄宗,用上面这句话概括了深刻教训,并主动请缨带兵平叛,不幸兵败,唐玄宗赐封常清与他的老上司、唐朝另一位名将高仙芝以死罪。唐玄宗这一错误处置,进一步动摇了唐军军心,致使引发了马嵬坡兵变,官兵们怒杀杨国忠,逼迫唐玄宗处死了杨贵妃,把皇位让给了儿子唐肃宗李亨。唐肃宗派仆固怀恩去向回纥借兵,依靠郭子仪等老将,花了八年时间才平定了安史之乱。唐朝的这一深刻历史教训,足以惊醒后世。当今之世,从北非到中东,四处动荡,战乱频仍,天下并不太平。尤其值得警惕的是,随着中国飞速发展,西方渲染所谓"中国军事威胁论"尘嚣甚上,一天也没有停止过,也不可能停止。最近美国更是直言不讳地宣称要重返亚太,把中国周边作为部署美军的重点地区,搞了一连串动作。对此,我们作为军人,绝不能麻木不仁。

问:您梳理了中国古代战争的五种不同类型,这对当代有什么启示意义?

答:这仅仅是我个人写完全书后凭直觉所做的概括,不一定符合军事史学家们的规范分类。但我这样归纳,也完全是根据历史事实为依据的。至于对于当代有何启示性意义,我觉得不能机械地去作"对应式"的理解。我所归纳的一些常理性的观点,值得引起我们去思考。如:历史上凡是称得上辉煌的朝代,都是从鼎盛时期就开始积累矛盾,以致积重难返,走向衰败。我这个观点有大量历史事实作支撑。因此我说,"方兴未艾之时常存忧患意识,天下太平之际常兴除弊之策,不要使问题堆积成山","天天打扫卫生的环卫工人,其实比移山的愚公更加伟大"。还有,我讲到决不能忘记晚清战争史留给中国的惨痛教训,千万不能被世界上那些所谓"中国军事威胁论"之类的论调所迷惑、所欺骗、所吓倒。否则,我们这个民族就是得了健忘症、幼稚病。

问:您认为长城是为北方游牧民族建立的一座伟大纪念碑。这个判断极具新意。从民族大融合的角度梳理中国古代战争史,显示了您宏阔的历史视野。在梳理过程中,有没有缠绕不清的问题纠结呢?

答:我这个观点其实已经不是第一次表达,只不过这一次表达得更为清晰。在我过去写得好几篇历史散文中,我一直持这种看法,北方游牧民族为缔造中华民族历史和我们汉族一样做出了巨大贡献。我曾把长城比喻为中国古代历史的装订线,如果把长城从中国历史中抽掉,中国这部古老的线装书将散落一地,凌乱得无法收拾。感谢万里长城,把两边的大地缝合到一起,才形成了我们伟大祖国这部大书,形成了这么辽阔的版图。我每次讲到这个问题都深含着真挚的感情。有没有遇到一些令人"纠结"的历史问题呢？当然有的。例如,我们过去一直把辽、金对宋朝的进攻视为"外敌入侵",把岳飞、文天祥视为伟大的民族英雄。这种观点在不少历史著作,甚至某些教科书中一直沿用至今。其实,宋朝同辽、金、西夏、蒙古的战争都是内战。岳飞是不是民族英雄？当然是；但他仅仅是从我们汉族的立场出发认定的一位民族英雄。这在过去无可厚非,但在今天我们这样一个各民族统一平等的伟大国度里,再沿用这种一成不变的观点,就带点狭隘的民族主义色彩了。

问：您在评点中,每每提及对中国古代军事文化和战争文化的思考。可否集中谈谈您的看法？

答：这个问题我在书中已经谈得比较透彻了。中国古代的军事文化传统,我认定这是秦始皇为我们奠定的基调。集中到一点就是那两句话："对外注重防御,对内维护统一。"我这个结论有万里长城作证。秦始皇那么厉害的一个人,历朝历代都骂他是暴君。但我通过研究中国古代战争史,却发现秦始皇在军事上从来不是一位扩张主义者。匈奴对中原入侵骚扰那么厉害,秦始皇也没有产生要消灭匈奴的念头,只是把他们赶出河套,别来骚扰中原。秦始皇奠定的中国古代军事文化传统,我们一直传承了下来,这是我们民族的好东西,值得我们珍惜。所以我一再说,祖先为我们留下的地盘已经够大,我们的责任是把祖先留下的疆域收复、看好、守住、别丢,我们永远不要去侵占别国的一寸土地。当然,在中国古代战争文化中,也有不够好的一面。比如成吉思汗和他的子孙辈发动的几次西征,就带有扩张性质。而且蒙古军的早期作战带有原始的野蛮特征,以抢掠为战争主要目的。蒙古军早期发动的许多战争都是一掠而过,抢掠一些东西就撤,还屠城,占领的地方很快放弃。蒙古军的后期作战才把征服作为主要目的。成吉思汗晚年,在耶律楚材等人的帮助下,渐渐减少了抢掠、屠城等战争中的野蛮行为。但蒙古军在战争中的不文明行为,从来没有成为中国古代军事文化和战争文化的主流。另外,以长城为标志的中国主流军事文化传统,也为中国后来的军事思想发展带来了消极的一面,一味"防守",不图强国,到了晚清终于防不胜防,一败涂地。

问:以史为鉴,避免战争,是您写作本书的初衷,也是和谐世界的题中应有之义。您对人类真正成熟起来避免战争是否充满信心?这信心从何而来?

答:我说过,中国要发展,应当力求保持一个和平的国际环境,和平的时间越长越好。过去的战争对人类文明造成了极大的破坏,长期的战乱给人民带来无尽苦难,因而我们诅咒战争,珍惜和平。但是,当今世界,还远远不能让人对避免战争"充满信心",至少我本人还没有那么"天真"。只能说,我们永远不要去挑动战争,但外部侵略势力一旦把战争强加到我们头上,我们能不应战吗?该打的时候还得打啊,而且必须打赢!

问:您说过,史学领域是"地雷阵"。您是如何在此"地雷阵"中避免被"炸伤",从而向既定目标前进的?

答:了解历史博览群书,引用史料慎之又慎。

问:南宋国破家亡,南宋诗人们在慷慨悲歌的同时,也留下了不少哀叹,令人唏嘘不止。您是诗人,对诗人在如此政局中的处境与心声有何评价?

答:中国古代诗人的家国精神,是中国古典诗词的脊梁。这是中国古典诗词弥久生命力之所在。亡国,是令古代诗人最为痛心疾首的事。屈原是战国时期的典型例子。南宋诗人中的例子更多。我在《战争史笔记》第三卷的结尾处有这样一段话:"当代文人的精神品格,不能跌落到宋朝文人之下。如果宋朝在军事上一败再败、二帝被俘、南渡偏安不是宋人的伤心事,陆游就不会在临终前用诗句嘱咐子孙'王师北定中原日,家祭毋忘告乃翁';辛弃疾就不会'醉里挑灯看剑',排遣不去欲战不能的内心苦闷;婉约派女词人李清照更不会因此写出满腔悲愤的诗句:'生当作人杰,死亦为鬼雄;至今思项羽,不肯过江东!'"

问:您在点评战争时,用了不少篇幅点评人物,颇有《史记》遗风。的确,在战争这个舞台上表现者永远是人。对表现者的品评,也许正是解剖战争肌理的必然途径之一。对此,您是如何把握的?

答:我写的不是纯学术著作,而是半"文"半"史"的散文化战争史,偏重文学性多一点。以文学手法写历史,这是由司马迁首创的中国史学传统。不知道大家留意过没有,毛主席在提到司马迁时说的是"文学家司马迁",而不是说"史学家司马迁"。我年轻时就喜欢读《史记》,受点影响是难免的。同时,我在书中不止一处在分析《史记》中所写到的著名战例时,专门拿出许多笔墨来分析司马迁哪些文字是符合战争规律的,哪些文字是他使用了文学笔法来夸张他所写的人物的。我点评战争中的著名人物时,分析他们在战争中的表现,一般不离开战争规律去分析;分析到他们的命运结局时,我会联系到当时的朝廷政治、社会背景、他们的个人性格等方面去作分析。我想提醒读者一点,我在书中分析每一位历史人物,都不是平面的、单层的写法,而是正面、反面、侧面都写,努力从多个角度去剖析每一个人物,以丰富人物形象,使之有血有肉,更显真实,这是我比较下功夫的地方。

问:您通过梳理中国古代几千年战争史,对中华民族历代战争中形成的战略战术思维进行了深入的分析,能否简明扼要地概述其大要?

答:中国古代军事思想异常活跃、精彩纷呈的时期是春秋战国时期。那时以《孙子兵法》为代表,基本的战略、战术思想已经十分完备、精辟，有些军事思想甚至已经达到了"精微"的程度。我们常常会犯的错误之一是低估古人，似乎我们天生就比古人聪明，其实在许多领域远不是那么回事。秦国的兴起，我专门写了一节秦始皇之前六代秦王的变法图强、百年奋斗。没有这个基础，秦始皇不可能统一中国。这是一个国家的大战略，至今仍有现实意义。楚汉相争，显示出战略与战术的区别。项羽在战术上是巨人，百战百胜；而他在战略上却是侏儒，办事往往鼠目寸光，没有战略头脑，所以他最后输了。刘邦在战术上一塌糊涂，指挥打仗实在差劲，但他的战略头脑高出项羽一头，能屈能伸，能用人，所以他最后得了天下。唐太宗李世民，战略战术都行，能打仗，能治国，旷世英才。宋太祖赵匡胤的御将术史上一流，但胸怀不大。成吉思汗是中国古代世界级的军事统帅，驰骋欧亚，气概非凡，但不善治理。明朝的朱棣也有本事，打胜了靖难之役，争得了天下，但打仗、治国都比不上李世民。其后的帝皇不足论。

问：您认为，文化对战争的影响具体体现在哪些方面？

答：毛主席说过，没有文化的军队是愚蠢的军队，而愚蠢的军队是不能战胜敌人的。这是文化与战争关系的经典定义。但是，从中国古代战争史上看，有时候文化繁荣，打仗不一定行。中国古代有两个最典型的例子。一个是楚国，文化底蕴很深厚，但国内政治状况极差，结果被秦国灭了。另一个是宋朝，文化很灿烂，由于帝王的军事思想不对头，打仗屡战屡败。所以不能孤立地来看文化对战争的影响，而要看文化对国家政治、经济、军事、政策、制度、科技发展、人才素质、风气建设、民族凝聚力的涵养等各方面的综合影响，这样的文化，才是军事之雄魂和利剑。

2012年1月

《战争史笔记》修订版自序

我的五卷本《战争史笔记》出版以来，受到军内外读者欢迎，并得到了军事史、战争史专家学者的认可，令我欣慰。陆续推出的初版平装本前三卷很快售罄，进行了第二次印刷；五卷平装本出齐后，经统校修改印制的精装本也很快售完。

虽然销售情况尚可，但我自知历史知识根底甚浅，惴惴之心始终没有放下。我重读精装本，又发现了某些不尽人意之处。出于对读者的虔诚，去年底我与出版社商量暂停加印。今年上半年，我又在精装本的基础上进行了修订，并请北京军区测绘信息中心绘制了四十五幅插图，为读者提供一些阅读参照。

我写作历史读物，坚决不搞"演义""推理"之类，坚持事事有据。要做到这一点很难，稍一不慎极易出错。因而，我对史料中某些语焉不详之处格外小心，常常查找多种史料进行对比分析，自己弄明白了再落笔成文。书中七百多条注释，相当一部分是分析各种史料异同，在比较中确认一种。少数难以确认的，也将不同史料录出备考。即便如此，仍然难以完全避免差错。别的且不说，单说查证无数古地名就十分麻烦。同一地点，不同朝代有不同名称；有的地点在同一朝代也来回变更名称，此时地名套用于彼时就不对；

有些古地名由于年代久远,歧说纷纭,莫衷一是;有的古地名或因记忆有误等,均易出错。

略举几例:

"瓜步"。这是中国古代军事史、战争史上一个著名的长江渡口,位于今江苏省镇江(古称京口)对岸,属今江苏扬州邗江区,又名瓜洲、瓜渡、瓜洲渡、瓜洲镇。南京(古称金陵、建业、建康、白下、上元、集庆、江宁等)是六朝古都,镇江是南京东部门户。西晋以降,北方势力南进必攻建康,从瓜步渡江,首取京口,再攻建康,这是首选路径(另外两个渡口是南京西南的采石、正北的桃叶山)。我写隋军渡江灭陈之战时,查得隋军统帅杨广(即后来的隋炀帝)将统帅部设在建康正北岸的桃叶山。因杨广称帝前封晋王,后人也称桃叶山为晋王山。当年杨广在桃叶山指挥,贺若弼率东路军从瓜步渡江,韩擒虎率西路军从采石渡江,他亲率统帅部和中路军从桃叶山过江。而《中国历代战争史》称"晋王山即瓜步"。我当时认为瓜步是一个熟得不能再熟的地名,它和晋王山"风马牛不相及"。再说世上不会有这么笨的军事统帅,把统帅部和中路军与东路军重叠部署在同一个瓜步渡口渡江。于是不假思索地在页下加了一条注,称《中国历代战争史》的这一说法"大谬"。后来觉得这一结论有些武断,再查,发现桃叶山麓有个瓜埠镇,古人有时也将"瓜埠"写成"瓜步",因而桃叶山又称"瓜步山"。原来,我只知其一,不知其二,在精装本中对这条注释作了改正。

"会稽"。春秋时越国国都会稽,即今浙江绍兴。秦始皇统一中国后实行郡县制,在会稽置山阴县,秦称绍兴为山阴。秦置会稽郡治在吴中(今江苏苏州),直至东汉后期(永建四年,公元129年),会稽郡才移治山阴。《史记·项羽本纪》载,项梁杀人,带着侄子项羽从家乡下相(今江苏宿迁西南)逃至吴中避祸。秦始皇出巡路过吴中,项羽见如此宏大场面脱口而说:"彼可取而代也。"项梁一把捂住他的嘴道:

"毋妄言,族矣!"秦末,在陈胜、吴广起义的影响下,项梁、项羽叔侄杀掉会稽郡守殷通,"得精兵八千人",在吴中举兵起义。但人们一见"会稽"二字,往往会立即想到浙江绍兴,犯下"习惯性错误"。有一次,我家孩子买回一套台湾地区十四院校六十教授分工译写的《白话史记》,我随手一翻,《项羽本纪》一文的译者将项羽起兵时的"会稽"误译成"浙江绍兴"(应该是江苏苏州),年轻读者很难发现这一差错。为了避免我的读者将两个"会稽"搞混,我增加了一条注释。

"黑城"。又称黑水城、黑城子,位于河西走廊西端,是古代的一个军事重镇。北宋时是西夏十二监军司之一黑水镇燕军司治所,元朝时是亦集乃路治所。十九世纪末至二十世纪初,西方探险家掀起了一股前来中国盗宝的狂潮,沙俄探险家科兹洛夫曾从黑城掘走了大批西夏珍贵文物,以至现在我国西夏史研究者想看西夏文档,要到俄罗斯去查阅。我第一次去看黑城废墟是1995年夏天,当时去黑城还没有公路,我与陪同人员坐了一辆越野车,在荒漠戈壁中颠簸了半天才到达黑城。那天是个阴天,天上没有太阳,不易辨别方向。车子顺着一条早已干涸的河道,穿过一丛丛枯死的红柳沙包,远远望见了黑城废墟边上那两座白色佛塔。我的印象中黑城废墟位于一片洼地的北缘。由于当时居延海已全部干涸,我后来每次写到黑城,都会顺手将它写成"位于居延海北岸"。今年夏末,我重访黑城和居延海所在的内蒙古额济纳旗,终于在现地弄清了居延海与黑城的地理关系,黑城的准确位置是在居延海东南。历史上这一地区统称居延绿洲,从汉武帝时代开始成为重要的戍边屯垦区之一。如果今年不去做第二次实地考察,黑城的具体位置我还会继续误写误传下去。

"鹿台"。史籍中有明确记载的鹿台有两处:第一处是周武王打败商纣王,商纣王自焚于鹿台,它在今河南淇县;第二处是李白在《题元丹丘颍阳山居》一诗序中提到的"南瞻鹿台,极目汝海"的鹿台,位于今河南汝州北二十里。我写明朝开国之战时,统帅徐达命两位副帅常遇春、冯胜领兵"先驱入陕西","大军次鹿台",这个鹿台位于何处?如果不把它的具体位置弄明白,明军的进军路线就说不清。我查遍了各种史书、辞书,苦索多时,查无结果。写信向西安的一位朋友求助,也无结果。最后终于在古地图中找到了它,两个蚂蚁般的小字,位于今西安和临潼之间。我如释重负,总算把明军攻克关中重镇奉元(西安)的进军路线说清楚了。

"阏与"。这是战国时期赵国西部太行山中段的一处险关,秦国与赵国发生长平之战前十一年,先发生了阏与之战。长平之战古战场在今山西省南部高平,我曾去那里看过秦军坑杀四十多万赵军战俘的尸骨坑。阏与之战的古战场究竟在何处?《史记·赵世家》在"正义"中对阏与的具体位置有三说,一说"在潞州铜鞮县西北二十里";二说在"仪州和顺县城";三说在"武安县西五十里,盖是也"。第一说与第三说位置相近,注者倾向第三说。据《史记·廉颇蔺相如列传》一文记载,赵国大将赵奢在阏与之战中领兵"去邯郸三十里"筑垒固守,"秦军鼓噪勒兵,武安屋瓦尽振",说明阏与就在武安以西不远,第三说应当是正确的。但《中国历史地名大辞典》和《中国军事通史》等书,均认定阏与即"今山西和顺县"。究竟哪一说更接近历史真实? 当年,秦国发动阏与之战的战役目标是攻打赵国都城邯郸,它先攻占了韩国上党地区之后,居高临下,直接向东经涉县、武安进攻邯郸距离更近,为何要迂回到邯郸西北很远的阏与(和顺)去向南发起进攻?这个问题困扰了我很长时间。后来查看战国时期的古地图,图上标注得十分清楚,"阏与"与"和顺"是同一地点。再从图上分析地形特点,使我豁然开朗。秦军若从上党直接向东经涉县、武安攻打邯郸,进军路上有南北流向的潞水、漳水两道屏障,而阏与(和顺)则在漳水上游水边,从阏与向南发起进攻,既可避开邯郸以西赵军的主要防御方向,又可顺着漳水河谷这条天然通道隐蔽接敌,因而阏与即"今山西和顺"看来是可信的。《史记·廉颇蔺相如列传》中对赵奢抗击秦军的生动描述,极有可能是秦军已突破阏与关,顺着河谷向南推进,赵奢率领赵军在武安以西筑垒固守,疲惫秦军,然后抢占制高点,乘秦军再次发起攻击时一举打败了秦军。

我写作这套一百四十万字的《战争史笔记》,宏观层面的体会是三句话:坐得住,钻得进,理得顺。尤其对春秋战国、两晋十六国、南北朝、五代十国、成吉思汗统一蒙古各部等几团战争史"乱麻",根据我的理解理清了头绪。微观层面的体会则是一字一句、一人一事、一点一滴地去探微钩沉,这是一件需要耐住性子的细致活。两个层面的工夫结合得如何,只能留待读者去评论了。

历史是不能胡乱涂抹的。有人曾经说过,任何一部历史都是当代史。这句话必须限定在"以史为鉴"的范围内,才有正确的一面。正当我修订这部《战争史笔记》时,南海的黄岩岛问题、东海的钓鱼岛问题,都闹得风生水起。我建议读者们不妨读一读《战争史笔记》四、五两卷中的元、明、清三朝战争史,与南海、东海诸岛相关的战事均有涉及。黄岩岛、钓鱼岛主权自古属于中国,史证如铁。阅读历史,是可以开阔战略视野的。我曾于1995年初写过一篇散文《关注海》,对即将到来的二十一世纪讲了一段预测性的话:"有人说它将是一个争夺宇宙空间的世纪……而我想说,二十一世纪首先是争夺和分割海洋的世纪。不信,等着瞧好了。关注(国家)未来命运的人,是决不能忘却大海的。"我的预测没有错。对于眼下这场海岛主权争端,我国政府必须坚定、冷静、正确地应对,华夏子孙谁也不愿看到晚清东西方列强侵犯我主权、抢夺我领土的历史悲剧重演。

朱增泉
2012年10月1日夜记

漫谈《战争史笔记》中的四大分合循环和二十八个历史问题

我写作这部五卷本的《战争史笔记》,首先是把中国古代战争史的"史路"打通。在此基础上点评式地总结一些古代战争经验,以及同战争相关的封建王朝盛衰存亡的历史经验教训。经过梳理,我认为中国古代战争史大致经历了由大分裂、大混战走向大一统的四个大循环:

一、从史前期遍地氏族、部落、部族,到公元前2070年之后形成夏、商、西周统一国家(公元前32世纪至公元前771年,约四千年)。

二、从东周(春秋战国)五霸七雄八百诸侯五百余年大混战、大分裂,到秦、汉实现大一统(公元前770年至公元220年,共九百九十年)。

三、从三国、两晋五胡十六国、南北朝近四百年大混战、大分裂,到隋、唐实现大一统(公元220年至907年,共六百八十七年)。

四、从五代十国、宋、辽、金、西夏三百七十多年大混战、大分裂,到元、明、清实现大一统(公元907年至1904年,共九百九十八年)。

以上所说的是宏观"史路"。另一层含义是理清那些大分裂、大混战时期的微观"史路"。如：春秋战国、两晋五胡十六国、南北朝、五代十国等时期，都是一团乱麻，都要一段一段地去理清头绪，以便对其中的某些重要问题做出基本判断和评价。

这四个大循环，不是"循环往复"地简单重复，而是历史不断前进的过程。每经历一个大循环，中华民族大家庭中的汉族和各少数民族都对共同拥有的历史、疆域、文化加深了一层认同感。

下面讲四个分合大循环中的二十八个历史问题：

一、炎黄之战的两种解释

炎黄之战是中国古代文献中记载的第一场战争，史称阪泉之战。由于它发生在历史黎明时期，由口头传说转为文字记载，有些疑点极难搞清。早于《史记》三百多年的《国语》中说，"少典娶有蟜氏女，生黄帝、炎帝"。这句话从字面上理解，炎黄二帝是兄弟。《国语》中还说，两人成年后，黄帝去了姬水流域，炎帝去了姜水流域，形成两个氏族集团，一个姓姬，一个姓姜（姜水在宝鸡一带；姬水，一说武功县漆水，一说黄陵县沮水）。关于炎黄之战的第一种解释，认为是炎黄二帝之间直接开战。对此，唐朝的司马贞第一个提出疑问。他在《史记索隐》中提出，根据西晋皇甫谧在《帝皇世纪》一书中的考证，少典氏是族名，不是人名；炎黄二帝虽然同出少典氏，但不是兄弟关系，前后相隔八帝，间隔五百多年，世上不会有这么长寿的兄弟俩。后来郭沫若主编的《中国史稿》第一册所附的《大事年表》采用了这一观点，认定炎帝时代约起自公元前三十二世纪，黄帝时代约起自公元前二十六世纪，前后相隔六百年左右。于是有了第二种解释，认为炎黄之战是炎黄两个部族之间的一场远古战争，那时炎黄二帝都已不在人世。我同意第二种解释。炎黄之战的交战地点阪泉在今河北省北部，有的说在怀来，有的说在涿鹿县东南,有的说在今北京延庆。这三个地点都在东西向的一条线上,相距不远。钱穆认为阪泉在山西解县盐池附近,与争盐有关(解县,今山西运城西南解州镇)。钱穆是大学者,他的观点值得注意,我在精装本中补了一条注,讲了他的观点。炎黄之战的结果是黄帝部落战胜并且兼并了炎帝部落,结成了炎黄部落联盟,成为华夏文明最早的中坚力量,这个结论史学界没有分歧。与炎黄相关的还有两个问题,一是炎帝比黄帝早六七百年,为什么多数史书中都把黄帝放在炎帝前面?二是炎帝与神农氏到底是同一个人还是两个人?我在书中都有分析和解释,这里不再细说。

二、蚩尤与炎黄联盟之战的重大意义

蚩尤究竟是南方九黎部落集团首领,还是东夷部落集团首领,目前学术上尚有分歧。"九黎说"早起,"东夷说"后起。我对两种学术观点进行了比较,双方似乎都找到一些依据,但后起的"东夷说"有些推理性的论述,过于牵强,因此我仍然采用了《中国通史》中范文澜的"九黎说"。这一观点认为,蚩尤是南方九黎部落集团首领(这个部落集团中还包括三苗,三苗是南方部落无疑,但它不是现在的苗族),这股力量最早由南向北推进,开始时经常同由西向东发展的炎帝部落发生冲突。后来黄帝部落战胜并兼并了炎帝部落,炎黄部落联盟在涿鹿之战中战胜了九黎部落,蚩尤被擒杀,九黎部落溃散,这是"黎民"一词的最早起源。涿鹿之战古战场在今河北省涿鹿县附近。蚩尤集团与炎黄联盟之战是中国历史上最早的一场南北战争,意义重大。九黎部落集团是长江流域文明的代表,炎黄部落联盟是黄河流域文明的代表。黄河和长江是中国的"两河流域",中华文明就是由这两大文明会合发展起来的。蚩尤集团与炎黄联盟之战,是这两大文明在会合过程中的第一次碰撞，激起汹涌波涛，汇流到一起，浩荡东去，成为中华文明历史长河的源头。需要补充一句，我同时也认为"九黎说"和"东夷说"有一定内在联系。九黎集团主要活动在长江流域，东夷集团主要活动在淮河流域，两个水系相通，"江淮"是经常连在一起来说的。

三、夏朝的立国之战是中国社会发展史上的一道分水岭

夏、商、周，在《史记》中简称"三代"。夏以前是原始社会，夏朝的始祖是夏禹，夏禹的儿子夏启，他打败了夏禹的继承者伯益，夺取了王位，建立了国家，从此进入了"父传子""家天下"的世袭制奴隶社会。这是一次划时代的进步。因为当时原始公社制开始解体，私有制开始产生。夏禹领导治水时，管辖范围已经达到"万国"（《左传》），按照原始社会的管理手段已经远远不能适应，这就产生了建立国家强力机器的客观要求。那时的所谓"万国"，这个"国"字是后人整理历史文献时的借用词，实际上指的是一个个氏族或部落、部族。夏启打败伯益之战史称甘之战，战场位置有四种主要说法（陕西户县、洛阳西南、洛阳东南、河南荥阳）。

关于夏朝，前几年在讨论"夏商周断代工程"时牵出一个很大的问题，它究竟是不是中国信史的起点？外国学者认为中国的夏朝属于古代神话传说范畴，不能归入信史。有的外国学者甚至说中国历史上根本不存在夏朝，夏朝的历史说是商朝和周朝人"编造"出来的。我们当然不能同意这类观点。但是，我们中国人的确长期陷入了"五千年文明，三千年历史"的尴尬。我国五千年文明史，有确切纪年的只有三千年。我国第一份信史纪年表就是司马迁在《史记》中编定的《十二诸侯年表》，它的起始时间是西周共和元年（前841）。所谓"共和"，说的是西周第十位天子周厉王暴虐无道，激起国民造反，他逃往彘（今山西霍州）避难，由召穆公、周定公

二人代掌天下，史称"共和执政"。司马迁对这一年的具体时间找到了确切记载，所以从这一年开始编定了《十二诸侯年表》。再往前，司马迁虽然见到过"黄帝以来皆有年数"的远古文献，但由于远古历法不同，文字"乖异"，难以确定准确年份，他只能在《十二诸侯年表》之前写了一篇《三代世表》，记载黄帝以下至西周共和以前历代帝王的传承关系，没有具体纪年。为了解决这一历史悬案，1996年国家启动了"夏商周断代工程"，集中国内近二百位一流专家学者，进行多学科交叉研究，寻找夏、商两代和西周共和以前历史纪年的确切依据。这项工程进行了五年，最后公布了《夏商周断代工程年表》，初步确定夏朝自公元前2070—前1600年；商朝自公元前1600—前1046年；西周自公元前1046—前771年。但"夏商周断代工程"的研究成果在国内外产生了很大争论，提出了很多质疑。这些质疑，促使中国学者还必须进一步做更深入的研究，这未尝不是一件好事。但有的外国学者说什么"夏商周断代工程"是在中国政府支持下搞的，有政治背景，是为中国搞民族主义服务，这是明显的恶意攻击。中国历代修史工程都是在中央政府支持下搞的，西方研究中国史的学者不会不知道这一点。《史记》虽然是司马迁的个人著作，但司马迁是西汉的史官，志史是他的职责，同样带有官方性质。西方某些学者这样说，不是因为他们"无知"，只能说他们怀有恶意。我在《战争史笔记》中肯定夏朝是中国信史的起点。我的理由是：虽然中国发明文字是在商朝，但商朝发明文字之后，对夏朝历史有许多追记性记载，这些记载后来被许多考古发现所证实。就像现在有些人每天写日记，凡日记都是每天晚上追记今天一天所经历的事，或者第二天早晨追记昨天一天所经历的事。夏朝是商朝的"昨天"，商朝追记夏朝的历史，这些记载还是比较可信的。

四、商汤是一位天才军事家

夏朝存在了约四百七十年,取而代之的是商朝。商人部落原是夏朝统治下的一个邦,属于东夷集团,大小只有"方圆七十里"。商汤"以七十里谋天下",基础薄弱,志向远大,逐步积聚力量,最终夺取了天下,非常了不起。夏朝的末代帝王夏桀治国无方,欺压百姓,搞得民怨沸腾。商汤趁机联合其他起义部落发动灭夏之战,史称鸣条之战。商汤拥有的兵力并不多,"良车七十乘,必死六千人"。"良车"是指古代战车,"必死"就是现在所说的敢死队。商汤的战术很高明,战争发起后,在河南偃师附近打败夏军,夏桀北渡黄河逃往山西境内。商汤为了麻痹夏桀,没有立即北渡黄河跟踪追击,而是率领商军从黄河南岸一直向西,迂回到潼关附近才北渡黄河,夏军在山西永济附近组织防御,被商军打败。夏桀向东逃到中条山北麓一个叫鸣条的地方据山顽抗,又被商军打败,再逃。商汤不给夏桀喘息的机会,又追。夏桀逃往山东,又被追上。夏桀往南逃往安徽巢县方向,累死在途中,夏朝灭亡。

商汤灭夏后,对夏朝的遗臣和百姓进行安抚,很快使人心安定下来。这说明商汤不仅懂得战略战术,更懂得人心向背。所以商朝成为中国古文明的第一座高峰,发明了文字,留下了大量甲骨文,铸造了大量精美的青铜器。商朝的甲骨文和青铜器铭文成为我国最早的历史文献,为后世留下了最为珍贵的文化典藏。

五、西周战争史的开头和结尾形成强烈反差

商朝存在约五百五十四年,取而代之的是西周。商朝也称殷,全称殷商。西周武王克殷,即周武王伐灭商纣王,"夏商周断代工

程"考证这次战争发生在公元前1046年1月20日。这次战争史称牧野之战,战场位置在今河南淇县,规模宏大,气势非凡。周武王组织这次大兵团作战的战前谋略、情报获取、战役准备、战役发起时机的选择、作战力量的组织、用兵布阵、战前动员等等,阶段分明,细致严密,堪称中国古代战争史上组织大兵团作战的第一个范例。西周是中国古代的又一座文化高峰,中国的许多礼仪制度都是西周建立起来的。

西周战争史的结尾却很暗淡。史称骊山之战,是申侯联合曾国向犬戎部落借兵攻灭周幽王。西周末代君主周幽王很荒唐,为了博取宠妃褒姒一笑,点燃烽火台召唤诸侯前来勤王,一而再、再而三地戏弄诸侯。不仅如此,周幽王宠幸褒姒,废了申后和太子宜臼。宜臼逃到外婆家申国,向外公申侯告状。申侯联络曾国并向犬戎借兵前来进攻,周幽王再次点燃烽火,诸侯们却谁都没有来,周幽王被射杀在骊山下,西周灭亡。周幽王把战争当儿戏来玩,留下了人亡政息的惨痛教训。申侯在军帐中为宜臼主持了继位仪式,宜臼就是东周第一位帝王周平王。

六、春秋和战国两个时期战争的不同性质

东周始于周平王(宜臼)东迁(前770年迁都洛阳)。东周与春秋战国是两个互相重叠的历史概念,东周前期称春秋,共二百九十三年;后期称战国,共二百五十六年。春秋战国这五百四十九年发生的战争不计其数,错综复杂。但经过一番梳理,可以看出春秋、战国两个时期的战争有着本质区别。春秋时期的战争是以南北争霸战争为主轴,是谁能征服谁的战争;与此同时,诸侯各国四方混战,打得四分五裂,都想摆脱东周王室的统治割据自立。因此,春秋时期的战争在本质上是由统一走向分裂的战争。战国时期的

战争,是以东西兼并战争为主轴,是谁能吃掉谁的战争,它在本质上是由分裂走向统一的战争。抓住了这些本质,也就抓住了理清春秋战国五百多年混战局面的"纲"。春秋时期的南北争霸之战,南方霸主一直是楚国,北方前期霸主是齐国,后期霸主是晋国。齐楚争霸对抗了近四十年,晋楚争霸对抗了八十余年,前后延续一百二十余年。春秋时期的南北争霸战争,本质上仍然是长江流域与黄河流域两大文明的碰撞和汇合,是华夏文明融合过程中的必然现象。这从春秋五霸的前后变化就可以看出这种南北融合的迹象。春秋五霸(春秋五伯),其中四个是"常数"(齐桓公、晋文公、秦穆公、楚成王)北方占三个,南方占一个。另一个是"变数"(宋襄公、吴王阖闾、越王勾践、吴王夫差),这四个人在不同时期占据春秋五霸中的另一个位置,这表明长江流域文明在华夏文明中的分量逐步增强。

战国时期,军争大势为之一变,由南北争霸战争转变为东西吞并之战。出现这种变化的一个关键因素,就是秦国经过商鞅变法、百年奋斗,已经成为战国七雄中实力最强的国家。这时历史发展出现了国家统一的要求,秦国也具备了统一中国的实力。当时的形势是"河山以东强国六",战国七雄,六个在河山以东,只有秦国在河山以西。但山东六国最后都被秦国席卷扫平,归为一统,建立了中央集权制的大秦帝国,废分封、立郡县,这是中国历史进程中开天辟地的大事件。

七、孙武究竟有没有当过军事统帅

我在《战争史笔记》中说,春秋混战了将近三百年,收获了一部流传千古的《孙子兵法》,把中国古代的军事思想推向了一个高峰;战国混战了二百五十多年,收获了一个大秦帝国,开创了中央集权制的封建时代。孙武在中国古代战争史上是一位伟大人物,《孙子兵法》至今风靡世界。但是,孙武究竟有没有当过军事统帅,这虽然只是春秋时期战争史上的一个学术性问题,但既然是研究战争史,孙武又是中国军事思想的鼻祖,对他的生平有必要了解得比较准确。《中国历代战争史》在写到吴国对楚国发动入郢之战时说,吴王阖闾"以孙武为将,伍胥、伯嚭副之",意思是说孙武担任了入郢之战的军事统帅。我不同意这一说法,因为它没有文献依据。入郢之战发生在公元前506年。郢,楚国国都,即今湖北荆州以北纪南古城。《史记》中有三篇文章可以查阅孙武的生平事迹,一篇是《孙子吴起列传》,一篇是《吴太伯世家》,一篇是《楚世家》。在《孙子吴起列传》中,司马迁说孙武"卒以为将",孙膑"遂以为师"。孙武是"将军",孙膑是"军师",两人职务记载明确。孙膑是孙武的后裔,两人大约相差一百年。但司马迁对孙膑在齐魏桂陵之战、马陵之战中发挥的军师作用写得极为详尽生动;而对孙武的军事活动只笼统地写了这样几句:"西破强秦,入郢,北威齐晋,显名诸侯,孙子与有力焉。"这几句话只能理解为孙武参加了吴国的这几次重大军事行动,并做出了重要贡献,但不能证明他担任了入郢之战的军事统帅。在《吴太伯世家》一文中,有两处提到孙武。一处,在入郢之战前六年,吴国就发动过一次伐楚之战。文中前一句说:"吴王阖闾与子胥、伯嚭将兵伐楚",一正二副,正副统帅中并没有孙武。那一次作战只打下了楚国的属国舒国(今安徽卢江西南),阖闾不满意,当时就想打进楚国首都郢。后面又有一句说:"将军孙武曰:'民劳,未可,待之。'"阖闾的这一想法被孙武劝住了。后一句说明孙武作为吴国将军也参加了那次伐楚之战,但他只起到了出谋划策的作用。另一处,就是六年后的入郢之战。战前,阖闾同时征求了伍子胥和孙武两人的意见,两人都认为必须联合楚国的两个属国唐、蔡,打败楚国才有把握,阖闾采纳了两人的意见,但他并没有任命孙武为统帅,也没有说让孙武去指挥某一路吴军。再来看另一篇《楚世家》,文中说:"吴王阖闾、伍子胥、伯嚭与唐、蔡俱伐楚,楚大败,吴兵遂入郢,辱平王之墓,以伍子胥故也。"这一篇干脆连孙武的名字都没有提到。我又查阅了记载吴楚长期交战的《左传》,也没有查到孙武担任军事统帅的记载。很显然,入郢之战是吴王阖闾亲征伐楚,军事统帅是阖闾本人,不是孙武。吴军入郢后,楚昭王从水路西逃,吴国从吴王阖闾到将领、士兵,"君居其君之寝,妻其君之妻;大夫居其大夫之寝,妻其大夫之妻",士兵则"以班处宫"。伍子胥挖掘楚平王陵墓鞭尸泄恨。楚国大难当头,楚国派遣大臣申包胥奔赴秦国求救,秦国开始不想介入,申包胥在秦国宫廷外哀哭了七天七夜,秦国出兵救楚。吴军被秦楚联军打败,这时越国乘机偷袭吴国,吴国转眼之间陷入了严重危机。如果孙武是入郢之战的军事统帅,战局出现如此重大的变化,为何史书中见不到一条关于孙武如何处置危局的记载?让人不可理解。《中国军事通史》中是另一种说法,入郢之战时"吴王阖闾御驾亲征。他委任伍子胥、孙武、伯嚭等人为将",这一说法挑不出毛病。我的看法是,孙武是中国古代一位伟大的军事理论家,但他并没有担任过军事统帅。他的巨大贡献主要是在军事理论方面,而不是在作战指挥方面。

八、秦国崛起的经验和秦朝速亡的教训,都值得后人永远铭记

我这里说的秦国和秦朝,是两个不同的概念。秦国是指诸侯小国秦国,秦朝是指秦始皇统一中国后建立的大秦帝国。秦国最早是一个西陲小国,与西戎杂居,活动中心在陇西渭河源头"鸟鼠同穴"之山一带,先祖为周朝牧马有功,封为诸侯。司马迁在《秦始皇本纪》中引用西汉贾谊《过秦论》中的一句话说,秦始皇"续六世

之余烈,振长策而御宇内"。也就是说,在秦始皇统一中国之前,秦国经历了六代秦王的百年奋斗,为秦始皇统一中国积累了雄厚的实力基础。秦国崛起得很晚,春秋时中原诸侯会盟都不让它参加,瞧不起它。秦国的崛起开始于秦孝公,贾谊说秦孝公"有席卷天下,包举宇内,囊括四海之意,并吞八荒之心",这就叫雄心壮志。秦孝公实行商鞅变法,坚定不移地走富国强兵之路,这就叫大国策、大战略。秦始皇之前的六代秦王,真正有过大作为的是三位:秦孝公(在位二十四年)、秦惠文王(在位二十七年)、秦昭襄王(在位五十六年),另外三位在位时间都很短,带有过渡性质。商鞅变法始于公元前356年,他的变法措施强制性很大,触犯秦国贵族利益太多,秦孝公一死,商鞅被继位的秦惠文王五车分尸,车裂而死,但秦惠文王对商鞅制定的法律制度一律不改,保持不变。百年之内,六代秦王执行的基本国策一以贯之。用现在的话说就是"坚持基本路线一百年不动摇"。秦国能够成为战国七雄之首,最成功的经验就在这里,这条经验至今仍有现实意义。但对秦国坚持实行商鞅变法的基本政策百年奋斗不动摇的成功经验过去讲得不多。

秦始皇统一中国是伟大的历史贡献,但他更大的贡献是废分封、置郡县、书同文、车同轨、统一度量衡等等,建立了一整套统一制度。秦朝虽然很快灭亡了,但汉承秦制,秦始皇创立的这一整套制度汉朝大多数都继承下来。西汉用这套制度巩固了二百一十五年,中间夹了一个新莽政权十六年,加上东汉一百九十六年,两汉长达四百一十一年。但秦始皇废分封这一条统一措施汉朝却并没有继承下来,分封了大批异姓王、刘姓王,成为长期动乱的根源。

对于秦朝的速亡教训,历代探讨得很多。找到的根源集中指向秦始皇的暴政:(1)焚书坑儒;(2)粗暴拒谏;(3)横征暴敛,不惜民力,修长城、修阿房宫、修驰道,耗费巨资派徐市出海寻找长生不老药,等等。虽然修长城、修驰道等都是有利后世的大事,但急于求成,远远超出了老百姓的承受能力,终于暴发了陈胜吴广农民大起义,把大一统的秦帝国推翻了。这些教训当然要由秦始皇负责。但顺便也想说一句,我曾专门研究过秦始皇"焚书坑儒"的起因,知识分子也有自身的弱点和责任,还有一些阴阳术士搅和在里面搞骗术,李斯在关键时刻也没有出好主意,最后变节投靠赵高,搞垮了秦朝。

九、秦始皇修长城奠定了中国军事文化传统的基调

中国军事文化传统的基调,概括成一句话就是"对外注重防御,对内维护统一"。这个基调是秦始皇为我们奠定的,一直延续到今天。在春秋战国长达五百多年的大分裂、大混战过程中,周王朝已经分崩离析,诸侯各国纷纷割据自立,为了互相防范,诸侯各国之间修了许多内长城,路规车轨也不同,互相设防封锁。秦始皇统一中国后,下令把诸侯各国间的内长城统统拆除,并实行统一的路规车轨,以维护秦帝国的内部统一。只把原来秦、赵、燕北部的外长城保留下来,连缀成秦朝的万里长城,用于对外防御,阻挡匈奴南侵。这说明秦始皇从来不是一位扩张主义者。关于长城的话题很多,我曾在好几篇历史散文中分析了长城的正面意义和负面意义。我说过,长城好比是中国历史的一根装订线,靠它把长城南北的土地缝合到一起,形成了我们祖国这片辽阔的版图。假如把长城从中国历史中抽掉,中国这部古老的线装书将散落一地,零乱得无法收拾。在《战争史笔记》中,我对长城有了新的描述:长城是为北方游牧民族建立的一座伟大纪念碑,纪念他们顽强不息地要参与到缔造中国历史的奋斗历程中来。长城的负面意义,就是它为中国古代带来了消极防御思想,这一点对中国的历史进程影响也很大。

十、秦初的会稽郡治所设在哪里

这是人们不太注意的一个问题,常常搞错。一般都知道浙江绍兴古称会稽,是春秋时期越国的都城。但秦初设立的会稽郡,郡治却在吴中(今江苏苏州)。在古代战争史上,项羽究竟是在哪里见到秦始皇出巡场面的,是在哪里举兵起义的?这个地点必须搞清楚。刘邦和项羽见到秦始皇出巡的浩大场面,各有感叹,反映了他们两人的不同性格。刘邦是押送徭役去咸阳时,在咸阳街头见到秦始皇出巡的场面,他立在路边感叹道:"嗟乎,大丈夫当如此也!"这在《高祖本纪》中记载得明白无误。项羽见到秦始皇出巡场面的地点究竟在哪里?这要仔细研究后才能得出结论。《项羽本纪》中说,"秦始皇帝游会稽,渡浙江,梁与籍俱观"。从这条记载看,项梁和项籍(项羽)叔侄俩似乎是在浙江会稽见到秦始皇的出巡场面。但当时"项梁杀人,与籍避仇于吴中",项梁当时是在逃的杀人犯,心理状态很紧张,他不可能抛头露面带着项羽从江苏吴中赶到浙江会稽去看热闹。在《秦始皇本纪》里有另一条记载,秦始皇从浙江会稽返回时"还过吴,从江乘渡"。这里说的"吴"即吴中,秦始皇从江乘北渡长江,前往胶东半岛继续出巡。江乘是江苏丹阳以北的一个长江渡口,秦置江乘县,三国时被东吴撤销。根据这条记载,我认为项羽是在秦始皇从浙江返回路过会稽郡吴中时见到了秦始皇出巡的场面。项羽见到威风八面的秦始皇时脱口说了一句"彼可取而代也",项梁紧张得一把捂住项羽的嘴巴说:"毋妄言,族矣!"这符合项梁当时的处境和紧张的心理状态。秦末,项梁和项羽杀掉会稽郡郡守殷通,率领吴中八千子弟举兵反秦,这个会稽指的就是今天江苏苏州。台湾曾组织几十所高校的教授学者编译出版过一套白话体《史记》,里面说项羽见到秦始皇出巡场面是在浙江会稽,错了!

十一、楚汉战争,最后的胜利者为何是刘邦而不是项羽

秦王朝正式灭亡的时间是公元前206年10月,秦朝的末代皇帝子婴素衣白马,把秦朝的传国玉玺和兵符用黄缎子包好带上,来到咸阳以东一个名叫轵道的驿站里,等候首先入关的刘邦大军到来。刘邦大军一到,子婴就将传国玉玺和兵符交给刘邦投降,秦朝灭亡。刘邦入关后,不杀子婴,与关中父老约法三章,"杀人者死,伤人及盗抵罪。余悉除去秦法。"并把军队撤出咸阳,回军霸上,这使关中人心很快稳定了下来。这时项羽正在河北同章邯进行巨鹿决战。巨鹿决战一结束,项羽听说刘邦已经抢先入关,冲冠大怒,火速入关,比刘邦入关晚了两个月。他入关后,驻军戏西(临潼东北戏水西岸),自封为西楚霸王,并由他封了十八位诸侯王。刘邦被封为汉王,将他赶往汉中。在关中封了三位王,简称"三秦"。项羽封王完毕,领军东归,定都彭城。刘邦在韩信的帮助下明修栈道,暗度陈仓,很快从汉中打回关中,平定了三秦。这时齐国有个田荣,因为没有封他为王,他就带头反叛项羽,项羽前往齐国平定田荣,一时拔不出腿来。刘邦趁机向彭城发起进攻,从此进入楚汉相争时期。楚汉战争打了将近五年,这五年内中国历史上没有天子,只有"王",最大的"王"是西楚霸王项羽。这就回答了《史记》中的一个问题。按照《史记》的统一体例,只有皇帝才写本纪,其他人都进入列传。但司马迁却单独为项羽写了一篇《项羽本纪》,并且排列在刘邦的《高祖本纪》之前,原因就在这里。如果要把项羽和刘邦两人作一番比较,项羽在战术上是巨人,百战百胜;但他在战略上却是侏儒,处理问题往往鼠目寸光,没有战略头脑。我在《战争史笔记》中评论项羽"一连走错四步棋",都是战略性错误。一是

255

引兵西屠咸阳,把人心丢了;二是废杀楚怀王,把旗帜丢了;三是乱封诸侯王,把秦始皇最重要的一条统一措施丢了;四是定都彭城,把关中这个战略中枢丢了。他西屠咸阳、杀掉子婴、火烧阿房宫,大火三个月不灭,秦朝府库被洗劫一空等等,使咸阳军民对他大失所望,大失人心。其实打仗最重要的是打人心。军事的最终精义在政治,政治的最终精义在人心,项羽始终没有明白这一点。刘邦在军事上根本不是项羽的对手,他指挥作战一塌糊涂,但他的战略头脑高出项羽一截,他能屈能伸,不折不挠,会用人,能容人,关键时刻听得进劝,困难时刻又能随机应变,更知道得民心的重要,所以他最终得了天下。

十二、刘邦平定异姓王的成功经验

刘邦这个人,当了皇帝一天舒心的日子也没有过上。他称帝后,封在各地的异姓王纷纷叛乱,他一直骑在马背上东征西讨,忙于平定各地叛乱。这些叛乱的异姓王包括韩信、彭越、英布、臧荼、韩王信、陈豨、卢绾等。刘邦平定异姓王的作战策略是很高明的。他对实力最强的三位异姓王韩信、彭越、英布,采用的是"先擒王中王"的策略,逐个解决。武松打虎,只能借着酒劲打死一只,同时打两只就没有把握,同时打三只就有反被虎吃的危险。他先制造出"由头",未动一兵一卒,计擒韩信,这是他取得全局胜利的关键。接着,又以同样的手段计杀彭越。三只猛虎,诱杀了两只,后面的事情就好办多了。最后只有英布是通过战争来解决问题的。如果把这三位军事实力和指挥能力最强的异姓王都拿到战场上去解决,打成三场艰苦战争,或是他们三人联合起来同刘邦打一场混战,最终谁胜谁负还真难说。最后平定英布时,刘邦已经病重。他本想让太子刘盈挂帅出征,也好让他锻炼锻炼。可是吕后周围的一伙人都给她煽风点火说,这次让太子挂帅出征去打英布,这是"使羊将狼",太子一旦有闪失,他的地位就难保。吕后一听,赶快到刘邦病榻前去哭诉说:"太子还是个孩子,他哪里指挥得动你那些开国大将啊?你还是自己辛苦一趟吧,我派人把你伺候得好好的,你不用出阵,躺在车里发号施令就行。"刘邦长叹一声说:"嗨!我早就看出这小子没出息,还是老子自己去吧!"刘邦带病平定了英布,凯旋时顺便回了一趟沛县老家,宴请父老乡亲。就在这次乡宴上,刘邦有感而发,唱了一曲《大风歌》,只有三句歌词,成为千古绝唱。

十三、汉武帝讨伐匈奴的历史影响

如果没有汉武帝下大决心讨伐匈奴,中国最终能否统一漠北和西域,都要打个问号。中国统一的概念,从民族上讲,是把中原汉族和边境地区各少数民族都统一在同一个中央政权下;从地域上讲,是把长城南北和西域都统一在同一个中央政权下。汉武帝继位时十六岁,朝政大权受老祖母太皇太后窦老太太的制约。但汉武帝早有讨伐匈奴的雄心壮志,从各方面预做准备。后来老祖母眼睛瞎了,汉武帝二十岁以后放开手脚亲政,从公元前133年开始讨伐匈奴。汉武帝时期讨伐匈奴之战,经历了河套战役、阴山战役、河西战役、漠北会战、西域之战。依靠卫青、霍去病等一批名将,一直同匈奴打了四十四年,取得了决定性胜利。但汉武帝也把国库打空了,而且引起内部矛盾激化,一直发展到他同太子之间父子开战。他晚年发布了一道"罪己诏",检讨自己的错误,一位封建帝王能做到这一点很难得。汉武帝的一生是伟大的,对中国历史做出了重大贡献。

匈奴的问题在汉武帝生前没有完全解决。东汉光武帝时,匈奴产生分裂,南匈奴内迁归附东汉,北匈奴北逃。随后,东汉与北匈奴对西域展开了激烈争夺,主要战斗有天山反击战、交河救援战、班超在西域的孤军奋战等。最后彻底解决北匈奴问题,是在东汉后期另一位窦太后的主持下完成的,因为她继位的儿子汉和帝刘肇(并非亲生)才十岁,由她执掌朝政。她依靠其兄窦宪和耿秉等人,联合归附的南匈奴一起出兵,对北匈奴王庭穷追猛打,经过稽落山战役、金微山战役、巴里坤战役,最终把北匈奴势力彻底打垮,残余势力逃往欧洲。至此,匈奴问题才彻底解决。

十四、三国战争的历史定位

由于《三国演义》这部历史小说的巨大影响,中国人对三国战争妇孺皆知、耳熟能详,对三国战争中的历史人物和战争场景津津乐道,不太有人去关注三国战争在中国历史长河中的历史定位。我年轻时也爱看《三国演义》,随着年龄增长,更加注重从宏观上去关注中国历史的发展进程,渐渐觉得三国战争带来的问题很大。这次写作《战争史笔记》,我觉得要给三国战争一个历史定位。我的结论是:三国战争是一场分裂战争,它把中国拖进了将近四百年的大分裂、大混战中,它带来的历史影响是负面的。我在书中打了一个比方,汉朝好比一块沉甸甸的汉瓦,传到汉献帝手里,他已经无力捧住它,一失手,破成三块。再往后,战争连着战争,打成一地碎渣。东汉末年三国形成时期的军阀混战持续了约三十年,三国鼎立的局面形成后只维持了六十年。司马氏篡夺魏国政权后建立西晋,实现了五十一年的短暂统一。西晋灭亡后,东晋南渡偏安,北方五胡十六国混战了一百四十年。接下去是南北朝对峙交战了一百七十年。这几段加起来正好四百年,兵荒马乱,颠沛流离,老百姓吃尽了战乱之苦。

十五、三国战争为何只写曹操

有些人对此不理解,尤其是有些对《三国演义》很熟悉的读者,认为诸葛亮六出祁连、七擒孟获等等,多精彩啊,你为何都不写?他们认为我对三国战争写得太简单了。提这方面意见的既有专家,也有读者,但我坚持不改。为什么?第一,着眼点不同。我不是写新版《三国演义》,我是在写五千年《战争史笔记》,必须沿着历史传承的主干脉络一直往前,不能拐到历史岔道上去纠缠太多。第二,人物地位不同。在三国战争中,真正的主角是曹操,而不是别人。曹操、孙权、刘备这三个人,真正想统一中国的是曹操。东吴的立国宗旨就是偏安江东,从来没有统一中国的想法。鲁肃曾对孙权讲过两句话:"汉室不可复兴,曹操不可卒除。"这是两个十分重要的战略判断,他据此向孙权建议,东吴的上上之策是保住江东自立。曹操打败袁绍之后,名声大噪,实力大增,大有一统天下之志,他曾以汉献帝的名义威胁孙权把儿子送到许都去当人质。孙权犹豫,召集群臣商讨对策。周瑜的傲气江东第一,他竭力反对向曹操屈服,但他也只是主张东吴自立自保。他对孙权说,楚国最早分封在荆山之侧,地广不满百里,经过多少代人的开发经营,发展成为南方第一大国,传承了九百余年,东吴不必悲观。孙权母亲吴老夫人马上表态:"公瑾议是也!"要孙权听取周瑜的建议。后来赤壁之战东吴联合刘备打败了曹操,天下三分,鼎足而立,东吴实现了"三分天下有其一"的战略目标。刘备口口声声要"恢复汉室",其实他根本没有这个实力,说说而已。曹操统一了北方,但他并未称帝,汉献帝封他为魏王,他的大儿子曹丕称帝建立了魏国。但创魏国政权最后被司马氏家族篡夺,建立了西晋,使中国实现了短暂统一。因此,三国历史传承的正统脉络是沿着曹魏这条线下来的。《三国演义》从封建正统观念出发，处处鼓吹刘备的蜀国是历史传承的正统，其实这不符合历史事实。第三，我对曹操的评价与《三国演义》不同。《三国演义》对曹操的出众才干和历史贡献有许多歪曲、抹黑之处，对他的缺点毛病有所夸大。我对曹操的评价是以正史《三国志》为依据。

基于上述理由，我认为我做出这样的取舍是恰当的，不改。我这样说，丝毫没有否定《三国演义》是经典文学名著的意思，研究历史和评价文学是两码事。

十六、晋武帝司马炎的历史功绩

司马氏家族篡夺魏国政权，经过了司马懿和他的大儿子司马师、小儿子司马昭、孙子司马炎三代人的苦心钻营。曹操没有称帝，称魏王。曹丕称魏文帝后，他当太子时手下的中庶子司马懿掌握了魏国朝政大权（初为曹操主簿，曹丕称帝后任抚军将军、录尚书事，相当于丞相）。曹丕之后是魏明帝曹叡、魏齐王曹芳、高贵乡公曹髦、魏元帝曹奂。但魏国的朝政大权一直被司马懿、司马师、司马昭、司马炎祖孙三代掌控。他们祖孙三代四个人，个个都想篡国称帝，但前三位都没有来得及称帝就死了。其间，曹氏皇室和司马氏家族的斗争非常尖锐，高贵乡公曹髦曾愤恨地说："司马昭之心，路人皆知。"他奋起反抗司马昭专权霸道，反被司马昭的亲信贾充一枪刺死。司马昭为了平息事态，把曹操的一个孙子曹奂拉出来称魏元帝，实际上仍然是司马氏家族手中的傀儡。司马昭死后，他儿子司马炎不再客气，担任相国四个月后，就设好圈套，逼迫魏元帝"禅位"，他自称晋武帝，建立了西晋王朝。司马氏家族的政治道德极差，但晋武帝司马炎对中国历史立有一功，他建立西晋后，发动了灭吴大战，结束了三国分裂局面。西晋的灭吴大战，经过长期的谋划准备，战役发起之前好多年，就开始在淮北屯田积粮,在长江上游四川境内伐木制造大批战船。战役发起后,晋武帝的决策指挥、水陆两军的分段协调配合等等,都组织得很严密,进展顺利,一举攻克建邺(今南京),消灭了东吴。西晋的灭吴之战,堪称古代战争史上大兵团作战的又一个经典战例。

但西晋内部很快就爆发了八王之乱,乱了十六年,把西晋王朝折腾得元气大伤。不久,北方内附的匈奴族在刘渊领导下起义,建立了刘汉政权。这是五胡十六国中第一个建立的割据政权。刘渊死后他的四子刘聪杀掉太子刘和自立。西晋永嘉年间,刘聪的堂弟刘曜攻破西晋东都洛阳、西京长安,把晋怀帝司马炽抓往前赵都城山西平阳(今临汾),史称永嘉之乱。两年后晋怀帝被杀。五年后,刘曜再度攻入长安,西晋最后一位皇帝晋愍帝司马邺又被抓往平阳,西晋灭亡。

十七、东晋淝水之战的历史影响

西晋灭亡前夕,北方各少数民族纷纷起义建立割据政权,司马氏家族的残余势力南渡避难。西晋灭亡后,南渡势力复国建立东晋,定都建康(今南京)。东晋复国后偏安一方,无所作为。东晋时司马氏家族已经十分衰弱,依靠北方南渡避难的"王、庾、桓、谢"四大家族支撑。东晋皇帝还是由司马氏来当,但朝政大权由四姓大族轮流执掌,他们形成了四个利益集团。由于南方富庶,东晋开国之帝晋元帝司马睿"素无北伐之志",完全丧失了重新统一中国的愿望。虽然以后有过祖逖北伐、庾亮兄弟北伐、桓温北伐等,但都没有打出什么名堂。东晋北伐中,最大的一次胜利是谢安出任东晋宰相时的淝水之战。淝水之战是北方前秦政权主动进攻东晋的一次战役,最终以前秦军队全军覆没而告终。前秦是北方氐族政权,定都长安。前秦君主苻坚是五胡十六国政权中最有作为的一位少数民族帝王,他曾经一度统一了北方。当时辅佐苻坚的汉族谋臣王猛已死,王猛临终前嘱咐苻坚说,东晋虽然不强,但它毕竟是中国历史传承的正统王朝,千万不要存有消灭东晋的想法,目前北方其他少数民族领袖虽然表面上都臣服前秦,但人心未固,应该把主要精力用在巩固前秦内部,巩固北方的统一局面。王猛是有战略眼光的,但苻坚没有听进去。他认为前秦的力量已经足够强大,完全有能力消灭东晋,统一中国。东晋太元八年(383年),苻坚率领八十七万大军(号称百万)主动向东晋发动进攻。谢安组织八万晋军开往安徽淮南抵抗秦军。两军前锋接触,在前哨战中就打败了前秦军队,挫了前秦军队的锐气。晋军推进到淝水东岸,要求淝水西岸的前秦军队稍作后退,让晋军过河有立足之地,以便两军展开决战。苻坚对自己的"百万大军"并不真正了解,前秦的将领都是不同民族,他们都不愿看到苻坚取得更大胜利。苻坚如果消灭了东晋,统一了中国,他们就永远摆脱不了他的统治。他们都希望苻坚失败,这样他们才有重新割据自立的机会,但此时苻坚被蒙在鼓里。苻坚答应前秦军队可以稍作后退,他的如意算盘是等晋军开始渡河时实施"半渡而击",这样一举把晋军打败。苻坚一个"退"字刚出口,前秦军队一哄而散,争相逃跑,互相践踏,死伤不计其数。前秦军队的前线统帅苻融,骑马到路当中去阻拦溃逃的士兵,被连人带马冲倒在地,东晋的士兵冲上去将他一枪刺死。苻坚也中了一箭,单骑逃往淮北。前秦的"百万大军",就这样覆没。"草木皆兵""风声鹤唳"这两句成语就是在淝水之战中产生的。当时谢安正在建康皇宫内同人下棋,他看过前线获胜的战报,不动声色,放在一边,继续下棋。对手从他的棋路和棋速的变化上感觉到了他的内心活动,下完棋问他:"君有何喜?"谢安答:"小儿辈已破贼!"谢安转身进内堂去报告,由于心中大喜,木屐踢在门槛上,踢掉了木齿都不知道。

淝水之战的历史影响反映在两个方面,一是使北方再次陷入四分五裂,二是为东晋继续偏安江南创造了条件。

东晋是一个萎靡不振的朝代,虽然在谢安主持下取得了淝水之战的重大胜利,却没有勇气乘胜北伐,收复北方。我们读《晋书》,看王羲之字帖,可以发现东晋有一个流行词叫"丧乱",这是对东晋王朝精神氛围的真实写照。王羲之这个人,虽然是东晋贵族出身,他却说:"吾素无廊庙之志也。"他既不想做官,也不管东晋亡与不亡,一再辞官,只想写字。王羲之最后的官职是右军将军,他这个"将军"是不领兵的,只是领取优厚俸禄的荣誉官职。王羲之从来没有上过战场,不过他对右军这个头衔很感兴趣,写字经常用它落款。当然,王羲之对中国文化也做出了很大贡献。东晋在江南偏安了一百零三年,后来在内乱中灭亡。

十八、五胡十六国政权的历史意义

东晋和五胡十六国是并存的时代,东晋偏安江南,五胡十六国混战北方。建立五胡十六国政权的北方少数民族,主要有内附的南匈奴、鲜卑、羯、氐、羌、卢水胡等。十六国中有十五个在北方,南方只有一个,四川境内由巴賨族建立的成汉政权。为了便于记忆,我把五胡十六国编了个口诀。五胡是:匈奴、鲜卑、羯、氐、羌;十六国是:二赵、三秦、四燕、五凉、成汉、夏。实际上,五胡十六国时期的割据政权远不止这十六个,没有"入册"的还有九个,一共多达二十五个,我在书中都列了出来。其中也有几个割据政权是汉族人建立的。凡事都有两重性,从宏观角度看,五胡十六国政权的建立,造成分裂混战局面是坏事;但另一面,这些政权对于推动中国历史进步也有积极的一面。一是加深了对华夏文化的认同感。当时建立割据政权的北方少数民族,都对先进的汉族文化高度认同。通过十六国政权的建立,汉族文化在北方少数民族地区得到了一次空前大普及。建立十六国政权的少数民族君主们,他们除了自己如饥似渴地刻苦学习汉族文化,还普遍重用和依靠拥有深厚学养的汉族知识分子当谋臣。五胡十六国中第一个割据政权建立者匈奴人刘渊,青少年时期一直在洛阳太学读书,博览经史,汉化程度已经很深。后赵政权的建立者羯族人石勒,虽然是个文盲,但每天晚上让人给他讲读《汉书》等汉族经典,而且他对历史经验教训有着惊人的理解力。他们重用和依靠的汉族知识分子,如前秦苻坚重用汉人王猛;后赵石勒重用汉人张宾,等等。文化的力量有时比弓箭和马刀的力量更强大。打归打,文化认同感却得到了空前增强。二是促进了北方地区的民族大融合。在那些割据政权地区,汉族和少数民族虽然仍有某些矛盾,但在总体上已经融为一体。三是促进了北方地区的经济开发。

有人会问,五胡十六国中有的割据政权曾经生气勃勃,例如前秦君主苻坚,他曾一度统一北方。但为何北方没有一个政权能够统一中国?我在书中打了一个比方,好比马术比赛,北方的少数民族政权要想统一中国,必须具备跨越长城、黄河、长江这三条横线的能力。跨过了第一条横线,跨不过第二条,淘汰;跨过了第一条和第二条横线,跨不过第三条,还是淘汰。只有三条横线都跨过了,才能登上领奖台。当时的五胡十六国,虽然全都跨过了第一条横线长城,有的跨过了第二条横线黄河,但都没有能跨过第三条横线长江。这说明,五胡十六国政权,它们在军事上、文化上、经济上都还没有强大到足以统一中国的程度。但五胡十六国的大胆尝试,为后来的蒙古人和女真人入主中原提供了启示。

十九、关于南北朝战争

南北朝时期的战争,是互相交叉的大混战。南朝内部打,北朝内部打，南朝与北朝互相打。

先说南朝。南朝前后相续的是宋、齐、梁、陈四个小王朝，它们是继东晋之后中国历史传承的正脉。消灭东晋、建立南朝第一个小王朝刘宋政权的是东晋北府兵团下级军官出身的刘裕。宋、齐、梁、陈一共经历了二十七帝共一百六十九年。在位时间较长的有两位，一位是宋文帝刘义隆在位三十年，另一位是梁武帝萧衍在位四十二年。其他时间内，四个小王朝无一例外地陷入了内部争立之乱，兄弟叔侄互相开战残杀，政权更迭频繁，根本干不成什么大事。对此，我在书中写了一段话。历史上那些短暂的小王朝，一旦政权到手，他们无一例外地抓紧搜刮，尽情享乐，荒淫无度，很快完蛋。凡是大朝代，建立政权之后都把主要心思用在巩固政权、劝课农桑、休养民生、完善制度等方面，所以一般都能够延续几百年。

再说北朝。北朝的核心政权是北魏（鲜卑族）。鲜卑族原是东胡的一支，起源于东北。鲜卑族有许多分支，主要有五部：拓跋部、宇文部、慕容部、乞伏部、段部。东晋五胡十六国时期，鲜卑族迅速崛起，纷纷南下、西进，建立割据政权，这是南北朝时期的一个重大历史现象。在五胡十六国政权中，鲜卑族建立的政权最多。最后统一北方的是鲜卑族拓跋部。北魏拓跋部的开国之帝是拓跋珪，早在五胡十六国时期就存在了。北魏第三位皇帝太武帝拓跋焘于公元439年消灭了五胡十六国中最后一个割据政权北凉，统一了北方；接着向南朝发起进攻。南朝和北朝你来我往交战了十多年。南朝宋文帝刘义隆和北魏太武帝差不多同时在位，继位和死亡都只差一年，在位都是三十年。他们两人一死，北朝对南朝的进攻暂缓下来。在这段历史时期内，南朝几个小王朝一个接一个都软弱无力。而北魏统一北方后，汉族文化被糅进了北方少数民族的粗犷风格和进取精神，反而显得生气勃勃。因此，统一中国的希望不在南朝，在北朝。北魏第五位皇帝是孝文帝拓跋宏，他的改革进取精神非常了不起。孝文帝四岁继位,由祖母冯太后临朝称制。冯太后是汉族人(从她祖父冯安融入了北方鲜卑族,是西燕政权的将军,她父亲冯跋是北燕的开国君主)。冯太后领导北魏实行了一场以实行"均田制"为主要内容的改革。冯太后在孝文帝十八岁时死了,孝文帝亲政。三年后(488年),孝文帝把北魏首都从平城(大同)迁往洛阳,进一步深化由他祖母冯太后发动的改革。主要内容包括:(1)实行均田制(抑制豪强抢占土地);(2)建立与均田制相关的三长制,五户一邻长、五邻一里长、五里一党长,四年造一次户籍田亩表;(3)实行汉族官制;(4)尊汉礼、用汉文、讲汉语、穿汉服、改用汉姓。孝文帝带头将自己的名字由拓跋宏改为元宏;(5)鼓励与汉人通婚,等等。其中,改用汉姓是触动种族感情最深的改革,北魏为了略定中原,不惜改变祖宗姓氏,这种锐意进取的精神,非常了不起。经过二三十年的改革,使北魏国势达到鼎盛。孝文帝元宏的宏图大略是要统一中国,但他壮志未酬,迁都洛阳后第十一年(499年)就死了。由于北魏的一系列改革触动了上层贵族集团的利益,北魏国内各种矛盾开始激化,公元523年爆发了北边六镇起义,北魏爆发内乱。但是,北朝统一中国的历史走向已经不可逆转。公元529年,南朝梁武帝萧衍利用北朝爆发北边六镇起义的机会,派遣大将陈庆之带领七千精兵去收复被北魏占领的河南,经四十七战,夺回三十二城,可谓势如破竹。但是,北魏依靠山西契胡族将领尔朱荣平定了北边六镇起义,掉过头来对陈庆之实施强大反攻,陈庆之得不到任何增援,全军覆没。陈庆之化装成僧人,一路"化缘"回到建康(南京),说了一句刻骨铭心的话:"吾始以大江以北皆戎狄之乡,比至洛阳,乃知衣冠人物尽在中原,非江东所及也,奈何轻之?"随后,北魏在内乱中分裂成东魏和西魏。东魏被北齐取代,西魏被北周取代。最后北周攻灭了北齐,重新统一了北方。

北周武帝宇文邕,也是一位改革家,"修富民之政,务强兵之术"，先后六次下诏放免奴婢、杂户，使他们获得平民资格；三次下诏减轻税赋徭役；并开展禁佛运动，使三百万僧尼还俗为民；改革鲜卑族府兵制等等。范文澜在《中国通史》中说他是北朝最好的一位帝王。宇文邕通过这些改革，使北周拥有了统一全国的实力。但宇文邕三十六岁就死了，同样壮志未酬。后来的隋文帝杨坚，当时是北周的贵族，他把大女儿杨丽华嫁给了宇文邕的太子宇文赟，宇文赟继位当了北周宣帝。杨坚利用国丈的身份，掌控了北周朝政。宇文赟继位后一年多就死了，北周帝位又传到杨坚外孙北周静帝宇文阐手里，当时宇文阐只有七岁。杨坚利用自己多年培植的势力拥戴，逼迫外孙北周静帝"禅位"，他篡周建隋，然后渡江灭陈，消灭了南朝最后一个小王朝，建立了隋朝，重新统一了中国。

二十、隋朝统一中国的历史贡献

建立隋朝的隋文帝杨坚，他父亲杨忠是北周"八柱国大将军"之一独孤信的部将，因战功封为隋国公。杨忠去世后，杨坚袭爵隋国公。独孤信有三个女儿，一个嫁给了北周明帝宇文毓（北周武帝宇文邕的父亲），一个嫁给了杨坚，一个嫁给了另一位"八柱国大将军"李虎的儿子李昞（唐太祖李渊的父亲）。独孤信是鲜卑族，他通过两个女儿同杨、李两家培育出了隋、唐两个大王朝，史所罕见，这是后话。

当时，杨丽华觉得由父亲执掌北周朝政，有了最好的靠山。谁知杨坚篡周建隋，自己称帝，把外孙北周静帝废为"介公"，把女儿杨丽华从皇太后降为"乐平公主"，杨丽华对父亲的所作所为一直不能谅解。但隋文帝对推动中国历史前进有很大贡献。隋朝统一中国的关键之战渡江灭陈，这一仗的前线总指挥是晋王杨广（即后来的隋炀帝），这一仗打得很漂亮，作战过程大家可以看书。杨广这个人向来会伪装，在父母面前把自己丑恶的一面掩盖起来，骗取父母信任。他的兄长太子杨勇没有斗过他,隋文帝废掉太子杨勇,立杨广为太子。论才干,杨广在隋文帝的五个儿子中是最出众的,这也是事实。杨广曾自负地说:"不说别的,论才能也该由我做皇帝。"隋文帝在生命的最后时刻发现废立之举搞错了,但为时已晚,被杨广的亲信一刀结束了生命。隋炀帝弑父继位,当上皇帝后荒淫无度,胡作非为,激起民愤,爆发了隋末农民大起义。隋炀帝的宫廷卫队在扬州发动兵变,将他杀掉,隋朝灭亡。

隋文帝建立隋朝,历史贡献很大。过去人们对这个问题说得不多,原因无非两条,一是人们痛恨隋炀帝的荒淫无度,二是唐朝达到鼎盛后把隋朝的光芒遮蔽了。其实历史学家们对隋朝一直是肯定的,历来有两句话:汉承秦制,唐承隋制。秦和隋,历史都不长(秦十五年,隋二十九年),但这两个朝代建立的一整套制度却为后面的汉朝和唐朝奠定了基础。没有秦朝不会有汉朝,没有隋朝就不会有盛唐。隋朝的主要贡献:(1)重新统一了中国,结束了四百年大分裂大混战的局面。(2)薄赋轻徭,黎民百姓得到休养生息,促进了经济大发展,国家空前地富裕起来。元朝有位历史学家马瑞临认为隋朝的富裕程度超过了唐朝,他说"古今国计之富莫如隋"。范文澜则认为隋朝的繁荣程度"超过两汉"。(3)开凿大运河。开始虽然带有军事目的,但它对沟通南北交通、促进社会经济文化发展起到了推动作用。(4)开创了全方位开放交流政策。大唐的开放气象,其实是继承了隋朝的遗风,而隋朝的全方位开放政策是隋炀帝建立的。(5)创立了一整套适应新的历史时期的典章制度,为大唐进入盛世奠定了基础。

二十一、大唐的前期盛世和后期动乱

唐朝国祚二百八十九年,大唐盛世是中国历史的骄傲。我前年曾在《人民日报》上发表过一篇文章,题目是《皇冠只有一顶》,比较唐、宋的差别,反驳近几年国内外出现的褒宋贬唐思潮。中国古代某个朝代某个时期被说成"太平盛世"的例子很多,但对整个朝代被冠以"盛唐"的只有唐朝一例,没有第二例。一个朝代不是靠哪一方面或哪个阶段取得突出成就能称为"盛朝"的,而是要靠国家统一强大、经济文化繁荣昌盛、人民生活安定富足、国内民族关系和睦、国际形象良好等等综合因素来决定。这是历史的评定、时间的评定、人民的评定,不是靠哪一位权威人士下一个结论就能算数的。但是,大唐盛世也只是反映在前半期,后半期就陷入了无休无止的动乱,直至灭亡。

唐朝是中国古代战争较多的朝代。主要战事有:唐朝的开国之战、唐朝的边疆战争(开边战争)、唐朝与吐蕃的二百年战争、安史之乱、藩镇之乱、唐末农民大起义,等等。

唐朝前半期最好的两个时期,是唐太宗李世民开创的贞观之治、唐玄宗开创的开元之治。唐太宗李世民是位了不起的人物,唐朝的开国之战,他父亲李渊实际上只是一面旗帜,真正的谋划者、推动者是李世民。唐朝开国时期,李世民一直在第一线指挥作战,不仅平定了全国,逐个消灭了叛乱势力,而且软硬两手并用,征服或威服了四方少数民族,对他们实行羁縻、怀柔政策。在唐朝的边疆政策中,唐太宗有两点非常了不起。一是他坚持不修长城。他的理由是老百姓刚刚渡过长期兵荒马乱,要让老百姓得到休养生息,不再劳民重修长城。二是他对各少数民族一视同仁。有一次他召集一些近臣在一起漫谈式地总结打胜仗、得天下的经验。大家说了一大堆赞扬他的好话,他却说:"不对,不对,你们说得都不对!"他自己说了五条,其中最核心的一条是说:"自古皆贵中华,贱夷、狄,朕独爱之如一。"因此,唐太宗把很多少数民族官员吸收到朝廷内做官,这是一项开明政策。但任何事物都有两重性,吸收那么多少数民族官员，唐太宗能驾驭得住，并不等于他之后的每一位唐朝皇帝都能驾驭得住。另外，一项再好的政策，也要适时进行调整，不能一成不变。唐朝后面的帝王都不具备唐太宗的高度政治智慧，拿不出有效办法处理好这些矛盾，为后来发生安史之乱埋下了祸根。

唐玄宗是唐朝的一道分水岭，杨贵妃又是唐玄宗的一道分水岭。唐朝后半期走向衰败，是从唐玄宗后期迷上杨贵妃开始的。唐玄宗李隆基是武则天的孙子，他继位之初励精图治，先后任用姚崇、宋璟、张九龄等名相，革除武则天以来的各种弊政，开创了开元之治。但进入天宝年间后，他宠幸杨贵妃，"芙蓉帐暖度春宵"，"君王从此不早朝"，先后任用李林甫、杨国忠等奸相，后来索性把朝政大权全盘交给奸相杨国忠去料理，朝政迅速走向腐败。边备不修，国库空虚，边将拥兵自重，什么问题都来了。终于，天宝十五载爆发了安史之乱，洛阳失守，长安陷落，唐玄宗带着杨贵妃等人逃往四川。逃到陕西兴平县以西的马嵬坡发生兵变，护送他们出逃的唐军官兵们怒杀祸国殃民的杨国忠，逼迫唐玄宗处死杨贵妃。唐玄宗自己下不了手，让老太监高力士把杨贵妃领到附近一座寺庙内逼她上吊死了。老百姓拦住唐玄宗，要他把太子李亨留下，让太子带领军民抗击安禄山叛军。唐玄宗只得答应，太子李亨从马嵬坡退回灵武，在灵武即皇帝位，遥尊唐玄宗为太上皇。李亨就地组织力量，抗击安禄山叛军。唐肃宗李亨并没有完成平定安史之乱的任务，他在兵荒马乱中当了六年皇帝，第六年在一次宫廷内乱中蹊跷地"病死"了。太子李豫继位，是为唐代宗。委派仆固怀恩到北方回纥去借兵，又打了两年。起起伏伏一共打了八年，才把安史之乱平定。安史之乱对唐朝是致命的一击，元气再难恢复。

安史之乱带来的另一场灾难就是藩镇之乱。由于平定安史之乱各地都要抽丁用兵，朝廷赋予各地行政长官以军职，时间一长，形成许多拥兵自重的藩镇，这些地方军阀纷纷发动叛乱对抗朝廷，割据自立。就像癌细胞扩散一样,拥兵割据的藩镇越来越多,离心倾向越来越严重。唐朝的藩镇之乱延续了一百四十多年。唐末爆发了王仙芝、黄巢农民大起义,朝廷又想借用藩镇的力量去镇压农民起义,导致藩镇势力进一步恶性膨胀。唐朝最后灭亡在朱温手里,朱温开始是投奔黄巢起义的一位地痞,成为黄巢起义军中的一位大将。最后在同官军作战处于下风时向官军投降。唐朝赐名朱全忠,想通过他去镇压农民起义,对他一再加官晋爵,使他成为实力最强的藩镇,成为河南的一位大军阀。结果,朝廷反而被他控制。他杀害唐昭宗,篡夺唐朝政权,建立后梁,唐朝灭亡。

唐朝先后发生安史之乱、藩镇之乱,教训极其深刻,足以惊醒后世。我在书中写了这样一段话:历史上凡是称得上辉煌的朝代,都是从鼎盛时期就开始积累矛盾,以至积重难返,走向衰败。因此,方兴未艾之时常存忧患意识,天下太平之际常兴除弊之策,不要使问题堆积成山。天天打扫卫生的卫环工人,其实比移山的愚公更加伟大。

二十二、五代十国的历史成因和中原王朝出现的变化

五代十国是唐朝生下的一窝蛋,这是一个比方。五代是指后梁、后唐、后晋、后汉、后周。这五个小朝廷是唐朝以后中国历史传承的正统王朝。十国是指:吴、南唐、吴越、楚、闽、南汉、前蜀、后蜀、荆南、北汉。其中只有北汉一国在北方,其他九国都在长江以南。五胡十六国时只有成汉一国在南方,其他十五国都在北方,刚好翻了一个个儿。五代十国的形成过程是同唐朝的瓦解过程相一致的:安史之乱——→藩镇之乱——→王仙芝、黄巢农民起义——→唐朝借助藩镇割据势力镇压农民起义——→农民起义失败——→藩镇割据势力混战——→朱温篡唐建后梁,唐朝灭亡——→朱温无力统一全国——→藩镇割据势力演变成五代十国。

五代十国时期中原王朝出现的变化,指的是北方少数民族开始建立具有中国历史传承正统地位的小王朝,成为少数民族入主中原的先声。东汉末年北方少数民族大量内迁以来,他们有着强烈的政权欲望。五代十六国时期和南北朝时期,他们在北方建立了一大批割据政权,但从未取得过中国历史传承的正统地位。五代的五位开国君主,后唐开国君主李存勖(其父李克用任河东节度使)、后晋开国君主石敬瑭、后汉开国君主刘知远,这三位都是北方少数民族沙陀人,这三个沙陀人建立的小王朝却成为中国历史传承的正统王朝,这是历史性突破。沙陀是西突厥的一支,原居新疆境内,唐初出兵跟随唐太宗征讨高丽、薛延陀有功,中唐以后迁入甘州等地。中国自古就是一个多民族国家,出现这一现象并不奇怪。这三个少数民族小王朝的建立,为少数民族入主中原开了先河。

二十三、五代时期战争史上的三件大事

五代历史并不长,一共五十三年,在历史长河中是短短一瞬。这一时期值得一提的有三件大事。

第一件,后晋石敬瑭向辽国割让燕云十六州。石敬瑭是个投机分子,他为了从后唐末帝李从珂手中夺取政权,向辽太宗耶律德光写信求援,请辽国出兵帮助打败李从珂。求援的条件是:他认辽太宗耶律德光为"父";事成之后,向辽国割让燕云十六州(冀北、晋北地区)。石敬瑭的亲信大将刘知远劝他说,向辽国"称臣可矣,以父事之太过。厚以金帛赂之,自足致其兵,不必许以土田,恐异日大为中国之患,悔之无及"。刘知远虽然也是沙陀人,他还知道应该守住起码的政治底线。但石敬瑭却说,不这样不足以让辽国出兵全力相助,这封求援信一定要照他的意思写。辽太宗耶律德光见信大喜,出兵帮助石敬瑭打败了李从珂,推翻了后唐,建立后晋,

后晋成了辽国傀儡。石敬瑭割让燕云十六州,在军事上对中国带来了几百年不利的影响。因为自秦朝以来,中国北部防线一直以长城为防御基线。割让燕云十六州以后,等于从中间打开了一个大缺口,北门洞开,无从设防,中国北部防线后退到河北省中部的白沟一线。现在的北京被划到了这条防线以外,先后被辽、金占领,充当过辽、金的国都。辽国称北京为"南京";金国称北京为"中都"。这是从五代后期直至两宋,中原王朝在同辽、金对峙中军事上一直处于被动的客观原因之一。

第二件,后周世宗柴荣谋求收复燕云十六州。周世宗柴荣是五代所有十四位帝王中最有抱负的一位。后周显德六年(959年),周世宗下诏:北征伐辽,收复燕云。他领兵亲征,战至5月初,收复了瀛、莫、易三州。5月底,周世宗在前线病倒,6月19日驾崩,未能全部收复燕云十六州。

第三件,赵匡胤发动陈桥兵变。后周世宗柴荣驾崩后,七岁的幼子柴宗训继位,殿前都检点赵匡胤掌控朝政。赵匡胤经过密谋策划,第二年农历正月初一,大臣们都在忙于向小皇帝恭贺新年,赵匡胤忽报北方辽国军队南侵,朝廷命他领兵北上抗敌。他领兵开拔到汴京以北四十里的一个驿站陈桥,停下不走了。正月初三晚上发动兵变,返回汴京篡夺了后周政权,建立了宋朝,五代终结。

请注意南北朝时的"北周"和五代时的"后周"这两个北方政权。北周是北朝时最后一个政权,实力最强,杨坚逼迫北周静帝"禅位",自己称帝,建立了隋朝。赵匡胤逼迫后周恭帝柴宗训"禅位",自己称帝,建立了宋朝。

二十四、文武失调的宋王朝,军事上一团糟

北宋立国一百六十七年,南宋立国一百五十三年,两宋共三百

二十年,仅次于两汉四百一十一年。但赵匡胤发动陈桥兵变建立北宋后,并没有完全统一中国。对西南不敢打吐蕃,对北方不敢打辽国。从五代开始出现了一个新的历史动向:北方少数民族力量在不断增强。北宋大部分时间是同辽、西夏鼎足而处。同辽国交战二十六年,一直打不过辽国,最后订立澶渊之盟,割地、赔款、称侄,向辽国屈服求和。同西夏的战争时断时续,时间跨度长达一百三十七年,一直未能把西夏打服。后来北方又出现了女真人建立的金国,这是一只少有的猛虎。金国立国第十年就消灭了辽国,第十一年消灭北宋,不是一般的厉害。金国消灭北宋是在靖康二年(1127年),史称靖康之难,很惨。宋徽宗、宋钦宗父子俩都被金国俘虏,抓往东北,开始关在阿城,后来转移到五国城(今黑龙江依兰)。宋徽宗被关押了九年,宋钦宗被关押了三十五年,都死在黑龙江依兰。

南宋南渡偏安,一直在金兵的追打下过日子。

宋朝是一个文武失调的朝代。宋朝经济繁荣,文化也很发达,但在军事上很糟,不是一般的不行,非常糟糕,打不过辽国,打不过西夏,更打不过金国。宋朝在军事上的软弱,根子出在赵匡胤身上。一是他的立国思想保守,没有重新统一中国的雄心壮志。一个例子:开国将领王全斌领兵打下四川后,建议乘胜南攻大理,赵匡胤没有同意。他用玉斧在地图上顺着大渡河一画说:"此河以西非我所有也。"因此宋朝的西南与吐蕃交界,南面与大理交界。另一个例子:五代十国中的北汉在北方,是辽国的傀儡。赵匡胤专门开设一间密室存钱,准备存够了钱向辽国把北汉赎买回来,打败辽国、夺回北汉的事他想都不敢想。二是他削夺和制约将领的兵权。他是搞兵变上台的,所以他特别害怕将领们学他的做法发动兵变。他通过两次"杯酒释兵权",把一批老将的兵权统统解除。三是他用将不专,这次作战使用这位将领当统帅,下次作战用另一位将领当统帅,不让某一位将领建立太大的功劳,以防止驾驭不住。南宋开国之帝宋高宗赵构，更是只求偏安东南，从来没有把统一大业放在心上。帝无雄心，将士奈何？还有一条，宋军打仗，都喜欢派监军。派往前线监军的大多是皇帝的亲信太监，这些人对军事一窍不通，但权力很大。将领们一旦同他们搞僵，轻则坐牢，重则掉脑袋。还有一条，宋朝屡屡发生奸臣陷害名将的事件，大大伤害了宋军将士的士气。

当然，赵匡胤治国也有好的方面。例如他节俭、惜民、不杀上书言事官，等等，这些都是一般封建帝王不容易做到的。由于宋朝与辽、金在一个国家内长期共存，元朝修宋、辽、金史时遇到一个棘手问题，宋、辽、金究竟谁是历史传承的正统？对此长期争论不休。按成例，应该是宋朝。可是宋朝向辽国称过侄，向金国称过臣，说宋朝是正统，说不过去。但说辽、金是正统，它们却没有真正取得过中原王朝的地位。直到元顺帝至正三年（1343年），元顺帝下了一道修史诏，命元朝宰相脱脱主持，宋、辽、金各修一史，标明各自年号，决定宋、辽、金"各与正统"，承认它们都是正统王朝，事情算是解决了。

二十五、成吉思汗统一蒙古各部和蒙古军西征

成吉思汗的史料难找，为了理清成吉思汗早期活动和蒙古军远征的头绪，我花了很大工夫去寻找这方面的史料。对于成吉思汗的早期活动大部分读者都不太熟悉，所以我写得比较具体，这里就不展开说了。成吉思汗九岁丧父，孤儿寡母，经过几十年艰难奋战，统一了蒙古草原各部。随后，他和他的子孙辈先后进行了三次西征，征服了中亚、西亚和欧洲广大地区，建立了四大汗国，形成了大蒙古国，使成吉思汗成为一位具有世界影响的历史人物。对于蒙古军队为何有如此巨大的能量爆发，我在书中是这样说的：草原游牧民族，人与马的结合，形成了农耕民族所不具备的强大冲击

力。当草原游牧民族处在部落与部落之间的长期纷争阶段时,他们这种能量在内部"自我消耗"掉了。当他们一旦统一起来,整个草原都服从一个人的统一号令时,这种巨大能量会形成一股强大无比的冲击力去冲击世界,把世界惊呆。蒙古远征军连续进行的三次西征,就是统一起来的蒙古草原游牧民族拥有的巨大能量在历史瞬间的集中爆发。长途远征是他们唯一能够找到的宣泄巨大能量的渠道和方式,直至其过剩能量消耗殆尽。

二十六、元朝统一中国的漫长历程和历史意义

当成吉思汗在远征中宣泄掉过剩的能量后,他把目光从天边收了回来,最终找到了自己历史使命的归宿点,他创造历史的主航道应该是统一中国。只有把大蒙古国融入到中国这片历史悠久的文化土壤中,才能从文化上获得灵魂。蒙古统一中国的战争,包括消灭西夏、消灭金国、消灭南宋,经历了成吉思汗、窝阔台、蒙哥、忽必烈祖孙三代四位蒙古大汗的奋斗历程。从成吉思汗第一次攻打西夏边城力吉思(1205年),到忽必烈最终消灭南宋残余势力,迁入元大都定都(1279年),前后历时七十四年(1205—1279年)。

蒙古消灭西夏、消灭金国、消灭南宋这三场战争是穿插起来打的。打得最为艰苦的是消灭西夏,前后用了二十二年;消灭金国前后用了二十六年,消灭南宋打打停停用了四十四年。蒙古在统一中国的战争过程中死了三位大汗:成吉思汗、窝阔台、蒙哥。成吉思汗生前在同金国的交战中已经攻下了金中都(今北京),第五次亲征攻打西夏时,在六盘山麓坠马负伤,又抱病同西夏征战了一年,身体状况急剧恶化,进入六盘山养伤。当时西夏已经同意投降,但为了准备降书和投降礼物,请求一个月后递交降书,成吉思汗表示同意。一个月后,西夏前来递交降表时,成吉思汗不愿让他们看到自己病

的样子,只让西夏王在军帐外行投降礼。成吉思汗临终留下遗嘱,一是他死后秘不发丧,防止西夏反悔;二是留下了"联宋灭金,然后灭宋"的方略;三是指定由三子窝阔台继承大汗之位。他的遗体从六盘山下秘密运往今蒙古国萨里川发丧。成吉思汗在史书中经常使用的有三个称号:铁木真、成吉思汗、元太祖。铁木真是他的真名,成吉思汗是他统一蒙古草原各部后获得的游牧民族最高首领称号,元太祖是他的孙子忽必烈建立元朝后追认祖父的帝号。窝阔台大汗是灭金之战开始后不久病死的,他的死因主要是喝酒太多,嗜酒如命。蒙哥大汗是死在同南宋作战的四川钓鱼城下,但他的死因并不是有的史书中所说的中箭而亡,而是感染了严重的肠道传染病(赤痢或霍乱)不治身亡。忽必烈是蒙哥大汗的四弟,蒙哥大汗死后,七弟阿里不哥同忽必烈争立,正在远征波斯的六弟旭烈兀也有东归争立之意。忽必烈从鄂州前线赶回哈拉和林,解散了阿里不哥征集的兵丁,回到开平府(即元上都,今内蒙古正蓝旗),听取廉希宪、赵良弼等谋臣的建议,采取"先发制人"的策略,抢先在开平府称帝,建立了元朝。

　　元朝的建立,在中国历史上具有重大意义。从五胡十六国、南北朝、隋、唐、五代、宋、辽、金、西夏、蒙古,这么一路看下来,可以看出一条清晰的脉络:北方游牧民族的力量不断壮大,越来越强大。元朝的建立,是这股力量达到巅峰。从中国历史发展的宏观角度去观察,元朝的建立具有如下重大意义:第一,结束了中唐以来长达五百余年的分裂混战;第二,开创了中华民族大融合的高峰;第三,开拓了中国最为辽阔和完整的版图;第四,促进了东西方经济文化和科技交流。当然,元朝由于没有治理大国的经验,尤其是由于蒙古人的"征服"观念太强烈,没有处理好蒙、汉民族矛盾,把汉族人列为"三等公民"。没有化解矛盾的意识,更没有找到解决矛盾的办法。所以国运不长,不足百年就亡国了。但元朝的教训,为后来入关的清朝提供了重要启示。

二十七、明朝战争史上的几个问题

第一个问题,农民起义与改朝换代的关系。历朝历代,利用农民起义的大潮,从底层举兵,夺取天下,改朝换代,这种现象在中国战争史上一再重复。刘邦是这样,朱元璋也是这样。刘邦是秦王朝的基层干部,泗水亭长。他利用陈胜吴广起义的大潮举兵起义,但他建立的并不是农民政权,而是封建地主阶级政权。朱元璋是真正农民出身,他在红巾军起义大潮中投奔到以白教教主身份参加红巾军起义的土豪郭子兴旗下,并当了郭子兴的上门女婿,一步步取得信任,直至全部掌握郭子兴兵权,独自掌兵,打出地盘,先称吴王,后称皇帝。但朱元璋建立的同样是封建地主阶级政权,并不代表农民利益。因此,历朝历代的农民起义,都是把改朝换代的新天子送上天去的第一级助推火箭,他们自己上不了天。

第二个问题,明朝同宋朝一样,并没有完全统一中国。这同朱元璋的治国理念和战略思想倒退有关。朱元璋身边聚集了一大批封建地主阶级知识分子,他们竭力鼓吹所谓"华夏居内以制夷狄"的论调。明朝"开国第一文臣"宋濂,置蒙古族统治中国长达近百年的历史事实于不顾,撰文鼓吹道:"自古帝王临御天下,皆中国居内以制夷狄,夷狄居外以奉中国,未闻以夷狄居中国治天下者也。"朱元璋在这些封建知识分子的影响下,主张把蒙古等"异族"赶出"边外"就行。明朝开国之战过程中,朱元璋从南京赶往汴京同前线统帅徐达商讨攻克元大都问题。讨论完进兵方案后,徐达向朱元璋请示了一个重要问题:打下元大都后,如果元顺帝逃往漠北,追不追?朱元璋回答道:"气运有盛衰,彼今衰矣,不烦穷兵。出塞之后,固守以防其侵轶可也。"结果,把灭元之战打成了一锅再也煮不熟的夹生饭,留下了莫大的后患。明朝国祚二百七十六年,元朝残余势力一直同明朝南北共存。退往漠北的元朝残余势力开始称北元,后来分裂成东蒙古鞑靼、西蒙古瓦剌,一直扰边不止。洪武年间八次出塞作战没有解决问题。朱棣夺得帝位后为了制服北方蒙古残余势力,把首都从南京迁往北京,五次出塞亲征,不仅没有解决问题,反而自己在最后一次出塞亲征时病死在榆木川。朱棣本来是有机会改变历史的,他派遣郑和率领庞大的船队下西洋,虽然对郑和下西洋的目的有各种各样的说法,但如果没有北方元朝残余势力的长期侵扰,朱棣开创的航海活动一直能够坚持下去,那么对中国后来的国防实力和经济文化发展必将产生极大的积极影响。后来西蒙古瓦剌首领也先把东西蒙古统一了起来,实力大增,加强了对明朝的入侵持有扰边活动,结果发生了土木之变,明英宗朱祁镇被西蒙古瓦剌抓了俘虏。后来又发生了俺答入侵北京事件,搅得明朝国无宁日。明朝同北元和东西蒙古形成了事实上的南北朝局面,在同一个国度内共存,相伴始终。

第三个问题,自明朝起,中国东南海防开始出现问题。一是倭寇在东南沿海入侵为患。倭寇的形成过程是,日本自1467—1615年进入"战国时期",日本国内因长期战乱、天灾、民不聊生,许多流散军人、破产农民、失业平民沦为海盗,同中国东南沿海的本土海盗相勾结,占岛登陆,大肆抢掠,对东南沿海的国防安全和人民生命财产造成极大危害。明朝的抗倭战争从嘉靖二十五年打到嘉靖四十五年,直到把大奸臣严嵩彻底扳倒后才取得最后胜利。二是欧洲入侵者葡萄牙在嘉靖三十二年(1553年)侵占了澳门。荷兰也在明末天启四年(1624年)侵占了台湾。清初,郑成功从荷兰入侵者手中收复了台湾,成为民族英雄。还有,朝鲜原是中国的属国,明朝万历十九年日本入侵朝鲜,中国被迫卷入,明军大败,给已经虚弱不堪的明王朝沉重一击。

二十八、清朝战争史上的几个问题

清朝战争跨越了古代战争和近代战争两个范畴。

第一个问题,清兵入关的三位关键人物。一位是清朝开国功臣多尔衮,另两位是明朝叛将洪承畴和吴三桂。洪承畴是万历进士,崇祯初年因镇压西北农民起义有功,曾当过明朝兵部尚书,是镇压李自成、张献忠农民起义军的主将。后来调往东北总督蓟辽军务,抗击清兵,被清兵打败,当了俘虏,向清军投降,成为汉军镶黄旗将领,为清兵入关出谋划策。吴三桂原是明军山海关守将,由于他心爱的小妾陈圆圆被李自成起义军将领刘宗敏霸占,他"冲冠一怒为红颜",主动向清兵投降。多尔衮是清兵统帅,洪承畴负责引路,吴三桂向清兵献关,他们三人构成一个"绝佳组合",李自成带了二十万起义军到山海关去阻挡清兵入关,哪里挡得住?李自成的起义军一触即溃,清兵顺利入关,进了北京,夺得了大明江山。

第二个问题,康、雍、乾三朝对巩固中国传统版图有贡献。对康熙皇帝,我持两点论,他在恢复中国辽阔疆域、巩固中国传统版图方面有很大贡献。平定三藩之乱、统一台湾、抗击沙俄入侵东北、亲征噶尔丹、平定青藏,等等。这里要说到一个具体问题。明清之际,郑成功从荷兰殖民者手中收复了台湾,我们一直尊称郑成功为民族英雄,这没有问题。但清朝统一中国之后,郑成功在台湾仍用明朝年号,台湾并没有统一进来。郑成功死后,他儿子郑经在台湾自称延平王,成为独立于清朝中央政府之外的割据政权。因此,康熙下决心收复台湾,这件事对统一中国具有重大意义。所以,只赞扬郑成功收复台湾,不说康熙统一台湾,看问题不完整。但康熙在对外紧跟世界发展潮流方面,没有发挥出他本来有条件发挥的历史作用。因为当时欧洲工业革命的信息已经通过汤若望等西方传教士带入中国,康熙本人曾专心致志地学习西方新科技知识,但他没有把个人行为转变为国家行为,致使中国现代史比欧洲晚了二百年。雍正皇帝是个过渡,但他以凌厉的手段解决了康熙晚年积累下来的问题,为乾隆继位后施展身手奠定了基础。乾隆时期继续进行了一系列守边固疆作战,所谓"十全武功"。清朝经过康、雍、乾三代的努力,基本固化了元朝为中国开辟的辽阔疆域,这一条超过了明朝,这个历史功绩是应该肯定的。至于后来清政府向帝国主义列强一再割地赔款,那是另一个问题。

第三个问题,道光皇帝是清朝的一条界线。道光二十年(1840年)鸦片战争失败,开了割地赔款的先例。清朝从此一路下滑,不可救药。道光皇帝自觉无颜面对祖宗子孙,所以根据他本人的遗嘱,他的墓前没有立"功德碑",立的是一块无字碑,他还算有点自知之明。但清朝的衰亡已经无可挽回。

第四个问题,清朝时期,对中国伤害最大的三个帝国主义国家是沙俄、英国和日本。沙俄第一个割走了中国大片领土。英国用鸦片和钢铁炮舰把中国彻底打败,引来西方列强瓜分中国,逼迫中国签订了一系列割地赔款的不平等条约,使中国沦为半殖民地国家。英国给中国留下的许多历史后患,有些问题至今都无法得以解决。日本是我国的近邻,唐朝时对中国顶礼膜拜,从中国学去了很多东西。但它后来奉行军国主义政策,通过甲午战争对中国造成了极大的战争灾难。

请看清王朝的战败史:

第一次鸦片战争,1840—1842年。后果:签订《南京条约》。①割让香港;②赔款两千一百万银圆;③开放五口通商。

第二次鸦片战争,1856—1860年。后果:签订《北京条约》。①火烧圆明园;②割让九龙;③对英法各赔款八百万两白银。

中法战争,1883—1885年。后果:《中法新约》。炸毁马尾军港、马尾船厂。由于中国取得镇南关大捷,法国不再提赔款要求;但越南由中国的属国变成了法国殖民地。

中日甲午战争,1894—1895年。后果:签订《马关条约》。①承认朝鲜为完全独立自主国家,实际上被日本完全控制;②割让台湾;③赔偿白银二万万两;④开放内地通商,日本轮船可以在中国内河自由航行。

八国联军侵华战争(美、英、法、德、意、俄、奥、日),镇压义和团运动,1900—1901年。后果:签订《辛丑条约》。①赔款关平银四亿五千万两,分三十九年还清,还加年息四厘,本息相加,共九亿八千多万两;②列强各国在北京驻军"保卫使馆";③拆毁大沽炮台,以及天津至北京沿途堡垒。

沙俄入侵东北:沙俄从明朝崇祯年间开始入侵黑龙江流域,1685年,中国对俄作战取胜,收复雅萨克城,沙俄才同意谈判,签订了《尼布楚条约》,规定黑龙江和乌苏里江流域和库页岛在内的广阔地域为中国领土;同意把贝加尔湖及其周围广大地区割让给了沙俄,中国丢失了几百万平方公里的土地。1858年,又通过签订《瑷珲条约》,又割走了中国六十多万平方公里土地。1900年,八国联军侵华期间,沙俄军队入侵我国东北,占领了东北三省。迫于帝国主义间的争夺,沙俄军队于1902年撤出东北。

英军入侵西藏,1888年第一次入侵。1903—1904年第二次入侵西藏(与沙俄在西藏争夺)。后果:签订《拉萨条约》,开放亚东等商埠;赔款五十万英镑,留下了一系列至今无法顺利解决的后患(如中印划界)。

民国以后的日本侵华战争,大家都很熟悉了。

清朝战争史上要说的问题还有很多,在此不能尽述,请大家看书。

朱增泉
2015年1月9日,在国防大学研究生院的演讲

第 三 辑

航天话语与写作

《奔月集》序

诗的最高价值在于抒发真情。薛守堂是国防科技战线的一位老同志,他的这本《奔月集》,我拜读之后,感到他的每一首诗都是他奋斗历程的真实记录,每一首诗都寄托着他的真实感情。这就有了这些诗作的存在价值,有了阅读的价值。他通过这些诗篇,真实地记录、讴歌了周总理、聂老帅等老一辈革命家为开创我国国防科技事业付出的心血;真实地记录、讴歌了他自己和他的战友们,为了发展我国国防科技事业,"献了青春献终生,献了终生献子孙"的感人经历。

他的这些诗篇,对于他,是生命历程的真实写照;对于国防科技战线的年轻一代,是催人奋进的鼓角号音。

是为序。

朱增泉
1995年9月5日

《天堂里也有车来人往》序

青年女作家张立新,笔名北方。她本人就是酒泉飞船发射中心的一名火箭系统的工程师,参与了从"神舟"1号至5号飞船的全部发射过程,亲身经历了我国载人航天工程从发射试验飞船到发射载人飞船的历史性辉煌。她的长篇小说《天堂里也有车来人往》,描写"神舟"号飞船发射的全过程,充满了浪漫色彩,令人浮想联翩。

在我们中国人眼里,"天"是一个非常特殊的词语,是一个意象中的世界,是和"仙"联系在一起的。它好像就是指那片天空,但又仅仅指头顶上的那片天空;它好像就是指那个宇宙,但又不仅仅是指天外的浩瀚宇宙。于是,中华民族就有了嫦娥奔月的美妙神话;有了敦煌莫高窟妓乐飞天的不朽艺术;有了万户为了实现飞天梦想不惜粉身碎骨的献身精神。

中华民族是人类最早产生飞天梦想的国度,在炎黄子孙的眼里,数不清的人都生活在美丽的"天堂"世界:玉皇大帝、王母娘娘、观音菩萨、嫦娥、吴刚……数不清的故事都发生在那个遥远的天国:牛郎鹊桥会织女、孙悟空大闹天宫……今天,当杨利伟乘坐"神舟"号飞船飞越太空时,他理所当然地成了中华民族的飞天使者,神话与现实，在今天最为巧妙地重合在了一起。从此以后，天堂里将会有中国人常来常往；从此以后，天地无阻，嫦娥往返天地不再需要偷食长生不老药，万户升天也无须手握风筝、把火箭绑在自己的座椅上……

北方的这部长篇小说《天堂里也有车来人往》，是目前第一本描写五次"神舟"飞船发射全部过程的纪实文学作品。她作为一名工作在飞船发射第一线的工程技术人员，不仅亲自参与了这些发射过程，而且充分利用她的方便条件，在五次发射过程的工作间隙，先后采访了从中国载人航天工程总指挥、副总指挥、总设计师和七大分系统的各位工程负责人，以及发射场第一线的许多基层工作人员，掌握了大量第一手资料。她把文学性和科普性巧妙地结合起来，说的都是发射载人飞船的内行话，但外行人读起来如身临其境，栩栩如生，一点也不觉得生涩，并能通过阅读获得很多航天发射的科普知识。

我相信，北方的这部长篇小说《天堂里也有车来人往》，一定会像她前几年出版的长篇小说《把我喜欢的女孩逗哭》一样，获得广大读者，特别是青年读者的喜爱。

朱增泉
2003年10月

《飞天梦圆》跋

中国首次载人航天获得圆满成功后,可以预见,这方面的出版物必将雨后春笋般破土而出。但是,我敢肯定,《飞天梦圆》却是一本最具权威性、系统性、科普性的读物。其内容之重要和丰富,信息量之大,信息之新,载人航天知识之系统,是同类读物无法比拟的。

本书具有权威性,是因为它是在中国载人航天工程指挥部的直接关注下编写而成的。因为我负责载人航天工程的宣传工作,这本书我提前一年进行策划,请中国载人航天工程的总指挥、副总指挥担任顾问。负责具体组织工作的郑敏同志是中国载人航天工程办公室的一位业务领导。编写此书的主要撰稿人解大青、龚念曾、潘厚仁、李颐黎、陈有荣、郭诠水,都是载人航天工程相关项目的专家。他们之中有四位研究员、一位副研究员、一位高级工程师,分别来自总装备部、中国科学院、中国空间技术研究院等单位。他们对于载人航天相关知识的描述和介绍,是最权威的。中国载人航天工程从决策到研制过程的许多重大事件、重要信息,都是首次向社会公开披露,它们都是来自权威机构的历史性记录。

本书的系统性表现在,它不仅对我国载人航天工程的七大系统逐一作了深入浅出的详尽描述,而且对我国载人航天工程的前提条件、决策背景、实施过程、后续发展都做了系统介绍。同时,也对人类探索宇宙空间的前景作了展望。认真读完本书,一定会使人顿觉"豁然开朗",对浩瀚宇宙兴趣大增,视野得到一次空前拓展。

本书的科普性更是显而易见的。中国载人飞船首飞成功,标志着我国的科技水平取得了跨越式发展。那么,船高待水涨。我国广大读者对科技读物的阅读兴趣也理应提高到相应层面,广大群众的科技知识也应该得到一次空前大普及。我本人虽然不懂科学技术,但我认准了这个道理。因此,在担任主编的难易之间,我没有选择相对容易的文学性读物,而是选择了相对困难的科普性读物。目的就是想利用我国载人航天取得首飞成功的大好机遇,为普及载人航天知识尽一点绵薄之力。

关于本书的酝酿过程,要从发射"神舟"1号无人试验飞船说起。那次发射成功后,在酒泉飞回北京的专机上,国务院新闻办公室主任赵启正同志对我说,"神舟"1号飞船发射成功,是对内增强民族凝聚力、对外提高中国国际声誉的重大新闻资源,应当很好利用,充分宣传。他的意见是对的。但是,当时工程指挥部定了一条原则:发射试验飞船阶段要保持低调,待将来载人飞船发射成功后再大张旗鼓地宣传。这又是必须坚决贯彻执行的。按照预定计划,2003年10月要发射"神舟"5号载人飞船,宣传工作必须预有准备。因此,2002年10月,我提前一年就召集有关同志研究本书的编写事宜,着手组织编写队伍,讨论确定本书的定位、宗旨,构思编写提纲,等等。当时"神舟"4号无人试验飞船尚未发射,而瞄准"神舟"5号载人飞船发射成功后面世的本书编写工作,则已提前一年启动,这也算是谋事于成功之先吧。

本书编写中遇到的最大困难,是如何将科普性与可读性相统一。反复讨论了几次，不同意见在实践中逐渐得到了统一。令我感动的是几位参加撰稿的老专家，他们都曾在我国载人航天工程相关项目的第一线工作过，都有严谨的一丝不苟的科学态度。他们写出的初稿，在科学性上达到了几近完美的程度。有些懂行的人看过书稿后说，这本书几乎可以直接用于培训航天员。可是，那样对广大普通读者而言，显然过于艰深了。于是，再商量，再修改。老专家们全心全意为广大读者着想，一改再改，毫无怨言，使书稿一步一步向读者靠拢。在此，我要代表广大读者向这几位老专家表示敬意和感谢。

本书得以顺利面世，也要感谢华艺出版社的领导，他们将它列为重大出版选题，投入了很大力量。我与鲍立衔社长并不认识，但我一个电话打过去，他立即派了副社长金丽红和发行部主任黎波前来商讨有关事宜。金丽红和黎波在京城出版界是属于"大腕"级人物，可见鲍社长对本书的重视程度。其后，金副社长到龄退休，黎波工作调动，但鲍社长重视本书的编辑出版一如既往。责任编辑宋福江同志为书稿的编审和修改付出了几个月的辛勤劳动。成书前夕，鲍社长及刘泰副社长和沈致金、郑治清两位副总编、编辑部主任韩海涛等，一起前来商定出版事宜，真可谓全力以赴矣！

我本人一直分管着从发射"神舟"号无人试验飞船到发射载人飞船的新闻宣传工作。主持编写这样一本科普性读物，对我而言，也是一次尝试。编写过程中的大量组织工作，都落在郑敏同志肩上，他协调解决了许多具体困难，工作抓得非常得力。我自己仅亲自采访并撰写了首飞航天员杨利伟这篇人物特写，作为航天员部分的一个章节收入了书中。如果本书能够得到广大读者的认可，要归功于我国首次载人航天飞行任务的圆满成功。

最后要告知读者的是，我们将书稿审定完毕于"神舟"5号载人飞船发射前夕，只待飞船成功返回，首飞航天员杨利伟安全着落，他走出飞船返回舱的照片传至北京,此书即可开印。

我即将出发前往内蒙古中部草原飞船着陆场,到那里去做好迎接杨利伟从天外归来的一切准备。临行前匆匆草毕,是为跋。

朱增泉

2003年10月7日夜急就

中国飞船[*]

——王永志访谈录

王永志,中国载人航天工程总设计师,著名航天科学家。辽宁省昌图县人。1932年11月17日出生,1952年考入清华大学航空系飞机设计专业。1955年至1961年在苏联莫斯科航空学院留学,攻读火箭与导弹设计专业。几十年来,为发展中国航天事业做出了杰出贡献。曾担任中国运载火箭技术研究院院长,领导和主持过六种新型火箭的研制。先后获得过国家科技进步奖特等奖一项、一等奖两项、部委级科技进步奖多项。现为中国工程院院士、俄罗斯宇航科学院外籍院士、国际宇航科学院院士。1987年起成为"863计划"航天领域专家委员会成员,1992年担任载人飞船工程可行性论证组组长,立项后担任中国载人航天工程总设计师。

大思路是跨越发展

朱增泉: 王总,中国载人航天"首飞"获得圆满成功,举国欢庆,

---

[*] 该访谈2003年10月17日《人民日报》及《人民日报·海外版》同时发表。

举世瞩目。你干成了一件惊天动地的大事,我有责任要为你写点什么。你作为总设计师,我想请你谈一个问题:我国载人航天工程有什么主要特点?有哪些中国特色?为什么要请你谈这个问题呢,因为国外有的舆论认为,中国载人飞船"基本上是在模仿美国和俄罗斯的设计",是这样吗?

王永志:好吧。我理解你的意思。我首先说明两点:第一,中国载人航天工程是一个庞大的系统工程,它完全是依靠我国自己的力量独立自主完成的。第二,我们搞载人航天工程有一个很大的队伍,大家都付出了艰辛劳动,许多人都做出了很大贡献,不是我一个人的功劳。

朱增泉:王总豁达大度。

王永志:下面谈正题。关于中国载人航天工程的一些特点,可以从我参与这个工程的论证决策过程说起。1992年1月8日中央专委会议上,明确了一个前提:中国载人航天以飞船起步。1月17日,指定我为中国载人飞船工程技术经济可行性论证组组长。1992年9月21日工程立项后,正式任命了四位工程负责人:总指挥丁衡高,副总指挥沈荣骏、刘纪元,我是工程总设计师。从那时起,我一直是中国载人航天工程的技术负责人,对中国载人航天工程的许多独创性,我有切身体会。

朱增泉:中国载人航天以飞船起步,是不是相对航天飞机而言?

王永志:是的。中国载人航天工程的起点究竟定在哪里?一种意见是从飞船起步;另一种意见认为,能不能把起点再抬得高一点?最后中央批准,根据中国国情,还是以飞船起步更为合适。但是,以飞船起步,也面临一个四十年差距问题。我们1992年开始论证的时候,预计经过十年努力奋斗,到2002年我们的飞船可以上天。但是,到2002年的时候,苏联第一位宇航员加加林上天已经四十一年了,美国宇航员也上天四十年了。当时就考虑一个问题,如果我们再去搞一艘和俄罗斯四十年前同样水平的飞船,它能极大地增强我国人民的民族自豪感吗?

朱增泉:你们这些中国航天科学家们恐怕也不甘心啊。

王永志:可不是嘛!加加林四十多年前就上天了,全世界都轰动。如果我们四十多年后再搞出一个同加加林乘坐的飞船差不多水平的东西,我们还能有激情吗?

朱增泉:你这句话就充满了激情,充满了爱国主义的激情。

王永志:这样,我们就给自己出了一个难题:怎样才能有所跨越,有所创新?怎样才能在人家的飞船上天四十多年之后,我们搞出一个飞船来还能让中国人感到自豪,还能壮了国威、振了民心?这对我是一个挺大的压力。当时,行政领导小组在研究这个问题,我们技术线也在思考这个问题。

朱增泉:这是你们当年在论证决策过程中遇到的第一个重大问题。

王永志:经过几次讨论,最后归纳起来,我们对中国载人航天工程提出的总体要求是:必须在确保安全可靠的前提下,在总体上体现出中国特色,体现出比苏联和美国早期飞船的技术进步。中国特色必须体现在总体上,不是体现在某个局部上。如果体现在某个局部上,例如体现在计算机进步上,这个比较容易做到。

朱增泉:今天的计算机水平肯定比加加林时代高得多。

王永志:我们要的是在总体上体现出中国特色,体现出技术进步。我们的大思路是要跨越式发展。1992年9月21日党中央做出了重大决策:我国载人航天工程分三步走:第一步,发射两艘无人试验飞船和一艘载人飞船,建立初步配套的试验性载人飞船工程,开展空间应用研究。第二步,在第一艘载人飞船发射成功后,突破载人飞船和空间飞行器的交会对接技术,发射一个空间实验室,解决有一定规模的、短期有人照料的空间应用问题。第三步,建造二十吨级的空间站,解决有较大规模的、长期有人照料的空间应用问题。党中央那次重要会议后,第一步工程正式立项,简称"921工程"。它要完成四项基本任务:一是突破载人航天基本技术;二是进行空间对地观测、空间科学及技术研究;三是提供初期的天地往返运输工具;四是为空间站工程大系统积累经验。

朱增泉:你的思路都是从宏观上考虑问题,这就是总设计师的工作特点吧?

王永志(笑):在我这个层次上,必须首先从宏观上理清思路,确立前进目标。如果我天天去编软件,那我就失职了。编软件不是我总设计师的职责,我要从宏观上解决比这更重大的事情。跨越式发展这篇文章靠谁去做呢?首先要靠制订方案的人。我是论证组的组长,后来又担任工程的总设计师,这个责任对我来说是义不容辞的。各大系统的主要技术方案我得提出来;或者由别人提出来,我得综合,把它肯定下来。我是管总体的,中国特色要从总体上去把握、去体现。这是我主持这个大工程的重大责任,也是一种很大的压力。我脑子里一直在考虑,怎样才能在人家的飞船上天四十多年之后,我们做出一个飞船来还能振奋人心呢?不能让人家说:"哎哟,这不是苏联的那个飞船嘛,搞出那么个玩意儿啊?"如果在我的主持下,国家花了这么多钱,结果搞出那么个玩意儿来,不是让人泄气吗?在这一点上,整个设计队伍都有压力。

朱增泉:今天回过头去看,这样的压力反过来变成了追赶和超越的动力。

王永志:是的,我们就是要跨越式地发展,要搞出新意来。我作为搞顶层设计的人,责任更大,压力也挺大。我们能搞出一些什么样的中国特色呢?当时确定的目标是:我们起步虽晚,但起点要高。我们要跨越式地发展,迎头赶超。我们必须达到这样一个目的:

我们的飞船一面世,就要和人家搞了四十多年的飞船基本上处在同一个档次,能够和它并驾齐驱,一步到位,甚至某些局部还可能有所赶超。

朱增泉:这就叫雄心壮志。看来,没有这种豪情,没有这种雄心壮志,就别想搞出中国飞船来。

跨越从追赶开始

王永志:拿谁作为赶超目标呢?在世界上,近地轨道载人飞船搞得最好的是俄罗斯。从苏联开始,到去年为止,俄罗斯飞船已经载人飞行九十二次,现在可能已经达到百次了。再加上它的运货飞船,飞行次数就更多了。俄罗斯飞船的性能最可靠,使用时间最长,使用效果最好。美国的飞船只用几次就不用了,完成试验任务以后再没有用过,后来他们搞航天飞机了。直到今天,越看越觉得俄罗斯的飞船有它的优越性。所以,我们就拿它作为赶超目标。

朱增泉:俄罗斯飞船从苏联搞到现在,是第几代了?

王永志:苏联的第一代飞船是加加林上天用的"东方"号,第二代是列昂诺夫出舱活动用的"上升"号,第三代是"联盟"号。后来"联盟"号又经过了两次改进,这就是"联盟—T"和"联盟—TM"。它经过了三代加两种改进型,相当于第五代飞船了。应该说,俄罗斯的飞船技术是越来越完善、越来越成熟、越来越先进了。

朱增泉:我们赶超的是俄罗斯第几代飞船?

王永志:我们在1992年论证的时候,瞄准的赶超目标就是当时最先进的俄罗斯"联盟—TM"飞船,这是俄罗斯第三代飞船的第二种改进型,相当于第五代飞船,当时它是世界上最先进的飞船。要知道,俄罗斯是搞了三十多年,对飞船技术不断改进和完善,才走到"联盟—TM"这一步的。我们把"联盟—TM"作为赶超目标,力争一步到位，赶上它的先进水平。

朱增泉："联盟—TM"有什么主要技术特点呢？

王永志：第一，它是三座飞船，一次可以上三个人。第二，它是三舱飞船，有三个舱段。它同加加林上天用的"东方"号和列昂诺夫出舱活动用的"上升"号相比，除了推进舱、返回舱外，又多了一个生活舱，航天员在太空的舒适性大大提高。飞船入轨以后，航天员可以解开身上的各种束缚带，到生活舱里去自由活动。此前的飞船，航天员只能在狭小的返回舱里待着，舒适性不行。后来贯彻以人为本的设计思想，多了一个生活舱，使航天员在太空有了一定活动空间，可以把腰伸直了，可以活动了，这是"联盟—TM"的一大特点。第三，它功能齐全，技术先进。在"联盟—TM"生活舱前头，有一个对接机构，可以和空间站对接。也就是说，它可以往返于地面和太空之间，成为天地间的运输工具，用它来回运人、运东西，为空间站接送宇航员，运送补给物资。如果没有这样完善的天地往返系统，空间站就没有支撑了。"联盟—TM"的这些先进功能一直用到今天。第四，从"联盟"号开始增加了逃逸塔，有了救生工具。过去加加林坐的"东方"号和列昂诺夫出舱用的"上升"号都没有逃逸塔，没有救生工具，一旦出了事就毫无办法。当时只有低空弹射座椅，它只有在低空马赫数很低的情况下才有用，马赫数高到一定程度，人一弹出来马上会丧命，所以它实际上不能救生。"联盟"号增加了逃逸塔，在待发段、低空、高空，一旦出事，它都可以救人了。"联盟"号出过两次事，都把人救出来了，显示了它技术上的先进性。总之，"联盟—TM"功能齐全、系统完善、技术先进、性能可靠。所以，我们就瞄准它来干，争取一步到位，这就是在总体设计上体现出来的跨越式发展。

朱增泉：人家搞了四十多年才达到的水平，我们一步追赶到位，非常了不起的跨越。

王永志：我们的飞船一起步就搞三舱方案，刚开始我们内部也有不同意见。有人曾觉得三舱不如两舱简单、保险，因为两舱好做，加上第三舱就复杂多了。当时要统一大家思想还挺难。

朱增泉：看来你是主张迎难而上的。

王永志：由我主持向中央专委写的论证报告就是三舱方案。可是，方案复审过程中，意见不一致，天天吵啊，老是定不下来。这怎么办哪，我心里挺着急。最后航天部领导决定成立一个五人专家小组，把决定权交给了五人小组，说是"他们定啥就是啥"。

朱增泉：集中了航天界的五位权威吗？

王永志：是啊。组长是任新民老总，因为他是可行性论证的评审组组长。大家经过一段准备，任老总主持五人小组开会讨论，让大家表态。结果，四位组员的意见是两票对两票，二比二。这怎么办哪，任老总就很难表态啦，就说："这事今天就到这里，再等等。"就这样放下了。后来任老总也不开会了，在会外投了我一票，同意搞三舱方案，支持了我一把，我挺感激他的。

朱增泉：好事多磨啊！

王永志：最后确定搞三舱方案，我是挺高兴的。所以说，要赶超三四十年差距，要想一步到位，也不是很容易的事。当然，搞工程嘛，不能说谁的思路一定比谁的思路好，多种途径都可以达到目的，并不是只有一条路子可走。问题是侧重什么，选择什么。

朱增泉：你刚才谈到，三舱方案是俄罗斯"联盟—TM"的先进性之一，我们的飞船也搞三舱方案，这里面的中国特色和技术进步又体现在哪里呢？

王永志：我们的三舱方案是有自己特点的。我们的三舱，最前头是轨道舱，中间是返回舱，后头是推进舱。推进舱外国也叫设备舱，里面有发动机的推进剂储箱，有各种气瓶，氧气啊、氮气啊，都在后头这个舱里。推进舱不是气密的，返回舱和留轨舱有航天员活动,所以必须气密,要供氧的。我们同"联盟—TM"的最大不同,就在前头那个轨道舱。我们在轨道舱前头还有一个附加段,俄罗斯是没有的。要说赶超和跨越,这个多功能的轨道舱应该是赶超和跨越的主要标志。

朱增泉:我一下子还弄不懂,你能否具体介绍一下?

王永志:我刚才不是说,我们的载人航天工程是一个前提、两个体现、要完成四项基本任务吗?一个前提就是以飞船起步;两个体现就是体现中国特色和技术进步;四项基本任务我就不重复了。我坚持一上来就搞三舱方案,主要是考虑到同第二步发展目标相衔接,这是追赶和超越的关键所在。要追赶,要跨越,就必须在实施第一步时就考虑到第二步、第三步。我当时考虑的问题是,我们的载人飞船一旦打成之后,能够留下一个初步的天地往返系统。只要对它稍加完善,它就是一个天地往返运输工具,可以直接向空间站过渡,到时候就不必再单独立项为解决空间对接技术搞一个独立工程了。如果先搞两舱,那就得在两舱搞成之后再干一次,再立项,搞三舱对接试验,解决天地往返运输问题。我这样搞三舱方案,一次就完成了,一步到位了。

朱增泉:什么叫跨越,连我这个外行也听懂了。

跨越"猴子阶段"

王永志:我们的载人航天工程搞跨越式发展,还有一个体现,就是不做大动物试验。

朱增泉:什么叫大动物试验?

王永志:就是在飞船里面先放一个猴子什么的,打上去试验,看它能不能存活。我们没有搞这一步,把它跨越了。

朱增泉:是啊,人们总是把飞船同猴子联系在一起。我们的

"神舟"1号无人试验飞船打成以后,不少人见了我都问:"里面放没放猴子?"有的人干脆问:"里面的猴子死没死?"从"神舟"1号一直问到"神舟"4号,都在关心我们的飞船里面放没放猴子。

王永志:中国载人航天工程不做大动物试验,理由是什么呢?你想想嘛,到我们的飞船上人的时候,俄罗斯宇航员已经上天四十多年了,美国宇航员也上天四十年了。我们论证的时候,美俄两家已经有上百人上过天了。到2001年底,世界各国的航天员已经有四百二十六人上过天了。要讲人次那就更多了,到2002年8月已经有九百零六人次上过天了。最多的一位宇航员已经上天七次了。男的上去过,女的上去过,而且这些人上天回来都生儿育女,一切都正常。岁数最大的七十七岁都上去了。在太空时间最长的达到两年零十七天零十五小时。人能不能适应升空和返回段的过载,能不能适应飞船在轨运行时的失重状态,这些问题都已经有了明确结论了,能行,没问题。难道我们还需要从头做试验,看看人进入太空行不行?显然没有这个必要了。要是连这一步都不敢跨越,我们岂不是只能永远跟在别人屁股后面亦步亦趋吗?人家干啥,我们也得干啥。人家先打上去一只狗,我们也得先打一只狗。他们先打一个猴,我们也得先打一个猴。他们再打个猩猩,我们也得打个猩猩。这实在没有必要。

朱增泉:你讲得好,不能墨守成规。

王永志:但是,人家的飞船上人行,并不等于我们的飞船上人也一定行。问题在于我们飞船舱内的生命环境是不是可靠,它必须保证航天员的生存条件。特别是舱内的供氧怎么样,温度、湿度、大气成分、大气压力怎么样,都得有保证。我们的舱内条件究竟有没有保证,必须经过严格试验。怎么试验?老办法就是做大动物试验。

朱增泉:先上猴子,先叫猴子做给人看。

王永志：我们对上猴子的办法也进行过分析，实在不怎么样。据说，中国最聪明、最好训练的是云南的猴子。有人主张从云南买一批猴子回来训练。这就要搞动物饲养房、动物训练室。一算账，建一个猕猴饲养房就得三千万。其实猴子也不是很好训练的。飞船升空，有过载，有噪声，它一过载，一受惊，一害怕，不吃不喝怎么办？我们的飞船按设计可以在太空自主飞行七昼夜，如果猴子七天七夜不吃不喝，下来它死了，这算谁的账？究竟是飞船的问题，还是猴子自身的问题？很难说得清楚。反倒会给航天员增加思想负担，有顾虑了，不敢上了。另外，用猕猴也不能完全模拟出人的生存条件来，因为猴子的最大代谢能力只有人的六分之一，对氧的消耗很慢。我们的飞船返回舱设计的是三名乘员，如果要模拟出三个人的生存条件，那就得用十八只猴子，返回舱内也装不下啊（笑）。

朱增泉：要是十八只猴子上天，真是大闹天宫了。

王永志（大笑）：可不是嘛！只能上一只猴、两只猴，这样消耗氧的速度很慢，舱内自动供氧的系统一下子启动不起来，得到的试验结果也就不太真实。

朱增泉：那么，我们用什么办法来检验舱内的生存环境呢？

王永志：我们用一台代谢模拟装置来检验，让这台科学仪器像人的呼吸一样，消耗氧，排出二氧化碳，然后再用另一台设备把排出的二氧化碳吸附、转化。根据上几个人、上多少天，把氧分压消耗到下限，这台仪器的氧传感器就会敏感到，自动补氧，补到上限。我们利用无人飞船连续试验了几次，模拟三个人飞行七天，供氧情况非常好。所以，我们就下决心跨越大动物试验阶段。直到去年，有些不太了解情况的人还通过领导向我传话，说美苏两家都是先做大动物试验，你怎么一下子就把人弄上去啊，是不是风险太大，要不要先做大动物试验啊。我告诉他们，没有事，没有风险。

我给他们讲了上面这个道理,他们一听,哦,那可以。我们总得学会创造性地前进,不能永远跟在别人屁股后面走。否则,我们啥时候才能赶上人家,四十多年的差距啥时候才能缩小?

朱增泉:听了你这一段生动的讲述,我觉得这里面有一个人类文明的继承和创新的关系。人能不能上太空,美苏两家试验过不知多少次了,我们没有必要再从头来过。后人的实践活动中从来都会包含前人的经验,就像中国古人发明的火箭为人类搞载人航天提供了最重要的启示一样。但是,继承中又必须有所创造,有所发明,有所突破,才能有所超越。正是这种继承和创新的结合,形成了我国载人航天工程的许多独特做法。

王永志:我们用我们的办法干,不用猴子,直接上人。

朱增泉:打个比方,猴子变人,从爬行到直立。我们不再爬行了,一下子直立起来了。

轨道舱的妙用

王永志:中国载人航天的另一个重要特点,就是突出了空间应用。我们搞载人航天,不仅是为了在政治上产生重大影响,而是必须拿到实实在在的效益,这一点也是中国特色。

朱增泉:我国载人飞船获得圆满成功,必将极大地增强全国人民的民族自豪感,增强民族凝聚力,这就是重大的政治意义,也是重大的社会效益,它对我们各方面的事业都会产生推动和促进作用。

王永志:是的。但是,我们没有停留在这一点上,我们还要得到实实在在的效益。我们的实效体现在哪里呢?就是飞船上那个生活舱,我们叫它轨道舱,它实际上是个多功能舱。俄罗斯的"联盟"号飞五天之后,三个舱一起返回,先把前头的生活舱分离掉,在大气层烧毁了。接着又把后头的推进舱也分离掉,也在大气层烧毁了。它只有返回舱是带防热层的,人在里头坐着不烧毁,回收了。"联盟"号的生活舱只用五天就报废了,我们"神舟"号的轨道舱要在轨道上再飞半年,用它做科学实验。我们很多空间应用和研究项目都在轨道舱内,等于发射了一颗科学实验卫星。两三吨重的东西,把它推到每秒八公里的速度,送上轨道,那是付出了巨大代价的,所以不能随便把它烧了,让它留轨运行,作为一个试验舱来利用。这样,我们就可以额外得到大量的科学实验数据,非常宝贵,这也是对社会很大的回报。

朱增泉:这是一举多得。

王永志:我们把轨道舱留在轨道上继续飞,也是为下一步研制工作做准备。什么东西适合放在空间站上,什么东西不适合,在轨道舱上做了许多试验。这样一来,也为中国科学院带起了一支搞空间科学和空间应用研究的队伍,他们的研究工作不再是从理论到理论,而是已经介入到工程研究里去了。这十几年积累的东西是很可贵的,它为将来大规模的空间应用准备了技术基础、人才基础。我们在搞第一步的时候,就考虑到后面几步,叫作"步步衔接"。我们的飞船一起步,就要让它和后面的工程一步一步衔接起来。也就是说,我迈出左脚,不仅仅是为了向前跨进半米,同时也是为了向前迈出右脚,找到一个支点。

朱增泉:精彩!走一步看两步、看三步,步步衔接,这盘棋就下得越来越精彩了。这样一来,实际上把几个发展阶段的间隔缩短了,追赶四十多年差距的时间也缩短了。

王永志:这样,我们的载人航天工程就可以一步一步往前走。我们把轨道舱留在轨道上继续飞,还有另一个更重要的目的,就是下一步要利用它搞太空交会对接。苏联和美国,交会对接试验都做过五次。因为如果不解决太空交会对接技术,航天员就无法来往于天地之间,就不能搞空间站。所以,搞空间站之前,非得在技术上解决交会对接不可。能对接上,人能进到空间站里去,还要能退出来,能回来。这一关非过不可。所以,苏联和美国载人飞船成功后,都很快做了交会对接试验,各做了五次。试验成功了,然后才敢发射空间实验室,才能建立空间站。美苏两家的交会对接试验是怎么做的呢?先发射一艘飞船到轨道上,紧接着再发射另一艘,与它同轨,然后前面一艘掉头,后头一艘同它对接上。然后再撤下来,再一个一个返回。发射第二艘的动作非得快不可,最迟第二天就得发射,因为他们的飞船只能在空间飞行五天,必须在五天以内把它对上。否则前面那一艘到了五天就会往下掉,后面一艘就追不上了,对接不成了。他们都是这么做的。

朱增泉: 我们准备怎么做呢?

王永志: 我们是先发射一艘飞船,把轨道舱留在轨道上,它可以飞行半年。我们要做对接试验时,只要发射一艘飞船,去和轨道舱对接。这里面可以有两个做法。一个做法是,如果我们搞一个轨道舱可以留轨飞行两年,那么两年内发射的飞船都可以和这个轨道舱去对接。另一个办法是,如果轨道舱只能留轨飞行半年,我们可以发射第二艘飞船去和第一艘飞船的轨道舱对接,然后把第二艘飞船的轨道舱留轨,把第一艘的轨道舱分离掉,因为它半年寿命已经到了。后面再发射第三个去和第二个对接,第四个再去和第三个对接。这样一艘一艘更替,轨道上始终有一个轨道舱可供对接。这样,我们每搞一次对接试验,只要发射一艘飞船就行了,不必每次都发射两艘。前提就是先放一个轨道舱在上头。因此,他们做五次交会对接试验都得发射十次,我们做五次交会对接试验只要发射六次就行了。如果 n 代表发射次数,他们是 2n,我们是 n+1。他们每做一次交会对接都得发射两艘飞船,我只要 n+1 就行,只要 $n>1$ 我就占便宜。如果 n 是 2 我就少发射一个,如果 n 是

5我就少发射4个。你想想,现在发射一次就是好几个亿啊,这样不就省钱了吗?

朱增泉:既要省钱,又能把事情办好,这就是中国特色。

王永志:还不只是省了发射飞船的钱,要是接二连三地发射,还得建设第二个发射工位。因为一个发射台今天发射了,明天不能接着又发射,必须在另一个工位上发射。那我们还得再建一个工位,建一个工位又得花多少钱啊。我们把这个钱也省了。这也是一个创新吧。这个主意是我出的。有一次我和王壮去莫斯科,俄罗斯飞控中心的技术主任巴丘卡耶夫,他是搞飞行控制的,是我和王壮的同学。王壮就问他,我们用这种方法搞交会对接行不行?巴丘卡耶夫先是一愣:"嗯?咋不行,完全行啊。"王壮指着我说:"这就是他出的主意。"巴丘卡耶夫感叹了一声,说:"哎哟,都说中国人聪明,名不虚传!"

朱增泉:你为中国人争了光,让人听着长志气。

王永志(笑):要不总是当人家"儿子",那算什么?

把航天员安全放在第一位

朱增泉:今年2月1日,美国"哥伦比亚"号航天飞机失事,对国际航天界震动很大。我们在飞船的安全性上有哪些有效措施?

王永志:确保航天员的生命安全是头等大事,这一点我们是非常明确的,就是要安全至上。现在回头去看,我们的飞船在设计上对安全措施考虑得比较周到,这也是我们的特点之一。在待发段就有四种救生模式,上升段有十一种救生模式,飞船上还有八种救生模式。

朱增泉:上天难啊,俗话说"比登天还难",载人航天是高风险事业。你刚才说安全至上,这是一个非常重要的设计思想。

王永志：飞船入轨之后一旦发生危险,我们还有很多救生措施。一个办法是,在轨道设计上,为飞船创造更多的机会能够返回着陆场。我们的飞船轨道最早设计要飞十多圈后再变轨,我说不行,第五圈就变轨。为什么?因为提前变成圆轨道后,返回地面的机会就多了。如果发生了紧急情况,航天员也可以启动应急程序自主返回,即使返回不了主着陆场,落到中国,落到外国,我们都选好了地点。假如飞船的控制系统坏了,或船箭没有分离,或太阳帆板没有展开,或着陆时大伞没有切掉等,凡是可能造成航天员生命危险的环节,我们在设计上都设有冗余,如果冗余的那套也失灵了,我们还有航天员手动控制的自救办法。我们就是这个观点,以人为本,安全至上。我们的设计人员在这上头花费了很多心血。

朱增泉：我们的航天员要感谢你们。

王永志：在我们论证的时候,还没有美国的"哥伦比亚"号事故。但是,当时咱们自己的一颗返回式卫星跑了,没能按时返回,过了好几年之后才回来。事故原因是有一个程序出了差错,反了,卫星往相反方向跑了。当时,这件事对我们震动很大。我们突然想到,要是将来我们的飞船也出现这样的情况,太危险了。这颗卫星是返回式的,我们的飞船也是返回式的,一旦飞船返回不了怎么办?飞船上带的食品不到十天,那肯定完了,葬身太空了。

朱增泉：看来,那次卫星事故,反倒对你们载人航天工程的设计提供了极大帮助。在人类进行的一切科学实验中,失败是成功之母,这是一条永恒真理。

王永志：我们马上又想到,要是那颗返回式卫星上有人,不是可以让他采取手控的办法自己回来吗?

朱增泉：哦,一种新的设计方案在奇思妙想中产生了。

王永志：我们既要千方百计为航天员的安全考虑,也要充分发挥航天员的主观能动性。我们把各种手控程序设计好,叫他自己控制返回。我们可以同他通话、指挥他,让他利用手控程序回来。我是管工程总体的,我一直督促搞具体设计的同志加手控。有的同志觉得加手控挺麻烦的,将信将疑地去找俄罗斯的航天员座谈,问他们要不要加手控?俄罗斯的航天员回答说,如果设计师没有给我设计手控,我有权利不登舱。这不,人家也主张加手控。

朱增泉:既把航天员作为确保安全的对象,又把航天员作为确保安全的行为主体;既有自己的创造性思维,也有对国外实践经验的借鉴。这些都是辩证思维,所以我国飞船的安全性比外国考虑得更加周密。

王永志:的确,这些地方,我们都想得很全。

海上点式搜救法

王永志:说到创新思维,还可以讲一个例子。发射飞船,在上升段火箭出事的可能性最大。一旦出事,就要赶快搜救航天员。陆地上还好办一些,从发射场到山东日照出海的地方是两千二百公里,我们设了四个点:东风、银川、榆林、邯郸。每个点上有两架直升机,只要落到哪个点上,很快可以救回来。如果火箭第二级在飞行中出事,就要落到太平洋里去,海上有五千二百公里范围。那是大海啊,在茫茫的太平洋上怎么救啊,而且要求二十四小时以内必须把返回舱捞上来,否则航天员有生命危险。如果开船去,船在海上走得特别慢,一小时就开二十几海里,五千多公里范围,那得雇多少船啊!美国当初是怎么搞的呢?它派了三艘航空母舰,二十一艘舰船,动用了一百二十六架飞机,设了十六个点,几万人都在那儿等。我们也这么搜救不行,我们没有这么大的航海力量,想在五千多公里海域都布下搜救力量显然做不到。可是,航天员是宝贝啊,必须千方百计搜救。最后,我们还是想出了一个中国式的办法:海上与天上互相配合。海上,我们在五千二百公里海域选出了三段较小的区域,在这些区域中配置搜救力量。天上,充分利用飞船上的资源。推进舱内带有约一吨燃料,是准备返回用的。一旦出事,我们就把飞船上的发动机启动起来,利用发动机提供的动力,按事先设定的程序,进行实时计算,靠近哪个区域就往哪个区域落。布置在各个区域的搜救船只再一配合,很快就能找到。这是一个创新,是中国特色,世界上绝无仅有。

朱增泉:这不是下围棋往要害处投子的办法吗?虽然不是"大海捞针","这种"大海捞人"的办法也足以使人感到惊奇。

王永志:可以说,为了保证航天员的安全,大家绞尽了脑汁。特别是火箭和飞船系统,在这方面花的精力很大。这一套设计也是很复杂的,我们有一个专门班子,十一年一直干这件事。所以说,我们对飞船的安全设计,能想到的办法都想到了。美国人仰仗海军力量大,舰船多,落在哪儿都能去,他们飞船上的安全程序搞得比较简单。飞船上一简单,地面搜救工作就复杂了。我们把飞船上的安全程序搞得周到一点、复杂一点,这样就把地面解放了,搜救工作简单多了。这些都是在可行性论证时确定的方案,这些就是我们的特色,就是我们的创造性发展。

朱增泉:都是用事实说话,很有说服力。

中国飞船就是中国飞船

王永志:中国飞船就是中国飞船,没有什么抄袭之嫌。这一点,不光是我们自己说的,也是国际航天界权威承认的。2001年俄罗斯举行加加林上天四十周年庆祝活动,同时我的母校莫斯科航空学院也邀请我去参加授予我荣誉博士称号的仪式。穿上博士服,颁发证书仪式搞得挺正规、挺隆重。航空宇航系又授予我一枚杰出毕业生金质奖章。就在授予我称号和奖章的仪式上,他们让我介绍中国载人航天工程的特点。"联盟"号的总设计师,也是指导我毕业设计的导师米申院士主持,就坐在我旁边。在这之前,俄罗斯国内也有人在报纸上发表文章,说中国的"神舟"号和他们的"联盟"号一样。我在会上讲完后,米申院士大声说:"你们都听到了吧!中国飞船不是'联盟'号,中国飞船就是中国飞船!"我讲这些,主要是想说明,我国的载人航天工程是依靠自己的力量独立自主完成的,有我们自己的特色。中国在航天领域取得的突出成就,国际航天界权威都是承认的。

朱增泉:感谢王总,你今天讲得非常精彩,我听了很受感动,很受教育。在你身上,在中国航天界的广大科技人员身上,既有严谨的科学态度,又有发奋图强的雄心壮志;既尊重别国在载人航天领域的科学成就,又勇于自主创新,勇于攀登,勇于跨越,创造了中国载人航天的辉煌。在实现中华民族伟大复兴的奋斗进程中,需要大力弘扬这种精神。你今天的介绍,是一篇生动的爱国主义教材,我将拿去介绍给广大读者,让更多的人从中受到教育和鼓舞。

2003年10月17日

用诗人情怀抒写航天壮举

——《检察日报》记者专访

2003年10月16日,中国首次载人航天飞行获得圆满成功。

10月17日,一本名为《飞天梦圆》的精美图书就出现在各大书店。这本书图文并茂,由载人航天工程相关项目的专家撰写,全面展现了我国载人航天工程的历程,同时也系统地介绍了载人航天的相关知识,受到了各界的关注。这本书的主编是中国载人航天新闻宣传领导小组组长朱增泉将军,同时他也是首飞航天员评选委员会的成员。

10月21日,本报记者对朱将军进行了专访。这也是朱将军作为中国载人航天新闻宣传领导小组组长首次接受记者采访。

将军写诗是中国的一个文化传统

记者:您的身份很特殊,既是将军又是诗人、作家,您在两个截然不同的领域都取得了非同一般的成就,一定付出了艰辛的劳动。

朱增泉:将军写诗,是中国几千年历史中的一个文化现象,是中国的一个文化传统。在我们的革命队伍里,毛主席写诗,朱老总写诗,陈毅、叶剑英、张爱萍都写诗。我写诗也并不奇怪吧。只是现在这样的人确实很少了,所以大家才称我为"将军诗人""将军作家",这当然是对我的鼓励。

文学是我的业余爱好,而且是我唯一的业余爱好。一直坚持了这么些年,我把能利用的业余时间基本上都交给了文学创作。我最初写诗是在老山前线,在猫耳洞里写出来的。战争使我们深深思索祖国、民族、历史这样一些严肃的问题,我被这场战争的火种点燃了诗情,所谓"一举成名"。最近这些年我主要转向了散文创作。

记者:我读过您的一本散文集《西部随笔》,感觉不仅豪迈豁达而且质朴深厚,既有军人的卓见,也有诗人的情怀。

朱增泉:大家比较喜欢我的散文,也许跟我的经历有关系。我是一名正宗的军人,对历史、人文都有一些不同于普通人的视角,有一点自己的独特见解,所以大家读起来可能觉得有点震撼力、有点新鲜感。我今年在《美文》《人民文学》开了两个专栏,写的分别是我访问俄罗斯和关于伊拉克战争的问题,反响还不错。

本来还有一些写作计划,但赶上了这次载人航天,我把时间都让给它了,其他的只能暂时放下了。

记者:您是从什么时候开始接触中国载人航天工程的?

朱增泉:发射"神舟"1号无人试验飞船时,我就是载人航天新闻宣传领导小组的组长,组织新闻宣传工作。这是一件严肃、细致的工作,既要掌握政策,又要鼓舞全国人民。"神舟"2号、3号、4号试验飞船的宣传工作我没有直接管,由宣传部门在管。"神舟"5号的新闻宣传工作很重要,我再次担任组长,亲身经历了这次载人航天的全过程。

记者:您的作家身份和阅历,是否使您对载人航天的新闻宣传工作有特殊的体验?

朱增泉:应该说我的领导身份和人生阅历对我做好这项工作有很大的帮助,我思考问题会比宣传部门的同志站得高一点,想得深一点。我自己能动手写一点东西,又可以把这个工作做得更深更透一些。

首先,我能理解媒体的工作方式,能体谅到记者们采写稿件时会遇到什么样的困难,需要我们提供什么样的帮助,提前做了一些准备工作,尽可能为他们的采访提供方便条件。比如我们在做宣传计划的时候,7月份就开了新闻宣传领导小组会议,9月份我就布置下任务,要求一定要为记者们提供充足的背景材料,比如我们的载人航天工程包括哪些大系统,火箭系统、飞船系统、发射场系统、着陆场系统、航天员系统、空间应用系统等,一共是七大系统,把提前经过审查的有关资料提供给各媒体。毕竟这是一次科学实践活动,会涉及科普性的东西,如果不提前做好这些准备工作,一些非专业性的记者就会无从着手。

再者,这是一次非常严肃的科学实践活动,既要宣传好,又不能出现炒作的状况。我负责协调各个媒体搞好这次新闻宣传,我想我比较能把握好这个度。发射前要封得住,不能乱炒,不让媒体走偏,但又不能封死,封到发射那天才开始宣传,那新闻就没法写了。所以,我决定提前一个星期开放采访活动,让经过批准、允许采访的记者进入部分现场。如果换个人来做这个工作,原则上会把握,但可能不会做得这样细致。

第三方面就是一些要点的东西,记者们和其他人员可能不能一下子抓到要害或者第一手的资料,从而留下缺憾,我自己就可以直接介入。我动动手,就可以直接写出来。我写出来的东西可能就具有别的记者、作家所没有的优势。

我对杨利伟的了解比较深入

记者: 您对航天员系统的工作也很熟悉?

朱增泉：我是从野战部队调入国防科工委后才接触载人航天这件事情的，以前不知道，因为那时还在保密状态。自从接触以后，我分管思想政治工作，对航天员的思想工作这一块我一直很重视，所以我对航天员的情况非常熟悉。

记者：航天员系统的工作非常重要，也很复杂，而且大众最感兴趣的可能也是这个部分吧？

朱增泉：涉及人的问题总是最复杂的问题吧。不过，下决心做好的话总能做好。举个例子吧，选拔航天员刚进北京时，就遇到这么一个实际问题。当时正好赶上企业改革，军人妻子下岗很多，航天员的妻子随调进京安排工作非常困难。当时社会上还不知道我国正在高度保密状态下紧锣密鼓地推行载人航天事业，我们也不好向招工单位公开介绍说"她是某某航天员的妻子"。现在情况当然不一样了，航天员妻子各单位抢着要。当时不行，今天勉强给你安排个工作，没几天就让你下岗了。当时这个问题不解决，航天员不安心，航天员单位的领导同志也有思想压力。我刚从野战军调来，第一次去了解航天员情况，他们就向我汇报了这个问题。我一听，心里就想，我们当领导的就这么无能吗？总不能让航天员带着思想包袱上天啊！我在常委会上正式提议：把航天员配偶全部特招入伍，在内部安排适当工作，一次性解决问题，不留后顾之忧。当时有的领导和业务部门负责人说："上级没有这方面的具体政策。"我就问："特招有没有政策？"回答说："有的。"我又问："什么叫特招？"回答说："部队特殊需要。"我就说："还有比航天任务更特殊的吗？"下面我进一步做了解释，"上级制订特招政策时，我们的载人航天工程还没有立项，他们不知道有这方面的特殊需要，文件中不可能写这方面的具体规定。现在实际问题已摆在我们面前，航天员马上就要上天了，解决这个问题已迫在眉睫，只能下决心全部特招入伍，不能让航天员带着思想包袱上天。全国十二亿人，我们十二位航天员，一亿人摊一个，我想全国人民也不会有什么意见。一旦上级来追查责任,由我全部承担。"常委会一讨论,都同意我的意见。所以说,当领导没有一点担当精神不行。这件事,航天员们直到现在都感激我。

记者: 在《飞天梦圆》这本书里您用很长的篇幅写了首飞航天员杨利伟。

朱增泉: 我经历了这次载人航天的全过程,领导了其中一部分的工作,按说应当有很多可写的东西,但到目前为止,我自己只为这次航天写了两篇文章,写的是两个人。一个是首飞航天员杨利伟,另一个是我国载人航天工程总设计师王永志。

我对杨利伟的了解比较深入。在他上天以前,我单独跟他交谈了很多次。因为航天员上天之前,我是首飞航天员评选委员会的成员之一,从十四个人中选出五个,从五个人中挑出三个,最后再从三个人中确定一人,这是一个很复杂的综合考核过程。在这个过程中杨利伟一直排在第一,素质确实很棒。他的表现大家都看到了,说明我们选得很准。我给杨利伟概括了两句话:既有坚忍不拔的顽强意志,又有精细严谨的良好习惯,在他身上这两种素质结合得很完美。

再者,我认为航天员杨利伟要重点宣传介绍,不能光让人只知道一个名字,也不能像写一个足球运动员那样去写他。我想由我来写他比较合适。

基于这些原因我写了这篇介绍杨利伟的文章《一飞惊世界》。这篇文章应该说是目前介绍杨利伟的文章中比较有分量、比较权威的一篇。

为普及载人航天知识尽绵薄之力

记者:《飞天梦圆》里最吸引我的就是您的这篇文章,因为介绍得非常全面,又有很多感性的因素。

朱增泉：我觉得更重要、更有分量的是我采访王永志的那篇，名叫《中国飞船》，但未及收入书中。为什么呢？王永志是中国载人航天工程的总设计师，从1992年9月21日这个工程立项开始他就是总设计师，一直到现在。而立项之前，他就是论证组的组长。行政性的总指挥已经换了三任，但总设计师一直没有换，因此中国载人航天工程从论证、立项到上天，技术线的工作一直是他主持，采访他应该是最权威的、最有说服力的。

采访王永志可以从载人航天工程的方方面面谈起，但我采访他，着重请他谈了一个问题，这就是我国飞船的特点。在我们的载人飞船上天之前，外界有一种舆论认为，中国的载人飞船仿照了俄罗斯和美国的飞船，是抄来的。我请王永志来回答这个问题。他的回答最有说服力。我用访谈的形式写这篇报道，通过他的回答，很自然地告诉全世界"神舟"5号同苏联加加林乘坐的飞船，同美国早期的飞船相比，有哪些发展。

王永志告诉我，从1992年论证开始，我们就定下一个目标，我们搞飞船起步比人家晚了四十多年，但我们的飞船要跨越式地发展，一上天就要赶上他们现在的飞船，把四十多年的差距一步拉齐。王永志在这篇文章中回答了这个我最想告诉大家的重要问题，所以这篇文章非常有说服力。

到目前为止我可以有把握地说，关于中国载人航天的新闻报道中最有分量的就是这篇文章。

记者：可是，为什么《中国飞船》这篇如此重要的文章没有被收入《飞天梦圆》这本书中？

朱增泉：因为这篇稿子在飞船上天时还在送审过程中。为保证这篇文章的科学性、严密性，能面对国际航天界的权威，必须通过专家、领导们的严格审查，而且只能在飞船成功着陆后面世。而这本书必须在第一时间上市，我策划这本书的一个想法就是争取让读者在第一时间里了解到中国载人航天的各方面情况,没有等我陪同杨利伟从内蒙古着陆后飞回北京,这本书10月16日已经开印了,而这篇文章是《人民日报》10月17日正式发表的,所以没能收入,但这本书再版时会收进去。

记者:您在《飞天梦圆》的《跋》中提到,这其实是一本科普性的读物,科学技术性的成分更多一些,是出于一种什么样的考虑呢?

朱增泉:确实,对我来说,组织一本报告文学更容易一些。我没有选择相对容易的文学性读物,而是选择了相对困难的科普性读物,目的就是想利用我国载人航天取得首飞成功的大好机遇,为普及载人航天知识尽一点绵薄之力。我们国人不能永远只知道讲嫦娥奔月的神话传说吧?从这本书的反响来看,效果很好。很多媒体记者跟我说,很有价值,以后碰到类似问题可以当字典用。我觉得我组织专家们撰写的这本书是有意义的。

记者:您这么多年来亲历中国载人航天发展的全过程,这是否会在您将来的文学作品中得到反映?

朱增泉:我当然非常想做这一有意义的事。但要看我的精力和时间,我毕竟是位领导干部,有大量工作要做。

2003年10月24日《检察日报》

《谁送航天员上天》序

正当举国欢庆首次载人航天获得圆满成功的历史性时刻,于庆田同志出版《谁送航天员上天》这本散文集,真可谓人逢其世,书逢其时。

于庆田同志早年就读于人民大学新闻系,毕业后参军,长期工作在我军高科技部队,现已成长为一名将军,一名知识分子型的军队高级干部。我国从发射人造地球卫星到发射载人宇宙飞船,经历了几代人的艰辛努力。在这个长期奋斗的历程中,于庆田同志是千千万万亲历者和见证者之一。他曾先后在酒泉卫星发射中心、太原卫星发射中心、陕西渭南卫星测控站等单位工作过。尤其是把中国第一位航天员送上太空的酒泉卫星发射中心,曾是他两度工作过的地方。他在那里经历了从莘莘学子到革命军人的最初锻炼,后来又在那里当上了将军。

于庆田同志是学新闻专业出身,参军后,他的工作一直与新闻宣传有着不解之缘。他当过基层连队的指导员,当过政治机关的宣传干事、宣传科长、宣传处长、记者站站长。那时,他长年工作和生活在国防科研试验第一线,亲身经历了我国国防科技战线的许多重大试验活动,亲眼目睹了我军许多重要武器装备的诞生,接触了许多我国国防科技战线的老前辈、老将军、老科学家,对我国从"两弹一星"到载人飞船的奋斗历程有着许多亲身感受。他这些散文作品的可贵之处,就在于他以直接参与者、亲身经历者的身份和亲身感受,为我们留下了一篇篇关于我国国防科研试验事业的许多真实记录。他的散文作品,兼具新闻记者采写通讯特写的真实性和专业作家创作纪实作品的文学性,这种兼容性往往是业余作者身上一种特有的优势。在他的笔下,既有苍茫西部的荒漠景观、人文历史,又有国防科研试验的种种神秘和风险、奋斗和艰辛、成功和喜悦。他每一篇散文所记述的事件或人物,也许反映的只是某种武器装备的某次具体试验,或只是某项重大科研试验活动漫长过程中的某个片断、某个瞬间,但透过一滴水可以见到太阳,读者通过这些真实的片断和瞬间,可以看到它所折射出的我国从"两弹一星"到载人航天飞船的辉煌历程,以及我国国防科技战线的宝贵精神。他这些散文作品的字里行间,既表达着对科学家们的无比崇敬,又处处表达着对国防科技战线上那些长期默默奉献者的真情讴歌。

　　于庆田同志是勤奋的。我从野战部队调入国防科工委担任政治部主任时,他是国防科工委政治部的秘书长,他的办公室就在我隔壁,协助我处理日常工作事务,我曾与他朝夕与共四年之久。此后,他去了酒泉卫星发射中心,先后在那里担任基地政治部主任、副政治委员,后来又被提升为军械工程学院政治委员,在政工领导岗位上担任的职务越来越重要。但他始终笔耕不辍,读书、访古、写作,成了他的主要业余爱好。他前几年在酒泉卫星发射中心担任领导工作期间,几乎踏遍了那片神秘而又神奇的土地,访古探幽,读史考证,写下了不少怀古类游记,他的散文创作也由此进入了横纵古今的开阔境界。

　　他收录在这本集子中的散文作品,主要部分都是记述我国国防科技战线上的一些人物和事件。随着岁月流逝,很多功勋卓著的前辈领导者、著名科学家均已谢世。当年,许多长期隐姓埋名的航空航天专家、导弹武器专家、核试验专家,其中有不少人的感人事迹就是通过他的文章使之一夜传遍神州,名震中外。这本散文集的出版,寄托着对他们的深切缅怀。他的这些篇章文字,也更加独具一份珍贵。

朱增泉
2003年11月

航天员的妻子们

载人航天是无比辉煌的事业,但它同时也是一项高风险性的科学探索活动。我国"神舟"5号载人飞船发射前,被选定的三位预备人选杨利伟、翟志刚和聂海胜,他们内心既被巨大的荣誉感、责任感激励着,也被首次太空飞行的高度风险暗暗考验着。同样,三位航天员的妻子,张玉梅、张淑静和聂捷琳,也在无比激动中承受着面对巨大风险的心理压力。为了把航天员的心理调整到最佳状态,除了调整好他们本人的心理状态,同时要调整好他们妻子儿女的心理状态,以排除他们心理上的各种干扰和负担。

作为首次载人航天飞行政治思想工作的负责人,在航天员出征前,我去参加了一次航天员妻子们的座谈会,要去疏解一下航天员妻子们的心理压力。通过三个半天的座谈,我高兴地发现,不仅我们的十四位航天员都是经过千锤百炼、具有超强素质的人,航天员的妻子们也都表现得坚定、自信。面对风险,她们表现出了航天员妻子特有的见识和胸怀。在航天员妻子们的眼里,她们的丈夫个个都是人杰。她们都觉得,自己的人生也因丈夫从事的航天壮举而变得鲜亮和庄重,她们心甘情愿和自己的丈夫担当一切风险。

张玉梅说:"第一个上天是最幸福的。"

张玉梅是"首飞"航天员杨利伟的妻子,她戴一副白边眼镜,说起话来轻声细语,柔弱文静得像一位女诗人。她以前是一位中学教师,现在是北京航天城的一名文职军人。她的发言是从杨利伟参加航天员选拔说起的。她说,那是1996年7月,当时杨利伟正在四川梁平县一个飞行团当领航主任,天天带领新飞行员们进行飞行训练。有一天,杨利伟对她说,上级要组织飞行员们到青岛去疗养,在那里接受选拔航天员的体检。那是她第一次听到选拔航天员的消息。

张玉梅说:"哎呀,当时我们这些飞行员家属们,听到这个消息都很激动,一个个都跃跃欲试的。"

我问张玉梅:"你当时除了激动,还想到一些别的什么没有?"她说:"也想到当航天员会有一定风险。我当时就给杨利伟父母亲打了电话,征求一下老人们的意见。他父母都是在中学当教师的,思想都很开通,都很支持杨利伟去参加航天员选拔。"

杨利伟的父亲杨德元,毕业于沈阳师范学院,先当教师,后来改做行政工作。母亲魏桂兰,从师专毕业后一直在中学当语文老师,直到退休。张玉梅自己从锦州师专毕业后,在本县一所中学当老师,她哥哥是本县中医院的副院长,认识杨利伟母亲学校的一位校医,这位姓任的校医就是张玉梅和杨利伟的婚姻介绍人。

我问张玉梅:"你想到当航天员会有一定风险,你支持他去参选吗?"她回答说:"我支持呀,当航天员多么光荣啊。我们中国的载人航天事业刚刚起步就让杨利伟赶上了,他能为民族争光,这是多么了不起啊!"张玉梅文静的外表下,拥有一颗坚强火热的心,她坚定支持丈夫投身到载人航天这一伟大事业中,虽有一定风险也义无反顾。

张玉梅在座谈会上娓娓道来,她说:"杨利伟体检情况不错,一关一关过得比较顺利。到了1997年春天,通知我也要到北京来接受体检。我就想,这说明杨利伟本人的体检已经通过了,要检查我的身体情况了。那时我儿子还小呀,刚一岁零十个月,我带着儿子千山万水来到北京参加体检。当时,航天医学工程研究所的领导召集我们开会,布置有关事项。我们好几位家属都是带着小孩来的,孩子都小,在会场里又哭又闹,其中就有我儿子一个,哄都哄不住呀,可难堪了。"杨利伟的儿子名叫杨宁康,现在上小学三年级了,据说学习成绩不错,写的作文上了校刊,英语课每学期都能得奖,是班里的小名人。

张玉梅说,她们体检结束后,各自回去等消息。那时,杨利伟回到四川空军部队,一边等通知,一边照常飞行,天天带领新飞行员训练。四川那个地方,春天和秋天都是大雾,夏季是飞行训练的黄金季节,飞行计划排得满满的。跑道上的温度中午可以达到六七十度,飞机起飞前机舱里热得发烫,杨利伟每飞一趟下来浑身都湿透了。我对他说:"你也快走了,差不多就行了。"杨利伟却说:"不能因为我快走了就松懈了。"这说明他没有产生临时观念,没有影响飞行。听得出来,张玉梅对丈夫的事业心是很感自豪的。

张玉梅说:"1997年12月,正式通知下来了,杨利伟入选了,要到北京来报到。他入选后,在他们那个飞行部队引起了不小的轰动,因为参加选拔的人不少,选上的只有他一个。团里把他送到师里,师里领导很隆重地欢送他。他自己光荣,单位光荣,家里光荣,我也为他自豪。我心里想,我这个丈夫真是不错。"张玉梅这句话,当着杨利伟的面她不一定好意思说出口,但她在座谈会上却十分自豪地说了出来,其他航天员的妻子们欢笑着为她这句话鼓掌。

张玉梅介绍说,杨利伟无论做什么事情都很认真。"他脑子反应比较快,但刚开始学习航天基础理论还是很吃力的。他对学习可上劲了,一点也不肯落后。有一次,我到饭堂去吃饭,航天员大队一位教员见了我说:'恭喜你啊,杨利伟英语考试得了100分。'我说:'就凭他那英语基础,可能吗?'教员说:'这是真的。'"

我笑着问张玉梅:"这100分里面有没有你的功劳啊?"她也笑了:"有一点吧。"原来,杨利伟只有双休日才能回家,那次考试前,杨利伟从航天员公寓打电话回家,让张玉梅在电话里用英语复习提纲向他提问,"我在电话里提问了他两个多小时,帮助他复习得比较仔细。"

我又问她:"你除了帮助杨利伟复习英语,在学习上还帮助过他什么?"张玉梅说:"别的我也帮不上多少忙,他这个人是很用功、很细心的,每天都要整理学习收获,我有时候就帮他抄录和整理一些东西。"张玉梅这些话虽然说得轻轻的、淡淡的,但我听后却在心里想,上天也要一位贤内助啊!

杨利伟本人曾经对我说过,航天员基础训练的头三年里,他晚上十二点以前没有睡过觉。张玉梅在座谈会上也说:"杨利伟学习基础课程那个阶段显得特别紧张,但他一直坚持得不错,这一点我是很佩服他的。他记东西就是快,我儿子记东西也快,这一点像他。"张玉梅爱夫及子,非常自豪。

我问张玉梅:"杨利伟对孩子的学习管得多吗?"她却答非所问道:"杨利伟特别能带孩子玩,他把自己小时候玩过的名堂一样一样想出来,教给孩子玩。孩子喜欢玩飞机、手枪。他告诉孩子说,他自己小时候可玩不起买的飞机和手枪,玩的都是自己做的木头飞机、木头手枪。孩子一听,买的飞机、手枪不玩了,非要玩自己做的木头飞机和木头手枪不可。杨利伟就自己动手,用木头给孩子做了玩具飞机、玩具手枪,孩子玩得可高兴了。"

我又问了张玉梅另一个问题:"杨利伟对孩子那么喜爱,对你关心怎么样？"张玉梅说："他对我嘛，前十年是我关心他多，现在是他关心我多。在过去，家务事我也不能指望他，他当飞行员时就不太管家里的事。这么多年家里的大事小事我都包了。他当了航天员，我更不能让他分心了。但是，自从我前年得病以后，现在是他关心我多了，干家务活也主动多了。每逢天气变化，他都会打电话回来，提醒我加衣服。"张玉梅2001年体检时发现肾炎，当时杨利伟正准备到东北去进行高空飞行训练。张玉梅说："我检查出肾炎，这对我自己、对杨利伟都是一个晴天霹雳。"

按理说，航天员妻子的健康也是得到重点关照的，但张玉梅的肾炎没有得到及早诊断和治疗，也和她"我不能让他分心"的生活信念直接有关。为了使杨利伟早日实现太空飞行的理想，她承担起了一名航天员妻子所能承担的一切。她自己工作上不甘落后，回到家里又要挑起教子、理家的全部担子。平时身体偶有不适，她总认为仅仅是劳累而已，每次都想着也许明天就能把体力恢复过来，明天又想着也许再过两天就能把体力恢复过来。能忍则忍，一拖再拖，顾不上请病假、跑医院。日积月累，她瘦弱的身体在体力上、心理上都严重透支了。我被张玉梅的精神所感动，对她说："你们这些航天员妻子们，的确比一般军人妻子承担着更大的责任和心理压力，将来航天员的功勋章里也有你们的一半。"

张玉梅接着说："杨利伟把我送进301医院，第三天就到东北参加高空飞行去了。他临走前急急忙忙把他父母接过来照顾我，他觉得对我挺内疚的，临走前站在我病床前看着我的眼神，把我看得心里挺难受……"张玉梅哽咽了。从那以后，张玉梅每月要到301医院去接受十天治疗。她表现得一如既往，无怨无悔。她说："我每次都是自己到医院去治疗，不让杨利伟分心。医院里病菌肯定多，我不让杨利伟多到医院去，我要保护他的健康。"听了张玉梅的这席话，让人更加明白什么叫付出，什么叫奉献！

这时，另一位航天员聂海胜的妻子聂捷琳插话说："张玉梅每次去医院做治疗，上午从医院回来，下午就到研究室去上班，从不耽误工作。"张玉梅现在是航天医学研究所的一名工作人员，分管航天医学研究和航天员训练方面的资料工作。随着我国载人航天工程的进展加快，资料工作量猛增。张玉梅感到，她的心血和劳累都和杨利伟从事的光荣事业紧紧联系在一起，再苦再累也不说什么，始终默默地工作着。

张玉梅还讲到了这样一件小事：每天晚饭后，研究所的科技干部都是成双成对出来散步，但航天员不到双休日是不能回家的，她每天都是一个人领着儿子出来散步。航天城有位干部的老岳母，有一次在路上问张玉梅："小张，我怎么从来没有见到你爱人和你们娘俩一起散步啊？"老人的话里面有一些别的意思，问得张玉梅心里挺不是滋味。后来，这位老人知道张玉梅的爱人是航天员，见了她不好意思地笑笑，消除了误会。张玉梅说："杨利伟是很仔细的，他到杭州去疗养，回来时不忘给我带一块丝巾，给孩子带一样玩具。我的衣服都是他帮我上街挑选的。他是B型血，感情比较丰富，我不如他。"说到这里，她流露出满心喜悦，笑得一脸幸福。

张玉梅最后说："杨利伟参加航天员训练后，每次高强度训练下来，都能减少两三公斤体重。他吃了那么多苦，都是为了争取第一个上天。他的老师长邵文福也捎信来鼓励他，希望他能第一个上天。我真希望杨利伟能够第一个上天，第一个上天是最幸福的。"

杨利伟第一个上天的理想终于实现了，张玉梅觉得自己是最幸福的人。

张淑静说："我下辈子还嫁给他。"

张淑静是航天员翟志刚的爱人。她纯朴、爽快，火辣辣的东北人性格。在座谈会上,有人请她谈谈对翟志刚的评价,她却爽快地回答说:"我下辈子还嫁给他!"她的回答引来了满场的掌声和欢笑。

张淑静也是一位文职军人,在研制航天食品的部门工作。她说:"我过去对航天员不了解,只记得小时候听过一篇广播小说,说的是一艘宇宙飞船因为一个什么东西只错了小数点后面零点几几,就摔掉了。翟志刚第一次对我说要去参加选拔航天员的体检,我一听就对他说:'那工作危险。'但他一定要去。当时孩子还小,我一个人带着孩子在家等他的消息。他每检查一步就给家里来一个电话,告诉我今天这一步挺顺利。然后明天又来一个电话,说这一步也很顺利。这中间,他调动了一次工作,从遵化调到沧州,但选拔航天员还有几轮体检没有搞完。他对这件事可上心啦,离开遵化的时候,特地对那里的一位干部说,一旦听到航天员下一次体检的消息,必须马上打电话告诉他,千万别把他漏掉了。翟志刚在空军是飞歼八的,飞行技术很棒。当时,领导把他调到沧州是准备让他改飞新机种,并要提拔他。我就试着问他:'听说上级准备提拔你当领航主任,这样也是挺好的,选拔航天员你还去吗?'他坚决地说:'去!'他对航天员这个工作真的是挺喜欢挺喜欢的。"

"他一心想当航天员,我全心全意支持他。当时通知我也要到北京来体检,我立刻想到一个问题:要是我被查出有什么病怎么办?我立刻在心里说,如果查出我有什么病会影响翟志刚的话,我宁肯同翟志刚离婚也支持他当航天员,我这是真话。"大家又一阵欢笑,为她这句话热烈鼓掌。

"翟志刚调到沧州后,我带着孩子在遵化待了一年,也搬到沧州去了。可是,我刚搬到沧州第三天,他就接到通知,要到北京接受身体复查。我搬去的东西还没有整理,他就要走。他临走时安慰我说:'这次是从全军飞行员中挑选,条件好的人很多,我也不一定能入选,可能几天就回来了。'我就说:'那你给我买辆自行车吧,我好带着孩子去买粮买菜呀。'他就给我买了一辆自行车。我每次出门,都是前头放孩子,后头驮菜驮粮食,推着自行车走。有一次,他们师长坐在小车里从我身旁经过,马上问:'这是谁的家属,这位女同志能吃苦,好!'表扬了我一通。结果,翟志刚到北京一去就是将近两个月,沧州新家连个电话都没有,那时还没有手机,他就打电话到部队家属院,叫公务员来给我传话,告诉我说,他体检比较顺利。

"翟志刚从北京回去,我看他很高兴。后来他接到正式通知,真的选上了。他来到北京航天员训练中心后,对飞行员生活还是很留恋的。赶上双休日,我和孩子跟他走在一起,头顶上有空军飞机飞过,他都会有意无意地瞭上一眼。现在不了,他离开飞行部队时间长了,航天员训练也特别紧张,他的注意力全部集中到航天员训练上来了。我虽然没有看过他训练,但我也能间接听到一些,他们训练是很艰苦的。我有时也担心,他能承受得了吗?但我每次问他,他都说这没有什么,一句话就把我打发了。他是怕我担心,不跟我细说,点到为止。几年来,他的学习、训练,各方面的表现,都得到了领导和同志们的认可。他自己也信心十足,每次回来,都是面带笑容进家。"

张淑静说到这里,对翟志刚概括了三条:"第一,他对我是一位很负责很温情的丈夫;第二,他对孩子是一位可爱的爸爸;第三,他对父母是一个孝顺的儿子。他作为温情负责的丈夫,我只给你们讲一点,他无论是过去当飞行员,还是现在当航天员,也无论他每天训练多么疲劳,工作多么忙,时间多么晚,每天晚上都要给我打个电话,告诉我这一天很顺利。我接到他的电话,这一晚上也就放心了,可以睡个安稳觉了。他作为孩子可爱的爸爸,孩子见了他特别的亲,特别的高兴。他不能像普通干部那样天天回家跟孩子在一起,所以孩子见了他就是那种好久没有见到爸爸的感觉。刚才张玉梅说,我们这些家属到北京来体检时小孩子们大闹会场,其中也有我儿子。"我问她儿子叫什么名字,她说:"我儿子叫翟天雄,天空的天,英雄的雄,今年八岁了。我们的孩子都跟'天'有关,'天雄'啊,'宇飞'啊。"有人插话问:"你儿子的名字是翟志刚给取的,还是你给取的?"张淑静笑道:"是我们俩共同研究的,自从我怀上孩子后,我俩就不断研究,给孩子取下了这个名字。"

她接着说:"翟志刚是很喜欢儿子的,每次回到家里就陪着孩子一起玩。我给孩子买的玩具,都是他先玩,玩会了再教给孩子。最近,我儿子住了一次医院,哮喘,刚出院。我带孩子去看病那天也没想到他要住院,可是医生一看就把他留下了。我立刻就给翟志刚打了个电话,他最近投入强化训练,时间特别紧张,下了课急匆匆到医院看了一眼,又急匆匆走了。孩子还小,还不懂得航天员职业的特殊性,不懂得爸爸的工作多么重要,训练多么紧张、多么辛苦,他只想见到爸爸。一个病房里住了六个孩子,其他孩子都是父母亲轮流来陪护,外婆奶奶轮流来看望。我们就是我自己陪着孩子,儿子就问:'妈妈,为什么我的爸爸和别人的爸爸不一样呢?'问得我鼻子一酸……"

张淑静平静了一小会儿,又说:"翟志刚作为孝顺的儿子,他从小就非常理解父母将他们兄妹六人扶养长大的艰难。他是农村长大的孩子,我俩只相差两岁,但有时同他聊起来,他经历的艰苦生活听起来就跟老辈人似的。他考高中的时候,晚上有个补习班,每人要交五元钱,他交不起。每天上完课,他背起书包就走,自己到图书馆去翻资料,或者把要好同学的笔记本借来抄。他那样贫困家庭的孩子,能走到今天这一步是很不容易很不容易的。他现在当上了航天员,和他小时候一比,真是一个天一个地。"

张淑静满怀深情地讲到了翟志刚的母亲:"他有一个善良的

母亲、伟大的母亲。他父亲去世早,我没有见过。他母亲靠卖瓜子,把他们兄妹六人拉扯大。他上面是三个姐姐、两个哥哥,他最小,排行老六。我们东北瓜子多,他母亲把生瓜子买回来,炒熟了去卖。翟志刚上中学的时候,他母亲每天卖完瓜子很晚才能回到家。翟志刚每天晚上帮助妈妈一毛两毛地数钱,还有不少是几分几分的硬币。有一阵子,翟志刚觉得妈妈卖瓜子太辛苦了,他就不想上学了。他妈妈一听就急了,对他说:'我和你爸爸都不识字,一辈子混不出个人模样来,我说啥也得让你们多读书。'他妈妈的这句话,促使翟志刚坚持着把中学读完了。直到现在,翟志刚还经常说,他干好工作至少有一半是为老母亲。他说,妈妈一直在背后看着他,他只能干好,不能干差。他妈妈今年七十八岁了,得了脑血栓,已经不能说话了,生活上需要有人照顾,一直是我和他姐姐通电话商量护理上的事,直到现在也没有完全告诉翟志刚。这一段,他们航天员要强化训练,挺重要的,我不能让他分心。我是航天员的妻子,我知道应该承担什么。"

讲到翟志刚的心理素质,张淑静说:"翟志刚的心理素质特别好,这一点是公认的。有一次,我坐班车上班,航天员大队有位教员见了我说,进行离心机训练时,加速度要达到好几个'G'。训练这个课目时,从监控的录像中看,有的航天员脸形都变了,但翟志刚每次都面带微笑。这一点我完全相信,他的心理素质早在当飞行员时就表现出来了。他在遵化飞行时,有一次飞机着陆时突然遇到了沙尘暴。飞行部队有个规律,哪一天出了飞行事故,别人都知道,唯独出事的飞行员家属不知道。我那时刚生孩子,满月没有几天,下楼到一个小超市去买日用品。一位同事见了我就说:'哎呀,出事了!'我马上问:'是不是翟志刚?'她说:'如果是他,我会告诉你吗?'那天空中有好几架飞机,其中就有翟志刚,她可能不知道。当时,指挥员在塔台上看不见飞机,飞机看不见跑道,翟志刚沉着冷静,驾驶飞机安全着落,动作很麻利。我事后问他:'你不紧张啊?'他说:'这种时候关键是冷静,不冷静就出事了。'紧跟着他下来的一架飞机就撞在了机场的加油井架上,虽然飞行员脱险了,但飞机起火报废了。"张淑静说:"那次真是把我吓着了。"是啊,一般人只觉得飞行员、航天员的妻子让人羡慕,却很少有人知道她们所承受的心理压力,即使像张淑静这样开朗的女性,也经不住那样的惊吓。

为了摆脱这个沉重的话题,我问张淑静:"翟志刚回家来能帮你干点家务活吗?"她道:"他回家来也想帮我干点什么,但我性子急,嫌他慢,就叫他一边坐着去吧。"其实,张淑静的心何尝不细?她是体谅翟志刚训练得太苦太累,有意让他回家来歇着,不让他干活。张淑静又说:"我们的家庭气氛是很融洽的,儿子也挺可爱。翟志刚难得回家来吃顿饭,三个人坐在一起边吃边聊,一顿饭可以吃上一个多小时。"

我又问张淑静:"翟志刚有什么爱好吗?"她说:"翟志刚的爱好挺广泛,唱歌跳舞,打各种球,他都能参与进去,体育活动他都还行。"

但是,首次载人航天发射在即,张淑静显然已无心顺着娱乐和游玩的话题谈下去,她自己把话题一转说:"最近他们航天员投入了强化训练,我看翟志刚比过去更忙了,回家来也不休息,一个劲儿地埋头看书。我每次给他送一杯水进去,放在他旁边,他都不知道。"我问:"翟志刚主要看些什么书?"她说:"主要看飞船模拟器的书,他必须把飞船舱内的一切都搞得很熟很熟才行。我最佩服他这一点,一坐下来就能学进去。总之一句话吧,我这辈子有幸嫁给翟志刚,如果真的有来生,我下辈子还嫁给他!"

好一个张淑静,对心爱丈夫翟志刚真情如火,再次引来一片热烈的掌声。这时有人问张淑静:"你说你下辈子还嫁给翟志刚,是因为翟志刚是航天员,还是因为他作为好丈夫、好男人值得你永远留恋他?"张淑静爽朗地笑道:"全都有,全包括!"她对于自己拥有这样一位好丈夫,自豪得难以掩饰。

聂捷琳说:"他是红花,我就是绿叶。"

聂海胜的妻子也姓聂,叫聂捷琳。他们两口子都是南方人,聂海胜是湖北人,聂捷琳是江西人。她过去是空军某医院的一名护士,聂海胜入选航天员后,她随迁来北京,现在是航天医学工程研究所的一名研究人员。

聂捷琳向我们介绍说,聂海胜是个很重感情的人。他入选航天员之前,在空军是飞行团的领航主任,飞行部队像他这个年龄段的飞行骨干比较少,团里、师里都不太想放他走,但聂海胜非常向往航天员这个事业,不愿放弃。但他又感到首长们对他不错,内心很矛盾。那段时间,经常有战友们到家里来和他一起喝酒聊天,他也不说话,可是酒喝得非常多。他走的时候,团里、师里为他送行,都请他吃饭,他的话非常少,师长的话也非常少。最后,大家把他送到车站的时候,他很动感情,感到对不起团长、师长。一直到现在,他还经常想念老部队。去年过年的时候还给老师长写信、寄贺年卡。

接着,聂捷琳讲了聂海胜在航天员训练中的两件事。第一件事,是聂海胜减肥。她说:"航天员训练开始后,聂海胜发现自己的体重按身高比例有点偏高,他就开始减肥。一直到现在,他还在坚持减肥,坚持不让自己发胖。"

我半开玩笑地说:"这说明一个问题,当航天员这份荣耀是花多少钱都买不来的。但是,当航天员也有两条明显要'吃亏',第一发不了福,第二发不了财。"我这句话说得全会场的人都笑起来。

有人问聂捷琳:"聂海胜是怎样减肥的?"她说:"他不吃荤。在航天灶上不吃,回家来也不吃。我在家里干脆就不做荤菜了,都做蔬菜,我和孩子也只能陪他一起减肥。可是我那孩子又特别喜欢吃肉,几天不吃肉就馋得不行。"丈夫不吃肉,女儿想吃肉,这个矛盾她是怎么解决的呢?聂捷琳说:"我领孩子上街去解馋。"她说,"有一次,我领着孩子上街,进城下了车,孩子第一句话就对我说:'妈妈,我想吃烤鸭。'我就带她去吃了一次烤鸭,她一个人把一只烤鸭全吃了。可是从那以后,我女儿闻到烤鸭味就想吐,吃伤了,从此再不吃烤鸭了。"她这句话引得会场上一片笑声,都说:"都是叫聂海胜减肥减的!"

这时,到座谈会上来采访的作家李鸣生问道:"航天员训练强度那么大,聂海胜饮食控制那么严,他体力吃得消吗?"航天员训练中心的吴川生政委插话说:"聂海胜主要是高脂肪吃得少,多吃高蛋白、高纤维食品,一些深海鱼虾他还是可以吃的。再就是他不敢吃得太饱,只吃八分饱。"聂捷琳补充说:"聂海胜减肥,除了控制饮食,还得加大运动量。双休日回家来休息,也是一大早就把我和女儿都叫起来,跟着他去围着大操场跑步,陪他一起减肥,别想睡懒觉。"

聂捷琳讲的第二件事,是聂海胜学外语。她说:"聂海胜是农村长大的孩子,那时农村小学是不开外语课的,直到他高中毕业那一年才开外语课,他的英语基础很差。不像我,在学校多少学过一点,拿着字典还能翻翻书、看看资料什么的,他不行。聂海胜学习英语非常吃力,用的完全是一套笨办法。他先得一个单词一个单词地查读音,再把意思翻译出来,用中文标在下面,这样一句一句地磨。有的航天员外语水平很高,会讲两门外语。聂海胜压力非常大,对我说:'要是我英语突击不上去,第一阶段就被淘汰掉,那就太可惜了。'所以他学英语真是下了苦功夫了。在航天员大队问教员、问战友，回家来问我、问孩子。我的英语水平也不高，孩子在外面上了一个英语班，词汇量挺大的，发音也比他爸准。有时候，我解答不了他的提问，孩子也解答不了，我们就全家坐下来一起分析讨论，怎样读对，怎样读不对。"

这时，其他人都夸她孩子学习好，话题又被引到她孩子身上。聂捷琳说女儿叫聂天翔，将来也想翱翔天空吧，今年十一岁。聂捷琳说："作为航天员妻子，我对聂海胜的支持可能要比别的航天员妻子差一点。她们除了包揽家务，孩子的学习也包了。我们家孩子的学习，只要聂海胜双休日能回家来，都由他指导孩子学习，尤其是理科方面。我们孩子每到双休日都要去人大附小的'华数班'上课，聂海胜只要能回家来，都由他陪孩子去，不让我陪。我心里明白，他是尽量要为我分担一点责任。我们孩子除了参加'华数班'，还上了一个英语班，有时聂海胜送孩子去，他自己也跟着一起听课。聂海胜自己学习很紧张、很辛苦，对孩子的学习还一手抓，一点不放松，我对他真是没有什么好说的。"我挺有感慨地说："这说明我们的航天员也和常人一样，有血有肉有感情，爱家庭，爱孩子，责任感是很强的。"

聂捷琳说："是啊，这几年来，我真的被聂海胜刻苦学习的精神打动了。他训练那么苦，减肥还是照常。他干什么都很认真，学英语是这样，减肥是这样，特异锻炼也是这样，他的这种精神对我教育很大。"这时，航医所的吴政委插话说："聂捷琳自己在工作上也是干得不错的。"我就说："是啊，也讲讲你自己吧。"

聂捷琳说："我刚来的时候，是抱着'享受'的态度来的。心想，航天员妻子嘛，顶多在家做做家务就可以了。可是，我一来就把我分配到研究室里。我一怕辛苦，二怕承担责任，就对领导说，我可以管管资料，别的我干不了。结果，领导却分配我到实验室里去做实验，我说：'我怕老鼠。'领导还是让我去。我走进实验室一看,有一位老教授穿着一身皮衣服,戴着皮手套,穿着胶鞋,脸上扣着一副护目镜,正从酸缸里往外捞瓶子。他就是细胞生物学家汪恭质老教授。我问汪教授:'这些最简单的活,为什么不让年轻人来做,让你来做?'汪教授对我说:'他们都年轻,要走的路还很长,这些强酸溶液一旦溅到他们脸上毁了容,他们会痛苦一辈子。我老了,我的课题已经做完了,快退休了,能做点什么就做点什么吧,总不能闲着啊。'汪教授的一席话触动了我。我回想起自己当护士的时候,倒夜班真辛苦啊,还要担那么大责任,体力上、精神上都很累。现在好不容易改变了工作环境,就不想再干苦活累活了。可是我又想,汪教授在我们研究室的技术级别是最高的,他能干这些活,我为什么不能干?我只不过是一个普普通通的护士,全国有多少像我这样的护士呀,我能到这里来已经很光荣了,还有什么好说的。我就开始跟汪教授学习做实验,从酸缸里洗瓶子、捞瓶子干起,从一些最基本的实验技能学起。"

聂捷琳又说:"我做是开始做了,但心里还是有些不痛快,回家向聂海胜发牢骚:'真没想到,航天员妻子还得照常上班、照常干活!'他就开导我说:'你应该这样想,你在工作岗位上干得好,干出了成绩,我的心情就好,我能干得更好。你要是干得不好,咱们三天两头吵架,我的心情也不会好,也会影响我的学习。'我心里想,他的话是对的。但我的思想还没有完全转过来。有一天,我们航医所的吴政委找我谈话,他说:'你工作干好了,对聂海胜的航天员训练会有很大帮助。如果你的精神状态不好,工作表现不好,回家闹情绪,就会影响聂海胜的航天员训练。'从那以后,我承认真理是在聂海胜和领导一边,我再不坚持自己的想法了。我开始改变自己的工作态度,慢慢进入了状态,后来我就热爱上了这份工作。"

聂捷琳还说:"我的思想能得到转变,还要感谢我们研究室的领导,他们没有对我另眼看待。我们研究室的李银辉主任对我很关心,她是博士,又是研究室主任,手把手地教我做实验,为培养我付出了很大精力。只要我一动手做实验,汪教授和我们室里的老同志都在一旁盯着,随时指导我。在我们研究室,大家关系非常融洽,谁有什么事大家一块帮忙,谁有什么高兴的事,大家就一块笑,很开心的。"

这时,总装宣传部的刘程干事问了一句:"用老鼠做实验和载人航天有什么关系?"聂捷琳回答说:"有关系呀。我们做的是基础医学方面的实验,是探索载人航天医学保障条件的……"

航医所吴政委说:"聂捷琳同志自学成才,现在成了科研骨干了。"聂捷琳说:"我不是科班出身,没有大学本科学历,半路出家。我护校毕业是中专,后来自学了大专,再后来又上了四医大的航空医学函授本科,今年已经毕业了。我非常感谢我们研究室的这些老同志,当然也感谢聂海胜,他们改变了我的生活信念。"

我问聂捷琳:"你现在回过头去想一想,最大的感受是什么呢?"

聂捷琳说:"我最大的感受就是在航天事业中找到了自己的位置。聂海胜是航天员,我是一名航天员妻子,我们为同一个伟大事业奋斗,聂海胜是红花,我就是他的绿叶。"

朱增泉

2003年12月

《听杨利伟叔叔讲航天》序

张利文同志毕业于国防科技大学,学的是电子专业,却从小爱好文学,后来为我当了几年秘书。他这本《听杨利伟叔叔讲航天》,是专门为全国少年儿童编写的航天科普读物,定会受到小朋友们的广泛欢迎。

中华民族是最早产生飞天梦想的伟大民族。能够把飞天梦想变成现实的民族,更伟大,更了不起。现在,世界上能够发射载人飞船或航天飞机的国家有俄罗斯、美国和中国。我们的伟大祖国能够跻身载人航天大国之列,多么令人骄傲。

我早就在想,随着我国载人飞船上天,我国广大读者的阅读兴趣也应当增加一个新的领域,再不能当"天盲"。为此,当"神舟"5号载人飞船尚在发射准备阶段,我提前一年就组织了六位航天科学家,着手撰写一本科普读物,分七大系统介绍我国的载人航天工程。去年,"神舟"5号发射上天,杨利伟刚从太空回到地面,这本《飞天梦圆》就出版了,它和其他作家创作的几本航天读物一起,及时满足了广大读者的阅读需求。不过,对于广大少儿读者来说,《飞天梦圆》等书籍介绍的航天知识比较深奥,阅读尚有一定难度,他们还应该得到更加浅显易懂的航天科普读物。

我也早就认为,应该积极引导我国青少年关注宇宙、了解航天。2003年夏季,当时我国"神舟"5号载人飞船尚未发射,杨利伟尚未上天。著名作家贾平凹主编的《美文·少年版》举办作文比赛,我是被邀请出题者之一。我当时就为参赛的初、高中同学分别出了两道有关载人航天的作文题。因为我知道,我国载人飞船即将上天,中华民族五千年飞天梦想即将成为现实,应当早一点让青少年对这件事发生兴趣。

我为什么要热心倡导青少年关注宇宙、了解航天呢?

因为,探索宇宙奥秘,已经成为当今新兴科学的前沿。它正在极大地拓展人类的视野,极大地深化人类对外部世界的认识,并由此带动了许多新兴学科的飞速发展。我们有责任把青少年的目光引向宇宙、引向未来。

更因为,我国的载人飞船已经上天,它揭开了我国航天事业新的一页。接下去,我国还将有更多载人飞船上天,将会有更多中国航天员进入太空,开展更多的空间活动。我国探测月球的"嫦娥工程"也已启动。中国的航天事业发展前景无限美好,已成为我国青少年无比向往的领域。我们有责任鼓励青少年在新兴科技领域奋发有为。

还因为,探索宇宙是全人类共同的壮丽事业。华夏祖先曾经为人类探索宇宙做出过最早的杰出贡献。今天和将来,炎黄子孙应当为人类探索宇宙做出更多、更大的贡献。人类已经到达过月球。下一步,人类将访问火星。前不久,欧洲发射的火星探测器有新的惊人发现;美国发射的两个火星探测器都在火星表面成功着陆。中华民族要想对人类探索宇宙奥秘做出更多、更大的贡献,需要一代接一代地继续努力追赶。天将降大任于中国青少年。我们有责任启迪青少年树立远大的志向。

又因为,浩瀚宇宙,广袤星空,令人神思荡漾,产生无限遐想。

引导青少年增加一些宇宙和航天知识,对于启发他们敏于思考,激发他们的创造性思维,培养和锻炼他们探索无限未知领域的巨大勇气,都有好处。我们有责任培养青少年的广泛兴趣和活跃思维。

载人航天是一项极为复杂的庞大系统工程,它涉及许多当今最尖端的科学技术。要将这些深奥难懂的科学技术转化成通俗易懂的科普知识,并非易事;要让广大少年儿童也能看懂,难度更大。张利文同志的这本《杨利伟叔叔讲航天》,在向青少年普及载人航天知识方面,是一个有益的探索。它采用杨利伟口述的方式,以讲他"飞天"的亲身经历为主线,将复杂的航天知识穿插其间,娓娓道来,亲切,自然,通俗。

四川少年儿童出版社为这本书的出版付出了很大努力,他们的策划是很有眼光的。杨利伟现在除了要继续完成艰苦的航天员训练,还要参加繁忙的社会活动,但他仍抽出时间参加了本书编写事宜的讨论。本书作者张利文,在大学学的是电子专业,但酷爱文学,在担任我秘书之前,当过报纸副刊编辑。出版社让他独立承担本书的撰稿任务,这是他的一次难得机遇。在张利文、杨利伟、出版社三方的密切配合和共同努力下,本书得以在较短时间内和广大青少年读者见面,值得庆贺。

朱增泉

2004年6月13日于北京

第四辑

为人作序谈写作

人的成熟与诗的成熟
——《无论最终剩下谁》序

一

张国明在走向成熟。作为人、作为军人、作为军旅诗人,他在走向成熟。

诗质(不是"技巧")的豪放或猥琐、深沉或浅薄、聪颖或浑噩、坦荡或涩狭,从归根结底的意义上说,一无例外地是诗人灵魂品格的衍射。若说在诗人作品的总体质量中毕竟能窥见其由多因素多侧面构成的人的质量,那么,作品的成熟过程,也毕竟在反映着创作者人的成熟过程。自然,幼稚往往与单纯明朗相联系,成熟则往往与思想的日渐深刻而错综多彩相联系;况且成熟的过程本身就是一个颇为复杂的过程。这,便是我对张国明观其人、读其诗留下的一点粗线条印象。

二

张国明作品的独特艺术个性,能在时下芜杂诗坛风吹草低之际以其硕捷风骨引人注目,是与他有着独特的人生走向、有着一名年轻军官十分难得的独特军旅历程密切相关的。

父亲从戎戍边于曾是霍去病跃马烽火扬起过滚滚烟尘,张骞出使西域留下过马队铃声,林则徐含愤贬谪守边励志的新疆边塞,随军的母亲在那座大漠边城生下了他。历史和现实的浑黄漠风,吹刮熏染着这位"大漠夜/挂在我想象的枪刺上"的年轻士兵,使他滚烫的戍边军人的血统里涌流着与生俱来的驰骋颠簸的渴望,黧黑瘦削的躯体中胀满着乐于搏击擒获而鄙于守候聚敛的冷峻气质。他一腔稚勇跃上纯种伊犁烈马,驰进了那片浑黄中镶嵌着碧绿的诗的旷野,草原牧歌般粗犷悠长地纵情歌唱他心中那条"男性的父亲般的伊犁河"——

> ……
> 太阳的诞生地是你的发源地
> 太阳的焚身地是你的朝圣地
> 带着夸父的向往滚滚西去
> 滚滚西去——为太阳殉情
> 你的河魂不羁的流向一往情深
> 你的精血不衰的流量一泻千年

他在这条父亲河畔开始阅读"三千年历史/八千里大漠",朝圣着这片"古战事的意识流/狼烟凝重如墨"的"战争休耕地",谛听着"霍霍边风吹来战鼓戈击声",历练着"渴望被烈酒放倒的人生"。他在这片雄性的"山和兵的王国",连绵突起诗的群峰的大漠,呼唤、赞美,自励着这样一种"惊心动魄"的人格力量——

> 他说过要在冬天去一次远方

……
纷纷扬扬的鹅毛雪
终于覆盖住他的全部视野
他决定远足

反穿着羊皮袄
留下刀鞘给女人做伴
他走进暴风雪之夜
……
没有回声没有倾听
谁也无法推测结局会怎样
他始终没有返回

这次远足
他父亲准备了一生
　《谁也无法推测结局会怎样》

　　血管里奔涌着历史的旗幡祖先的遗恨父辈的瞩望,他决定义无反顾地走进人生的"暴风雪之夜"——就这样,他在边域地平线"那根冻僵的独弦上",调定了他为人为诗的激昂基调。

　　他将他的第一本诗集定名为《套马索》,是不无象征意味和人生哲理的。沉重的民族历史命运和躁动不安的新生现实的召唤,使得他那年轻的灵魂如同在漫长压抑的窒息状态中醒来,怦怦搏动着民族的和人生的觉醒意识,以及由此驱动的搏击进取的强烈冲动——这是张国明在同辈年轻诗人中难能可贵的初期创作特色:明朗豪放而不乏深沉,冷峻机智而充满自信。

三

张国明毕竟生活在充满挑战也充满希望的全新时代,又受过大学教育,他深知"历史逝远了／也逝远了古老的主题",面对秦月边关空发豪叹,固然能够赢得诗名,但唯此毕竟不足以实践人生奋斗之志。为此,他猎鹰般扑向一次稍纵即逝的搏击机遇——他从西北边关义无反顾申请调往南疆参战部队,"既然战争选择了我们／我们也选择了战争"——这是够格的军人。

我是在前线战地小报上,偶然读到了一首颇具特色的描写参战士兵心态的小诗后,才注意到张国明这个名字的。不久,他被调到战地小报编辑部负责编诗,于是我读到了他作为"见面礼"赠给我的《套马索》。随后在战区相处的日日夜夜里,我有机会在处理完战事后的间隙,黄昏或午夜,与他无拘无束地谈诗、谈人生、谈历史,互相谁也没有留意我们之间在职务上的差别。

对于他,从西北边关到南疆前线,从环境到精神都是一次大跨度的跳跃。而他品格的可贵处,恰恰表现在永无后悔地向新的境地进发。他在战区的创作,是纯粹反映那个特定战争环境和投入那场特定战争的新一代军人的。应该说,他写出了二十世纪八十年代纯粹的中国军旅诗(严格地说是纯粹的现实的"战争诗")。他带着在西北边关那片古典的"战争休耕地"上获得的人生经验和精神积累,将目光全力投视于南疆这片现实的"战争耕作地"。以充足的准备在历练人生和诗歌创作上去努力完成一次对自己的新的突破和超越。

作为新一代军旅诗人,他以不同于古典的和以往的军旅诗作者的视角和思维定式,观察着思考着反映着新的战争、新的军人,诗中洋溢着他努力探索的新的战争哲理。而这一切,他都是围绕着战争主体——人,这一抒情主体展开的。

孙子说:"兵者,国之大事,死生之地,存亡之道,不可不察也。"在人类仍以国家界分活动地域的今天,士兵为国而战依然有着不可超越的神圣意义。因此,"在杀机四伏的影绰与鬼窥间／(士兵)只有一种信念一种选择／勇敢地向死亡告别／哪怕生是万分之一的侥幸／哪怕死／死是再生／与界碑同辉"。他唱的无疑仍是英雄主义赞歌,但在视死如归的悲壮中已萌发了对生与死、死与生的思索。然而,人在战争中的心灵历程,远非如此单一,"士兵凝固在枪刺上的情绪／折射出纷繁灼闪的思想"。当浴血战士在辉煌的落日光照里中弹倒下时,他"支离的尾声的潮汐／是费力涌出的……爱啊"。是的,生命易逝,爱心难死。故思想成熟的士兵,在拥抱死神时又是那么泰然、沉着,因为战争留给人的思索是不死的:"堑壕里的士兵睡熟了／……其实思想者何曾真正睡过"。心灵被卷进战争旋涡的,又何止仅仅是直面生死的战士?战争总是"扔下许多女人",从此他们要"背起啃着沉重长大的儿子",到了夜间"才想起明天的日出／会不会是丈夫血淋淋的遗嘱"?当诗人思索的翅膀进一步向高空升腾、超越,他在留意敌对双方的"人"在相视相战时的另一种心灵碰击:一名男兵与敌方一名女兵荷枪狭路相逢,各自"死死地盯住对方／……警觉如窜出生理线的惊悸／传遍周身",在"一刹欲念的骚乱"之后,结局是互相扣响扳机,"同时仰倒在地／死死地盯住对方／有宽容／有忏悔"。

张国明这一时期结集在《不明飞行物》中的作品,对战争哲理所做的多层次思考和探索,反映了他在创作上力图超越自我的新的追求。突破和超越自我,需要同时跨越自己以往的成绩和不足,因而这一时期的不少作品明显地带有毫不迟疑仓促前进的痕迹,而这种"仓促"的遗憾又恰恰是他后来走向新的成熟的预兆。

四

放在我们面前的《无论最终剩下谁》,是他的第三本诗集,这是一本足以使他在当今诗坛立足的集子。其中,收进了他在新疆和老山前线两个时期的部分上乘之作,而主体部分则是他从老山前线归来后在思想上艺术上更趋成熟的新作,作品的独特艺术个性更为鲜明。

前线归来,战区和后方的"思想反差",非参战者无法真切感受。这为张国明提供了一个新的契机:他将目光投向了人们在战争与和平两种不同氛围下的心灵交错会合处,这是他以独特的敏锐,努力开掘的一个军旅诗创作的新领域。

幸运活着归来的战士,当他们投入后方宁静的生活时,竟然如此无所适从,神情恍惚而难以宁静:"你不是一个熟练的男人／眼神飘忽不定／举止不够潇洒／缺乏自信／你脸上一条虫子似的枪伤／也使你显得来路不明",然而"你褪下军服之后／只能与他们／一起活着"。(《打过仗的人都这样》)的确,参战者对于那场战争,对于战争中生生死死的激荡情思欲忘不能;但是,最终能够帮助参战者从中超脱出来的,依然是参战者自己:"还记着我们墓志铭的人／已经白发苍苍",墓旁的荫凉中"只有一只鸟儿在歌唱／老人为此活着／并且不再悲伤"(《让我们成为过去》)。我们自己记住曾经历过一场战争,这就够了,不必"乞求"别人什么,最重要的是要去迎接展现在我们面前的新的生活、新的人生,而不是念念不忘战争应该给我们带来心灵洗礼之外的别的什么东西。

他在新作中揭示的比这一层更为深刻的,也许是参战者和非参战者共同经历的某种心灵"困惑"。那是一段谁都可能有过"困惑"的日子,虽然各人"困惑"的情感色彩和思想内容各不相同。而在这各不相同的"困惑"之上却有着同一社会主题,只是各人面对"困惑"的方位不同而已。只要忠实于真实,而不是钟情于虚假,那么思考这"困惑"远比发泄浅薄或渲染虚假富有价值。于是,我们看到诗人思想之树的根叶在向更深的土层更高的空间伸展。他思索:苏维埃曾"种下一颗真理／让应该觉悟的头颅／升起来",国际歌曾以"我们要做全世界的主人"的主旋律响彻人寰,但今天人类前方的道路依然铺展得那么遥远而坎坷。一方面,是人类追求光明的信念不灭:"我们要求世界的／正是世界要求我们的","面对共同的行为准则／我们为最后一个预言活着／也将为这个预言死去";另一方面,人们却无法超越个体生命的局限:"众多的兄弟和我一样／做了自己的主人／再无力做世界的主人"。人类信念不灭与个体生命局限所形成的深刻矛盾,将是人类面对的永恒苦闷。

他思索的另一个问题也许是:人类互相间充满着永无休止的纠葛和矛盾,以至"谁也别想轻轻松松／独自离去";其实人类倒是真的应该很好珍惜共处共存:"我们究竟为什么走到一起来／我们分别的时刻／这个问题／才变得比生命更真实／更有意义"。无奈人们对此似乎"无动于衷"(《唱歌或者死亡》)。

当然,我们没有任何理由为此绝望。世界历来如此,世界仍将长久如此,我们是为此而生的。正如诗人的良知所感到的,始终有一种"永远存在"的"紧迫的召唤"在催生着人类,人类的希望之光永存不灭,永远会有盗火者为它献身。

五

张国明是一位有才华的青年诗人。在同辈青年诗人中,他是一位有思想者。他披着边关冷月高唱着伊犁河粗犷悠长的赞歌而来。他仍在走向成熟的途中,一路上猎获甚丰,他有继续前进的足够自信和实力。

我祝他继续远行的赠言仅仅是：在思索生命意义的同时需进一步张扬人的使命意识；探求生命哲理的同时仍需亲近生活的氛围并留意形象的捕捉。

朱增泉
1990年建军节前夜于石家庄

《血殷泪咸》序

田晋裕轻轻推开我的办公室，手里拿着一个装得鼓鼓的牛皮纸文件袋，站在我的办公桌对面，淡淡地对我说："有几篇稿子想请您看看，给我写几句话，作个序，您有时间吗？"我一怔："你要出书？"他仍是淡淡地回答："是的，出版社等着交稿。"他要出书，我为他高兴，也有些出乎意料。

他文笔不错，我是知道的。在前线办战地小报，我挂名兼总编，实际上大部分时间都是由他具体负责组稿、编稿，小报上不断有他自己采写的文章。一张小报办得有声有色，很受战地官兵欢迎，尤其受战斗在第一线的战士们欢迎。但他不断有作品在各地报刊发表，我虽有所闻却不尽知道，他也从不张扬。其实，他在工作之余，一直在悄悄地写，悄悄地发表，悄悄地积累着成果。待到我终于抽出时间翻阅他留下的一沓稿子，才发现他的不少作品在外地得过奖，被出版社收进了报告文学集。但我事先一点信息也不曾听到。

这就是田晋裕的风格，也是他作品的风格：不事喧哗，不求轰动，用淡淡的笔法去写浓浓的真情。这使我想到另一个文学现象，这几年，在报告文学领域，不乏振聋发聩之作，但也弥漫着一种风尚,一窝蜂地追求所谓"问题尖锐""题材重大"的"轰动效应"。对此,不能说全错,也不能说全对。要看作者囊中素材是否富集,驾驭题材的能力高下。我们的时代需要高歌猛进之作,我们的现实生活又空前丰富多彩,需要用多样的题材,多样的风格去反映。

　　田晋裕的可贵之处,就在于他亲近生活,甘于"平淡",悄悄地观察和描写着身边的平凡生活、平凡人物。其实,田晋裕这本集子中反映的那段生活,要说平凡也不平凡,而是炮声硝烟、血火飞溅的战场生活。但他不去铺张战争场面,不去寻觅渲染战地生活的"刺激",而是去写战争中的人,写人在战争中的人性美。他的路子是正的,他的作品如一杯淡淡的清茶,你品味吧,这"味"是纯真的。我不能说田晋裕已经具有多深的文学素养和多高的文学技巧,但从他走的这条路子中,却可窥见一点儿文学的真谛。尽管他的作品总体上看尚显单薄和稚嫩,但照这条路走下去,是很有希望的,会有长进的。著名作家孙犁,当年不就是从编辑战地油印小报开始文学生涯的吗?

朱增泉
1991年3月22日

《热血集》序

　　周永杉写杂文,悄然而起。而立之年,已见成绩,是为可嘉。
　　写杂文与年龄有何关系?有的。较为普遍的看法是:诗歌是青春的火花,要有天赋、激情,写杂文则不然,故有的人十几岁便出诗集,一举成名,但极少见到少年杂文家出现。大凡写诗更多的是要形象思维,要联想、想象、悟性;写杂文更多的是要逻辑思维,靠分析、解剖、针砭。人过中年之后,思想日渐成型,浪漫气息日少,学诗难有成就;当然也有少数人例外,大器晚成。写杂文就不同了,靠生活阅历,靠思想的洞察力。杂文的力度取决于思想的深度,杂文的犀利是因观察的敏锐和爱憎的强烈。鲁迅杂文的辉煌之作,多在他思想成熟之后。当然,他早期的不朽小说《狂人日记》,在我也常把它当作一篇思想深邃笔法犀利的杂文来读。古人中,也有少年时候写出极好文章传至今日的,如韩愈便是一例。但一般来说,天真属于诗歌,杂文重于老辣。
　　周永杉刚过而立之年,杂文写到现在这样的水平,虽然大多篇什还显稚嫩,但成绩已属可观。这同他少年生活磨难而思想早熟、参军后的勤奋好学、执着追求不无关系。
　　翻看他送来的一大沓即将出版的稿子,虽然我限于时间和精力,不可能每篇都看得很认真仔细,但也大致可看出他在杂文这片荆棘与花朵伴生的山冈上爬坡登高的脚印。他最初的目光,是投向身边的熟人凡事,有感而发,歌之颂之。这是一个优点,不走引经据典、借古骂今的流行套路。继而渐渐将目光投向社会,视野日渐开阔,题材日渐多样,但仍是直抒胸臆,爱憎分明,很少流行杂文那种晦涩阴暗笔调。这些都是好的。集子的最后部分,我发现他在进行有益的探索,是一种"新编寓言"形式,使杂文的写法带了些新意。这种"模式"的成败得失,我在此难以妄早评论。但就他勇于探索新的写法而言,这就很可贵。不过,杂文应当不拘一格,形式服从内容,行文自然,见解独到,语言精辟,这才是成熟的标志。

杂文是文学,杂文是艺术。作为读者,我对杂文的要求是:一曰思想性,二曰文学性。时下多数杂文,思想和文彩兼备者少。另外,虽说杂文嬉笑怒骂皆成文章,但调侃笔法太多,似不可取。

希望周永杉的杂文能越写越好。

朱增泉
1991年5月21日

《永远的罗布泊》序

这是一本我国核试验基地官兵业余创作的诗歌集。

天山南麓的马兰,是我国唯一的核试验基地。马兰在罗布泊荒漠边缘。罗布泊荒漠不仅是升起过蘑菇云的地方,也是一片充满诗情的神奇土地。

1999年,在总装备部组织的庆祝建国五十周年"神剑杯"诗歌征文活动中,马兰基地有八人获奖,可见诗歌在这里扎根之深、普及之广。由于这个缘故,我们决定把这次诗歌征文活动的颁奖仪式,从北京移师至马兰举行。中国作协、中国诗歌学会、《诗刊》、《人民文学》、《解放军文艺》、"八一"电影制片厂、中央人民广播电台、中国青年出版社等单位的许多位著名诗人、诗评家,都应邀出席了那次颁奖活动。群贤毕至,名家云集,成一时之盛。他们与马兰基地的官兵们相聚相庆,为众多诗歌爱好者讲课辅导,与各单位前来领奖的诗歌作者们座谈切磋,其情灼灼,其乐融融。这是马兰基地经历的一件盛事,也是二十世纪末中国军旅诗界的一次重要活动,为诗坛增添了一段佳话。

马兰基地的诗歌传统,是从它初创时期就扎下了根的。当年,从全军挑选了一大批刚从战场下来不久,既英勇善战、又具有较高文化水平的干部，秘密开进这片荒漠，前来担当开辟核试验基地的大任。这个基地的第一任司令员张蕴钰将军，就是一位具有古诗词功底的领导同志。他带着一批人进荒漠来踏勘选址，发现这片荒滩上长着一丛丛青葱的马兰草，叶间开着一簇簇蓝莹莹的马兰花。他断定这片荒滩下肯定有地下水在流动，一股激情在他胸中涌动不已，他非常诗意地将核试验基地指挥部所在地取名为"马兰"。后来，他在这里风风雨雨几十年，创作了许多讴歌"两弹一星"奋斗过程的古体诗词。如今他虽已离休多年，仍不断有新作发表。当年，聂荣臻元帅、张爱萍将军等前辈在这里留下的诗篇，至今仍在激励着一批又一批的后来者。两弹元勋邓稼先、著名科学家程开甲等共和国的功臣们，也都在这里留下过他们的诗作，记录了当年原子弹、氢弹试验的战斗岁月。现任司令员范如玉同志，既在科学研究领域遨游，又在诗歌创作天地小试，这次征文活动中获得了二等奖。为什么国防科技战线上的一批批精英们，都同诗歌结下了不解之缘？因为诗歌既能反映人的文化素养，又最能用来抒发胸中的激情、豪情。

以毛泽东同志为代表的第一代共和国领导人，为了中华民族的振兴和强大，领导全国人民进行了自强不息的艰苦奋斗，研制"两弹一星"就是这部奋斗史的重要组成部分。邓小平同志曾说，如果没有"两弹一星"，中国在世界上就不可能有今天这样的大国地位。总装备部将庆祝建国五十周年"神剑杯"诗歌征文活动的颁奖仪式放到马兰基地来举行，也是为了深情缅怀创造"两弹一星"辉煌业绩的英雄前辈。他们为了民族的振兴、祖国的强大，隐姓埋名，来到这片杳无人迹的戈壁荒漠，"献了青春献终生，献了终生献子孙"，在这里创造了可歌可泣的英雄业绩，也在这里留下了荡气回肠的英雄诗篇。

我在那次诗歌征文颁奖会上讲话时曾说，马兰基地的诗歌传统使我联想到,我们的诗歌创作应该百花齐放、春色满园,但诗的旷野上除了小花小草,也应当有高山峻岭、奇峰突起;诗的天空里不应当只传来诗人们的内心独白,也应当回响起反映民族精神的黄钟大吕。马兰基地官兵们创作的诗歌,充满了阳刚之气。这本集子中的诗歌作者,既有核试验基地的领导同志,又有基层官兵,多数是工作在科研试验第一线的科技干部。由于他们从事的是伟大而崇高的事业,他们的生存环境跨出基地营园就是大漠戈壁,因而他们的诗歌中充满着艰难奋斗的凝重,充满着崇高向上的情愫。每一首诗都很"本色",真实、朴实、充实。

他们送来的这本诗稿,放在我案头已很有些时日了。由于忙,作序的事迟迟未能付诸笔端。时近春节年关,实在不好意思拖过年去。夜间匆匆写上这些,向诗集中的每一位作者表示真诚祝愿,祝他们在新世纪里创作出更多更好的精彩诗篇,祝愿马兰基地的诗歌传统长传长盛。

朱增泉

2000年1月15日于北京

《有一个神奇的地方》序

酒泉真是一个神奇的地方。酒泉有西汉大将霍去病犒赏三军、酒如泉涌的神奇传说,邈远而苍茫;酒泉有清代名将左宗棠手植的"左公柳"至今伟岸傲立,根深叶茂;酒泉有一座发射卫星和宇宙飞船的航天城,更增添了新的传奇色彩。

在酒泉这片神奇的土地上,有着神奇的事业,神奇的人。今年春天,我带队到酒泉卫星发射基地去考核领导班子,当时崔吉俊①是基地参谋长,大家对他的思想品德和工作成绩给予了一致好评。在我即将离开的时候,崔吉俊来到招待所,他说话有些腼腆,悄悄交给我一大袋文稿,说是要出诗集,出版社已经找好了,请我作序。我这才知道,他坚持业余写作很多年了,已在各地报刊发表过不少诗。我心头不由得掠过一丝惊喜,心想酒泉这地方真是神奇,我已在这里遇到两位写诗的领导干部了。第一位是薛守堂,他是酒泉卫星发射基地的前任副司令,现在已经退休了,他前几年出版诗集时也是请我写的序。崔吉俊是第二位。

我将崔吉俊的诗稿带回北京,同时也带回了一份心事,惦念着

---

① 崔吉俊后来担任过酒泉卫星发射基地司令员,现已退休,仍在写诗。

要为他的诗集写序。可是当我第一次动笔的时候,刚在纸上起了个头,因为有事就放下了。随后,我也忙,他也忙;我顾不上写,他也顾不上问。这一放,就从春天放到了秋天。金秋十月,崔吉俊因公来京,他办完了公事,由中国文联的缪力同志陪着找到我家里。这时站在我面前的崔吉俊,已是酒泉卫星发射基地的新任副司令。崔吉俊自己似乎不好意思开口,只是对我笑。缪力同志替他说:"崔吉俊同志的诗稿已由我们出版社的责任编辑仔细审读过了,诗集即将出版,我们等着您的序言哪。"

我重新答应了一次:"好的,我写。"

我轻易不为别人作序,但我这次已对崔吉俊同志作过两次承诺,我必须完成这篇序言。

为崔吉俊作序,使我又一次想起了"当官"与"写诗"这个话题。领导干部写诗,见仁见智。在旁人眼里,称"奇"者有之,不屑者有之。而在作者本人,既当领导又写诗,甘苦得失自得知。前些年,崔吉俊同志只是悄悄地写、悄悄地发表,不动声色,少为人知。我理解他,因为他在一步步走上领导岗位,他要拼命地干好工作,避免闲话,但又难以割舍自己的文学爱好,只能悄悄地写,悄悄地发表,难为他了。也许因为他见我也写诗,所以把我当"知音",请我为他作序。我对他说,我请一位文坛名家为你写序,肯定比我写得好。他说不要,就请你写。我只得答应他,否则一定会使他的情绪受影响。要是那样,反过来又会使我于心不忍。其实,军中带兵为将者写诗,是我们中国军旅文化的一个历史传统。在古代,武功与诗名兼备的著名将领大有人在。在我们革命队伍里,毛主席写诗,朱老总写诗,陈毅写诗,叶剑英写诗,张爱萍写诗。在我看来,假如我们这支军队的新一代领导干部再没有人会写诗了,那只能说明这支军队已把中国文化传统丢得差不多了;但如果军队的领导干部人人都去学习写诗,这支军队的战斗力恐怕也会有问题。

因此,军队中有几位领导干部写诗是好事,但太多了恐怕也不行。

据军队出版界的同志向我介绍,在我军现役将军中,已出版过诗集的大约有六七位。一支拥有二百五十万大军的伟大军队,有六七位现役将军写诗,不算太多。像崔吉俊这样优秀的同志加入到写诗的行列中来,既是军队的幸事,也是诗界的幸事。

为崔吉俊同志的诗集写序,还使我想到了另一个话题:文学与科学的关系。崔吉俊告诉我说,他学生时代就热爱文学,但航天梦想又强烈地吸引着他。他的文科、理科成绩同样好,但上大学只能报考一门专业,他选择了久负盛名的国防科技大学,读的是航天发射测试专业。他以优异成绩毕业后被分配来到酒泉卫星发射基地,现在已成长为一名航天发射专家。他主编过两本航天发射测试技术专著,从1993年起就享受政府特殊津贴,这是国家对做出突出贡献的中青年科技专家的最高奖赏。但是,他对文学的执着爱好却痴心不改,文学之梦一直伴随着他。

崔吉俊写诗的经历说明:第一,对于一名执着的文学爱好者来说,文学是一个梦,是一个醒不来的梦。第二,一个酷爱文学的人,同样能把本职工作干得十分出色。第三,文学与科学在一定层次上是相通的。

巧得很,今年6月,清华大学利用校庆之际,举办了一次以"科学与艺术"为题的国际学术讨论会,海内外众多著名科学家、艺术家出席了这次大会,提交了有关科学与艺术相融相通的论文一百五十八篇。这项活动的积极倡导者是物理学诺贝尔奖获得者李政道博士,他认为科学与艺术"如一个硬币的两面",两者都"源于人类活动最高尚的部分",因而"科学和艺术是不可分的,两者都在寻求真理的普遍性",尽管科学的普遍性与艺术的普遍性并不完全相同,但"它们之间有着很强的关联"。李政道认为,沟通科学与艺术的桥梁是人的智慧和情感,"对艺术的美学鉴赏和对科学观念的理解都需要智慧,随后的感受升华与情感又是分不开的"。他尤其提到了诗,提到了李白和苏东坡的诗,他认为他们的诗篇抒发了超越千年的人类普遍情感,这同科学家寻找超越千年的自然界普遍规律是相通的。李政道博士的这篇论文刊登在天津百花文艺出版社出版的《散文·海外版》杂志2001年第5期上。这就不难理解,为何科学家中醉心艺术、酷爱文学的人不在少数。

我利用国庆节休息的时间,翻阅着崔吉俊的三大沓诗稿,诗稿上有一处处责任编辑留下的隽秀字迹。扑面而来的感觉是,崔吉俊的诗作和他倾心的航天事业紧紧纠结在一起。他的这部诗稿,是他从事航天事业三十年奋斗历程的真实记录。他的情,他的爱,他的梦想和追求,他的奋斗和欢乐,他的艰辛和甜蜜,他的迷茫和思索,点点滴滴都溶进了他的一首首诚挚诗篇。酒泉航天城,其实是建在内蒙古自治区额济纳旗荒漠深处,"那年来到戈壁第一天 / 我就认识了这座沙包",虽然"风打脸,沙迷眼",但"沙包上,诗情涨"(《沙包情》)。三十年前,一位风华正茂的年轻大学生,就这样走进荒漠戈壁,踏上了他的"航天路"。他发现这里《有一个神奇的地方》,他在这里做着《星之梦》,唱着《飞天曲》,心随卫星轨迹《飞向太平洋》,去追逐天上的《彩虹与星星》。三十年峥嵘岁月,他有过"黄昏中的迷茫 / 风雨中的思索",感叹过"我有多少痛苦 / 又有多少欢乐",思索过"人为什么生 / 又为什么死",惋惜过"机会为什么姗姗来迟 / 又为什么匆匆而过",叩问过"付出艰辛的耕耘 / 能否得到丰厚的收获"(《感悟生活》)。但他始终在默默地攀登着"理想的山峦",跨越着"理想的海洋"(《理想啊,理想》)。而当他《回望辉煌》,他看到的是"春天孕育的希望 / 秋天结出的忠诚","带来万缕光明"。他为之奋斗不息的祖国航天事业蒸蒸日上,"航天城的红灯笼啊 / 一串串地亮了","遥远的天河 / 一颗颗星星醒了"。他不由得又一次心潮澎湃:

多想把这片飘绕的红云

染透五千年的文明

飞向遥远的天际

化作数不尽的满天繁星

　　　　　　——《航天城的红灯笼》

　　他这里写的航天城是酒泉航天城,不是北京的航天城。

　　我们从他的诗篇中看到了一颗赤诚的心在搏动,听到了一个执着而热烈的灵魂在倾诉。崔吉俊的精神世界是丰富的,唯其如此,他才有可能写出这么多诗来,才有可能使他在成就科学事业的同时,又成为一名诗人。

　　倾诉炽热的真情,是崔吉俊诗作的最大特点,也是他这些诗篇的最大价值。

　　作为一名中国航天发射专家,崔吉俊已到过世界许多地方。他曾听着科隆大教堂的钟声诘问人类历史:"东方的文明／西方的荣光／谁更古老,谁更悠长"(《科隆大教堂随想》)。他曾站在美国的土地上高声呐喊《不要战争》,而当他以一名航天朝圣者的心态访问"NASA"(美国国家航空航天局),在一艘艘登月舱、空间探测器、航天飞机模型间徜徉流连时,他也对美国同行们为探测宇宙空间奥秘所做出的杰出贡献表示了由衷的敬意。在涅瓦河边,他曾为"一个曾经辉煌的民族"伤感;在莫斯科郊外的航天员训练中心,他面对人类第一位航天英雄加加林的铜像心潮激荡,用一位后继者的心声告慰加加林:"人类迈向宇宙的脚步",不会因世事变故而"中途辍停"。这些,又使崔吉俊的这本诗集拥有了更广阔的视野,更深沉的情愫。

　　最后,我只想向崔吉俊提一点建议,今后尽可能把诗写得再凝练些。

　　　　　　　　　　　　　　　　　　　　朱增泉
　　　　　　　　　　　　　　　　　　　　2001年10月5日于北京

《走在西部》序

我认识赵琦,是多年前在遥远的新疆喀什。那些日子,我经常在晚上和他坐在葡萄架下的石凳上闲谈,那时我就知道他业余时间喜欢写诗。以后多年不见,但有时还能从别人那里听到一些关于他的信息,偶尔也能在报刊上读到他的一两首诗作。最近,他给我寄来一本整理好的诗稿,希望我为他写几句话,说是"写几句我就心满意足了",爱诗之情,溢于言表。

这就使我难以推却。

他的诗歌作品不多,但都是从他亲身经历的生活中采撷来的"干货",内在质量上好,不像时下泛滥的那些很难读出一点味道来的"水货"。他在"后记"中说,"没有诗歌,就没有生活"。我曾回信纠正他说:"没有生活,就没有诗歌。"但我相信,这是他在生活中的真切感受。他是一名从事航天测控专业的科技干部,长期生活、工作在荒漠戈壁,生活枯燥极了,工作之余,诗歌始终温暖地陪伴着他。他的这些诗作,全部来自生活。从这个意义上说,首先应该是"没有生活,就没有诗歌"。把这两句相反相成的话连贯起来理解,诗与生活的辩证关系就比较全面了。

但除此之外,还有更重要的一层:诗歌应当高于生活。也就是说，写诗不能简单地摹写生活场景，而应从这些生活场景中升华出更深一层的"意义"来，或营造出更富诗情画意的境界来，这就需要有美学意义上的新"发现"。比如，写荒漠戈壁环境中的一头老驴，不能简单地写它如何吼叫、如何拉粪，而应着力写出在特定的荒漠环境中从一头老驴身上感受到的内在的东西。再比如，写荒原上的乌鸦，不是不能写，古典诗歌中就有"老树昏鸦"的经典句子，但简单地将乌鸦写成"这帮不吉利的家伙"就太一般了，看不到作者在这群乌鸦身上有什么诗意的新的"发现"。在特定的荒漠冬日环境中，蓦地看到一群飞进猪圈里来抢食的乌鸦，也许不一定是厌恶，而可能会是惊喜、同情，甚或引发生命与生命之间的"通感"之类。总之，写诗，重在发现，重在升华。

赵琦的诗歌中，有时也捕捉到了一些非常好的意境，如"荒漠，老驴，土坯屋"、"雪水，阳光，无花果"，不到戈壁荒漠地带去生活过、观察过、体验过的人，是提炼不出这样的句子来的。愿赵琦同志继续努力，写出更多更好的诗篇来。

我已经写了不止"几句"，就此打住。

朱增泉
2002 年 5 月 13 日于北京

《金色风洞》序

我认识刘翔,已经有些年头了。1987年在老山前线,当时有人向我推荐说,上一批轮战部队有个写诗的战士,想在战争环境中多经受一些锻炼、多获得一些感受,要求调到我们部队继续参加轮战。我一听,他想继续留下参战,能有这点精神就很可贵,收下。但我没有让他上前线,放在战地小报编辑部,上阵地去收集情况、组稿,晚上编稿,同时也支持他自己继续写诗。当时,我们部队的诗歌作者都是"初出茅庐",尚在学习、探索阶段,而刘翔已是正式发表过作品的人,对他格外高看一眼。我的印象中,他当时写的诗句子比较长,有一些他自己的特点。

后来接触多了,发现他很内向,不善言辞,见了人甚至有些木讷。其实他心里都清楚,但毕竟交流能力较差,我知道这样的战士需要给予必要关照。

轮战结束,他跟随我们部队回到后方。我找他谈了一次话,告诉他,写诗应该坚持下去,但只能作为业余爱好,应该拿出主要精力来干正事。他到一个师的政治部去当了宣传干事,干得不错,后来当了一个高炮团的宣传股长。再后来,他因爱人是四川人,调到四川绵阳空气动力研究中心工作。

刘翔内向,也内秀。有几年我们联系很少,再次见面时,他给我看了一些他画的钢笔画。出乎我的意料,他的这些钢笔画很怪异、很"洋气",完全不像出自一位木讷者之手。据他自己后来撰文介绍,他画这类画,是受了一位名叫塔林托娅的女画家的影响。刘翔已画了三百多幅这样的画,发表了不少,有的还被一些艺术馆、博物馆收藏。他新出版的一本爱情诗集《青春画典》,就是出自他一人之手的诗配画。

也许是他未能及时适应从老山轮战到后方和平环境的转换,使他一度失去了创作军旅诗的"第一感觉";也许是由于他这些年多次调动工作,使他对外部环境一直处在朦朦胧胧的状态;也许是这些年的诗坛状况令他无所适从;总之,我曾毫不客气地向他指出过,他从前线回来后的军旅诗创作,尚未达到他应该达到的高度。也许,这是我对他过于苛求了。

其实,刘翔一直在奋力拍击着他的翅膀,他的诗思一天也没有停止过飞翔。这几年,他沉下心来,创作出了这部叙事长诗《金色风洞》。他在给我的信里说,这部诗稿,前后用去了他近三年时间。仅此一点,就能看出他对诗的执着。不仅是对诗的执着,更是他对空气动力这项科研事业的倾心敬重。如果不是研究空气动力学的科学家们、一大批献身空气动力学研究的年轻科技干部们的敬业精神令他深深感动;如果不是他自己深深感到空气动力学对于当今科学技术发展的极端重要性,那就无法设想,他会选择这样一个高难度的诗歌题材去攻坚。他至少需要面对创作上的两大难题:第一,诗歌如何表现科学研究?第二,新时期的叙事诗怎样处理传统与创新的关系?连个"参照系"都找不到,太难了,难度超过创作革命题材的长篇叙事诗。在革命题材创作领域,关于历史事件、人物、细节、评价、结论等,有众多其他文学样式的作品,可以作为创作长篇叙事诗的"参照系",而科研题材创作领域却没有,反映空气动力学研究的创作经验更没有。从这个意义上说,刘翔这部长篇叙事诗《金色风洞》,在表现题材上是有开创性的。

《金色风洞》的题材是独特的,而作者诗思飞翔的空间却是宏阔的,诗中反映的科研生活也是丰富多彩的。从远古的宇宙之风,到川西北山谷中的林间晚风;从美利坚、俄罗斯的空气动力学先驱,到中国空气动力学研究中心的崛起;从科研人员的呕心沥血、废寝忘食,到火箭升腾、飞船遨游太空,等等,都化作了他笔下燃烧的诗情,激荡人心。科技工作者们的崇高理想、创业历程、攻关创新,他们的生活甘苦、儿女情长、喜怒哀乐,都被他诗化在他们为之不懈奋斗的崇高事业中。

这是一部为我国空气动力学研究中心的科技工作者们写的热情赞歌。

就诗歌创作本身而言,刘翔所进行的是一项艰难而有益的尝试,他为此付出了心血,取得了可喜的成果。

然而,正因为创作这样的叙事长诗题材新、难度大,所以这部诗稿还有很大的提高空间。刘翔,我真诚地希望他气可鼓而不可泄。作品的总体架构已完成,现在需要再一次静下心来,从头至尾再做一遍细活,将整部作品修改得思路更加清晰,结构更加完整、严谨,诗句更加凝练,诗意更加浓郁。那么,待他这项大工程"完工"之日,也将是他登上诗歌创作新高度之时。

朱增泉

2002年9月9日于北京

《尧山壁游记》序

尧山壁①,老朋友。我以前曾写过一篇《第五"名旦"》的散文,记述他质朴、内秀的性格。他那高大身材、健壮体魄、憨厚举止,如同在地头见到的一位老农。一天晚上,朋友们聚餐,他那时酒量也好,饮到欢处,站起来唱了一曲京剧花旦唱段,细声甜音,字正腔圆,外加女性身段动作,艺惊四座,笑倒众人。去年,我因公去石家庄,与他久不相见,晚上想去拜访。河北省作协副主席刘小放告诉我说,他不在,去了深圳,到他儿子那儿过舒坦日子去了。当时脑际闪过一首诗的题目:"夜访老友山壁不遇",或可再加"有感"二字,这是古诗人们常写的题材、常用的题目。可惜我不会写古体诗,有意无句,按下不表。

前日,忽然接到他电话,我正在惊呼"啊呀,山壁你啊……"话音未落,他已对我下达了任务:为他的散文新集写篇序言。而且限时限刻,要得很急。他的这次突然袭击,我毫无思想准备,措手不及。不仅因为我最近一段较忙,更由于我自感力所不逮。我与他虽然同庚,但论写诗、写散文,他的资格比我老得多了去了。我中

---

① 尧山壁,原河北省作家协会主席。

年学诗,刚起步时与他相识,他不仅早就是国内著名诗人,而且早已是河北省作家协会主席。我后来学写散文,而他早是散文名家。如此这般,我怎敢为他作序?我说:"不行,我为你写序不够资格,压不住。"他说不,这序你要写。那口气,毫无通融余地,强加于人,谁叫我是他的朋友呢。

吾观山壁其人、其诗、其文,一字概括之:实。读他的文章,内容充实,文风朴实,功底扎实。他为人为文,都是脚踏实地、一步一个脚印。

山壁写游记,是以他的广泛游历为"实践基础"的。他青年时代就向往名山大川,喜好游历。所以他早年写诗,也是从山水诗起步。他先是游遍了故乡邢台地区的所有乡、河北省的所有县。后来就走遍全国,除了台湾省,其他所有省份的重要地方他都到过。再后来就周游世界,他说他已到过世界上差不多百分之七十的国家和地区。他攒足了写游记的"资本"。

他的这本散文新集,是集中写欧洲的游记。他说,欧洲他已先后去了四五次了。两次随中国作家代表团、中国诗人代表团出访,两次去讲学,后来又到欧洲自费旅游。游历广,见识必多。收集在这本集子里的几十篇文章,篇篇都有充实的内容。他的游记,描摹异邦景物风情细致入微,人物、环境、习俗,五光十色,汇至笔端;评说异邦历史、艺术、文化,旁征博引,思接古今;述说观感见解,把握有度,不温不火,有抒发胸臆之心,无哗众取宠之意。读他的游记,足可增长见识,怡情悦性。

山壁写游记,有着很深的追求。他对我说,他写游记,学过柳宗元、徐霞客、《水经注》,"深入下去很费功夫,越写越苦"。可见,他对游记写作的探索,极为认真。关于游记内容,他追求平实中见丰腴。不是用一粒糖精泡一碗稀糖水给人解渴,而是端出一盘盘晒干了水分的各色干果,让你细细剥食品尝。关于游记笔法,他追求的是情景交融。前提条件是必须把地点、景物、事由交代清楚,然后才谈得上夹叙夹议,"触景生情","议论风生"。他认为,目下的游记,存在着两种偏向。有的游记,文中有景有物,却无情无悟,成了"旅游解说词",不值一提。有的游记,所记游踪不详,所写景物交代不清,却大发宏论,所思所悟"无依无靠","不着边际"。他认为,这两种写法均不足取。看来,散文写作,"叙"与"议"永远是一对矛盾。两相兼顾,照应相宜,行云流水,处理得不着痕迹,方为高手。

山壁写游记,游一地,看一景,见一物,述一事,记一人,必求真实、准确、深入,未到之地不写,不明之事不记,不作"空穴来文"。诚如山壁所言,写这等"老实文章",往往"费力不讨好",此乃甘苦之谈。譬如域外史事文物,所记所述,稍有不慎,便易出错。故必得游前广泛阅读,游时细看细问,复又详考细查,融会贯通,方可下笔,怎不"越写越苦"。但现今也有讨巧之人,有意避开记述"陷阱",写实景实物语焉不详,发大篇议论则脚不踮地,凭空腾挪,"功夫"非同一般。这等写法,也不能说它没有一点长处。况且时代在前进,游记写法无疑也在变革之列。但游记游记,其根在"记",此乃变中不变之规律所在。

对于游记,山壁自有他的独到见解。他说,"最能代表一个地域风貌的,不只是山水文物,主要的是杰出人物",这就叫"人杰地灵""一方风水"。他的这个"游记观",体现了"以人为本",实乃真知灼见。我们游览域外名胜,感受异邦文化,莫不以那里的著名人物为标记,否则又将陷入另一种"无所依托"状态。因而,山壁的游记,独具一副人文眼光。读他的这本游记,如同走进一条长长的欧洲大陆和英伦三岛历史文化名人画廊。法国文学巨匠巴尔扎克、雨果;意大利文艺复兴巨擘但丁、彼特拉克、薄伽丘、达·芬奇、米开朗琪罗、拉斐尔;德国大诗人歌德、席勒;英国大文豪莎士比亚、萧伯纳;俄罗斯文学泰斗托尔斯泰、高尔基、普希金、陀思妥耶夫斯基、屠格涅夫;以及西班牙的塞万提斯、波兰的肖邦、瑞典的诺贝尔、丹麦的安徒生,等等,等等。他以朝拜的心情前往这些欧洲历史文化名人故乡,寻遗迹,述情怀,实际上是在朝觐人类文明之星,膜拜人类文化先知。他的游历,是名副其实的文化之旅;他的游记,是名副其实的文化游记。

山壁的游记,篇篇写得短小精炼,难能可贵。集子中七十余篇文章,超过十个页码的文章一篇都没有,大多在三千字以内,但每一篇却都像银杏果似的粒粒饱满。足见山壁在谋篇立意、剪裁取舍、言简意赅等方面功夫不浅。这一点,对于当今散文创作也有其独特价值。纵观新时期中国散文(包括游记),自从倡导"大散文"以来,确实为散文写作开了一代新风,一扫散文写作多年形成的模式化、概念化习气,大大拓宽了散文创作的思想空间,也带动了散文文体的变革,这些都功不可没。但是,对于它带来的某些副效应也毋庸讳言。例如文章越写越长,便是一端。当然,话要说两面。一方面,改革时代,多有大声疾呼之士,多有详析力陈之见,下笔万言,恣肆汪洋,淋漓痛快,这也是时代特点在散文创作中的必然反映。但另一方面,文章历来讲究当长则长,当短则短,一味长风劲吹,便成问题。对此,散文界已见反思迹象,有的出版社连续编选"精短散文",便是一例。

山壁的这本精短游记正式出版之后,将会陪伴我一段时间,我将依枕读之品之,在他的文章引领下神游欧洲。

朱增泉
2003 年 3 月 30 日于北京

《我的爱在高原》推介语*

《诗刊》编辑部：

  我向贵刊郑重推荐赵琦的组诗《我的爱在高原》。

  赵琦同志是从事卫星测控专业的科技干部，在新疆喀什卫星测控站工作了近三十年，现为西安卫星测控中心高级工程师，偶有诗歌、散文在报刊上发表。

  十来年前，我在遥远的新疆喀什认识了他。那些日子，我和他每天晚上坐在葡萄架下的石凳上闲谈，知道他业余时间爱好写诗。他说，不求发表，只是爱好。后来交往深了，我知道他不是一般的爱诗，几乎爱到痴迷的程度。他在偏远、荒凉、寂寞的生活环境中，把诗歌视作自己的心灵寄托。他在一首诗中写道："面对荒凉戈壁／我长吼一声／憋在心底许久的诗句／一气呵出"，他"面对戈壁／需要吼走心头的荒凉／和寂寞"。诗已成为他生命的一部分。他有一次给我的信里说，对于他来说，"没有诗歌，就没有生活"。我回信说，"没有生活，就没有诗歌"。

  他的诗，都是他在现实生活中的生命体验，有血有肉，简洁质

---

* 这则推介语和赵琦的一组诗原载《诗刊》2003 年 7 月上半月号。

朴,却有一种特殊的西部韵味。

　　最近,他寄给我一些诗稿。我看过之后,把他叫到厦门,在一个疗养院的房间里,和他面对面坐下来,一首一首地讨论了一遍。

　　他回到西安,将打印好的修改稿寄到北京,我细细读了一遍,仍觉有"味"。有些人的诗是无法重读的。诗经得起一读再读,便是好诗无疑。

朱增泉

2003年5月

《军营物语》序

张蒙以写诗见长,现在也写起散文来,并要出集子了。敢于大胆尝试,便是走向成功的起点。现在是写作环境比较宽松的年代,写作不再是少数人的垄断物,它正在成为越来越多的人释放才气、释放心灵的途径或工具。张蒙,作为部队的一名团级政委,保持这种业余爱好,写诗,写散文,怡性悦情,益己利人。今后,随着领导干部文化素养的进一步提高,工作之余,写作、出书的人将会更多。

张蒙的诗,短小、精炼,有鲜明的特点。张蒙的散文,在气质上与他的诗歌相似,不铺排,不张扬,不疾不徐,娓娓道来,如淙淙流淌的山间小溪,虽无骇浪排天,却有跌宕中水花如珠,水声似吟。

由写诗转入散文创作,成功者不乏其例。常有人问,写诗容易还是写散文容易?答:要写好,两者都不容易。依我之见,写诗与写散文,毕竟是不同的文学门类,写作上各有其特殊规律,表达方式各有其特殊要求。但是,对于作者的基本素质,却有许多相同的要求。比如生活底子,比如学识,比如视野,比如语言,比如观察和思考,比如"捕捉"一首诗或一篇散文之"魂"的敏锐感觉,比如意境的营造和韵味的追求,如此等等。所谓"功夫在诗外",散文的功夫何尝不在散文之外？

　　写散文，不在于向读者"转述"某件事，而在于写出对人对事的独特见解。大量地阅读别人的好作品，热切地关注现实生活，勤于思索，勤于写作，相信张蒙的散文创作会有新的更丰硕的收获。

朱增泉

2003年8月15日于北京

《军校心迹》序

这本《军校心迹》是一群军校大学生的集体创作。他们风华正茂,意气风发,拿起笔来抒写他们的向往、抱负、经历、感悟、真情,记录下他们军校生活的点点滴滴,虽不是鸿篇巨制,却篇篇都是率真之作。他们的文字虽显稚嫩,但这些作品以其清纯率真的整体优势,将读者带进一片"神秘"领域,读后如沐春光,如拂清风。

青年是永远敏感于时代潮流的。中国正在迅速崛起,社会生活潮起浪涌,出国潮、经商潮、打工潮,青年们在一个又一个潮头"冲浪"争先,尽展时代风流。这些现实生活中的一个个小潮流,组成了中华民族实现伟大复兴的大潮流。最近几年,我欣喜地发现,军校的吸引力正在有志青年中渐渐增强。

军校,被称为"将军的摇篮"。军校对有志青年的吸引力,虽然会因不同时期社会生活的某些影响而时强时弱,但始终不会消失。这一点,古今中外,概莫能外。在中国,建国前闻名遐迩的黄埔军校、延安抗大,曾为中国革命造就了大批栋梁之材,涌现了诸多名帅良将。建国后由刘伯承元帅创建的南京军事学院和后来的国防大学培养的一批又一批学生,成为我军一代又一代治军骨干。当年陈赓大将受命创办的"哈军工"培养的学生,如今也纷纷走上领导我军现代化建设的重要岗位。在外国,美国西点军校、俄罗斯伏龙芝军事学院等世界著名军校,造就杰出人才的国际名声,也并不在哈佛、剑桥之下。

我国改革开放以来,社会上种种热潮滚滚而过之后,许多有志青年渐渐认识到,一个国家,一个民族,要振兴,要强大,不仅需要政治人才、经济人才、科技人才、文化人才,也需要军事人才。人的一生,挣钱重要,致富重要,建立幸福美满的家庭重要,但为事业,为社会,为国家,为民族,有所奋斗,有所作为,有所成就,有所贡献,对于人生的意义,更加重要。因而,报考军校,立志从军,自然会成为当今许多有志青年的人生志向。

这本书的作者,都是某军事工程学院的理工科大学生,写作并不是他们的专业,也不是他们的专长。但是,在当今社会,一个人的专业水平和综合能力要想得以充分发挥,却离不开良好的文字和口头表达能力。这些同学在学好本专业的同时,能够以良好的文笔写出这些作品,我很为他们高兴。

军校生活,是增长才干、磨砺意志、历练人生的第一步。军旅生涯,路漫漫,途遥遥,它是艰苦的,也是迷人的。"生命里有一段当兵的岁月",走遍天涯都是令人自豪的。

同学们,一路走好!

朱增泉
2004年2月15日

《家在何方》序

　　张国谦是我的战友,关系亲密,几十年如一日。他为何把自己的诗文集取名为《家在何方》? 他写有一篇《自序》,我一读,明白了。他先从军,后从政,在部队是团政委,转业后,先后担任了浙江省乐清市委常委、副市长、市人大副主任、市政协主席,可谓事业有成。但他这本集子中抒发的,仍是一位军人对"家"的那份深深眷恋。他说"军旅生涯,四海为家",此乃军人豪情。他说"说句心里话,战士也想家","家是天涯游子的牵挂、思念",道出了军人心中人人都有的那份浓浓亲情。他说"家是成功者的摇篮、温床、第一课堂",这是他作为一名成功者对家的一片似水柔情了。

　　张国谦对"家"的思索,比一般人全面、深入,这和他童年的家庭境遇有着密切关系。这是我读了他这本书稿中的某些篇章后获得的深刻印象。他的母亲是那样地宠爱他,给他喂奶喂得同龄孩子忌妒他、羞他。可是很不幸,他的母亲过早地离开了人世,含辛茹苦的父亲拉扯着刚上小学的他和弟弟,这个家庭的景况便可想而知了。"没有女人(母亲)的屋子,冷冷漠漠,很难找到家的感觉","失去母亲的孩子最不幸",这是张国谦对童年生活最为刻骨铭心的记忆。我读了他集子中的《求学记》这篇文章,进一步了解到他童年的家庭境遇,知道了他早逝母亲的不幸,知道了他父亲丧妻后的万般艰辛,也知道了他翻越大山外出求学时的那段发奋经历。他说,"家是人生旅途的起点和归宿"。他的这个"人生起点",对他的影响是重大的。读他的《求学记》,犹如化验了他人生的一滴血,足以诠释他心目中"家"所包含的全部精神内涵。正因为如此,当他自己建立起了美满的小家庭之后,他是那样倾心地爱家、恋家、护家。

我和张国谦虽然有过一段上下级关系,但我们之间更多的是诚挚的战友情谊。部队是个大家庭,战友之间像兄弟。我们最初相识在同一支部队的同一个机关,经常一起下部队,一起熬夜写材料,有时为讨论某个观点争得脸红脖子粗。业余时间,我们是棋友。住的是同一排宿舍,有时棋兴一上来,两人一下就下到深更半夜。我们下的是友谊,不是棋艺,棋艺都不高。那时候,战友关系真是纯朴啊。谁的家属来队了,都要把周围战友请到一起,五六个人围着小矮桌,坐着小板凳,做几个菜,喝点酒,聚一聚。后来,我们一起去了老山前线,我在集团军政治部当主任,张国谦在团里当政委。我们一同经历了那场局部战争,一同经历了军旅生涯中的那一段血与火的考验。再后来,他转业回地方当了领导干部。

这么多年来,我们的战友情谊一直未中断。几年前,他邀请我们全家去雁荡山度了一次"五一"假日。他每次来北京,我们都要见面聚一聚。有一次,他从欧洲访问回来,寄给我一组诗稿,让我"指点"。我一首一首往下读,觉得即便是专业诗人,能把游记诗写到他这样的水平,也算不错了。我给他提了点修改意见,这组诗很快就发表了。我知道他过去没有写过诗。这说明他有些文学功底,也有才气。

今春四月,春光明媚时节,我们夫妇俩在杭州西湖之畔疗养,他特地从温州驱车赶到杭州来看我们。他说,他要出一本诗文集,书名是《家在何方》，请我作序。我手头虽然正在赶写回望伊拉克战争的部分稿子（即后来结集出版的《观战笔记》一书），但还是当场答应了他："回到北京就给你写。"因为我了解他本人，也了解他的家，心想这篇序言我可以为他写得。

张国谦有一个幸福美满的家。我看着他结婚，看着他有了可爱的女儿，看着他经常让宝贝女儿骑在自己脖子上，在宿舍区来来回回走。他的夫人周建芬曾到内蒙古生产建设兵团插过队，很能干，很贤惠。张国谦幼年丧母，下面有一个弟弟。娇小美丽的小周过门后，完全担当起了张家大嫂的职责。这次在杭州，张国谦领着宝贝女儿张虹一同来看我们。他女儿已经大学毕业，当上了检察官，目前正在读在职研究生。他是那样爱他的妻子、爱他的女儿。他把家看成是自己的"精神港湾"。

正因为张国谦对"家"的感悟和思考比一般人全面而深入，所以他有一套爱家、护家的"理论"。他认为，一个完美的家，必须具备基本的"三要素"：一要有女人，"男女结合，阴阳互补才成家"；二要有孩子，"孩子像初升的太阳"，会把一家人的心"照得暖洋洋的"；三要有老人，"家有老人，情感氛围中就既有爱怜又有敬重"。很显然，张国谦的家庭观念是非常传统的。这种传统的家庭观念，不仅是中华民族传统美德的体现，也是他们这一代人艰苦过、奋斗过之后的最好归宿，更是他本人最可宝贵的人生体验。他认为，一个有责任的男人，无论地位高低，成就大小，都要对家庭负责，"即使碌碌无为一辈子，也竭力对家负起人子的职责"，至理也！

不过，张国谦并不主张沉湎于幸福美满的小家庭生活，他认为幸福美满的家庭应当永远成为自己不断进取、不断完善的动力。他用自己的行动和经历说明了这一点。像他这样一个山坳里的穷苦孩子，从小失去母爱，吃糠吃得拉屎都拉不出，自己用麻袋扁担挑了铺盖和番薯干翻越大山去求学，"土"得城里同学不肯上前相接相认，只得悄悄从学校后门走了进去，中间还穿过一个厕所。如此这般，他能够一步一个脚印地走到今天这一步，如果没有一点进取精神，那是不可想象的。

　　张国谦和他的女儿一起告诉我，他现在下了班，经常上网下棋。他夫人小周就坐在他身边等他，催他下完这一盘就吃饭。他兴致一高，下了一盘还想下，笑着求夫人："再让我下一盘吧。"他夫人就继续等他，看他和网上那些素不相识的人下棋，下了一盘又一盘。一直等到他下够了，才陪他坐到餐桌边一起吃饭。张国谦的家，是他的"温暖窝"。

朱增泉
2004年5月5日于北京

《军旅情思》序

孟繁全,我不太熟悉,但我完全理解一位文学爱好者的心情。他托人将两大本打印好的书稿送到我家里来,请我写一篇序言。

我先看了他附在书稿前的简历:孟繁全,山东临沂人。这先就使我对他产生了一种"文化感"。山东是"孔孟之乡",他又姓孟。古往今来,山东这片土地的文化传统非常深厚。我相信,故土对于一个人的文化熏陶是潜移默化的。我虽然没有到过临沂,但临沂却是"兵家必争之地"。临沂银雀山汉墓出土的《孙子兵法》《孙膑兵法》曾轰动世界。他这本集子中有一篇《兵典千秋愈辉煌》,就是写他家乡银雀山出土兵法汉简之事的。据说,临沂除了银雀山,还有金雀山。金雀山也有汉墓群,地底下不知道还藏有什么古代文化宝藏。在当代军事学上,临沂也很著名。解放战争中的孟良崮战役,学战例时第一个应该提到的地名就是临沂。孟繁全来自这样一个历史文化传统极其深厚的故乡,他喜爱写作,毫不奇怪。

孟繁全入伍后历任战士、文书、学员、干事、指导员、教导员、政治部副主任等,虽然至今位不高、权不重,却有着一步一个脚印的部队基层成长经历。对写作而言,这一点又往往是有些人很难弥补的。

再看他的作品，写母亲、写父亲、写乡亲，写亲身所到之地、亲眼目睹之景、亲耳闻听之说。之后，才逐渐拓宽视野，扩大写作题材。这是业余作者的一大特点，也是我对业余作者向来看重的一点：纪事真实、行文朴实。他们作品的价值在此，可读之处也在此。

孟繁全的业余写作还有一个特点，散文、小说、诗歌，多种体裁，均有尝试。还擅长书法。据说，他的书法成就比文学还要好一些。他的兴趣这么广泛，可以从两方面讲。一方面，说明他有悟性，心有所好必学之，既有所学必为之。但另一方面，人的精力毕竟是有限的，兴趣过于广泛，就不一定都能"样样精通"。或者说，兴趣过于广泛，也妨碍了他在某一方面达到更高境界。

最值得肯定的一点是，他不肯让时光白白流逝。除了干好本职工作，这么多年，坚持不懈，孜孜以求，这种精神是很可贵的。应该说，孟繁全在他爱好的几个方面都取得了一定成绩，他的作品多次获得各种奖项就是证明。这本集子中的主体部分是散文。就其写作水平而言，他的散文好于他的其他文体。他的诗不及散文。小说我不懂。是为序。

朱增泉
2004 年 5 月 22 日

《1944：松山战役笔记》序*

余戈是一位军人，是一位真正的军事迷。不要以为只要穿上军装，都自然成了军事迷，不见得。身上穿着军装，却并不真正懂得军事，这样的人并不少。穿上军装，并且懂得军事的人，也不一定全都对军事潜心钻研到入迷的程度。朋友们告诉我，现在的军事网很热闹，年轻人当中有一大批军事迷，"玩"得很深。他们对当今军事高科技领域的进展情况相当了解，对各种高性能的先进武器装备相当熟悉，对当代军事思想的发展动向也相当关注——虽然并不是每一条信息都很准确，也不是每一种见解都很内行。作为一名老军人，我觉得这是一条好消息、一种好现象。我国近三十年来经济繁荣，老百姓生活总体上安定并且日益改善，富裕的人越来越多，一片太平盛世景象。怕就怕，在这样的时代背景下，年轻人当中再没有人关注军事，再没有人钻研军事。如果那样，说明我们这个民族得了健忘症、幼稚病。

我们热爱和平，并不热爱战争。但忘战必危，这句话可以从各个不同层面去解读。从中国的历史层面去解读，中国战败的教训

---

* 《1944：松山战役笔记》，荣获第六届国家文津图书奖。

太惨痛了,百年耻辱,没齿难忘。从当今世界现实生活的层面去解读,世界各国的电视新闻中哪一天没有战争?哪一个国家不在研究战争?哪一支军队不在准备战争?从一支军队、一位现役军人的层面去解读,意义更加直接。养兵千日,用兵一时。有朝一日,有准备地去投入一场突如其来的战争,同毫无准备地去投入一场突如其来的战争,胜与败,生与死,结果将是天壤之别。从一个民族心理的层面去解读,对于历史上发生的战争,交战双方对战争中结下的怨恨都已释怀了吗?道义责任(哪怕只是口头上的)都已承担了吗?最后,从厘清战争历史真相的层面去解读,我们对每次战争、每个战役、每次战斗,其取胜或者失利的过程、原因、经验、教训,都搞得十分清楚了吗?不见得。有很多东西至今仍是一本糊涂账,将错就错,以讹传讹。在今后战争中遇到相同的情况,很可能重犯相同的错误。

感谢余戈,他为我们提供了研究战争史的一种全新的视角和方法。他不是从宏观的、政治的、浮泛的角度切入去研究战争史,而是从军事的、战役的、战术的,乃至从具体的战斗过程、具体的战斗细节切入去研究战争史。翔实、真切、细致、可感,有具体日期、具体人物、具体地点、具体景象、具体过程,给人以身临其境的现场感,如见其人,如闻其声,如闻到硝烟,如听到枪声炮声,如见到怒江滔滔翻滚的浊浪,和对岸高崖上日军碉堡黑洞洞的枪眼。

余戈写的是真正的战争。他写的是中国抗日战争中一场具体的战役战斗——1944年发生在滇西的松山战役。就内地半个多世纪来研究抗日战争史而言,余戈写的这本书,有两个突破,或称两个"正视":其一,正视国民党军在抗日战争正面战场的正面表现;其二,正视侵华日军在军事行动上的严密作风。这是历史的态度。国民党军,在国内革命战争中是我们殊死拼杀的敌人。在抗日战争中,它是我们中国共产党领导的八路军和新四军的抗日同盟军。面对共同的民族敌人——日本侵略军,我们都是中华民族的热血男儿,都曾为捍卫自己亲爱的祖国浴血奋战、流血牺牲。半个多世纪过去了,我们应该以历史的眼光去共同回首那一段难忘的战斗岁月。超越时光,"认同"的东西将会逐渐增多。我们中华民族有着许多一脉相承的军事文化传统,这是不该否认的。日本侵略军,1894年发动甲午战争,侵占中国台湾和澎湖列岛。1931年发动"九一八"事变,侵占中国东北。1937年7月7日制造卢沟桥事变,发动全面侵华战争。1941年又发动太平洋战争。甲午战争距今一百一十五年;"九一八"事变距今七十八年;全面侵华战争距今七十二年;太平洋战争距今六十八年。日本在世界反法西斯战争中战败,1945年8月15日无条件投降,距今六十四年。这一切,我们都还记忆犹新。对于中国军人来说,不应该忘记一点:日本侵略军有战斗力。寻找这个问题的答案,不能用"武士道精神"一言以蔽之。要从多方面去寻找,要从历史事实中去寻找,要从日军的平时训练和对战役战斗的组织实施中去寻找。余戈就是在进行这种具体的寻找。还有,日军、美军寻找战亡者、战争中的失踪者的执着,处置战亡者遗骨的严谨与庄重,也常常令我颇多感慨。与之相比,我们有时反倒显得草率、粗疏。这是对待人的一种态度,对待军人的一种态度,是对一支军队、一个国家战斗精神的一种悉心呵护。孙子说:"知彼知己,百战不殆。"这句兵家千古名言,发明权属于我们中国。敢于正视敌人的优点,是我们自信的表现。切记,千万不要让我们自己把"知彼知己"这句话喊成一句空话、套话。

  最后还要特别提到一点,余戈的写作风格,是一种细心考证的风格。他拒绝任何戏说、想象、推理的成分。对于松山战役,他查遍了凡是能查到的所有资料,走访了凡是还能寻访到的当事人、经历者，亲自踏访了凡是能够到达的松山战役的旧战场故地。

余戈的写作态度把我感动了，我倚在枕上读他的书稿，半夜给他打电话："这篇序我为你写，最迟什么时候交稿？"

朱增泉

2009年2月13日晨草于北京航天城

《生命的语丝》序

周衍智同志的这本《生命的语丝》,是一本值得广大年轻朋友一读的好书,尤其是值得年轻干部们认真一读的好书。它点点滴滴都来自周衍智同志的真实体验、真情感悟,来自一位将军几十年军旅生涯的风雨历练。周衍智同志的人生是成功的,他一步一个脚印地攀登上了一个很高的人生台阶;他的人生有许多闪光点。

他有成功的事业,他有一个幸福温暖的家庭,他工作过的单位都留下了良好口碑。人生一世,有此三条,足矣!

当然,作为一名共和国将军,他的生命首先属于祖国,他随时都在聆听祖国的召唤。所以说,军人比常人多了一根敏感的神经,多了一份随时准备献身的精神。同时,将军也是一个普普通通的人,常人生活中遇到的一切,将军也会遇到。从另外一面说,周衍智同志从一名普通士兵到一名共和国将军,他经受的锻炼是全面的,实践和时间对一位将军的检验是极其严格的。因此,他遇到过的问题又比常人要多得多。周衍智同志用真实的体验、朴素的笔触,记录下了他的人生感受。我相信,它会使广大年轻朋友从中得到许多有益启示。

我和周衍智同志在同一支部队里一起工作过多年。我在二十七集团军当政委时，他是八〇师高炮团的政委。我们所在的部队是一支战功卓著、英雄辈出的光荣部队。我们曾一起在老山前线度过了一段令人难忘的战斗岁月；我们还一起带领部队执行过许多重大任务。我们之间既有严肃认真的上下级关系，又有真诚相待、亲密无间的战友关系。工作中，严格按照上下级关系办事；工作之余，可以敞开心扉无所不谈。周衍智同志的政治思想水平较高，又有很好的文才、口才，是一位很出色的政工领导。他能把一班人很好地团结在一起，共同把握好正确方向，坚持原则，遵守纪律，不搞歪的斜的，一心一意把部队建设好。在我调往北京工作之前，他所在的部队曾多次被评为先进单位。周衍智同志的实际工作经验很丰富，一些复杂问题、棘手难事，他都能顺利化解，干部战士心悦诚服。

后来，周衍智同志作为优秀干部，奉调去重庆第三军医大学工作，后来又到解放军后勤工程学院当政委。他是从作战部队"土生土长"起来的干部，但上级把他调到以知识分子为主的单位去工作后，他很快就打开了工作局面，并获得广泛好评，这一点很不容易。这说明，周衍智同志有良好的基本素质，对新环境、新工作又有很强的适应能力。所以，他到了新的工作环境中也能如鱼得水，一展身手。

我与周衍智同志已经多年不见了。今年三月，他给我寄来这本书稿，要求我为他写个序。由于当时我自己的《战争史笔记》第一部出版社催稿很急，为他写序的事只能暂时放下。

这两天，我利用写作间隙，晚上躺下后依在枕上翻阅他这本书稿，读着读着，如见其人，如闻其声。周衍智同志说话的机智、幽默、风趣，他分析问题的辩证思维、他处理问题稳重而又灵活的工作特点，他待人处事真诚而又恰到好处的风格，又一点一滴地展现在我面前。周衍智同志是一个有心人，退休之后，能够静下心来，把一生的体验、感悟,点点滴滴地整理出来,奉献给年轻朋友们,这是一件有意义的工作。它可以启迪许多年轻优秀的心灵开窍,可以使许多年轻朋友在某些困惑面前找到正确的题解,心胸豁然开朗。

朱增泉
2009年4月13日于北京

《蒋国金书法集》序

蒋国金同志是我的老战友。我们是江苏同乡，他是常州，我是无锡。我们又是同龄人，同年入伍，在同一个部队服役。当战士时，他在二十七军七十九师二三七团，我在七十九师炮团。当基层干部时，他在二三七团、师部警卫连，我在二三六团二连、炮团三营。后来我们两人都进了七十九师机关，他在司令部，我在政治部。

蒋国金同志在部队时，当兵是好兵，当干部是好干部。他当战士时，是1964年军事大比武的尖子，比武一直比到北京，在二十七军名气很大。他是真正从战士堆里摸爬滚打一步一步成长起来的，他在基层经受的摔打比一般人都多，因而他在军事上、作风上比一般人更过硬。他是军事训练的专家，从战士的全套军事技术和基本动作，一直到连、营、团、师各个层次、各种课目的战术训练都很精通。我们在师机关时，经常在军事演习中一起配合工作。蒋国金同志的特点是要强、能干、不服输，但耿直、爽快、干脆、好配合，我们每次在一起工作都很愉快。

蒋国金同志于1986年转业地方工作，担任常州市民政局长、党委书记，工作很快打开局面，在下属和群众中有威信。

今年春天，我回无锡办了一次书法展，蒋国金同志带领常州的一批老战友赶到无锡去为我捧场。老战友们相见,格外高兴。大家都感叹时光过得太快,不知不觉都老了。但大家的精神面貌都不错,都不服老,都想在晚年干点自己喜欢的事,而且要干就干出点名堂来。在这一点上,蒋国金同志是我们这些老战友中的典型。蒋国金同志在书法上动手比我早,下的功夫比我大。我回到北京不久,他打电话对我说,他要出本书法集,请我为他写篇序。后来他把书法作品都拍成照片,从网上发给我,整整二百幅,我看过以后吃了一惊。我从中又看到了当年军事大比武中的那个蒋国金,他还是那股不服输的劲头,"你们说我不行,我偏要搞出点名堂来给你们看看"!像蒋国金这样有毅力的人,他想干什么事,没有干不成的。

我读了他为自己的书法集写的那篇自序,题目是《我爱学书法》,快人快语,讲了他学习书法家的全过程,其中有许多小故事,写得非常生动。现在中国已步入老龄化社会,老年诗词、老年书法在全国各地都很兴旺。一般老年人写诗词、写书法,都以怡性悦情、养身健体为目的。蒋国金同志的目标高于一般老年人,他把自己退休后的生活看成是"人生第二个春天开始",他"要使自己晚年身心健康,活得有滋有味,要做自己想做的事"。在这样的心境下,他"下决心去上常州老年大学,学练书法","拿起毛笔在纸上耕耘,仿佛种植心里的春天"。正因为他有这样的好心情,所以他对书法越学越爱学,越学越来劲。老年大学书法班第一个周期学了三年,不过瘾,再学第二个周期,又是三年,前后学了六年,我真佩服他的毅力。他不仅学书法,还学装裱。自己写的书法作品自己装裱,还帮助别人义务裱画。他学习书法的经历,概括起来是:定位高,心态好,决心大,进步快。

蒋国金同志的书法,有几个明显特点:一是主题鲜明。他的大部分书法作品写的都是爱国、爱党、爱军的内容,许多作品都是书写革命领袖和革命烈士诗词中的名言名句,写的都是主旋律,传递的都是正能量。二是乐观向上。对国家,他欢庆"春来新世纪,华夏开新元",为国家的日益强大而歌唱。对家庭,他庆幸"蒋府门第代代红,国家兴旺福禄丰",把家庭幸福和国家富强联系在一起。对自己,他总结一生"少年艰苦,青年奋斗,中年辉煌,老年幸福"。从他这些书法作品中,我们看到的是一位心地透亮、心情特好、万事达观的老同志,从他心里找不到半点失落啊、不满啊、不服啊、埋怨啊等等"阴暗面"。这是蒋国金同志的人生观,这是他的最可贵之处。正因为他有这样的好心态,他的晚年生活才过得"有滋有味","在心里种植春天"。他把"厚德载物"作为晚年生活的座右铭,去物欲,少闲玩,"书画墨香乐其中"。晚年生活怎么过?请学蒋国金!三是刻苦追求。他在《我爱学书法》中说,"要说练书法,我的乐趣比别人多几分,因为我小时候吃的'墨水'太少了,现在练书法也是还老师的'债'。"从他这番话语中可以看出,蒋国金同志一生都在不断完善自我,这是一种很高尚的人生追求。人生就怕没有目标、没有追求,安于享乐,这样的人生其实是乏味的。蒋国金同志作为一名军事行政领导干部,在一般人眼里是"粗人",但他内心却有着很执着、很纯洁的人生追求,这一点非常不简单。四是成绩可观。他用一双握枪杆子的"粗"手,到了晚年又拿起笔杆子来练书法,这是他自己给自己出难题,从"握枪"到"握笔"的过渡是不容易的。虽然笔杆子比枪杆子轻得多,但驾驭笔杆子却比驾驭枪杆子的难度大得多。毛笔软软的,它不听你使唤你毫无办法,你发脾气也没有用。只有耐得住性子,沉得下心来,才能渐渐进入笔墨世界,书法真是太难了!练习书法的过程,的的确确就是"修身养性"的过程。蒋国金同志从"苦"中找乐,乐于年复一年磨性子,苦苦磨炼了六年,终见成效,在书法领域取得了可观成绩。

蒋国金同志的书法,把它定位在工农出身的老年书法范畴中衡量，他已达到了一流水准。我把他二百幅书法作品反复看了几遍，觉得他的隶书《千字文》和行楷《兰亭序》这两件作品，是他的精品力作。两者相比，隶书《千字文》更好。另外，有几幅用隶书题写的单幅作品也不错。总的来看，蒋国金同志的书法以隶书为上，建议今后把隶书作为主攻方向。

还有一条小建议，一些"花哨"的小技巧别去"玩"它，它对书法整体水平的提高有害无益。

朱增泉
2014年7月27日

致《活着的马克思》作者的信

程主任[①]：

大著《活着的马克思》书稿收到，遵嘱粗粗读了一遍。总的感到，这是一本心血之作，有些部分写得很精彩。我对你们呼唤广大群众学习马克思主义的热情表示深深的敬意！

序言修改稿和书稿开头部分，我一边看，一边用铅笔画拉了一些。这是我阅读自己书稿的习惯，一不留意画在你们书稿上了，甚表歉意。我的这些改动，仅供参考。

下面谈一点我的读后感。

一、全书的设计，似乎考虑不够仔细。现在这三部分内容，虽然每一部分侧面不同，但都贯穿了马克思的一生，因而部分内容有重复感。另外，全书写作风格不统一，三个部分三种写法，这是美中不足之处。现在书稿已经编定，再打散重写已不现实，只能这样了。

二、书稿第二部分的题目"天才的头脑"最好改一下。这涉及到一个重要问题：对于马克思主义的产生，是放在唯心史观的基础

[①] 程主任，即原中央军委办公厅主任程建宁同志。

上去解释,还是放在唯物史观的基础上去解释?毫无疑问,马克思主义的产生,固然有马克思本人所作出的惊人努力和巨大发现,但总体上,它是马克思所处时代的产物,是资本主义社会矛盾极端尖锐化的产物,是无产者与资产阶级长期斗争的产物,而不是马克思个人"天才头脑"的产物。虽然恩格斯和列宁在谈到马克思时也多次使用过"天才"这个词,但毛主席当年批判陈伯达"天才论"那件事还历历在目,毛主席运用唯物主义认识论的观点批判唯心主义的"天才论",毛主席的观点是对的,不要去踩陈伯达这个"脚印"。

书稿第二部分的具体内容,实际上是对马克思九部著作的"导读",从中可以看出书稿作者具有深厚的马克思主义理论功底。但这样写,有两个问题:一是,在我国当前这个时代背景下,最需要向初学马克思主义的一般读者介绍哪些内容?二是,这九部著作,是不是代表了马克思主义的主要内容(我找不到文件,这是不是当年毛主席圈定的九本马列著作?我记得毛主席圈定的九本必读书目中好像还有恩格斯和列宁的著作)?

我的看法是,当前应该向一般读者介绍一些马克思主义的基本原理,这比具体辅导读者阅读几本马克思的原著更重要。恩格斯在《共产党宣言·1872年德文版序言》中说:"这个《宣言》中所发挥的一般基本原理整个来说直到现在还是完全正确的……这些原理的实际运用,正如《宣言》中所说的,随时随地都是要以当时的历史条件为转移",又说:"这个纲领(指《宣言》)现在有些地方已经过时了。"恩格斯的这段论述非常重要,它适用于我们对整个马克思主义的理解。马克思还"活"着,马克思主义也是"活"的,要随着时代的发展而发展。

邓小平同志也曾多次强调,我们学习马克思主义,主要是学习和运用马克思主义的基本原理。

考虑到现在书稿第二部分作者已花费了大量精力,重写也不现实了。我的具体建议是：尽可能摆脱一些深奥难懂的理论解释，在每篇文章最后的"现实意义"这个小节中，能够贯彻上述思想，从每本书中引出一些我们目前仍然必须坚持的马克思主义基本原理。现在的书稿在"现实意义"这个小节中有些联系现实的例子不够恰当，还可再斟酌一下。

现在有一种情况值得注意，当前社会矛盾很多，如官员腐败、分配不公等问题很突出，群众意见很大。以习近平为总书记的党中央正在竭尽全力逐步解决这些问题。可是，有些人简单化地重提阶级斗争和无产阶级专政等口号，以满足一些人的不满情绪，这使极"左"思潮很容易回潮（已经出现了这样的苗头）。如果我们的意识形态工作重新回到过去的老路上去，用阶级斗争理论分析当前的一切，那么几十年经济发展的成果都失去了存在理由，必然的逻辑就是"退回去"，坚持基本路线一百年不动摇就成了一句空话，那就是中国自毁改革开放前程，非天下大乱不可。新形势下出现的问题，只能通过新办法去解决。

三、书稿中写到马克思批判各种非马克思主义的"社会主义"流派的斗争，这部分内容如何处理？恩格斯在《共产党宣言·1872年德文版序言》中也讲到过这个问题，他说："关于共产党人对各种反对党派的态度问题所提出的意见（第四章）虽然大体上至今还是正确的，但是由于政治形势已经完全改变，而当时所列举的那些党派大部分已经被历史的发展进程所彻底扫除，所以这些意见在具体实践方面毕竟是过时了。"恩格斯上述论断至今又过去了一百四十二年，政治形势更不同于当年了。所以，建议书稿对这部分内容可以简化处理。

四、有一些文字方面的问题。第一部分，公文写作的痕迹较重，每段开始都是先来一个总的概括，然后进入具体叙写，大"一"，小"1"，再小小"1"，这种形式尽量避开一下。有些小标题，不宜用形容词。如：有一个小标题《撰写工人阶级的"圣经"》，不如直接写撰写《资本论》来得庄重。把《资本论》说成"圣经"是一个比喻，可以放到具体叙述中去说。对马克思和恩格斯撰写《共产党宣言》也是这样，直接用原著做小标题来得庄重。

第三部分的写法不错，采用自然分段的"网络体"，文字也流畅，容易为年轻人接受。

这本书的封面和插图做得很出彩。

上述意见，仅供参考。因为我们是老熟人，我讲得很直率，不当之处，请批评！

预祝大著获得成功！

朱增泉

2014年10月12日

在《岛屿战争论》出版座谈会上的发言

朱文泉上将[①]的《岛屿战争论》,是一部研究现代战争前沿课题的重要著作。他站在战略全局的高度研究现代条件下的岛屿作战,具有广阔的全球视野,对我国面临的岛屿战争潜在威胁进行了深入分析,对古今中外岛屿战争的成败战例作了详尽介绍,对打赢岛屿战争的必备条件进行了全方位论述。书中提出了许多创见性、前瞻性的观点,形成了一套比较系统、新颖的岛屿战争理论。《岛屿战争论》的出版,为我国应对和平崛起过程中遇到的严峻挑战提供了决策参考,为我军加快现代化建设和军事体制改革,为解决岛屿战争准备中亟待解决的迫切问题,都提供了重要依据,具有很强的现实意义。

第一,敲响了一声岛屿战争警钟。

全人类共同居住的地球,总面积百分之七十一是海洋,陆地面积只占百分之二十九,海洋对人类生存发展的影响太大了。海洋对人类的哺育和滋养源源不断,海洋给人类带来的矛盾冲突也源源不断。凡是具有爱国心、使命感的中国将领,都会关注海洋。

[①] 朱文泉上将,原南京军区司令员。

《岛屿战争论》在第一篇导言中就向我们描绘了一幅全球岛屿争端形势:"二十一世纪是海洋世纪,世界相关国家都制定了海洋发展战略,以争取更大的生存与发展空间","当前,世界有八十五个国家之间,存在着八十三处约四百一十多个岛屿(半岛、礁岩)争端"。自古以来,人类对于海洋的争夺从未停止。新世纪来临前夜,针对全球人口爆炸、经济发展、陆地资源逐渐枯竭、环境不断恶化,尤其是冷战结束以来世界政治版图的剧烈变动,有不少专家学者对新一轮海洋争夺引起了警觉。有人说,二十一世纪是争夺海洋的世纪;也有人说,二十一世纪是争夺外层空间的世纪。两种预测都对,但我觉得争夺海洋比争夺外层空间给我国带来的现实威胁更大、更紧迫。

我国是海洋大国,拥有万里海疆。但是,我国古代长期闭关锁国,一直"怕水",动不动就下"禁海令",致使我国在抵御来自海上的侵略战争中一直处于被动挨打的地位。建国以来,我们在岛屿战争中打过胜仗,也打过败仗。改革开放以来,随着对外开放和经济飞速发展,对海权的重要性认识逐步加深。即便如此,我们曾在要不要建设航母这项涉及制海权的战略决策中产生过重大失误,至少延误了二十年宝贵时间。朱文泉同志的《岛屿战争论》一书,从历史经验、经济发展、政治形势和军事战略态势等方面,全方位地论证了海洋对于我们实现中国梦的极端重要性。

现在,习近平主席提出,我们要从海洋大国向建设海洋强国迈进。我个人理解,这是中国和平崛起的必由之路。其一,随着我国经济体的日益庞大,能源、物资进出口总量与日俱增,海上通道的生命线意义凸显。其二,我国经济发展的第一个高速增长期已近尾声,要想突破瓶颈,除了进一步挖掘内部潜力,向外拓展发展空间是必由之路。中国要走出去,既要走陆路,更要走海路,这是无法回避的战略抉择。走海路,就必须应对来自海上的一系列挑战。其三,我国周边某些国家疯狂抢占我岛礁、强行开采我国领海海底资源,摩擦冲突已趋白热化。其四,日本安倍政府公然否认侵略历史,违背二战后归还霸占中国领土的国际条约,非法将主权属于我国的钓鱼岛"国有化"。日本极右政府已明目张胆地踏上了复活军国主义的邪路,指望它重新回头已不再可能,中日两国的一系列海洋争端将长期化、尖锐化。其五,美国在亚洲阴魂不散,从二十世纪五十年代到现在,它先后在亚洲发动了朝鲜战争、越南战争、海湾战争、阿富汗战争、伊拉克战争。越南战争后,它一度曾在亚洲有所收缩;"9·11"事件后,它受到反恐战争的牵制,忙于阿富汗战争和伊拉克战。不久前,它又在北非和中东利用网络煽动民情、采取"街头战争"的方法,连续搞垮了突尼斯、埃及、利比亚等几个国家,搞乱了叙利亚,现在又重新调整战略,宣布"重返亚太"。它正在把关岛扩建成抵近亚洲最前沿的庞大海上军事基地;它明目张胆地拉拢日本,挑拨东南亚各国,在中国周边"埋雷""筑篱""设圈""围堵",竭力遏制中国和平崛起,使我国面临来自海上的挑战日益严峻。对此,我们避不开、躲不掉,必须迎接挑战,严正应对。我国一再向世界承诺,决不称霸、永不称霸,但事关我国领土、领海主权和海洋权益决不退让。可供选择的途径无非两条:一条是通过谈判协商,和平解决争端;另一条是加快我军现代化建设步伐,做好岛屿战争准备。我们对"做好岛屿战争准备"这句话不要总是不好意思说出口,美日两军刚刚举行过多达四万余人的"夺岛联合演习"。他们要"夺"谁的岛?如果本来就是他们的岛屿,还用"夺"吗?矛头所指,不言自明。以美国为首的西方势力用"中国军事威胁论"威胁中国,它们就是想用这句话把中国的手脚捆住。我们如果被这句话吓住,那就是对历史不长记性,得了"和平幼稚病"。我们并不好战,但绝对不能"无备"。正如《岛屿战争论》中所说,"太平洋里不太平",要"警惕战争幽灵",这些描述足以警示国人。

第二,描绘了一幅世界岛屿争端形势图。

朱文泉同志是一位具有强烈爱国心、使命感的高级将领。他对世界战争史有深入研究,尤其是一直关注着新一代战争理论和武器装备的发展。我和他曾一起随原中央军委副主席迟浩田上将出访过,在与外军交流接触过程中,朱文泉同志每次提的问题最多,每天晚上回到宾馆他都要认真整理笔记,出访回来他的收获最大。从《岛屿战争论》这部著作中可以看到,他对世界战争史有广泛涉猎,为我们列举了古今中外大量岛屿战争的战例,既有历史感,又有现代感。

引起我特别关注的是,在"太平洋里不太平"这一节中,他列举了我国周边海域的三个"阴影区":一是"东北亚阴影区",它涉及俄日"北方四岛之争";二是"东海阴影区",这个"阴影区"中的台湾海峡局势是我国国内问题,钓鱼岛及其附属岛屿、东海大陆架和经济专属区、防空识别区之争,我国的主要对手是日本,也涉及到韩国;三是"东南亚阴影区",即中国南海之争,涉及到六国七方(中国大陆和台湾是两方,另外五国是越南、菲律宾、马来西亚、文莱、印尼)。这个"阴影区"争夺最为激烈,情况最为复杂。三个"阴影区"争端的背后,都有美国的影子。尤其是东海和南海,美国明目张胆地支持日本,挑唆菲律宾、越南等国同中国较劲,军事冲突随时可能发生,这是一片时刻不能疏忽大意的海域。

同时,书中还描述了大西洋"十字架"广阔海域存在的种种摩擦与争端;印度洋四周的"风暴区";南极和北极正在迅速趋热的争夺,等等。世界上的事情都是有关联性的,中国改革开放快四十年了,我们再不能用封闭的观念、近视的目光去观察世界形势。朱文泉同志在书中为我们描绘了这幅全球岛屿争端形势图,帮助我们环顾全球,看到世界确实并不太平,"硝烟依然在飘荡",浩瀚大海并不风平浪静,海上随时都可能掀起大风恶浪,我们不能麻木不仁。

第三,提供了一部岛屿作战教科书。

我认为这部著作着力最大也是读者最应关注的部分,在于它分析了古今中外岛屿战争的成败战例,从中总结和归纳出了许多重要原则和前瞻性的观点,具有很强的现实指导性。因此,《岛屿战争论》可以成为一部资料全、观点新的岛屿战争教科书。

书中介绍的古今中外岛屿战例很多,我最感兴趣的是对二次大战中各次岛屿作战、登陆作战的战例分析。二次大战中,美日两军在太平洋战争中有过三次影响深远的海上交战。一是日军偷袭珍珠港,美军遭受重大损失,但它并没有伤及美国元气,因为美国拥有雄厚的工业基础,军事装备和军事设施的恢复能力很强很快,而日军却由此滋长了骄傲情绪,为日后的一连串失败埋下了祸根。二是中途岛海战,美军获胜,日军惨败,成为太平洋战争的转折点,从此美日两军攻守转换,日军攻势江河日下,美军攻势日益锐利。三是南太平洋的瓜达尔卡纳尔岛战役,双方激战相持长达两年,最终以美军夺岛大胜、日军惨败撤退而告终,美军从此控制了整个南太平洋的制海权,彻底粉碎了日本进攻澳大利亚及其周边南太平洋岛国的企图。瓜岛战役与斯大林格勒会战、阿拉曼战役一起,成为二次大战的转折点(对此说法俄罗斯和西方有不同看法),苏联和盟军从战略防御转入战略反攻,直至彻底打败德、日、意法西斯。日军偷袭珍珠港成功,得益于保密与佯动;日军中途岛海战惨败,败于骄傲轻敌;日军瓜岛战役惨败,败于忽视了攻击美军横跨太平洋的漫长海上补给线。朱文泉同志的分析,比我的叙述要详细得多,这给我们提供了许多有益启示。

书中对我军金门战役和一江山岛战役做了正误对比分析,这更值得我们记取经验教训。金门登岛作战的失利,最大败因是"后续不继",主要原因是船只不够、潮汐不知。一江山岛登岛作战一举取胜,胜在战役决策审慎、作战准备周到细致、火力准备充分、攻击行动一气呵成。由此可以懂得一条登岛作战的重要原则:登岛攻击行动一旦发起,中间绝对不能出现停顿,更不能出现中断。不管出于什么原因,一旦出现停顿或中断,肯定将成为一场被卷进"绞肉机"的灾难。因此,登岛攻击发起前,必须把各种困难情况都设想到,方方面面都有破敌之计、应对之策、应急方案,否则难以取胜。

书中一再提到的诺曼底登陆,从严格意义上说,它不属于登岛作战,但从登陆这一战役环节来说,它与登岛作战具有相同点。正如书中所说,如此大规模的登陆作战史无前例,它之所以能够取得成功,"盟军为实施这次登陆进行了周密计划和精心准备,并完全掌握了战场制空制海权,登陆行动也达成了突然性,但仍然付出了较大代价"。有的地段火力准备效果不佳;有的地段潮水上涨淹没了工兵已经开辟的通路,登陆艇误入德军地雷阵被炸得粉碎;有的地段没有火力延伸,德军沿岸火力重新抬头,登陆兵员在艇门打开的瞬间被德军炮火席卷一空。另外,由于登陆兵员负荷过重,跳入海水后有的没有浮起,有的虽然勉力爬上岸去但已无力跑动,"窝在滩头等待死神",等等。这些活生生的画面,都提醒我们岛屿作战的困难所在,必须逐一找到解决办法。

正如迟浩田副主席在本书序言中所说:"《岛屿战争论》丰富发展了岛屿战争基本内涵。"现代条件下的岛屿作战,已经不再是单纯的岛屿攻防作战,更不是单纯的登陆与抗登陆作战。朱文泉同志在书中指出,将来最激烈的岛屿战争,将是海、陆、空、天、电一体战,这是很有前瞻性的观点,应该引起我军足够重视。

最后说几点建议:

首先,我希望这部书能得到军内外广大读者的关注与欢迎,并能尽快修订再版。修订再版时,建议将全书体系架构进行必要调整。现在上、中、下册共分为十二篇,每篇都有两个"篇题",一古一新。古典式"篇题"分别为:1.《势论》;2.《因论》;3.《略论》;4.《术论》;5.《将论》;6.《戟论》;7.《象论》;8.《给论》;9.《心论》;10.《法论》;11.《备论》;12.《瞻论》。这是套用古典军事理论的立论方法,用来论述现代条件下的岛屿战争,好比穿了古典服饰演出现代戏,不匹配。而且有些古典式篇题也不够贴切,比如"戟"是一件冷兵器,用《戟论》来论术现代条件下的岛屿战争武器装备系统,显得不伦不类。又如"象"是一个多义字,用《象论》做篇题,会产生许多歧义。我建议在下次修订再版时将这十二个古典式"篇题"去掉,保留后半截当代词汇做标题,这样一点都不会影响这本书的分量。我觉得应该从宏观上来定位这部书的意义和价值,它是在新的时代背景下研究新一代战争前沿课题的重要论著,它的生命力全在"出新",而不在"复古"。应该着力提炼和概括出更多新的作战思想、新的作战理念、新的战略战术,介绍更多新的岛屿战争的武器系统和作战方法,尽可能多地提炼出一些新概念、新语言、新提法。如果从形式上去"复古",那就本末倒置了。

其次,各章各节的小标题,有不少需要重新推敲。《岛屿战争论》是一部论著,所有标题和观点,都不宜用形容词、比喻词来表述,应当用规范化的军语来表述。否则,会使这部著作的学术性、理论性受到很大削弱。

再次、文本内容泛泛议论之处太多,显得不够简练和直接。开卷读下去,使人觉得是在读一部世界军事史,有时仿佛是在读一部世界通史。什么原因?写作方法上弯子绕大了、绕远了。举例也太多、太烦琐,许多例子都从公元前、中世纪前说起,有的例子甚至从某个字的字义源头说起,大可不必。这样的结果,使读者把大量阅读精力消耗在核心论题的"外围地带",过早陷入阅读疲劳,减弱了读者对本书要义的理解和领会。

以上发言,仅供朱司令参考。谢谢各位!

朱增泉

2014年10月26日